中国古典文学
读本丛书典藏

何景明诗选

饶龙隼 选注

人民文学出版社

图书在版编目（CIP）数据

何景明诗选/饶龙隼选注. —北京：人民文学出版社，2021
（中国古典文学读本丛书典藏）
ISBN 978-7-02-016132-4

Ⅰ.①何… Ⅱ.①饶… Ⅲ.①古典诗歌—诗集—中国—明代 Ⅳ.①I222.748

中国版本图书馆 CIP 数据核字（2020）第 031898 号

责任编辑　徐文凯
装帧设计　陶　雷
责任印制　王重艺

出版发行　人民文学出版社
社　　址　北京市朝内大街166号
邮政编码　100705
网　　址　http://www.rw-cn.com

印　　刷　三河市鑫金马印装有限公司
经　　销　全国新华书店等

字　　数　281千字
开　　本　880毫米×1230毫米　1/32
印　　张　11.25　插页3
印　　数　1—6000
版　　次　2009年1月北京第1版
印　　次　2021年1月第1次印刷

书　　号　978-7-02-016132-4
定　　价　38.00元

如有印装质量问题，请与本社图书销售中心调换。电话：010-65233595

目 录

前言 1

古诗乐府
中林之棘 3
明妃引 6
塘上行 7
梁甫吟 9
行路难四首 12
秋江词 15
种瓠词 17
双雁篇并序 18

五言古诗
武陵 23
自武陵至沅陵道中杂诗十首（选五） 25
怀化驿芭蕉 29
清平令 30
城南妇行 31
泊云阳江头玩月 33
涿鹿道中 34
五平五仄体 36
发京邑四首 37

还至别业四首　42

水曲纳凉　45

杂诗二首　46

六子诗六首并序　48

十七夜月二首　56

捣衣　57

拟古诗十八首(选五)　59

望郭西诸峰有怀昔隐兼发鄢志　63

立春日作二首　65

除夕述哀四首　67

游西山二首　70

观春雪　71

赠梁宗烈二首　73

悼亡三首　75

赠李献吉三首　77

答献吉二首　80

赠望之四首　82

过吕仲木宅同吕道夫、马君卿　85

断绝词　86

赠君采效何逊作四首　87

江畲行　89

古怨诗五章　91

饮酒　93

游洪法寺塔园土山　94

送崔氏四首　96

赠君采　100

青石崖栈 101
寄粹夫四首 102

七言古诗

津市打鱼歌 107
偏桥行 108
盘江行 109
黄陵庙 111
大梁行 112
观涨 115
听琴篇 117
孤雁篇 120
白雪篇 121
寄李空同 122
岁晏行 123
胡生行 125
归来篇 127
长歌行赠旺兄 129
汉将篇 130
冬雨叹三首 133
怀旧吟赠阮世隆 135
官仓行 136
古峰画梅歌 137
古松歌 138
长安大道行 141
昔游篇 142

五马行　148

忆昔行　151

忆昔行并序　152

田子行　155

醉歌赠子容使湖南便道归省兼讯献吉　161

相逢行赠孙从一　163

李大夫行　165

哭幼女行　169

桃源图歌　170

吴伟江山图歌　172

画马行　174

点兵行　176

游猎篇　179

明月篇并序　182

玄明宫行　190

观石鼓歌　193

子昂画马歌　196

五言律绝

平溪　201

镇远三首(选一)　201

查城十五夜对月五首(选二)　202

江门　203

峡中　204

雨霁　205

鸣蝉　205

葵 206

中元夜月 207

获稻 208

登楼二首 209

雨夜似清溪二首 210

夜 211

吾州 212

月二首 212

九月 214

九日同马君卿、任宏器登高四首 214

再别清溪子 216

别望之 217

雨夜 217

十四夜 218

登坚山寺 218

怀李献吉二首 219

雨后次孟望之二首 221

客至 222

西郊秋兴十首（选六） 223

答望之二首 226

赠韩亚卿返湖南二首（选一） 227

得五清先生消息尚客澧州怅然有怀作诗六首 228

喜刘朝信过饮三首 232

寄任宏器 233

和贾西谷暮春雨后之作 234

春望 234

春兴　235

寺僧留宿　236

袁挥使别墅次朝信、惟学韵　236

过先人墓示彭天章二首　237

登西岩寺二首　239

独立　240

樱桃　240

病马六首　241

送吕子　244

送王判之永州　245

送曹瑞卿谪寻甸二首　246

九日夜过刘以正别士奇　247

送顾华玉谪全州　248

送望之赴汶上二首　249

怀姊　250

过子容有怀献吉　250

寄空同子卜居襄阳　251

立秋日寄粹夫　252

寄三子诗并序　253

得顾华玉全州书兼知望之消息　254

得王子衡赣榆书　255

冬夜过饮戴时亮进士　256

侯郎中、刘主事见过对菊　256

过君采次韵二首　257

九月四日刘子见过二首（选一）　258

登塔二首　259

九日登仁寿寺后山　260
同张仲修再过刘子　261
寺中张子言自浙来话　262
菊庄　263
初度　263
苏子游赤壁图　264
同敬夫游至华阳谷闻歌妙曲　265
登五丈原谒武侯庙　266
登楼凤县作　267
马道骤雷雨复霁　267
说经台　268
益门　269
昭烈庙　270
上李石楼方伯　271
雨后溪园即事　279
子衡在狱感怀二十韵　280
友竹　284
八哥　285
独立　286
白雪曲十首(选二)　286
空屋见桃花　287

七言律绝

武昌闻边报　291
岳阳　292
华容吊楚宫　292

秦人洞二首 294

月潭寺二首(选一) 295

白帝城 296

归州 297

郢中 298

病后 298

秋兴八首(选二) 299

十二夜月 301

酬高新甫 301

九日不见菊次刘朝信韵 302

生子 303

无题 304

感春 305

怀西涯先生 305

春兴 307

杨花 307

寄胡宗器悼内 308

谷日 309

闻河南寇 310

送张元德侍御巡畿内 311

晚过君采次韵 312

得献吉江西书 313

无题回文 314

鲫鱼 315

答刘子纬雨后之作次韵 316

二月见梅 317

怀寄边子　318

望雪　319

寄康子　320

石矶　321

登楼观阁时王令明叔邀张用昭、段德光、王敬夫、康德涵四子同游二首　322

辋川　324

华州作柬桑汝公　325

东林书院　326

寄李郎中　327

秋日杂兴十五首(选五)　331

过先墓　333

吾郡古要害地也,闲居兴怀追咏古迹作诗八首(选一)　333

雨中看花七首(选二)　334

宝鸡县　335

前　言

何景明,字仲默,号白陂,又号大复山人,河南汝宁府信阳州人。他生于明成化十九年(1483)八月六日,卒于正德十六年(1521)八月九日,享年三十九岁。

一

何景明虽英年早逝,其生命却充实丰富。他一生充盈着亲情、师恩、友情、节义与忠爱,当然他也怡情山水,适性任真。这一切提供了他诗歌的情感内涵和艺术源泉。

何景明生于下层官吏家庭。祖何鉴,为阴阳学典术,尝代理汝宁明港巡检;父何信,尝任陕西渭源驿丞。可见,父祖辈并无杰出人物,至景明这一代方人才鼎盛。何景明有兄姊五人。兄景韶、景旸皆卢氏母出,景韶举成化二十二年(1486)乡试,官至东昌府通判;景旸举弘治十一年(1498)乡试,与景明同榜,官至安庆府通判;兄景晖、姊某及景明皆李氏母出,景晖不仕,姊适孟洋。在众兄姊中,何景明与伯兄景韶、姊婿孟洋最情深意笃。何景明十五岁从景韶受《尚书》,十八岁随景韶之巴陵令任所,二十五岁值景韶丧而决意归居,可以说伯兄是他的人生向导。正德四年(1509)四月父母亡后,何景明最挂念的就是其姊。他尝作《除夕述哀四首》,诗云:"所亲半重泉,有姊各一乡。"孟洋尝携夫人之官山东,何景明作《送望之赴汶上二首》,诗云:"宾朋半海内,弟妹各天涯。驻马临岐处,飘飘独望家。"后又作《怀姊》,诗云:"那堪骨肉泪,洒向别离时。……庭闱欣见汝,千里重予思。"这些诗作抒发了浓烈的姐弟之情。弘治十五年(1502)何景明娶张氏,两年后张夫人卒京邸,景明凄然感伤而作《悼亡诗》三首,云:"恍然失所在,零泪空滂滂。"及继娶王氏,他又作《悼往》,诗云:"人生重恩义,况兹比翼乖。何能眷新欢,弃掷故所怀。"何景明有儿女各三人,其中一女年幼夭折,他肝肠欲裂,异常悲痛,作《哭幼女行》,诗云:"女生一岁眉目扬,笑指兄姊罗成行。镜里娇啼映窗牖,床前学步牵衣裳。春风吹魂魂不住,来从何来去何去?……妇人性痴还过伤,奔走叫号如病狂。作诗示妻兼自解,转见人间父母肠。"正是对这些亲人的眷恋,构造成何景明诗歌的情感原质。

何景明生长于成化、弘治之世。此时妇寺干政,厂卫横行;流民作乱,边境未绥;灾变频起,饥馑蔓延……此种种迹象表明,明代政治已呈衰败趋势。但这毕竟是弊政的开始,明初文治鼎盛之遗恩犹存,何景明能以才质颖异获师贤惠顾。李纪、李瀚、林瀚、李东阳等人的赏拔与扶助,对他早年成长极为重要。对他们的恩情,何景明始终铭记难忘。他十一岁随父之官,获临洮知府李纪赏识,为延师授《春秋》。对李纪,何景明作《忆昔行》诗,抒发对李氏父子的感念:"我年十一十二馀,与子握手相欢娱。严君视我犹视子,日向庭前问诗礼。"当正德十年(1515)四月闻李纪讣,何景明为文遣祭,又作墓志铭,语均极恳挚。他十五岁调试汝宁,御使李瀚读其文,惊呼"奇才奇才",后又亲赴信阳观之。对李瀚,何景明作《上李石楼方伯》诗,感念座师的知遇之恩,盛赞他的道德、文章与政事,以他代表士大夫人格理想。何景明进入京城文坛,最初有赖李东阳接引。李东阳也以文衡自任,乐于推毂激赏后进;因之,何景明辈羽翼未丰之时,常预阁臣领导的诗文倡和。对李东阳,何景明一贯礼敬,永怀感念。当正德初刘瑾用事,李东阳潜移默御,保全善类,因遭气节之士非议。及至刘瑾伏诛,李东阳不自安,乃上书辞官。何景明归居闻讯,遥寄《怀西涯先生》诗,云"归去朝廷公望重,老来湖海路行难",对恩公表达深切的理解。及正德六年(1511)还朝,何景明又有

《上李西涯书》，劝止恩公引疾求退，以挚诚来表示信赖，云："恐终有以负明公，敢忘其狂昧，布肠腹，惟明公采览，无缪于古大臣出处之义。"正是对这些师贤的感念，奠定了何景明诗歌的人格基形。

何景明交友有多重圈属。在京都郎署文学圈之外，他还领导着信阳作家群。其成员有姊婿孟洋、郏县王尚䌹、信阳戴冠、樊鹏、华容孙继芳及其子宜等人。这个作家群组织松散，没有明确的结社意向，主要是追随何景明行动。当何景明与李梦阳交契时，他们也参与"前七子"的活动，如王尚䌹跻身何景明《六子诗》，与李梦阳、边贡、康海等并列。及何景明与李梦阳交恶后，他们紧密聚结在何一边，如孟洋以姊婿更兼密友，支持景明最为有力。何景明在京交游广泛，除与郎署作家频繁唱和，还获茶陵派储罐等人叹赏。而他跟郎署作家交往，以与李梦阳交谊最投契。李何两人声气应求，不仅文学上共倡学古，而且政治上相互援助。何景明特重这份友情，尝作《赠李献吉三首》，称李梦阳为知心朋友。又有《六子诗·李户部梦阳》，盛赞"李子振大雅，超驾百世前"。正德七年（1512），李梦阳在江西任上吃狱，何景明上书杨一清乞情。李梦阳称他为"赤心朋友"，何景明作《得献吉江西书》诗，以偕隐山中相回应："他年淮水能相访，桐柏山中共结庐。"李何如此深厚的交谊，不仅震撼彼此的心灵，而且引发文坛热切关注。因为，郎署作家的核心是"前七子"，而"前七子"的核心就是李何。何景明与李梦阳交契之际，还同其他郎官友好交往。这包括"前七子"其馀成员，如边贡、康海、王九思、徐祯卿、王廷相等；还有其他学人与作家，如崔铣、吕柟、何瑭和薛蕙等人。何景明与友朋聚首京城短暂，从弘治十五年成进士，至正德二年（1507）归居，前后大约只六七年，其间他归娶近一年，出使滇南又一年。至正德六年他回朝前后，边贡、李梦阳、王廷相均外任，康海、王九思等人早归隐。因而他与友朋欢聚时少，遥诉思念之苦更多，尝感叹"十年岐路各苍茫"（《怀寄边子》）。幸好此时他新识薛蕙，神交而"谓我颇同流"(《过君采次韵二首》)。及至正德十三年(1518)七月,何景明出任陕西提学副使,又有机缘与康、王等重聚,其狂喜之情无复名状:"五陵冠剑豪游地,犹是长安旧酒徒。"(《登楼观阁时王令明叔邀张用昭、段德光、王敬夫、康德涵四子同游二首》)至于同崔、吕等人的交游,则是李何分异之后[1],何景明交友的新取向。盖此时他更重经术世务,特别倾慕关中儒学;因而珍视吕柟为"同心友"(《过吕仲木宅同吕道夫、马君卿》),称赞崔铣有恒德,可"永副平生慕"(《送崔氏四首》之四。正是对这些友朋的信赖,激励着何景明诗歌的不懈追求。

何景明通经术,尊德性,尚节义,鄙荣利。他虽然不生养于关中,但向慕关中儒学传统,礼敬倡复关学的杨一清,并仰仗之为精神领袖,因而习得关学文化气质。正是秉承这种气质,他才能劲节刚毅,忠直敢谏,不畏强暴,恰似关学创始人张载之"德盛貌严,刚劲敢为"(《二程遗书》卷十程颐语)。及至督学关中,他奋力弘扬关学,以经术世务教导诸生,修订学程,激励士气,作成人才。他还创经说数十条,欲与四川提学王廷相约境上之会,期数月之讲。他又著《何子》十二篇、《内篇》二十五篇等,旨在阐明性理,通达世务。正因何景明儒行醇厚,故其节义凛然之事,常为后世史家称道:(1)正德初,刘瑾弄权。何景明上书吏部尚书许进,劝其柄政毋挠,语气极为激烈。(2)李梦阳被刘瑾逮系之后,众莫敢为直。何景明上书阁老李东阳,又与康海划策,终免李梦阳一死。(3)正德六年,何景明复官京师,名声日著。正德帝义子钱宁欲交欢,以古画索何景明题。何景明以名笔不可污,留经年而终还之。(4)正德九年(1514)正月,乾清宫灾,何景明应诏言事,谓人事不修,天变将复作,又诋义子不当蓄,宦官不当宠,语极剀切,人为之心寒。(5)正德十三年,何景明任陕西提学副使。锦衣指挥廖鹏弟銮横行关中,其参随遇三司不下马。何景明拘执而鞭挞之。(以上参见《明史·何景明传》)此数事当世震撼士林,后世传为佳话。特别令人钦佩的是,何景明在与李梦阳交恶后,仍未放弃对李的道义担当。虽然他对这段交情有悔恨,尝自省"苟非同根生,缠绵安得固。……深言匪由衷,白首为所误"(《送崔氏四首》之四);但当得知李梦阳处困厄中,他仍义无反顾地积极救助。正德十四年(1519),清查宁王朱宸濠叛乱案,连带出李梦阳撰《阳春书院记》事。嫉恨李梦阳者欲置之死。何景明上书杨一清等,为之讼冤而免其死。而更令人感佩的是,何景明在临终弥留之际,嘱墓文必出李梦阳手。他或许清楚李未必肯作文,却仍向李发出道义约请,此胸襟是多么宽博坦荡。正是对关学节义的认同,涵养出何景明诗歌的浩然正气。

何景明举弘治十五年进士,年方二十就得志,自当胸怀高远,忠君图报。但他因不喜私谒,未能例改庶吉士,初仕就遭受了挫折,两年后始授中书舍人。此后政治情势恶化,实不容志士舒展胸抱;因而,他忠爱之情就凄然失落,转而化为忧愤时事、讽切弊政和哀叹民瘼。延至弘治十八年五月,他奉孝宗帝哀诏使云南,获得入仕以来首次委任。他行至武昌,闻西北边警,忧虑"一时边将当关少,六月王师出塞难。先帝恩深能养士,请缨谁为系楼兰"。(《武昌闻边报》)他行经武陵险山恶水,念及汉代伏波将军,唯恐不能完成王命,因作《武陵》诗:"伏波有遗响,吟馀转凄恻",流露对前途的凄茫感。他来到清平县,见县令困苦之状,而作《清平令》诗,表达对下吏的同情。他还有《城南妇行》诗,借一位寡妇的口吻,叙说盗匪侵掠和官军平叛前后的不幸遭遇,用卑弱者的声音,揭露边鄙不绥、盗匪猖獗、官军贪私、民不聊生的现实,控诉统治者"无乃乖天常"。何景明此行经年,至正德元年五月还朝,恰当宦官刘瑾乱政。何景明不安于位,乃于次年辞官归居。他此举虽为全身远害,但并未放弃现实关怀。他在归居乡园期间,有机会体察民病,关心下层的疾苦。如他曾作《官仓行》诗,对照描写饥民之惨痛:"富家得粟堆如丘,大车槛槛服两牛。乡间饿夫立墙下,稍欲近前遭吏骂。"又作《冬雨叹三首》,对乡民的困顿深表沉痛:"乡中饿叟纳官赋,白头赤脚行中路";"我里四邻久已出,到今不知死何乡"。正德六年何景明还京任职,有缘闻睹国朝种种弊政,并作诗进行深切的讽喻:正德帝昏聩荒唐,好微服出巡,致使朝政废弛,人心惶恐,他作《游猎篇》予以讽谏,诗称"腐儒为郎不扈从,愿奏相如谏猎篇";边防将士饥寒困顿,而京中贵幸贪图享乐,他作《点兵行》予以抨击,诗云"高马肥肉留京都,可怜此兵击匈奴";中原一带匪盗猖獗,君昏将弱,民失其所,他作《闻河南寇》予以讽切,诗云"今日至尊忧不细,几时诸将捷音同";正德帝宠幸宦官近臣,疏远朝中大小臣工,他作《鲥鱼》予以讥刺,诗云"银鳞细骨堪怜汝,玉箸金盘敢望传"……正是这些饱含忠爱之作,标举着何景明诗歌的讽喻之义。

何景明一生忠爱为怀,但当君昏臣暗、宦官擅权,他不仅报国无门,反而遭打击排抑。因而他幽愤愁闷,常作诗宣泄郁垒。他创作了大量的"祖杜"诗,追摹杜诗沉郁顿挫风调。此为一面,另一面是,何景明也企图摆脱困扰,渴望清静;因而他爱恋自然,向往归田。他在使滇往返途中,观览湘西、云贵、三峡的奇异山川。一路山水风物变迁,他的感受随着变改,而所作诗也风调随变。如《自武陵至沅陵道中杂诗十首》,用新的艺术感受,描绘山水之幽奇,抒写旅途之艰险,随行兴感,寓目辄书。再如《秦人洞二首》,惊叹桃源洞的自然美景,向往秦人清净避俗的生活,诗云:"云锁洞门何处问,花开溪路几人迷";"家移洞里难知姓,水到人间易问津"。又如《黄陵庙》诗,描写黄陵峡的浩阔和行舟的惊险,令人心悸骨折,荡气回肠。他在归居乡园期间,钟爱家乡的一山一水,品味田园的宁静闲适,享受亲人团聚的欢乐,写了许多田园山水诗,如《还至别业四首》、《观涨》、《望郭西诸峰有怀昔隐兼发鄙志》、《游西山二首》、《获稻》等。如《客至》,描写闲居潇散,颇有意趣:"野外逢迎少,柴门落叶稠。人闲不扫室,客到始梳头。且为烹茶坐,还因看竹留。登临如有兴,更上水边楼。"还有一首《水曲纳凉》,抒写归居心境,尤为别致:月夜清玩,漱流消烦,优游俯仰,怡情荡志,物我双遣,回归自然。此情不能自已,便放浪起来:"虽无朋侪和,兴言自成歌。娱乐当及时,千秋岂复多。"此外,何景明还偶通道旨和禅趣,达观人生,适性任真。如《鸣蝉》:"清心吾爱尔,长日自悲吟。……偶通观物理,幽意坐来深。"此援引齐物论旨,感通万物,得观物理,以消烦忧。再如《寺僧留宿》:"留宿频经夜,虚空断俗缘。独吟依野衲,不寐听山泉。水月人间地,香灯象外天。何时谢城郭,来此共安禅?"此援引禅家机趣,触境生兴,厌恶尘俗,向往禅境。此类山水闲适任真之作,呈现出何景明诗歌的清丽俊逸。

二

弘治十五年春,何景明赴京应礼部试,举康海同榜进士第三甲。他旋即请假归娶,次年携夫人至京,造访李梦阳、边贡而语合,因而得预京中名流,名列"前七子"、"十才子"。

此时文学的发展情势是,文柄由馆阁移于郎署。明正统朝以后,君臣倡和的盛况已不多见,文学侍从衰落,馆阁词臣失宠。成化年间,万贵妃乱政,万安擅权,馆阁词臣遭受排抑,渐失领导风雅职能。更严重的是,馆阁词臣出现分异。比如李东阳善诗,门下多词客。阁老刘健忌之,每闻人学诗则叱曰:"就作到李、杜,只是酒徒。"(《诗家直说》卷二)又如杨一清将其《石淙类稿》嘱李梦阳评点,意欲与李东阳相颉颃。李梦阳领会其意,乃称杨诗笔可与李并驾。(《列朝诗集》丙集"杨一清"条)而词臣一旦分异,就会争主文盟,导致文柄不一。从此文柄旁落,失坠不振。更因正德朝以后,刘瑾等残酷打击馆阁词臣,文学侍从凋敝,文柄再无回归馆阁之可能。这就从政治生活层面,为郎署作家崛起让出空间。

与文柄旁落相呼应,馆阁文学亦肤弱无骨,靡敝至极。针对这股痿弱的文风,李梦阳抨击"柄文者承弊袭常,方工雕浮靡丽之词,取媚时眼"。(《空同集》卷四十七《陵溪先生墓志铭》)又委曲批评茶陵派"迭韵竞侈连篇"之陋习。(《空同集》卷六十二《与徐氏论文书》)故四库馆臣称:"成化以后,安享太平,多台阁雍容之作。愈久愈弊,陈陈相因,遂至啴缓冗沓,千篇一律。"(《四库全书总目提要·空同集》)文学风气既已如此,如何排除流弊、扭转归正,就成为郎署作家的使命。这期间,弘治十五年、十八年(1505)两科进士加入郎署,其中有康海、何景明等人,而康海的到来最为关键。康海为诸生时,为文"脱去近习,上追汉魏",早被提学杨一清激赏。及至十五年春试,他的制策被孝宗列置第一。正是倚仗皇帝的褒扬,康海率先挑战李东阳。当别人仍仿习李东阳时,康海却"独不之仿",并与关中籍作家结社,在文学上与阁老分立。(《渼陂集·渼陂续集·康公神道碑》)

何景明就是乘此情势,进入弘治、正德年间的文坛,参与明代文学的发展进程。他与李梦阳等共结文盟,倡言学古,力挽痿弱文风。对此情节,明史馆臣描述曰:"弘、正之间,李东阳出入宋元,溯流唐代,擅声馆阁。而李梦阳、何景明倡言复古,文自西京、诗自中唐而下,一切吐弃,操觚谈艺之士翕然宗之。明之诗文于斯一变。"[2](《明史·文苑传序》)而其所学之古,主要是指宋元以来的关中儒学传统和汉唐时期的中原文学传统。

关中儒学在明中叶曾一度复兴,而激扬者就是关学重镇杨一清。弘治七年至十五年间,杨一清提督陕西学政,创办正学书院,教导关中才彦,以复兴关学为己任。经他擢拔的后学,有李梦阳、康海等文坛主将,有吕柟、马理等儒学名家。何景明虽不曾从学于杨,却也视之为精神领袖。李何辈也果能弘扬关学传统,反对以理抑情,注重气节;反对寻章摘句,重视躬行。如王廷相倡"气本论",用以矫正程朱官学的"理本论",还人的情性以应有地位,隐然支持着李梦阳"真诗乃在民间"说。(《空同集》卷五十一《弘德集自序》)

他们倡言"文必先秦两汉,诗必汉魏盛唐"[3],也是着眼于中原传统。中原是周秦、汉魏、盛唐文学的中心区域,师法先秦两汉文和汉魏盛唐诗,就是从文学上绪承中原传统。他们认为,先秦诗文之高古、秦汉散文之质实、汉魏诗歌之悲慨、盛唐诗歌之雄浑,正是中原文学传统的精粹,是历代文学中格调最高者。以诗歌学古例之,何景明有现身说法:"景明学歌行、近体有取于(李、杜)二家,旁及唐初、盛唐诸人。而古作必从汉、魏求之。虽迄今一未有得,而执以自信,弗敢有夺。"(《大复集》卷三十四《海叟集序》)

何景明虽与人共倡学古,却并没有消泯艺术个性。其诗歌创作的鲜明个性,阐明在李何论辩三书中。[4]与李梦阳诗歌创作相比,何景明艺术个性表现为:

(一)何景明虽不反对摹仿古人,但更看重独立创造。对此,明史馆臣评曰:"梦阳主摹仿,景明则主创造。"(《明史·何景明传》)其实在理论上,何景明既讲摹仿,也讲创造。何景明说:"诗曰:'惟其有之,是以似之。'以有求似,仆之愚也。"又说:"曹、刘、阮、陆,下及李、杜,异曲同工,各擅其时,并称能言,何也?辞有高下,皆能拟议以成其变化也。"(《大复集》卷三十二《与李空同论诗书》)所谓"以有"、"求似"、"拟议",表明何并不排斥摹仿。但他又说:"若必例其同曲夫然后取,则既主曹、刘、阮、陆矣,李、杜即不得更登诗坛,何以谓千载独步也?"(《与李空同论诗书》)此即主张不必拘守古人,摹仿古人是为了独立创造。

(二)何景明虽也尊重古人法度,但更讲究变化古法。李梦阳说:"古人之作,其法虽多端,大抵前疏者后必密,半阔者半必细,一实者必一虚,叠景者意必二,此予之所谓法圆而方矩者也。"(《再与何氏书》)又说,古法就是"古之所云开阖、照应、倒插、顿挫者"。(《答周子书》)何景明也说:"诗文有不可易之法者,辞断而意属,联类而比物也。"(《与李空同论诗书》)李何都关注词句、篇章、语言及结构之法,对古法的体认大体相近,差异在于怎么对待古法。李主张守古法而不舍,反对自创法式。(参《空同集》卷六十二《驳何氏论文书》、《答周子书》)何则认为,古法虽曾一度流传不坠,但魏晋之后渐趋于亡。有鉴于此,他不满"徒叙其已陈,修饰成文,稍离旧本,便自杌陧,如小儿倚物能行,独趋颠仆",而主张"推类极变,开其未发;泯其拟议之迹,以成神圣之功",即谓变化古法。(《与李空同论诗书》)

(三)何景明虽也追摹格调风神,但更追求俊语亮节。李何辈都追摹先秦、汉魏、盛唐文学的格调风神,李提出"柔澹、沉着、含蓄、典厚"四义,而何亦认同为"诗家要旨大体"(参见《驳何氏论文书》、《与李空同论诗书》);但因取径不同,又因性格差异,何景明更追求俊语亮节。他所谓俊语亮节,是指语言明快和音调清亮。这是针对李梦阳诗歌黯惨而提出的。李梦阳"闲缓寂寞以为柔澹,重浊剿切以为沉着,艰诘诲塞以为含蓄,野俚辏积以为典厚",不只乖谬格调风神,并且丢失俊语亮节。(《与李空同论诗书》)对李梦阳的这种失误,何景明似乎早有预防。他与李共倡学古之初,所作实验诗《明月篇》,即着意追求俊语亮节。该诗既追摹杜甫七言诗歌的"陈事切实,布辞沉著",又仿效"初唐四子"诗歌的词彩清丽,音调流转。从何景明诗作的全貌看,追摹杜诗辄得沉郁顿挫,追摹魏诗辄得慷慨悲凉,追摹《诗经》辄得切实多讽……大凡有所追摹,皆能得其真似,做到圆转自得,力戒字剽句摹。

本来,何景明有机缘开创新文风。正德末,李何论文不合之后,他们各自分道扬镳,引导文学分途发展,促使文学走势分化。李梦阳接引中原以外的力量,突破中原文学之拘限,修订早前的学古理论,由学古转向文学复古,从而调整文学发展方向。而何景明利用督学陕西之机,修订学约与规程,疏通文学与经术的源流,将秦汉盛唐文学与宋元以来关学相衔接,阐明"文以会道,广道以成教"之旨趣。(《何大复先生年谱》附录《学约序一》)他如此立宗明旨,虽着眼在科举造士,而实际是肇新文风,开启文道合一的发展方向。可惜他英年颠殒,未使此途宏远。这就使上述艺术个性未及巨变,而成为他诗歌创作的基本特征。

当然,何景明的诗作也有缺陷,这在李何论辩中也有揭露。李指出何有些诗作"若搏沙弄泥,散而不莹,又粗者弗雅","阔大者鲜把持,又无针线",如《月蚀》诗"妖遮赤道行"即是;又指斥何诗用语率易,支离失真,入野狐外道,"高而不法,其势如搏巨蛇、驾风螭,步骤即奇,不足训也"。(《空同集》卷六十二《再与何氏书》)李梦阳的批评难免意气相使,但所说亦非凭空虚造。今按《大复集》所存诗,确有不少诗作粗俗不雅、高奇失法。如其古诗《梁甫吟》,以梁甫山为焦点,将相关和不相干的人物事件拼凑在一起,就显得粗豪不合经训。但不论存在怎样的不足,何景明仍不失为大诗人。这在他去世三十七年后,大文豪王世贞已有评定:"缘情即象,触物比类,靡所不遂,璧坐玑驰,文霞沦漪,绪飚飚摇曳,春华徐发,骤而如浅,复而弥深,疑无能逾何子而上者。何子为文,刻工左、史、韩非、刘家言,大抵于诗雁行云。……令何子不死,而称为名公卿已耳,所以削涤卑琐,振颓习,昌运,开中兴者,何物也功于经纶孰多?"(《大复集》卷首《大复集序》)

何景明成名后的诗歌创作,通常随他居处的变换,自然形成若干个时段,并大都及时得以结集,计有《京集》、《使集》、《家集》、《秦集》等。《使集》收录弘治十八年五月奉孝宗哀诏使云南,至正德元年五月返京大约一年间的诗赋之作;《家集》收录正德二年五月乞病归养,至正德六年初复任京职前大约四年间的诗赋之作;《秦集》收录正德十三年七月出任陕西提学副使,至正德十六年六月弃官归逝大约三年间的诗作。

《京集》的情况复杂一些,它收录弘治十五年成进士至弘治十八年五月出使云南前、正德元年五月自滇返京至正德二年五月归居前、正德六年初复任京职至正德十三年七月之官陕西前,凡两度三次在京约十一年间的诗赋之作。这种自然结集形态,在嘉靖三年张时济辑《大复集》、嘉靖三十七年袁灿辑《何大复集》诸本里,均得以完好保留。兹编《何景明诗选》,也大体遵从其例,并在所选篇目"注释〔1〕"中指明。

何景明诗作今留存有一千六百多首,明清以来有少量篇目被钱谦益《列朝诗集》、朱彝尊《明诗综》、陈子龙《皇明诗选》、沈德潜《明诗别裁》、汪端《明三十家诗选》、陈田《明诗纪事》等书选录,但迄今尚无成规模的能体现其诗歌概貌的选本。兹编尽量参考前人的选目,凡被以上诸书选录,且艺术性较强的诗作,该《何景明诗选》均予照录。其馀篇目则依据编者的解读,遵循如下原则进行编录:(一)艺术性很强的诗作,大都予以收录;(二)艺术性较强且能体现其创作主张的诗作,尽量予以收录;(三)艺术性稍差但能反映其生平重要交往活动的诗作,酌情予以收录。所有选目均以明嘉靖三十七年袁灿辑《何大复集》为底本,参酌使用四库全书本和李淑毅等人校点本。

兹编注释条目以疏通词句、讲明事典和阐发诗艺为主,一般力求简明扼要;但有些事典较生僻,还有些事典联用或化用,不易理解,则亦不惜文墨,务求详明。

〔1〕关于李何分异的具体情节,论者向来不甚明了,兹略作考辨如下。正德七年李东阳乞休,馆阁柄文的职能彻底消失。中央庙堂丢失了文柄,便需新魁来主持文盟。而最有资格柄文者就是李、何二人。然此二人谁占鳌头,仍需展开新一轮争夺。此时的情势是,李梦阳在江西任上吃狱,被迫解职闲居开封,交游日蹙;而何景明居任京职,据有利位置,且声誉日隆。在李梦阳看来,何应该帮助自己,谋求重新出仕,故于正德十年作《钝赋》寄示,表明

藏时待用的愿望。何景明也心领神会,作《蹇赋》答之:"夫钝者,委时之弗利,无如之何,欲以藏用而自完,盖获予志焉。"(《大复集》卷一)即是说,自己也偃蹇不迁,恐无力相助,而劝慰李藏用自完。这样的答复当然让人失望。何景明无力帮助李,应属实情。若事态仅属此性,李梦阳应能理解;但问题不是这么简单。李梦阳对何的冀望太殷切了,因为何是京城唯一可信赖的人。而何景明表示"获予志焉",这态度无异装聋作哑,怎不让李恼羞成怒。更甚者,他们都是文人,且都名满天下。如今李梦阳复出无望,岂不让何景明独擅文盟。这在心气高傲、性格粗豪的李梦阳,是绝对不能容忍的。就这样,李何分异肇端了。分异的具体展开就是李何论辩。论辩应是李梦阳挑起的,其话题尽管多端,但潜台词只有一个,那就是当年两人共倡学古,究竟谁的方法对头,谁的诗歌写得好,谁有优势来陵替对方。结果是谁也占不了上风,这场论辩只好不了了之。但分异并未因此打住,而是越走越远。先是李、何二人交恶;接着,以李何为核心的文学阵营瓦解,各自的门生及追随者分左右袒;最后各走一路,李将学古主张往复古道路上推进,何则诱导诸生走经术世务之道路。

〔2〕关于李何倡言复古之说,需略做辨析校正。考李梦阳、何景明、康海、徐祯卿、王九思、边贡、王廷相等人的著论,正德末之前他们从未提过复古问题。即便李、何往返论争,也只是讨论如何学习古人,而没有提出复古论题。及至正德末嘉靖初,关于李何复古的认识还很隐约。大约正德末嘉靖初以后,文学复古意识才朦胧浮现。这是因为经过李何辈的长期推扬,各地域文人接受中原文学的影响,纷纷实验李何的创作主张,而使整个文坛普遍趋向学古。但为了保持各地域文学的独立性,他们不愿随李何去复兴中原文学,便提出更具包容性的复古论题。这样又反过来,将崛起的中原文学纳入复古思潮中。最早明言复古的可能是黄省曾。嘉靖初年,他倡言:"夫不复古文,安复古道哉!"(《空同集》卷六十二附录《与空同子书》)李梦阳对此积极回应,而不再申言早前的学古

论。几乎同时,李梦阳给周祚复书,修正早前的师法古人说:"今人法式古人,非法式古人也,实物之自则也。"(《空同集》卷六十二《答周子书》)这与他《再与何氏书》中"模临古帖"之说相比,完全是另一种论调。稍后不久,"前七子"健在成员如王廷相、康海等,才意识到早年学古论的复古意义。由此可知,李何辈只是共同主张学古,而非一开始就倡言复古。至于复古的话题,是正德末以后才提出。学古与复古是两个时段的概念,二者有本质的区别:学古着眼于复兴中原文学,是李何和同时期的论调;而复古是一个文学思潮,是李何分异之后的绪论。只因后来论者不明这个时间差,而说李何一开始就倡言复古。(参饶龙隼《李何论衡》一文,《文学评论》2007 年第 3 期)

〔3〕"文必先秦两汉,诗必汉魏盛唐"出自康海和王九思的提倡,见《渼陂续集》卷中《康公神道碑》、《渼陂集》卷首康海撰《渼陂集序》。后来,它被当成"前七子"文学复古的口号,是有一定的代表性的。李梦阳说,元、白、韩、孟、皮、陆以下不足学,"三代以下,汉魏最近古。"(《空同集》卷六十二《与徐氏论文书》)何景明说:"学歌行近体,有取于(李白、杜甫)二家,旁及唐初盛诸人,而古作必从汉、魏求之。"(《大复集》卷三十四《海叟诗序》)徐祯卿说:"魏诗,门户也;汉诗,堂奥也。"(《谈艺录》)诸家所论,都不出先秦、汉魏、盛唐之范围。

〔4〕何景明《与李空同论诗书》开篇曰:"敬奉华牍,省诵连日。"据可知,何此书应是对李梦阳第一书的回复。又据《驳何氏论文书》开篇语"于是为书,敢再拜献足下,冀足下改玉趋也。乃足下不改玉趋也,而即摘仆文之乖者"云云可知,李梦阳获何的复书后,有感于前一书的愿望落空,乃作第二书《驳何氏论文书》回复。可能是李的词气过于凌盛,何景明再无复书,盖欲休战,或觉得这样争论甚无谓。但李梦阳意犹未平,又有第三书即《再与何氏书》。李梦阳第一书不见录《空同集》中,而又别无他处可求,故具体所云今无从详知。

古 诗 乐 府

中林之棘[1]

《中林之棘》,送崔子也。[2]

中林之棘,维桃与李[3]。阪田之特,生也曷以[4]。民之无俦,曷其有已[5]!王事皇皇,驾言徂行[6]。念子出宿,我居茕茕[7]。我心之迈,与子同征[8]。行野蹴蹴,行国迈迈[9]。无草不茂,无谷不溃[10]。民之瘁矣,心忧用唁[11]。彼鱼之罛,在彼河梁;彼兔之罝,在彼河侧[12]。岂不是思,进退维亟[13]。同贾知贪,同食知甘[14]。予谅子怀,如口弗爽;予之有怀,子岂不谅[15]。火之方殷,不戒胥燔;水之方割,不戒胥溺[16]。火之方殷,乃仇扑灭;水之方割,弃其舟楫[17]。有瀞斯雨,有霰斯雪;如履坚冰,乃尚思热[18]。众方媚矣,莫敢独说;如处大厦,俟其颠覆[19]。谓人弗言,言成祸矣;谓人弗职,职成过矣[20]。孰无朋友,倡谁和矣。子曰弗仕,子有父母;予曰弗仕,兄弟诮予[21]。天子则不罪,朋友弗取。

《中林之棘》九章,七章章六句,二章章八句。

[1] 该诗出自《京集》,当作于弘治末正德初何景明初任京职期间。全诗抒写何景明与崔铣的真挚友情,讲述仕宦生涯的险恶处境,进而彼

3

此互相告诫劝慰。此虽围绕着友情来写,却触及了社会政治和世道人心,契合《诗》的讽喻精神,颇得"风人之旨"。全诗以四言为主,情思质朴,格调劲直,是追摹《诗》篇的代表作。中林,树林中。语出《诗·周南·兔罝》:"肃肃兔罝,施于中林。"毛传:"中林,林中。"棘,有芒刺的草木。此泛指树木。

〔2〕崔子:对崔铣的敬称。崔铣(1478—1541),字子钟,一字仲凫,初号后渠,后号少石,又号洹野,河南安阳人,弘治十八年进士,授编修,官至南京礼部右侍郎,有诗文集《洹词》十二卷。崔铣是何景明的好友。

〔3〕句谓:丛林众木之中,有嘉木桃与李。此以桃李比况善类。

〔4〕阪(bǎn板)田:山坡上的田。阪,山坡。特:公牛,亦泛指牛。典出《诗·小雅·正月》:"瞻彼阪田,有菀其特。"曷以:何以,即怎么样。

〔5〕民:人。此指作者自己。俦(chóu愁):同类、朋辈。此指志同道合者。已:停止,止息。句谓:人难遇志同道合者,为求得这样的友朋,我没日没夜地思念,哪里会有止息之时!

〔6〕王事:王命差遣的公事。语出《诗·小雅·北山》:"王事傍傍。"此指操劳公家的事。皇皇:惶恐的样子。皇,通惶。驾:乘车。言:语助词,表示动作的趋向。驾言,语出《诗·邶风·泉水》:"驾言出游。"徂(cú殂)行:行进。徂,行走。语出《诗·鲁颂·駉》:"思马斯徂。"郑玄笺:"徂,犹行也。"

〔7〕出宿:外出住宿。此指留居在外。茕(qióng穷)茕:孤零零的样子。

〔8〕心之迈:心意远行。心,心意;之,句中语助词,表示动作趋势;迈,远行。此化用《诗·王风·黍离》:"行迈靡靡,中心摇摇。"与:随着,跟着。同征:一起出征。

〔9〕蹶(jué绝)蹶:疾行的样子。迈迈:轻慢的样子。

〔10〕茂:繁盛。此指杂草繁盛。溃(kuì愧):腐烂。此指谷物腐

烂。句谓：杂草丛生，十分繁盛，使谷物无法生长，全都烂掉。

〔11〕民：人。此指农人。瘁(cuì 翠)：憔悴，枯槁。喟(kuì 愧)：叹息。句谓：农人遭受饥荒而憔悴，我心感忧伤而喟叹。

〔12〕罭(yù 欲)：捕小鱼的细眼网。罝(jū 居)：捕兔的网。句谓：我的处境险恶，危机重重，就像河堤上张设了渔网、河岸边张设了兔网。

〔13〕亟(jí 极)：危急。句谓：哪能不顾念农人饥荒，乃因为不论是进是退，我处境都很危急啊。

〔14〕同贾(gǔ 古)知贪：与人一起经商，就理解同伴多分财物的用心。典出《史记·管晏列传》，管仲说："吾始困时，尝与鲍叔贾，分财利，多自与。鲍叔不以我为贪，知我贫也。"同食知甘：与人一起进食，就知道同伴饮食口味之喜好。甘，以为甘，意动用法。此引申为饮食口味之喜好。该句比喻友朋心灵相通，交为莫逆。

〔15〕谅：体察。语出《诗·鄘风·柏舟》："母也天只，不谅人只。"怀：心思，想法。爽：差失，不合。语出《诗·卫风·氓》："女也不爽，士贰其行。"

〔16〕方：刚开始。殷：火盛大的样子。戒：防备，警戒。胥：顷刻，一会儿。此指事态快速发展。燔(fán 烦)：焚烧。此指大火焚烧人畜与财物。割：截断，隔断。此指洪水截断交通。溺：水淹，落水。该句比喻当面对凶险，要预为防备。

〔17〕仇：通酬，筹划。弃：放弃。此指不敢使用舟楫。

〔18〕渰(yǎn 眼)：阴云。斯：斯须，即将。霰(xiàn 线)：雪珠。热：天气转暖。

〔19〕说：劝说，谏说。俟(sì 四)：等待。

〔20〕职：任职。此指尽职做事。

〔21〕訧(yóu 由)：同尤。责备，责怪。

5

明妃引[1]

明妃绝色世无邻,粉黛那数三千人[2]。咫尺宫门接前殿,君王只向图中见[3]。当时自恃如花容,美丑谁知由画工[4]。单于日近汉日远,万里风沙魂不返[5]。琵琶马上再三弹,翠袖朝啼关塞寒。皓齿明眸葬沙漠,千秋遗曲犹悲酸[6]。燕支暮云白浩浩,羌人吹笛雪飞早[7]。山前孤冢高嵯峨,岁岁春风长青草[8]。古来抱节本难遇,况复蛾眉人所妒[9]。君不见,长门宫,不用黄金买词赋,纵有朱颜君不顾[10]。

〔1〕该诗出自《京集》,当作于弘治末正德初何景明初任京职期间。《明妃曲》是古人常用的诗题,如北宋王安石也尝用过。此题往往演义王昭君远嫁匈奴故事,来抒写文士怀才不遇的境况。该诗借明妃、陈皇后等汉宫旧事,隐喻正德初宦官刘瑾乱政,贤能之士不得容身,买官卖官公行之现实。全诗情调悲怆,抑扬顿挫,颇有讽喻之义。明妃,汉元帝宫女王嫱,字昭君。

〔2〕粉黛:傅面的脂粉和画眉的黛墨。此借指美女。那数:哪数,不止。句谓:明妃容貌绝佳,后宫无能媲美。

〔3〕咫尺:形容距离很近。咫,周制八寸;尺,周制十寸。前殿:君王居处的宫殿。图:图画。此指描绘后宫佳丽的图画。句谓:尽管后宫距离前殿很近,但君王懒得临幸后宫,只画中观看宫女容貌,以按图来召幸宫女。

〔4〕画工:画师。此指描绘宫女的画师。句谓:明妃当时自恃花容

月貌,(而不与画师通贿;)谁知(画师从中作弊,)宫女的美丑就由画师决定。

〔5〕单(chán缠)于:汉时匈奴君长的称号。魂不返:魂魄不能返回汉地。此形容风沙万里,路途遥远。句谓:明妃远嫁匈奴,路途异常迢遥。

〔6〕皓齿明眸:描绘女子容貌姣好。典出曹植《洛神赋》:"丹唇外朗,皓齿内鲜,明眸善睐,靥辅承权。"葬沙漠:指明妃死后安葬在沙漠。句谓:明妃玉容消殒,葬身沙漠;她那不幸的遭遇,早已化作悲酸的乐曲,千百年来流传不已。

〔7〕燕(yān烟)支:燕支山。有时泛指北方边地。羌人:羌族。此泛指西北少数民族。该句渲染明妃安葬地苍茫凄寒的环境。

〔8〕孤冢:孤零的坟茔。今呼和浩特市南郊有昭君墓青冢。嵯峨(cuó é痤鹅):山势高峻。此指明妃墓高耸的样子。

〔9〕抱节:保持节操。句谓:自古以来,怀抱节操者本来就难遇明主,何况像明妃那样,又以美貌遭人嫉妒呢!此借明妃故事,隐喻贤能之士无法容身的朝政。

〔10〕长门宫:汉武帝失宠陈皇后所居宫殿。后借指失宠女子居住的寂寞凄清的宫院。黄金买辞赋:陈皇后失宠后,奉以黄金百斤,请司马相如作《长门赋》,借以感悟武帝。陈皇后因以复得宠幸。此借陈皇后故事,隐喻买官卖官、苟且取容之政治现实。朱颜:红润美好的容颜,指美色。

塘上行[1]

蒲生寒塘流,日与浮萍俦;风波摇其根,飘转似客游[2]。客游在万里,日夕望故州。鹈鸠鸣岁暮,蟪蛄知凛秋[3]。暑退厌绨绤,寒至思重裘[4]。佳人不与处,圆魄忽四周[5]。房栊凄鸣玉,纨素谁为收[6]。白云如车盖,冉冉东北浮;安得云中雁,尺帛寄离愁。[7]

〔1〕该诗出自《京集》,当作于弘治末正德初何景明初任京职期间。这首歌行是追摹汉魏诗歌的代表作。全诗抒写游子羁旅情怀,以寒蒲、浮萍之飘摇比况游子转徙无依,以鹈鸠和蟪蛄之鸣叫、绨绤和重裘之更换兴起乡思别绪,颇得《诗》比兴之义。音声婉转,韵调清越。陈子龙评曰:"婉丽清发,不在建安下。"

〔2〕蒲(pú 葡):香蒲,一种水生植物,又称寒蒲,故云"蒲生寒塘流"。塘流:池塘的水中。俦(chóu 愁):伴侣,同伴。此用作动词。该句本以寒蒲飘摇自况,却反过来说寒蒲像游子那样漂泊转徙,句法颇为新颖。句谓:我客游他乡,像寒蒲与浮萍一样,随风波飘摇转徙,无法找到归宿。

〔3〕鹈鸠(tí jué 提决):杜鹃鸟。这种鸟在初春时节开始鸣叫,而岁末已有春的气息,故云"鹈鸠鸣岁暮"。岁暮,即岁末。蟪蛄(huì gū 惠姑):蝉的一种。这种蝉在夏末从早至晚叫个不息,到秋天就不再鸣叫了,故云"蟪蛄知凛秋"。凛秋,寒凉的秋天。该句以物候变化来衬托羁旅生涯之难挨。

〔4〕绨绤(chī xì 吃细):葛布的总称。葛布为热天衣服,故云"暑退厌绨绤"。重裘:双重的裘服。裘,用皮毛制成的御寒衣服。该句以衣服随节候更换来隐喻异地思乡的情绪。

〔5〕圆魄:月亮。语出南朝梁武帝《拟明月照高楼》:"圆魄当虚闼,清光流思延。"句谓:身在他乡,不能与佳人团聚,以至思乡出神,竟不觉月光笼罩。

〔6〕房栊(lóng龙):房间的窗户。纨素:洁白精致的细绢。句谓:思恋远方的佳人,耳边仿佛响起闺房窗户上凄婉的玉坠声,忧念无人为她收拾纨素做的衣裙。

〔7〕云中雁:在云霄中飞行的雁。尺帛:写在方尺绢帛上的书信。《汉书·苏武传》载雁足上系有帛书事。此化用其意,句谓:望见东北天空苍茫的浮云,欲请云中雁来传递书信,寄托独在异乡的离愁别绪。

梁甫吟[1]

君不见,泰山高高,梁甫在其半[2]。古来封坛禅地无宫馆,崖崩壁圻铁锁断,秦碑汉碣何人看[3]?自从生人开九州,九十六帝行权谋,虎豹啖食龙蛇忧[4]。朝翻暮覆作云雨,立谈坐笑生戈矛[5]。鬼神来往仙不死,尘埃万变扶桑流[6]。君不见,田疆论功争二桃,齐门三丘埋野蒿[7]。又不见,鲁连辞赏轻千金,却秦救赵何雄豪[8]。眼前无人辨曲直,身后声名更何益?拂袖空怜蹈海心,护车枉负排山力[9]。梁生五噫歌莫哀,东绝梁甫观蓬莱[10]。千年云开锦绣壁,五色日抱金银台[11]。瀛洲、方丈列仙占,文成、五利何能验[12]。徐生入岛竟不回,博士儒生尽坑堑[13]。我吟梁甫君振衣,世路崎岖多是非[14]。琅玕芝草海岱曲,钓竿挂杖从今归[15]。

〔1〕该诗出自《京集》,当作于弘治末正德初何景明初任京职期间。

《梁甫吟》为古乐府楚调曲名。后世文人多有拟作,如诸葛亮作《梁甫吟》,述齐相晏婴二桃杀三士事;李白作《梁甫吟》,抒发壮志难酬的悲愤。盖此题常用来抒写壮士的不平与悲慨。全诗围绕着梁甫山来写,以之为焦点,将相关的历史人物与事件串联起来,甚至本来不相干的事件也被转折系联,借古讽今,引发世路艰险,是非莫定,当全身远害之感想。文辞古雅,情思跌宕,富跳跃性。沈道初评曰:"豪放不在李白下。"梁甫,亦作梁父,山名,泰山脚下的一座小山,在今山东新泰西。古代帝王常在此山辟基祭奠山川。

〔2〕泰山:山名,在山东中部,古称东岳。古代帝王常在此山举行封禅大典。

〔3〕封坛禅地:封禅之繁称。在泰山上筑土为坛,以报天功,称封;在梁甫山上聚土辟场,以报地德,称禅。封坛,聚土为坛以祭天。禅地,聚土辟场以祭地。无宫馆:古代封禅大典都是在野外举行,故称无宫馆。秦碑汉碣:秦代的碑石和汉代的碣石。此指秦汉时期封禅遗址上的残存文物。

〔4〕生人:犹言有历史。《后汉书·西南夷传·哀牢夷》:"绝域荒外,山川阻深,生人以来,未尝交通中国。"开九州:开国,开始建立国家。九州,泛指天下,即全国。九十六帝:传说自古以来举行封禅大典的共有九十六位帝王。权谋:玩弄权术阴谋。此指举行封禅大典只是玩弄权术阴谋。虎豹啖(dàn 但)食:残暴之人相互吞食。虎豹,喻残暴的人。龙蛇忧:贤能之士遭受忧患。龙蛇,喻贤能之士。

〔5〕此句化用杜甫《贫交行》:"翻手作云覆手雨,纷纷轻薄何须数。"句谓:残暴的帝王玩弄权谋,朝令夕改,翻手为云,覆手为雨,谈笑之中,暗藏杀机。

〔6〕扶桑流:太阳流转。此用以描绘时光流逝。扶桑,日出处,此代指太阳。句谓:尽管鬼来神往、仙人不死的故事流传至今;但随着时光流

逝,尘世间的事物早已千变万化了。

〔7〕田疆:春秋晚期齐国勇士田开疆之省称。此以田开疆一人代指齐国三勇士,另二人是公孙接和古冶子。论功争二桃:这三人勇而无礼,将危害国家。晏子想除掉他们,乃设计请景公赐三人二桃,论功而食。三人相争不下,皆不食桃,而自刭死。事见《晏子春秋·谏下二》。句谓:齐国三勇士生前争夺名利,是何等热衷!死后坟丘沉埋在野蒿里,是何等落寞!

〔8〕鲁连:齐国高士鲁仲连。秦军围攻赵国都城邯郸,魏军往救而畏惧不进。魏王派新垣衍出使赵国,劝赵国尊秦王为帝,以换取秦国罢兵。鲁仲连适游赵国,乃求见新垣衍,说服他放弃要赵国帝秦的念头。秦将闻而却兵,赵国因以获救。赵平原君欲论功行赏,鲁仲连辞而不受,以为天下士就应"为人排患释难解纷乱而无取"。事见《史记·鲁仲连邹阳列传》。

〔9〕拂袖:引退,归隐。此指退隐林泉,不同流合污。蹈海心:跳海自杀的志愿。鲁仲连誓言,若秦王为帝,己宁愿蹈东海死,而绝不忍为之民。此比喻志行高洁、不同流合污的志愿。护车:护卫帝王的车驾。此指用自己所能,欲效力君国。排山力:极其猛大的势力。语出《晋书·秃发檀载记》:"吕氏以排山之势,王有西夏。"此比喻治国安邦、兼济天下的才干。句谓:政局败坏之极,想退隐林泉不得,只能空怀高蹈之志;欲效力君国无门,徒拥有绝世才干。

〔10〕绝梁甫:迅速逃奔避居梁甫山。绝,即绝走,迅速奔跑。此以梁甫、蓬莱二山代指齐鲁之地。该句化用东汉梁鸿故事。梁鸿经过京都洛阳,看到民众极度劳苦,哀伤而作《五噫歌》。汉章帝看见其诗,不满而追捕之。梁鸿乃改姓变名,携妻避居齐鲁之间。

〔11〕千年云:千百年来笼罩着蓬莱山的云雾。此云雾偶尔散开,露出蓬莱山壁,远远看去,就像是锦绣一样。五色日:太阳的五彩光谱。五

11

彩日光照耀在蓬莱山上,金碧辉煌,就像是抱着金银台一样。五色,指青、赤、白、黑、黄五种颜色,古人以此五色为正色。此以下三句六行都是描绘梁鸿游览蓬莱山的观感。

〔12〕瀛(yíng 营)洲、方丈:传说中的两座神山,仙人居之,在渤海之东。文成:汉代将军名号。齐人名少翁者,以鬼神方术被武帝封为文成将军。五利:汉代将军名号。方士栾大被武帝封为五利将军。该句讽说少翁、栾大之流,玩弄鬼神方术,以为神仙可致,然终无效验。

〔13〕徐生:徐福,秦代方士,尝奉秦始皇令,往东海寻找三神山,而一去不返。坑堑(qiàn 欠):挖坑将人活埋。此指秦始皇坑埋儒生。堑,挖掘。徐福与坑儒本无关联,该句将两事勾连一起,意谓:徐福去往海岛寻找神仙,一去不返,而惹怒秦始皇坑埋博士儒生。

〔14〕振衣:整衣抖去尘秽。语出《楚辞·渔父》:"新浴者必振衣。"此指不卷入是非之争,意欲全身远害。句谓:听了我作的《梁甫吟》,你就会感悟人世道路艰险、是非丛多,而产生全身远害之想。

〔15〕琅玕(láng gān 狼甘):神话传说中的玉树。芝草:灵芝,菌属。此指传说中服之能成仙的瑞草。海岱曲:渤海至泰山间的偏僻处。钓竿拄杖:钓鱼竿和拐杖。此指在海岱间优游隐逸的行为。句谓:海岱的偏僻处长满了琅玕和芝草,从今我欲携带钓竿和拄杖归隐其间。

行路难四首[1]

一

床有织绮,箧有织素;请君视绮还视素,怜新不如莫弃故[2]。

樽中有酒盘有餐,听我为歌行路难[3]。众中欢乐多志气,岂知他人不得意[4]?白日有时不照地,安得保君常不弃[5]?

[1] 该诗出自《京集》,当作于弘治末正德初何景明初任京职期间。行路难,行路艰难,比喻处世不容易。《行路难》是乐府杂曲歌辞名,内容多写世路艰难和离情别绪。后世文人多有拟作,如南朝宋鲍照作《拟行路难》十九首,唐李白作《行路难》三首。何景明此《行路难》四首也是拟作。这是一组人生哲理诗,主要抒写人生不易、世路艰难的感想。第一首写世态人情喜新厌旧,被人喜爱就欢乐,被人厌弃就伤感;因而人生既有得意也有失意,谁都难保永不被人嫌弃。第二首前半写人间难免离别之事,而有离别就会有悲怨;后半写世情恶薄炎凉,嫌恶衰贱,爱慕显贵,乃人世常态。因而告诫世人,不可恃青春容颜以骄人,那样是毫无益处的。第三首写人世非常艰难,周遭是凶猛险恶的害人者,而我辈又没有横天翼来逃离之;因而要做君子,就难免遭受别人的攻讦。第四首写达观自慰的感想:世事虽说如此艰难,但一切都有定数与时运,更何况人生苦短;我辈大可不必苦心经营、嗟叹埋怨,而应趁生前及时行乐。全诗情思悲慨,语言质直。《皇明诗选》录其第一首,陈子龙评曰:"结句无嫌质直,乐府本色也。"

[2] 织绮:丝织彩帛。绮,有花纹的丝织品。织素:丝织绢帛。素,白色生绢。此借用了《诗》的比兴手法,以织绮比作新人,以织素比作旧人。视:看。此引申为顾怜。句谓:床上正用着的是彩帛,箧中存放着的是素绢。请你在顾怜彩帛的同时,还能顾怜一下素绢;你可要知道,不嫌弃旧人比怜惜新人更为重要。

[3] 樽:盛酒的器皿。该句用《诗》比兴的手法,借饮食器具起兴,以引起世路艰难之感想。

[4] 众中:众人之中。此指常人。志气:志向和气概。此特指得意

自负的神态。

〔5〕白日:阳光。阳光有时也会不照临某地,哪能确保你永不遭弃呢?

二

天河荧荧西北转,织女牵牛不相见;由来天上亦别离,何怪人间有悲怨[1]。世情磷薄恶衰贱,驾车骑马有人羡[2]。少年不得君爱惜,红颜胜人亦何益?[3]

〔1〕天河:银河。荧荧:星光闪烁的样子。织女牵牛:织女星和牵牛星。两星分处银河的东、西边。该句喻指夫妻离居的相思之苦。

〔2〕磷:薄,减损。磷薄,即薄。衰贱:衰弱卑贱。骑车驾马:驾御车马。此指富贵显赫的人。句谓:世情如此恶薄,衰贱者遭人厌恶,而显贵者得人羡慕。

〔3〕少年:青春年少。红颜:女子美丽的容貌。句谓:青春年少未获夫君爱惜,容颜出众,又有什么益处呢?

三

高树鸟不集,常有东西南北风;君子众所畏,好恶不合常相攻[1]。拔剑欲有适,前有虎咒后虺蜮[2]。抵节徒歌行路吟,高飞未有横天翼[3]。

〔1〕集:鸟栖止于树。畏:畏忌,犹谨慎戒惕。

〔2〕适:去往某地。此指去往理想之地。虎兕(sì 寺):虎和兕。此泛指猛兽。兕,古代猛兽,似牛而青毛、皮厚。虺蜮(huī yù 挥玉):螫人的毒蛇和含沙射人的短狐。此以虎兕和虺蜮比喻凶猛险恶的害人者。

〔3〕抵(zhǐ 只)节:击节。徒歌:无伴奏的歌唱。此化用鲍照《拟行路难》"听我抵节行路吟"句。横天翼:能横越天空的强劲有力的翅膀。

四

我发行路歌,诸君请勿哗。严冬霜雪虽可畏,三春草木自荣华〔1〕。人生富贵各有时,不劳辛苦更咨嗟〔2〕。百年冉冉宁复多,白日速如东流波〔3〕。眼中世事只如此,生前不乐将奈何?

〔1〕自荣华:随着冬去春来,草木自然发芽开花。自,自然而然。此暗指人生有定数。

〔2〕此句化用崔颢《长安道》:"莫言贫贱即可欺,人生富贵自有时。"句谓:人生富贵贫贱各有时运,我辈不需苦心经营,更不必嗟叹埋怨。

〔3〕冉冉:匆忙的样子。白日:阳光。此引申为时光。东流波:东流水。句谓:人生匆忙,不满百年,哪能更多?时光飞逝,如东流水,去不复返。

秋江词〔1〕

烟渺渺,碧波远;白露晞,翠莎晚〔2〕。泛绿漪,蒹葭浅,浦风吹帽寒发短[3]。美人泣,江中流,暮雨帆樯江上舟,夕阳帘栊江上楼[4]。舟中采莲红藕香,楼前踏翠芳草愁[5]。芳草愁,西风起;芙蓉花,落秋水[6]。鱼初肥,酒正美;江白如练月如洗,醉下烟波千万里[7]。

〔1〕该诗出自《京集》,当作于弘治末正德初何景明初任京职期间。全诗以秋江为中心,描写诗人的所见所想,通过由远到近、由虚带实、由物写人、由人及己,来表现景致变幻和情绪波动,极富层次感和节律感。语言清新流丽,音声丰韵婉转。陈子龙评曰:"轻秀之词,不伤古质,所以为大雅。"沈德潜以"美人娟娟隔秋水"比拟其含蓄蕴藉之风度。词,古诗之一体。此体多将"词"字系在吟咏对象之后,用来作为诗的题名。该篇《秋江词》及下篇《种瓠词》都属这种情况。

〔2〕烟渺渺:水烟浩渺。碧波远:碧波深远。这两行是互文,用来形容江水宽阔而深远。晞(xī 西):干燥。此指被阳光晒干。莎(suō 梭):莎草,一种草本植物,俗称香附子。晚,植物生长迟熟。该句前两行写远景,后两行写近景。

〔3〕泛绿漪(yǐ 以):水面泛起绿色的涟漪。蒹葭:芦苇。蒹,还没抽穗的芦苇。葭,刚刚长出的芦苇。浦风:江边的风。吹帽:帽子被风吹落。此指重阳日登高雅集。典出《晋书·孟嘉传》:九月九日,孟嘉应邀燕集龙山,风吹帽落而不觉。后专指重阳日登高之雅事。寒发短:感到寒冷而恨头发短。此化用杜甫《九日蓝田崔氏庄》诗句:"羞将短发还吹帽,笑倩旁人为正冠。"

〔4〕帘栊:门窗上悬挂的帘子。此指闺阁。江上楼:江边的楼阁。该句由江上泣声转而写建筑物,完成听觉与视觉之转换,一虚一实,相映成趣,留有想象空间,意谓:江上女子低沉的哭泣声不知从哪处传来,是从暮雨中那艘樯桅帆船上呢,还是从夕阳下那幢江边楼阁里呢?

16

〔5〕踏翠:踏花。此泛指行人寻芳踏花,即秋游。芳草愁:花草被行人践踏而忧愁。此为移情手法,作者感叹花草被人践踏,不说自己忧愁,却说花草忧愁。该句承上写,暗示泣声究竟来自哪里。

〔6〕芙蓉:荷花的别名。

〔7〕鱼初肥,酒正美:此二行,《皇明诗选》、《明诗别裁》等选本阙。练:洁白的绸子。语出谢朓《晚登三山还望京邑》:"澄江静如练。"这里又变换角度,由花草转到行舟,描写行舟者的观感:秋天到了,江鱼刚好长肥,食鱼饮酒多惬意;江月令人陶醉,驾舟出没烟波,日行千万里。

种瓠词〔1〕

种瓠东园内,瓠叶从风翻〔2〕。绿蒂飘长带,素花密以繁〔3〕。虽无百尺根,枝蔓自缠绵。雨露冒时泽,阳晖被朝暄〔4〕。窃比女萝草,附身托高垣〔5〕。绿畛齐结实,岂贵充盘飧〔6〕?愿为连理杯,长以奉君欢〔7〕。

〔1〕该诗出自《京集》,当作于弘治末正德初何景明初任京职期间。这是一首爱情诗,女抒情主人自比瓠瓜,借瓠子生长各时段的情态,来表白对爱情的独特理解:爱情就像瓠子的枝蔓,无端由不自禁地悱恻缠绵;爱情就像女萝托附高墙一样,是一种全身心的托附;爱情就是自愿化做连理杯,永久地奉迎夫君的欢颜。语言简约质直,情思蕴藉丰韵。瓠(hú壶),瓠瓜,又称葫子,一种食用植物。

〔2〕东园:东边的园圃。太阳从东方升起,东园寓生机勃发之意。

〔3〕蒂(dì帝):花果与枝茎相连的部位。长带:修长的茎蔓。素

17

花:白色的花。

〔4〕冒时泽:及时施布雨露。冒,覆盖,此引申为施布;泽,润泽,此指雨露。阳晖:日光。语出唐杨衡《游陆先生故岩居》:"深林无阳晖。"被:覆盖,此引申为照射。朝暄(xuān 宣):早晨初阳的温暖。暄,温暖。

〔5〕女萝(luó 罗)草:一种蔓生植物,多缘松柏等乔木生长,故又称松萝。高垣(yuán 元):高墙。垣,矮墙。此泛指墙。

〔6〕绿畛(zhěn 枕):爬满绿色藤蔓的田地。盘飧(cān 餐):盛在盘中的食品。飧,食品。贵:以为贵,此为意动用法,引申为希冀、向往。句谓:绿色田瓠纷纷结实,哪会希冀做盘中餐?

〔7〕连理杯:旧时新婚夫妇合饮之杯,比喻结为恩爱夫妻。该句转接上句,拟瓠瓜自白:我愿做连理杯,用来盛上美酒,永奉夫君欢颜。

双雁篇 并序〔1〕

钱水部世恩在宦失偶,日夕哀吟〔2〕。其友何景明为作《双雁篇》寄之。

双雁云中来,雍雍扬鸣音〔3〕。念子中路散,一飞与一沉〔4〕。冥冥江湖道,思归苦不早〔5〕。昔为并栖禽,今为特飞鸟〔6〕。飘沙恋故浦,别流思故河〔7〕。奈何同沟水,翻作异派波〔8〕?鸟悲多苦音,客悲多苦言〔9〕。弦尔孤桐琴,操我《双雁篇》〔10〕。

〔1〕该诗出自《京集》,当作于弘治末正德初何景明初任京职期间。

正德初刘瑾乱政,诗人有感于善类被摧残驱散,而以双飞雁离群失偶来比况友朋离散。情思悲怆,婉转有致。双雁,双栖双飞的雁。雁习性群居,此以双雁比喻两位亲密朋友。

〔2〕世恩:钱荣的字。钱荣,无锡人,生卒年不详,弘治六年进士,为工部郎中,以介执著称。失偶:失去同伴。刘瑾乱政时,钱荣三疏乞归养。在宦失偶,盖即指此。

〔3〕雍雍:鸟和鸣声。

〔4〕中路散:在中途离伴失散。飞:雁飞,此喻指何景明仍在官;沉:雁落,此喻指钱荣弃官归养。句谓:想起你弃官归养,离我而去,就像双雁并飞,一只中途沉落,一只孤独续飞。

〔5〕冥冥:昏暗的样子。江湖道:旧时指四处流浪以谋生存。此喻指从政为官的生涯。句谓:我面对昏暗无道的官场,悔恨自己没尽早弃官归养。

〔6〕特:单独,孤独。

〔7〕飘沙:飞扬的沙尘。别流:支流。

〔8〕汦(pài派):支流。汦,派的讹字。

〔9〕苦音:鸟哀鸣声。苦言:哀伤的话。

〔10〕弦:弹奏弦乐器。孤桐琴:琴。孤桐,《尚书·禹贡》:"峄阳孤桐。"孔安国传:"孤,特也。峄山之阳,特生桐,中琴瑟。"因峄阳孤桐中琴瑟,后以孤桐为琴的代称。如唐王昌龄《琴》诗:"孤桐秘虚鸣,朴素传幽真。"

五言古诗

武陵[1]

武陵一何长,辽远不可测。高林多悲风,惨淡日无色[2]。黄熊啼我前,白狐跳我侧[3]。蛟螭蟠深渊,下见奔云黑[4]。沙蒸水亦毒,我仆饥且踣[5]。辞家忽逾秋,适此万里国[6]。土风日以殊,川域邈无极[7]。伏波有遗响,吟馀转凄恻[8]。何因托横吹,一写千载忆[9]。

〔1〕该诗出自《使集》,当作于弘治十八年使滇的行程中。弘治十八年五月,孝宗敬皇帝崩,何景明奉哀诏出使云南,旅次中得诗一百首,辑为《使集》。以下所选诗篇,凡出自《使集》者,均作于此行途中。诗人抒写奉诏使滇、途经武陵的所见所感。边鄙绝域,险山恶水,殊风异俗,让人产生新奇恐惧感;又念及汉代伏波将军英名,惟恐自己不能完成王命,而流露焦虑凄茫的意绪。这是何景明入仕以来首次担当重任,新进士子那稚嫩、忧惧而又热望的心绪,被描绘得生动逼真。全诗言语幽奇,情思沉郁。武陵,地名,常德府治所在地,即今湖南常德。此指武陵的险山恶水。汉代在湘西、鄂西南地区设置武陵郡。其地群山连绵,河谷幽深,景象荒蛮。

〔2〕高林:高耸的山林。惨淡:日光昏暗。该句渲染武陵阴森恐怖的绝域气氛,意谓:山林高耸,风云悲号,遮蔽日光,天色昏暗。

〔3〕黄熊:棕熊。棕熊通常呈褐色,故又称黄熊。传说鲧被尧刑杀于羽山,其神化为黄熊。此称棕熊为黄熊,乃暗袭这个传说,来增添神异

色彩。白狐:白色的狐狸,即银狐。古代以白狐为瑞兽。

〔4〕蛟螭(chī痴):蛟龙。古代传说中的动物,深居水中,能兴云雨、发洪水。蟠(pán盘):盘曲的样子。奔云黑:黑色的云气涌动翻滚。

〔5〕沙蒸:在烈日照射下,沙滩上水汽蒸腾,异常闷热。水亦毒:水也是有毒的。在烈日照射下,河水会释放瘴气,含有毒性。此以沙蒸水毒来描写旅途酷热难挨,异常艰辛。踣(bó脖):向前仆倒。此形容因炎热和饥饿而步态不稳。

〔6〕逾秋:过了秋天。此用时间久来形容行程远。适:到达,来到。万里国:边鄙遥远的国度。此指距离京城遥远的武陵。

〔7〕土风:当地的风俗。川域:河水流经的区域。此指沅水流域。邈无极:遥远辽阔,无边无际。句谓:行走在遥阔的沅水流域,当地风俗人情日见殊异。

〔8〕伏波:汉代伏波将军之简称。西汉武帝时伏波将军路博德伐破南越,东汉光武帝时伏波将军马援伐破交趾,两人均因平定西南蛮而留下英名。吟馀:歌诗吟唱之后,即吟罢。句谓:我行吟在武陵山水之间,忽然想起伏波将军的英名,惟恐自己不能完成王命,油然而生凄凉悲伤之感。

〔9〕何因:因何,即凭什么、用什么。横吹:乐器名,即横笛。写:泻,即发泄、抒发。千载忆:千百年来的追忆。此指对汉代伏波将军平定西南的仰慕之情。

自武陵至沅陵道中杂诗十首[1]（选五）

二

群山何逶迤,环峙如百城[2]。其上干青霄,其下浮云征[3]。
出没千万态,倏忽殊阴晴[4]。抚兹豁心目,颇慰羁旅情[5]。

〔1〕这组杂诗出自《使集》,当作于弘治十八年使滇的行程中。全诗主要抒写诗人对山水幽奇和旅途艰险的感受,主题不求一致,大都随行兴感,寓目辄书。其二,写群山环抱,云雾变幻,乍阴乍晴;羁旅情怀,颇感快慰。其五,写山高路回,草木转黄,时光易逝;悲秋有感,油然思归。其六,写大壑幽险,流水汤汤,不可梯航;改行栈道,心怀戒惧。其八,写山林繁密,人口稀少,生计唯艰;微讽官税,关心民瘼。其九,写山林幽奇,烟霭飘渺,禾秀水清;美不胜收,流连忘返。总之,诗人面对幽奇艰险的山水,用全新的艺术感受,描绘奇丽的山行图卷,写得清丽有深致。沅陵,地名,辰州府治所在地,即今湖南沅陵。

〔2〕何:多么。此表示感叹。逶迤(wēi yí 威夷):曲折绵延的样子。环峙(zhì 至):群山高耸环抱。百城:许多城邑。百,多的概数。

〔3〕干青霄:高入云霄。干,向上高起。浮云征:飘浮的云雾在流动。征,行走,流动。

〔4〕倏忽:顷刻。此指一瞬间。殊阴晴:天变得快,忽阴忽晴。殊,差别,不同。此引申为变化得快。句谓:云雾变幻不定,或出或没,千姿万态;天气因之忽阴忽晴,瞬息多变。

25

〔5〕抚兹:观赏眼前的景色。抚,感触。豁心目:舒展心胸和开阔眼界。

五

驱马山上行,山高何巍巍。修阪接飞翼,百步仍九回[1]。俛视烟霭中,众山郁何垒[2]。茫然望四海,万物亦已衰[3]。昔我别京国,朱华犹未希[4]。岁节忽复易,何时当旋归[5]?

〔1〕修阪:长长的山坡。飞翼:展翅飞翔。此指云雾中的山脊像鸟展翅飞翔。句谓:山坡连接云雾中的山脊,就像巨鸟展翅飞翔;山坡上修长的小道,百步之内就要迂回多次。

〔2〕俛(fǔ府)视:俯视。俛,同俯。郁何垒:何郁垒,即谓多么高峻。郁垒,山势高峻的样子。

〔3〕四海:四周的云海。衰:草木枯萎凋谢。

〔4〕京国:京城。朱华:红花。此泛指红花绿草。未希:还没有萎谢。希,同稀,稀疏。

〔5〕旋归:回归。句谓:眼看时节如此快速更替,我什么时候才能回到京城呢?

六

大壑百馀尺,流水浩汤汤[1]。我行路中断,欲渡无桥梁。谁为理舟楫?石乱不可航[2]!改辙上危栈,登兹千仞冈[3]。临深古有戒,侧足以彷徨[4]。

〔1〕大壑:宽大的山谷。汤(shāng伤)汤:水流盛大的样子。

〔2〕理舟楫:操楫行舟。航:乘船渡河。

〔3〕改辙:更改行车的道路。危栈:高置在岩壁上的栈道。千仞(rèn认)冈:高峻的山岭。仞,古代的长度单位,七尺为一仞。一说,八尺为一仞。千仞,概数,形容极高峻。

〔4〕临深:面临深渊。语出《诗·小雅·小旻》:"如临深渊,如履薄冰。"侧足:侧转脚步行走。彷徨:恐惧谨畏的样子。临深戒慎,古人多指世途艰险,当谨慎行事。此还原其本义,指山行艰险谨畏,反有种新鲜感。

八

山深多树木,百里人民稀〔1〕。时有四五家,茅茨隔山陂〔2〕。
沙田不可耕,何以御岁饥〔3〕?门前数亩园,只收蓬与藜〔4〕。
平明出汲涧,薄暮始得炊〔5〕。童稚那敢出,但畏逢虎黑〔6〕。
草黄纳晚禾,桑绿催官丝〔7〕。嗟尔远方人,辛苦谁具知〔8〕!

〔1〕人民稀:人口稀少。

〔2〕茅茨(cí词):茅草盖的房子。山陂(bēi杯):山坡。这是行走时的动态描写,句谓:偶尔看见有四五户人家,隔着山坡结茅而居。

〔3〕沙田:水边沙淤形成的田地。岁饥:年成不好而闹饥荒。此指一年的口粮。

〔4〕蓬与藜(lí离):蓬蒿和藜藿。此泛指可食用的野草。

〔5〕平明:黎明。汲涧:去深涧里取水。薄暮:傍晚。薄,逼近,

靠近。

〔6〕罴(pí皮):熊的一种,俗称人熊或马熊。

〔7〕草黄:草木转黄的时候。此指秋天。纳晚禾:用晚稻来缴纳公粮。催官丝:官府催交蚕丝赋税。前文描写山民生活环境恶劣,此又言官府催征赋税甚急,两相对照,极言山民艰辛窘迫的生存状况。

〔8〕远方人:居处在遥远京城的人们。此暗指帝王等统治者,也泛指王公贵族。具知:一一知道,全都了解。

九

山势行转促,连峰相贯输〔1〕。窈然林莽中,乃复得坦途〔2〕。
青壁结烟霭,缥缈凌虚无〔3〕。层阿秀嘉禾,下覆清水渠〔4〕。
夙志好幽僻,览兹耳目娱〔5〕。公车虽少延,顾盼忽已逾〔6〕。
安得鼓清瑟,日坐山之隅〔7〕?

〔1〕转促:变得狭窄。连峰:一座座山峰相连。贯输:聚集,丛聚。

〔2〕窈然:幽深的样子。林莽:丛生的草木。坦途:平而宽的山道。

〔3〕青壁:青山。结:屈曲,盘旋。烟霭:云雾。缥缈(piāo miǎo飘秒):虚浮渺茫的样子。

〔4〕层阿(ē婀):重叠高耸的山冈。秀:草木类植物结实。此指禾稻结出了谷实。嘉禾:苗壮生长的禾稻。覆:伏。此引申为静静流淌着。

〔5〕夙(sù速)志:平素的志愿。幽僻:幽静而偏僻。句谓:我一向喜爱幽僻的处所,今观览此境,耳目一新,欢娱无比。

〔6〕公车:官车。此即诗人乘坐的车。句谓:为观赏这幽奇的景致,我的乘舆虽有所延迟;但仍觉百看不厌,恨时间过得太快。

〔7〕清瑟:瑟。瑟音质清逸,故又称清瑟。山之隅:山水的弯曲处。此指景致幽奇的山水一角。该句抒写留恋山水美景的情怀。

怀化驿芭蕉[1]

芃芃芭蕉叶,植此园中央[2]。繁绿布重幄,层阴盖高堂[3]。
孟夏日初赫,萧森蔽炎光[4]。众宾御华馆,四座借虚凉[5]。
四序互更谢,南陆回朱阳[6]。穷秋多风雨,寒冬多雪霜[7]。
危丛旦夕茂,绿叶日夜黄[8]。本无松柏固,安用夸其长[9]。
徘徊视草莽,零落同一伤[10]。

〔1〕该诗出自《使集》,当作于弘治十八年使滇的行程中。这是一首咏物哲理诗,以怀化驿芭蕉为题写对象,借以表达"本无松柏固,安用夸其长"之思理。构思新颖,用语清丽,音节朗畅,是何景明诗"轻俊浏亮"风格的代表。怀化驿,驿名,即今湖南怀化。

〔2〕芃(péng 朋)芃:草木茂盛的样子。

〔3〕繁绿:繁密的绿叶。布:陈设,铺设。重幄(wò 沃):厚厚的帐幕。层阴:密布的浓云。此指浓密的芭蕉叶。句谓:繁密的芭蕉叶像挂起了厚厚的帐幕,又像是密布的浓云掩盖着高高的堂屋。

〔4〕赫(hè 贺):炎热炽盛的样子。萧森:草木茂密的样子。炎光:炽烈的阳光。句谓:孟夏天气刚刚变得炎热的时候,茂密的芭蕉叶能遮蔽炽烈的阳光。

〔5〕御:本指皇帝临幸至某处。此指过往官员入住怀化驿馆。华馆:豪华的驿馆。虚凉:清凉。虚,清虚、清淡。

〔6〕四序:春、夏、秋、冬四季。南陆:南方大地。此指夏天太阳行经南方大地。语出《后汉书·律历志下》:"是故日行北陆谓之冬,西陆谓之春,南陆谓之夏,东陆谓之秋。"朱阳:太阳。

〔7〕穷秋:晚秋。穷,尽。

〔8〕危丛:高大丛聚的芭蕉。

〔9〕松柏固:像松柏那样坚贞。固,坚贞。松柏四季常青不凋,象征君子志操坚贞,如《论语·子罕》:"岁寒,然后知松柏之后凋也。"长:高大。此指芭蕉高大丛聚、枝叶繁茂。

〔10〕视:察看。草莽:草丛。此指长在芭蕉周围的杂草。零落:凋谢衰败。同一伤:结局同样让人伤心。句谓:我在凋谢的芭蕉树下来回走动,又比照芭蕉周围衰败的杂草,感悟谁都有这令人伤心的结局。

清平令〔1〕

清平县之令,不识何为者〔2〕?庭前长野桑,庭后长山樲〔3〕。
猛虎上我城,青狖啼我舍〔4〕。昨日出城去,骑马到部下〔5〕。
部民道遮之,持刀杀其马〔6〕。入门顾妻子,所居无完瓦〔7〕。
秋风吹树木,白日落原野〔8〕。永夜空城中,哀哀泪如泻〔9〕。

〔1〕该诗出自《使集》,当作于弘治十八年使滇的行程中。全诗抒写下吏的困苦,情思幽怨,风神萧散,显然受《诗·小雅·北山》的影响,颇得风人之旨。清平令,清平的知县。清平,县名,在贵州都匀府,今属贵州都匀辖地。

〔2〕何为者:何许人。句谓:清平这里的知县,不知道何许人?此以

设问起句,引人注意,颇有意趣。

〔3〕野桑:野生的桑树。山槚(jiǎ甲):野生的楸树。槚,楸树。古人多植楸树于墓前。此以野桑、山槚代指丛生的杂木,用来渲染清平令所居之荒野。

〔4〕我:清平县的拟称。青狨(róng荣):金丝猴。该句更以猛虎进城、青狨啼舍,来极言清平县令所居之荒野。

〔5〕部下:统属的地方。

〔6〕部民:统属的人民。道遮:在路上阻拦。

〔7〕无完瓦:形容居室破败。

〔8〕白日:惨白的太阳。这里用一组肃杀惨淡的意象,来衬托清平县令凄凉的心境。

〔9〕永夜:漫漫长夜。此形容时光难挨。

城南妇行[1]

城南有寡妇,见客泣数行。自言良家女,少小藏闺房。青春娇素手,白日照红妆。父母偏见怜,嫁我不出乡。前年弥鲁乱,腥秽入我堂[2]。弟兄各战死,亲戚俱阵亡。嗟哉华艳质,忍耻罹凶强[3]。忧愁云发变,辛苦朱颜伤[4]。昨闻故夫在,息消通两方[5]。百金赎我身,三年归旧疆[6]。归来门巷异,人少蓬蒿长[7]。转盼夫亦死,儿女空在傍[8]。薄田无耕犊,寒腊无完裳[9]。人生固有命,妾独遭此殃?况复官军至,烧焚庐井荒[10]。主将贪贿赂,百死不一偿[11]。朝廷自有法,出师亦有名[12]。妾身何足道,无乃乖天常![13]

〔1〕该诗出自《使集》,当作于弘治十八年使滇的行程中。这是一篇拟乐府古题诗,以一位寡妇的口吻,叙说她在盗匪侵掠和官军平叛前后的不幸遭遇,用卑弱者的声音,揭露明代中期边鄙不绥、盗匪猖獗、官军贪私、民不聊生的社会现实,从而控诉统治者"无乃乖天常"。全诗以叙述为主,语言质朴,感情浓烈,颇有汉魏古诗之骨力。像这样关切现实、质朴刚健的作品,在《大复集》中还有许多,成为何景明诗歌的一大特色,为弘治、正德间诗坛带来新气象,一扫馆阁文学萎弱不振之弊。

〔2〕弥鲁乱:平息盗匪暴乱。弥,平息;鲁乱,大乱。鲁,大。例见《庄子·庚桑楚》:"越鸡不能伏鹄卵,鲁鸡固能矣。"《经典释文》引司马向注:"鲁鸡,大鸡也,今蜀鸡也。"腥秽:盗匪残酷屠杀民众的行为。

〔3〕华艳质:华丽的素质。此指青春美貌。罹(lí离)凶强:遭受凶暴强横。此指人身被盗匪占有。

〔4〕云发变:秀发变白。云发,浓黑而柔美的鬓发。朱颜伤:容颜衰退。朱颜,红润美好的容颜。

〔5〕故夫:原来的丈夫。两方:夫妻双方。

〔6〕百金:花了许多金银。百,约数。旧疆:家乡。

〔7〕门巷异:门庭和街巷都变改了。此指匪患造成严重破坏,家乡面貌大不同前。蓬蒿:蓬草与蒿草。此泛指野草。这是描写盗匪劫掠之后的残败景象。

〔8〕转盼:转眼。比喻时间很短。空在傍:没有依靠地站在我身边。空,空虚而中无所有。此指家中失去可依靠的丈夫。

〔9〕薄田:贫瘠的田地。耕犊:耕牛。此代指耕牛和劳动器具。寒腊:寒冬腊月。此泛指寒冷的冬天。完裳:完好的衣服。该句极言生计困苦,温饱没有着落。

〔10〕庐井荒:房舍田园变得荒芜。庐井,按古代井田制,八家共一

井,因称共井的八家为庐井。后世泛指房舍田园。

〔11〕主将:将领。此指官军的将领。该句写平叛将领贪私之状,意谓:平叛将领贪图盗匪的贿赂,不肯努力杀敌,所歼匪徒不到死亡平民的百分之一。

〔12〕这一句用反讽的手法,意思是说:朝廷自有严明的法纪,出师也有正义的名目;然则官军怎能这样贪私呢?

〔13〕何足道:不值得一说,算不得什么。无乃:莫非,恐怕是。表示委婉测度的语气。天常:天的恒常之道,即天道。

泊云阳江头玩月[1]

扁舟泊沙岸,皓月出翠岭[2]。开窗鉴清辉,照我孤烛冷[3]。
高林散疏光,远渚接馀景[4]。纵横银汉回,三五玉绳耿[5]。
弦望几更易,客行尚殊境[6]。佳期邈山岳,端坐令人省[7]。

〔1〕该诗出自《使集》,当作于弘治十八年使滇的行程中。对月思乡,这是古诗常用主题。此诗独到之处,就在于旧题翻新,写得凄美动人,温雅韵致。语言清新洗练,意象虚灵飞动,意境清旷辽远。故沈山子评曰:"诗品在大谢、小谢之间。"泊,停船靠岸。云阳,地名,在四川夔州府,今属重庆万县,坐落在长江北岸。江头,长江的岸边。玩月,赏月。

〔2〕皓月:皎洁的月亮。翠岭:葱绿的山岭。

〔3〕鉴清辉:映照月光。鉴,映照;清辉,清朗的光辉,即月亮。孤烛:独燃的蜡烛。此以孤烛暗示作者的孤独感。

〔4〕高林:高耸的树林。散(sǎn 伞):光线不够集中明亮。此用作动词,指月光变得稀疏。疏光:稀疏的月光。渚(zhǔ 主):水中的小块陆

地。接:衔接。此指小岛与月光融为一色。馀景:残留的光辉。

〔5〕纵横:星光交错的样子。银汉:银河。回:旋转,回旋。三五玉绳:泛指群星。三五,三辰五星。玉绳,星名。耿:明亮,闪耀。

〔6〕弦望:本指农历每月的初七、八、二十二、二十三日和十五日。此泛指月圆月缺。《论衡·四讳》:"八日,(日)月中分谓之弦;十五日,日月相望谓之望;三十日,日月合宿谓之晦,晦与弦望一实也。"殊境:异域,他乡。该句写久别思乡之情,意谓:出行多时,月圆月缺,几度更易,可我还迁延在他乡。

〔7〕佳期:美好的时光。此特指回家和亲人团聚的时刻。邈(miǎo秒)山岳:被连绵群山远隔。邈,遥远。山岳,连绵群山。省:觉悟,醒悟。此指没有睡意。该句描写思乡心切,意谓:和亲人团聚的日子难期,就像连绵群山那般遥远,我对月端坐而毫无睡意。

涿鹿道中[1]

高城郁莽苍,永路多荆棘[2]。日气夕以阴,游氛浩无极[3]。城边古时丘,宿草蔓于域[4]。树木何萧萧,狐狸鸣其侧[5]。访古思轩辕,钦崟何由陟[6]?伊昔奋龙战,明明庶邦式[7]。神驭飘鼎湖,乌号缅玄德[8]。遗踪迈荒野,盛烈存兹国[9]。谁云戡乱功,不俟干戈力[10]?风云变俄顷,明晦古难测[11]。薄暮穷林中,怒焉长太息[12]。

〔1〕当宦官刘瑾乱政时,何景明恐祸及己,于正德二年乞病归养,意欲修学近亲。自此直至正德六年复官前,其所作诗皆编入《家集》。

该诗即出自《家集》,作于何景明离京返乡、途经涿鹿之时。传说涿鹿是黄帝与蚩尤争斗之地。这里墙垣高森,郊野榛莽,狐兔藏身,古迹犹存。作者身临其境,触景生情,而幽思怀古,悲叹伤时。全诗借古讽今,面对风云多变的政局,极力表彰黄帝武力戡乱之功德。情思悲慨,语言健实,既怀骨鲠,兼有风力。涿(zhuō 桌)鹿,地名,在今河北涿鹿南。

〔2〕郁莽苍:草木繁茂而空旷无际的原野。郁,草木繁茂的样子。永路:长途,远路。

〔3〕日气:太阳散发的热气。阴:阴凉。游氛:飘动的云雾。浩:辽阔深远。无极:没有边际。

〔4〕古时丘:古老的坟墓。宿草:隔年的草。域:坟地。

〔5〕萧萧:萧条。此指林木枝叶稀疏败落。句谓:墓地稀疏败落的林木边,不时传来狐狸的哀鸣声。这是以狐占墓穴的意象来渲染荒凉之境。

〔6〕访古:探寻古迹。轩辕:传说中的古帝王黄帝的名字。黄帝曾战胜蚩尤于涿鹿。嶔崟(qīn yín 亲银):高大险峻。陟(zhì 至):由低处往高处走。

〔7〕伊昔:当年,从前。此指黄帝与蚩尤战争之时。奋龙战:为争夺天下而奋力作战。奋,奋力。龙战,本指阴阳二气交战。此指黄帝与蚩尤争夺天下。明明:尊贵至极。式:法式。此引申为表率、领袖。句谓:当年黄帝与蚩尤为争夺天下而奋战,结果黄帝获胜而尊贵至极,被推戴为众邦国的领袖。

〔8〕神驭:神仙驾龙飞升。传说黄帝驾龙升仙。鼎湖:地名。传说黄帝在鼎湖乘龙升天。乌号(háo 毫):弓名,用以寄托对死者的哀思。传说黄帝在鼎湖乘龙升天,其臣援弓射龙,欲下黄帝而不能,于是抱弓哭号;因名其弓为乌号。缅(miǎn 免):思念。玄德:潜蓄而不著于外的德性。

〔9〕遗踪:遗迹。迈:远行,行进。此引申为迹遍,散布。盛烈:盛大的功业。兹国:这个国度。此指中国。

〔10〕戡(kān 刊)乱:平定叛乱。俟(sì 四):等待,期望。此引申为需要,依赖。干戈力:武力。干戈,干和戈是古代常用兵器,因而用作兵器之通称。

〔11〕风云:风和云,代指天气的变化。此比喻社会政治气候变幻莫测。俄顷:顷刻,一会儿。明晦:天气晴与阴。此亦比喻社会政治气候多变。句谓:社会政治气候瞬息多变,这是自古以来难以预测的。

〔12〕穷林:荒僻的树林。穷,荒僻,边远。愁(nì 逆)焉:忧思的样子。

五平五仄体〔1〕

秋原何萧萧,耳目去杂茸〔2〕。枯荷犹穿塘,苦瓠尚抱陇〔3〕。
寒风吹空林,落日照古冢〔4〕。徘徊观陈踪,露下发忽疏〔5〕。

〔1〕该诗出自《家集》,是一首实验体诗。所谓五平五仄,是指整首诗的声律规则,前一行均为平声,后一行均为仄声。此体在何景明及同人的诗作中不多见,所以显得新颖可讽。全诗由一系列自成单元的意象组构,萧萧秋原、枯荷苦瓠、空林古冢、散发徘徊……浑然而成一种肃杀萧散的意境。这正是作者仕途失意、落落归居、散淡无闷的心境写照。

〔2〕萧萧:萧条肃杀的样子。耳目:偏义用法,指眼前所见。去:去除。此指看不见了。杂茸(róng 容):草木敷布繁茂。杂,组织搭配,即敷布。茸,草类初生细软的样子。此泛指草木繁茂。句谓:秋天的原野一片萧条肃杀,草木敷布繁茂的景象不见了。

〔3〕穿塘:露出池塘的水面。苦瓠:瓠子的一种,味苦个小,不宜食用,又叫苦匏。《诗·邶风·匏有苦叶》:"匏有苦叶,济有深涉。"抱陇:攀爬蔓延在田陇上。陇,畦,田块。

〔4〕空林:空旷的树林。古冢:古老的坟茔。

〔5〕陈踪:陈旧的踪迹,即遗迹。忽:不经心,不知不觉。疏:分散。此指头发披散开来。句谓:我在林子里徘徊,观览古人的遗迹,不觉露水打湿头发,头发湿重而披散开来。

发京邑四首〔1〕

一

弱冠游皇邑,抽翰预时髦〔2〕。出入承明地,四海皆同袍〔3〕。
浮岁奄七徂,徇名虚所遭〔4〕。夙痾纠纤质,褊性惮形劳〔5〕。
驾言返初服,行矣遂林皋〔6〕。转蓬恋本根,羁鸟思故巢〔7〕。
自顾无修翼,安能久游遨〔8〕。

〔1〕该组诗出自《家集》。何景明弘治十五年成进士,始官京师。自此"浮岁奄七徂"而至正德二年,适遭刘瑾乱政,何景明恐祸及己,乃乞病归居。这组诗就作于他离京回乡的途中。其一,抒写居官怫郁、向慕林泉的心绪;其二,抒写离京回乡、慷慨不平的情怀;其三,遥想辞别友朋、僻居落寞的心境;其四,描写归途怀依、愿还性真的心情。全诗即景写事,情思悲慨,音调抑扬,言辞激越。

〔2〕弱冠:二十岁。这是何景明成进士的年龄,当弘治十五年。古时以男子二十岁为成人,初加冠,又因体犹未壮,故称弱冠。抽翰:抽出毛笔,后泛指写作。此指何景明以诗文交游同好。时髦:当今俊杰之士。句谓:我二十岁成进士,开始游观京城,参与当代俊杰的诗文唱和。

〔3〕承明地:古代天子及近臣居处之地。此泛指朝廷。出入承明地,即指在朝廷供奉做官。承明,指天子左右路寝,因承接明堂之后而得名。同袍:兄弟。亦泛指朋友、同年、同僚、同学等。语出《诗·秦风·无衣》:"岂曰无衣,与子同袍。"

〔4〕浮岁:虚度的年华。浮,空虚。奄(yǎn 眼):忽然,骤然。七徂(cú 殂):七年的光阴。徂,徂年,即光阴。徇(xùn 汛)名:舍身以求名。徇,同殉。虚:虚假不真实,即名不副实。此指所任官职与实际作为不相副。

〔5〕夙痾(ē 婀):老毛病。痾,疾病。纤质:弱质,羸弱的身体。褊(biǎn 匾)性:狭隘的生性,即生来气量狭小、性情偏激。形劳:即劳形,指身心劳累疲倦。这是自嘲的话,句谓:老毛病缠裹我羸弱的身体,我生性狭隘又害怕劳累。

〔6〕驾言:乘车。言,语气助词。初服:未入仕时的服装。此指出仕前的生活。遂林皋:如愿闲居山林。林皋,山林皋壤。语出《庄子·知北游》:"山林与!皋壤与!使我欣欣然而乐与!"

〔7〕转蓬:飘转的飞蓬。羁鸟:笼中的鸟。该句以转蓬、羁鸟比况漂泊拘束的仕宦生活。

〔8〕修翼:修长的翅膀。游遨:飞翔遨游。

二

驱车出郊门,杖策遵古行〔1〕。返顾望城阙,引领内怀伤〔2〕。

崇京概霄汉,逶迤一何长[3]。双观临驰道,群宫俨相当[4]。迅飚激棂牖,游云起纵横[5]。汉道值全盛,缨绥烂辉光[6]。侧观青云士,鸣佩倏来翔[7]。梁生何慷慨,辽辽悲未央[8]。

〔1〕郊门:城郊的关门。遵古行(háng杭):顺着古道行进。古行,古道。

〔2〕城阙(què确):本指城门两边的望楼。此指京城。引领:伸颈远望。内怀伤:内心怀着忧伤。

〔3〕崇京:高大的京城。此指京城高大的建筑物。概:遮蔽。霄汉:天河。此借指天空。逶迤(wēi yí微移):曲折绵延的样子。

〔4〕双观:古代宫门外的双阙。驰道:古代供车马驰行的大道。俨(yǎn眼):昂头站立。此比喻宫殿高耸庄严的样子。相当:相对。此指双观与群宫相对并峙。

〔5〕迅飚(biāo标):疾速的暴风。棂牖(líng yǒu灵有):窗户。游云:浮云。纵横:杂乱的样子。

〔6〕汉道:汉代的道统国祚。此借指明朝的国运。缨绥(ruí蕤):冠带与冠饰。此借指朝中官员。这是反讽的话,意谓:明朝国运看似全盛,实显衰败的征兆;当朝弄臣看似显赫,实露腐败的迹象。

〔7〕侧观:冷眼旁观。青云士:位高名显的人。鸣佩:亦作鸣珮(pèi佩)。本义是玉佩和鸣,后喻指出仕在朝。倏(shū叔)来翔:得意而张扬地急忙走动。倏,疾速,急忙。翔,行走时张开双臂,形容得意张扬的样子。

〔8〕梁生:对梁鸿的尊称。东汉梁鸿家贫好学,不肯出仕,与妻孟光隐居霸陵山中,以耕织为业。慷慨:情绪激愤。辽辽:深邃的样子。未央:未完,未尽。语出《后汉书·逸民传·梁鸿》:"人之劬劳兮,噫!辽辽未央兮,噫!"该句以梁鸿自况,深怀悲伤。

三

亲交远集送,敛策西山阴[1]。前瞻太行道,却顾上苑林[2]。青阳蔼废墟,春气感鸣禽[3]。所遇岂殊故?即事自成今[4]。平时等荣乐,一旦异浮沉[5]。昔者同袍友,邈若辰与参[6]。山海去靡极,年运日相寻[7]。仓卒杯酒间,宁不伤离襟[8]。

〔1〕亲交:亲近的朋友,即知交。集送:宴集送别,即饯别。敛策:收起马鞭,喻归隐。西山阴:西山的北面。西山,北京西郊群山的总称。

〔2〕太行道:太行山的道路。此代指回乡的前程。上苑林:皇家园林里的林木。此代指朝廷。

〔3〕青阳:春天。此指春天和煦的阳光。语出《尸子·仁意》:"春为青阳,夏为朱明。"蔼(ǎi矮):笼罩的样子。废墟:废弃的村庄和城市。此泛指荒野。春气:春天的气息。

〔4〕殊故:特别的缘故。今:今天这个样子,指罢官归居之事。句谓:这样的遭遇哪有什么特别的缘故?随顺人事的发展自然成了今天这个样子。

〔5〕荣乐:荣华逸乐。浮沉:在水中浮起或下沉,比喻人事的升降、盛衰、得失。

〔6〕邈若:遥远的样子。此指很疏远。辰(chén晨)与参(shēn身):心宿与参宿。两星此出彼没,永不相逢。比喻友朋分离不得相见。

〔7〕山海:喻指荒远偏僻的地方。此指将归居的故乡信阳。靡极:没有尽头。此极言遥远。年运:岁月不停地运行。相寻:接连不断。该

句想象归程绵长和时光难熬的景况,意谓:此行归去那荒僻的故土,何日才能走到尽头,日子一天天将多么难熬?

〔8〕仓卒:时光短暂。离襟:离别的襟怀。

四

行迈越长甸,历历怀苦辛[1]。岖嵚陟丘陇,髣髴望郊闉[2]。墟里接鸡犬,井邑无闲人[3]。暄阳入广陌,膴膴周原新[4]。百城岂不美,风土非我邻[5]。遥遥盼乡域,言念故所亲[6]。代越各有性,所愿还其真[7]。胡为去桑梓?郁郁冒风尘[8]!

〔1〕行迈:行走不止。长甸:京城的远郊。甸,古代京城郊外的地方。历历:逐一,一一。此指途中所见。

〔2〕岖嵚(qū qīn 屈钦):形容山势峻险。此指崇山峻岭。陟:由低往高处走。此指行走,穿行。丘陇:坟墓。髣髴(fǎng fú 仿佛):隐约。郊闉(yīn 音):城郭的门。句谓:我在崇山峻岭间的墓丛中穿行,隐约看见前方城郭的门墙。

〔3〕墟里:村落。接鸡犬:接闻鸡鸣犬吠。接,接触。此引申为接闻。井邑:市井。

〔4〕暄(xuān 宣)阳:温暖的阳光。广陌:大路。语出陶潜《咏荆轲》:"素骥鸣广陌,慷慨送我行。"膴(wǔ 五)膴:膏腴,肥沃。周原:原指周族发祥之地,在岐山南。此泛指广阔的原野。语出《诗·大雅·绵》:"周原膴膴。"

〔5〕百城:各个城邑。此指行程所经之地。风土:一方气候与土壤。

〔6〕乡域:家乡,故里。言念:思念。言,语助词,无意义,常附着在动词前面。故所亲:过去的亲友。

〔7〕代越:代在北,越在南,后泛指来自各方的人。此指人各有性。语出《文选·古诗〈行行重行行〉》:"胡马依北风,越鸟巢南枝。"李善注引《韩诗外传》:"《诗》曰:'代马依北风,飞鸟栖故巢。'皆不忘本之谓也。"性:习性,本性。还其真:返回本性。真,未经人工作用的事物,即本性、本真。

〔8〕桑梓:故乡。郁郁:忧伤沉闷的样子。风尘:扬起的尘土。此指官场。句谓:我为什么要离开故乡,来遭受这官场的忧闷呢?

还至别业四首〔1〕

一

鸡鸣高树杪,狗吠墟里间〔2〕。家人望车徒,远客造门端〔3〕。入门问所亲,上堂叙悲欢。行人暮饥渴,秉烛具盘餐。明月照西户,三星烂中天〔4〕。出门践野草,白露倏已漙〔5〕。十年苦行役,兹夕方来旋〔6〕。宁知非梦寐,忽忽心未安〔7〕。

〔1〕该组诗出自《家集》,当作于正德二年归居之后。全诗抒写远离政治、回归乡园的感想,以仕途之飘荡困顿为参照,极力渲染乡园的宁静、适意、亲情与游乐,并引发有关官场如梦、富贵无常、生命易逝、天道盈亏之哲思。感情真挚,亦含哲理,语言清新,颇可讽味。别业,别墅。

〔2〕高树杪:高高的树梢。墟里间:村子里。这是描写乡村自然恬淡的生活景况。

〔3〕车徒:车马和仆从。造:到达。门端:门头,门口。

〔4〕西户:西边的窗户。三星:天空中明亮而相近的三颗星,有参宿三星、心宿三星、河鼓三星。此泛指三星宿。烂中天:在高空中闪耀。烂,明亮,闪耀。中天,高空。

〔5〕践野草:践踏野草。倏(shū 舒)已汚(tuán 团):忽然分布得很广了。汚,形容露水多而圆。

〔6〕十年:何景明弘治十五年成进士,至正德二年归居,其间历时七年,不足十年。此略取整数。行役:因公事奔劳。来旋:回来。此指回归故里。

〔7〕忽忽:迷糊,恍惚。

二

诘晨亲友至,筐榼携所需〔1〕。各言平生欢,念子久离居。绸缪语未毕,展席临前除〔2〕。园荣亦已抽,况有盘中鱼〔3〕。人情倦怀土,富贵岂常于〔4〕。无为泥形迹,所愿恒相俱〔5〕。

〔1〕诘(jié 节)晨:平明,早晨。筐榼(kē 苛):泛指盛酒食的器具。筐,方形的盛物竹器。榼,古代盛酒或贮水的器具。

〔2〕绸缪:情意深长连绵的样子。展席:设宴。前除:屋前的台阶。

〔3〕园荣:园中的蔬果。抽:萌芽,长出来。

〔4〕倦怀土:厌倦浮华,怀恋乡土。常于:常在,长存。

〔5〕无为:不要,不被。泥形迹:拘泥于行迹。此指为官宦拘累。恒相俱:总能达成愿望。俱,具备,具有。此指达成归田的愿望。

三

依依入乡间,惨恻历故疆[1]。行迈逾几时,所见忽以更[2]。成人匪故识,耆齿日凋丧[3]。平生所同欢,转盼殊存亡[4]。羁魂邈遐域,旅柩归中堂[5]。人命不相待,奄忽如朝霜[6]。抚事感今昔,喟然热衷肠[7]。

〔1〕依依:眷恋的样子。惨恻:忧戚,悲痛。故疆:原有的疆域。此指故乡。

〔2〕行迈:羁旅在外。忽以更:一下子全变了。

〔3〕成人:正值盛年的人,即壮年人。耆(qí 棋)齿:老年人。日凋丧:随着岁月推移,一个个离开人世。

〔4〕所同欢:在一起玩耍游乐的同伴。转盼:转眼之间。此形容时间短。殊存亡:存亡各异,生死相隔。

〔5〕羁魂:羁留的魂灵。邈(miǎo 秒)遐域:永远在遥远的异域。邈,久远,长久。旅柩:寄放在外地的棺柩。

〔6〕人命:生命,年寿。奄忽:快速的样子。朝霜:早晨的霜露。比喻易逝的事物。

〔7〕抚事:追忆往事,感念时事。喟(kuì 愧)然:感叹的样子。热衷肠:内心感怀,激动不已。

四

弭驾及春暮,比屋事耕耘[1]。时物展遐瞩,契我遗俗情[2]。

故林茂以密,敝庐亦将成[3]。芳兰冒紫葳,园柳尚垂荣[4]。泽葵蔓废井,瓜田依故城[5]。策杖衡门下,仰偃遂平生[6]。所愿在怡亲,馀者奚足营[7]。世情恶衰歇,天道递亏盈[8]。驷马岂不贵,翻覆坐相倾[9]。

〔1〕弭(mǐ米)驾:停下车马。此比喻归田之后,不为官事奔劳。比屋:家家户户。事耕耘:从事农耕劳动。

〔2〕时物:应时的景物。遐瞩:远眺,远望。契:契合。遗俗情:超脱世俗的心愿。

〔3〕故林:原有的树林。敝庐:简陋的草屋。此谦称自己的居所。

〔4〕紫葳(wēi威):凌霄花,为蔓生木本,攀援他物,高可数丈。垂荣:茂密的枝条垂下来。

〔5〕泽葵:青苔。故城:旧城池。

〔6〕衡门:衡木为门。此指简陋的居室。仰偃:安居游乐。又作偃仰。

〔7〕怡亲:愉悦亲人。引申为享受亲情。馀者:其他事情。营:营求,追求。

〔8〕恶衰歇:厌恶衰败与停歇。递亏盈:一亏一盈,递相变化,永不止息。

〔9〕驷马:共驾一辆车的四匹马。此借指富贵显赫的人。翻覆:车马颠覆。此喻指显贵人家走向衰败。坐相倾:因为互相倾轧。坐,因为。

水曲纳凉[1]

乘月玩清夜,漱流涤烦痾[2]。竹柏夹修水,微风扬泽荷[3]。

45

苔阴皓露溽,素鳞跃于波[4]。柔条纷敛结,劲叶亦陨柯[5]。优游荡情志,俯仰丘中阿[6]。虽无朋侪和,兴言自成歌[7]。娱乐当及时,千秋岂复多。

〔1〕该诗出自《家集》,当作于正德二年归居之后。全诗抒写何景明归居后的心情:月夜清玩,漱流消烦,移情山水,优游俯仰,物我双遣,回归自然;但这只是一时即兴,其心境实未清纯,情思犹带俗染。故诗末有"娱乐当及时"语,最后还是走向了放纵。

〔2〕漱(shù 树)流:以流水漱口。此比喻隐居生活。烦疴(ē 婀):扰人的疾病。此比喻仕宦生活。

〔3〕修水:修长的流水。泽荷:润泽的荷花。

〔4〕苔阴:背阴处的苔藓。皓露:晶莹透亮的露珠。溽(rù 入):湿润,沾湿。素鳞:银白的鱼鳞。此泛指鱼。

〔5〕柔条:柔弱的枝条。纷:繁杂零乱的样子。敛结:收拢纠缠。劲叶:刚强的树叶。陨柯:从枝干上落下来。

〔6〕优游:游玩。此指游山玩水。荡情志:随顺情志所之。荡,恣纵放任。情志,性情与志趣。俯仰:低头和抬头。此指沉思默想。丘中阿:山丘的曲深僻静处。

〔7〕朋侪(chái 柴):朋辈,朋友们。兴言:心有所感而发之于言。

杂诗二首[1]

一

西陆移修晷,素节多寒阴[2]。端居屏营虑,凄气惨人心[3]。

浮飚委时卉,零露伤青林〔4〕。仰见孤雌翔,玄鸟无遗音〔5〕。蟋蟀何愁苦,终夜长哀吟。感物兴慨叹,忧思孰能任〔6〕?

〔1〕该诗出自《家集》,当作于正德二年归居之后。秋天忽然到来,打破诗人平静的生活。他无端生出凄惨之情,感叹随着霜霰降临,自己将像兰草一样枯萎,而被永远弃置不用。这里的秋天,隐喻某种政治风候;兰草,隐喻何景明自己。他惟恐这种政治风候不利,使自己永无重出之日。这表明,何景明归居之后,度过一段宁静的时光,就再也不甘沉沦,期待被重新起用。该诗就是此一心境的真实写照。

〔2〕西陆:古代指太阳运行在西方七宿的区域。此借指秋季。修晷(guǐ轨):修长的日影。素节:秋令时节。

〔3〕端居:平常居处。屏(bǐng柄)营虑:排除操心事。营虑,操心。凄气:寒凉的天气。惨人心:使人感觉凄惨。句谓:平居本没有操心事,不料天气一转凉,我感觉有点凄惨。

〔4〕浮飚:疾风。委时卉:使当季的花卉枯萎。委,通萎。伤青林:使翠绿的林木凋伤。

〔5〕孤雌:孤单的雌鸟。玄鸟:燕子的别称,因黑羽而得名。无遗音:没有哀音。此形容穷迫之极。遗音,哀声。典出《周易·小过》:"飞鸟遗之音。"唐孔颖达疏:"遗,失也。鸟之失声,必是穷迫未得安处。"

〔6〕感物:为外物所感动。任:承受得起,可堪承受。

二

驰辉在西山,返景流东隅〔1〕。群欣被光灼,何能待须臾〔2〕。重阴肃万物,树木日夜疏〔3〕。丛蕙植幽闼,含荣耀前除〔4〕。

47

佳人渺云端,何由致区区[5]。常恐霜霰至,委弃不我需[6]。

〔1〕驰辉:飞驰的日光。返景:傍晚的阳光,即夕照。流东隅:夕阳照向东边。

〔2〕群欣:众多草木。欣,欣欣,草木茂盛的样子。此泛指草木。被光灼:获得阳光照耀。

〔3〕重阴:云层密布的阴天。肃:肃杀,枯萎。

〔4〕丛蕙:丛生的兰草。幽闼(tà 榻):幽深的小门。含荣:开花。前除:屋前的台阶。

〔5〕渺云端:飘渺不可捉摸,好像在白云上。区区:些微,很少。此形容微小的心愿。

〔6〕委弃:弃置,舍弃。此化用陶渊明《归田园居》之二"常恐霜霰至,零落同草莽"句。

六子诗六首 并序[1]

六子者,皆当世名士也。予以不类,得承契纳,辅志励益者多矣[2]。病归,值秋痞叹,中夜有怀良友,别思缠绵,作《六子诗》[3]。

王检讨九思[4]

王君青云姿,志岂屑丘壑[5]。名家出杜鄂,少日游宛洛[6]。奋身匹文鹓,戢羽巢鸾阁[7]。兴文烛雕龙,挥翰凌玄鹤[8]。

雅志在四海，随时偃经略〔9〕。驰情继谢朓，日宴吟红药〔10〕。

〔1〕该组诗出自《家集》，当作于正德二年归居之后，大约是某年的秋天。诗人独居落寞，怀恋友朋，而作诗赞誉六位友人，寄托对他们的思念。字里行间虽难免夸饰，但也情真意实，感人至深。六子，对六位朋友的尊称。这六位朋友是王九思、康海、何瑭、李梦阳、边贡、王尚䌹。

〔2〕不类：不善，不肖。此为自谦之辞。契纳：契合接纳。此指与人交谊友好。

〔3〕寤叹：叹息不眠。别思：感怀离别友朋的思绪。

〔4〕王检讨九思：王九思（1468—1551），字敬夫，号渼陂，陕西鄠县人。弘治九年进士，授检讨，以附刘瑾官至吏部郎中。瑾败，降寿州同知，旋勒令致仕。为人风流倜傥，不拘礼节，善歌弹，工词曲，有《渼陂集》等。

〔5〕青云姿：胸怀大志，气度非凡。青云，远大的抱负和志向；姿，仪态。丘壑：山野。此喻指隐没草野。

〔6〕名家：有名望的人家，即名门。杜鄠（hù户）：古地名，杜陵与鄠县。杜陵，汉宣帝陵墓所在地，靠近长安。鄠县，汉代县名，旧治在陕西户县北。宛洛：二古邑的并称，即今之南阳和洛阳。后世借指名都。

〔7〕奋身：鸟张开翅膀飞翔。此喻指人奋发向上，积极进取。匹文鹓（yuān渊）：比得上凤凰。匹，匹敌；文鹓，凤凰一类的鸟。戢（jí及）羽：敛翅止飞。巢鸾阁：比喻居处高位。鸾阁，凤凰栖息的楼阁。后世喻指宫中的楼阁，为帝王安置高官的场所。

〔8〕兴文：感兴而作文。烛：照亮。此形容诗文有辞采。雕龙：雕琢龙纹。古人常用来比喻修饰文辞。挥翰：挥毫作文。凌玄鹤：风神气势超过玄鹤。此比喻写诗作文有风神气势。玄鹤，黑鹤。晋崔豹《古今

注·鸟兽》:"鹤千岁则变苍,又二千岁变黑,所谓玄鹤也。"

〔9〕雅志:平素的志愿。偃经略:随机应变,经营谋划。偃,偃仰,随世应俗。

〔10〕驰情:驰骋情思,即涌发文思。谢朓:南朝齐著名诗人。吟红药:吟唱出名篇佳句。红药,芍药花。语出谢朓《直中书省》:"红药当阶翻,苍苔依砌上。"此代指名篇佳句。

康修撰海[1]

矫矫龙头士,腾跃在明时[2]。群游慕豪放,栖志固有期[3]。
赤骥鸣烟霄,不受黄金羁[4]。挥毫御清燕,浩思随风飞[5]。
镫前激高倡,顾盼孰与希[6]。究古摘遗编,颇好班马辞[7]。
良史久无称,斯文当在兹[8]。

〔1〕康修撰海:康海(1475—1540),字德函,号对山,陕西武功人。举弘治十五年进士第一,授编修。刘瑾专政,欲招致之,海独不往。会李梦阳下狱,海乃谒瑾救之。后刘瑾败,海坐瑾党,落职还乡。日与王九思相聚沜东鄠杜间,挟声伎酣饮,制乐造歌曲,自比俳优,以寄怫郁。有《对山集》《沜东乐府》传世。

〔2〕矫矫:卓然不群的样子。龙头士:杰出的人物。腾跃:飞腾跳跃。此比喻施展才华抱负。明时:圣明的时代。古人对当代的美称。

〔3〕群游:众多的朋友。游,交游。栖志:寄托情志。固:本来。有期:需待一些时日。

〔4〕烟霄:烟雾笼罩的高空。黄金羁:用金丝编制的马络头。此比喻羁绊人的名与利等。

〔5〕御:用。此引申为显得。清燕:清闲,安逸。浩思:浩瀚的文思。此形容文思如涌。

〔6〕镫(dèng邓)前:马鞍前。此形容将要骑马出发。镫,挂在马鞍两边的踏脚,多用铁制成。此借指马鞍。激高倡:情绪激扬而放声高歌。孰与希:谁能望其项背。

〔7〕究古:探求古文的神味。班马辞:班固和司马迁的文辞,即《汉书》与《史记》。

〔8〕良史:优秀的史官。斯文:优秀的史学传统。句谓:很久以来都没有人能称得上良史了,继承优秀史学传统的责任就在康海身上。

何编修瑭〔1〕

中州产名俊,河内天下士〔2〕。平生饱藜藿,学道历壮齿〔3〕。至朴敛华蔚,徽文陋雕绮〔4〕。守渊安可窥,驰辩讵能止〔5〕?洞悟超先机,微言析玄理〔6〕。曲高难为和,行独寡知己〔7〕。古辙多蓁芜,非君谁予起〔8〕。

〔1〕何编修瑭:何瑭(1474—1543),字粹夫,河南武陟人。弘治十五年进士,初授翰林修撰,不屈于刘瑾,出为开州同知,后官至南京左都御使,有《何文定公集》。

〔2〕中州:中原地区。名俊:俊秀出众的人才。河内:古代指黄河以北的地区,亦即今河南黄河以北的区域。

〔3〕藜藿(lí huò离货):藜和藿,泛指粗劣的饭食。学道:研习学问。此特指儒学。壮齿:壮年。

〔4〕华蔚:华美有文采。徽文:美好的诗文。陋雕绮:轻视雕饰绮丽

之文。

〔5〕守渊:学识渊博。驰辩:驰骋辩才。句谓:学识渊博,不可窥其边际;雄辩滔滔,哪能使之止息?

〔6〕洞悟:洞悉彻悟。先机:先几,预先洞知细微。微言:简约的言辞。玄理:深奥玄妙的道理。

〔7〕曲高:乐曲体格高妙。此喻指人品高尚。行独:特立独行。

〔8〕古辙:古老的轨辙。此喻人间正道。辙,车轮碾过的痕迹。蓁(zhēn 真)芜:杂草丛生,即荒芜。予起:振发激励我。

李户部梦阳[1]

李子振大雅,超驾百世前[2]。著书薄子云,作赋追屈原[3]。
新章益伟丽,一一鸾凤骞[4]。华星错秋空,爝火难为然[5]。
摘文固无匹,授义罕比肩[6]。抗志冀陈力,危言获罪愆[7]。
握瑜不得售,宝弃谁为怜[8]。仲舒贬胶西,贾生亦南迁[9]。
古来有遗愤,非君独哀叹[10]!

〔1〕李户部梦阳:李梦阳(1472—1529),字献吉,号空同,陕西庆阳人,随父迁居大梁。弘治六年进士,初授户部主事,官至江西提学副使,后落官闲居大梁。有《空同集》六十六卷。

〔2〕李子:对李梦阳的尊称。大雅:《诗》的组成部分之一。此代指中国诗歌的雅正传统。超驾:超越凌跨。百世前:百世之前的作家。百世,世世代代。此泛指时代久远。

〔3〕薄子云:逼近扬雄的学术成就。子云,扬雄的字。追屈原:追步屈原辞赋的风范。屈原,战国时楚国重臣,以忠直被谤,怨怼沉江而死,

著有《离骚》等楚辞名篇。

〔4〕伟丽：雄伟瑰丽。鸾(luán峦)凤骞(qiān千)：像鸾凤一样飞起。此比喻诗文有神采气势。鸾凤，凤凰之类的神鸟。骞，通搴(xiān先)，高飞的样子。

〔5〕华星：灿烂的星辰。爝(jué决)火：炬火，小火。典出《庄子·逍遥游》："日月出矣，而爝火不息，其于光也，不亦难乎！"难为然：难以燃烧得明亮。然，通燃。句谓：李梦阳的诗文就像灿烂的星辰闪耀，而他人的诗文就像爝火显得暗淡无光。

〔6〕摛(chī痴)文：铺陈文采。投义：投身义举，即取义。比肩：并列，居同等地位。

〔7〕抗志：高尚其志。陈力：施展才力。典出《论语·季氏》："陈力就列，不能者止。"危言：正直之言。罪愆(qiān千)：罪过，过失。

〔8〕握瑜：比喻具有高尚的品德和卓越的才能。瑜，美玉。语出《楚辞·九章·怀沙》："怀瑾握瑜兮，穷不知所示。"宝弃：珍宝被抛弃。

〔9〕仲舒：汉代大儒董仲舒。贬胶西：贬谪到胶西。董仲舒因得罪丞相公孙弘而被贬为胶西国相。贾生：汉代才士贾谊。南迁：往南迁谪长沙。贾谊因得罪重臣周勃被贬为长沙太傅。

〔10〕遗愤：遗恨。

边太常贡〔1〕

世士多戚促，器识寡萧散〔2〕。太常何瑰玮，坦然破崖岸〔3〕。
祥烟拂瑶坛，瑞日转华观〔4〕。出入谐鹓鸾，颉颃在霄汉〔5〕。
芳词洒清风，藻思兴文澜〔6〕。阳春诚独步，清庙独三叹〔7〕。
金奏响不亏，玉树开逾灿〔8〕。闲居检遗编，启箧得珍玩〔9〕。

〔1〕边太常贡:边贡(1476—1532),字廷实,号华泉,山东历城人。弘治九年进士,除太常博士,擢兵科给事中,峻直敢言,与李梦阳等号称"十才子"。有《华泉集》传世。

〔2〕戚促:穷迫拘束。器识:器局与见识。萧散:潇洒自然,不受拘迫。

〔3〕瑰玮:瑰丽英伟。坦然:性情夷坦,不立崖岸。崖岸:山崖堤岸。比喻人的性情孤高矜庄。

〔4〕祥烟:吉祥的云烟。瑶坛:美玉砌成的楼台,传说中的神仙居处。瑞日:祥瑞的阳光。华观:华美壮丽的宫观。该句描写宫廷富丽堂皇的景象。

〔5〕谐鹓(yuān 渊)鸾:与朝中贤贵和谐共事。鹓鸾,传说中的瑞鸟,多比喻朝中贤贵。颉颃(xié háng 斜杭):鸟上下飞动的情态。此指与朝中贤贵相抗衡,不相上下。霄汉:天空。此喻指京都附近或帝王左右。

〔6〕芳词:优雅的言词。藻思:高妙的文思。文澜:波澜。

〔7〕阳春:古歌曲名,一首高雅难和的乐曲。此借指高雅的诗文。清庙:《诗·周颂》首篇篇名。此借指格调雅正的作品,即所谓大雅之章。该句赞誉边贡的诗文格调高雅,独树一帜。

〔8〕金奏:敲击钟镈以奏乐,多指庙堂音乐。此指边贡诗文在社会上层流行不衰。玉树:用珍宝制作的树,常用来比喻人之佳美。此指边贡美好的风神仪态。典出《世说新语·言语》:"譬如芝兰玉树,欲使其生于阶庭耳。"逾(yú 鱼):更加。

〔9〕遗编:亦作遗篇,前人留下的著作。珍玩:珍贵的玩赏物。此指边贡的精美诗文。

王职方尚䌹[1]

职方吾益友,契谊鲜与同[2]。少龄负奇气,万里飘云鸿[3]。手中握灵芝,高操厉孤桐[4]。读书迈左思,识字过扬雄[5]。为辞多所述,结藻扬华风[6]。寸心素相许,抚志惭微躬[7]。

〔1〕王职方尚䌹:王尚䌹(?—1531),字锦夫,号苍谷,河南郏县人。弘治十五年进士,授兵部职方主事,改吏部,有政声。尝隐居十五年,起江浙右布政使。有《苍谷集》。

〔2〕益友:有益的朋友。契谊:交情,交谊。鲜与同:少有志趣相投者。

〔3〕奇气:气度非凡。云鸿:高飞云中的大雁。比喻志向远大。

〔4〕灵芝:一种珍惜的草药。此比喻杰出的才华。厉孤桐:琴瑟声高亢而激越。比喻操守清高孤傲。厉,声音高而急;孤桐,琴瑟的代称。

〔5〕左思:西晋文学家,以博学著称,作《三都赋》。扬雄:西汉辞赋家和儒学家,著《方言》等书。

〔6〕多所述:多能绍述前人。此指写诗作文汲取前代艺术滋养。述,阐述前人的成说,而不标新立异,亦即绍述。结藻:组织辞藻,即遣词造句,布局谋篇。华风:诗文风格华美。

〔7〕惭微躬:我自己感到惭愧。微躬,自谦之辞。

十七夜月二首[1]

一

夕望月已减,云飙荡其侧[2]。月减不足忧,盈虚本相值。胡为蔽氛霾,坐使清光匿[3]。踟蹰久延待,惨景郁无色[4]。灯前理鸣弦,瑶徽为谁拭[5]。思我平生友,道远不可即。素书委箧笥,安得云中翼[6]。沧海多波涛,长阴浩难测[7]。何当广馀辉,一照万里域。

〔1〕这组诗出自《家集》,当作于正德二年归居之后。前一首写月色昏暗和景致凄惨,表现诗人离居落寞的心情,并表达对远方友朋的思念。后一首写月下织妇对情人的思念与哀叹,表现诗人期待复出的心情,并表达对盛年不永的忧惧。全诗情真意切,语态抑郁。

〔2〕夕望:晚上遥望天空。月已减:月光变暗淡了。云飙(biāo标):云彩和狂风,即流云。飙,狂风。

〔3〕蔽氛霾(mái埋):为烟云遮蔽。氛霾,阴霾、烟云。清光匿:月光被隐藏,即月色昏暗。匿,隐藏。

〔4〕郁:幽暗的样子。

〔5〕鸣弦:琴瑟琵琶之类弦乐器。瑶徽:玉制的琴徽。此借指琴瑟之类。徽,系琴弦的绳。拭:拂拭。此借指弹奏乐器。

〔6〕素书:写在白绢上的书信。此泛指书信。素,白色的绢帛。云

中翼:飞越云层的鸿雁。此喻指信使。

〔7〕沧海:大海。此喻指社会政治生活。

二

更深月复明,扬秀青云端〔1〕。浮飙倏以寂,长川静波澜〔2〕。
徘徊广除下,白露栖崇兰〔3〕。仰见城西楼,回光照文轩〔4〕。
楼中织绮女,延颈独哀叹〔5〕。哀叹未终已,素河横西山〔6〕。
逝魄不长望,玉貌宁久妍〔7〕。君毋吝光惠,使我芳岁阑〔8〕。

〔1〕扬秀:显露秀美的姿容。此指月光辉映。
〔2〕浮飙:疾速迅猛的风。长川:长河。此指银河。
〔3〕广除:宽阔的台阶。崇兰:丛生的兰草。
〔4〕回光:反射的月光。文轩:彩画雕饰的栏杆和门窗。
〔5〕织绮:纺织有花纹的丝布。延颈:伸长脖子。此引申为渴望、想慕。
〔6〕素河:银河。西山:西边的群山。
〔7〕逝魄:望日后阴影逐渐增多的月亮,即缺月。望:旧历每月十五日最圆满时的月相。玉貌:美丽的容颜。此指明丽的满月。久妍:永久保持妍丽。
〔8〕光惠:恩宠。此指月亮敷布光辉。芳岁阑:岁暮,迟暮。芳岁,盛年;阑,晚、迟,引申为虚度年华。

捣衣〔1〕

凉飙吹闺闼,夕露凄锦衾〔2〕。言念无衣客,岁暮芳寒侵〔3〕。

57

皓腕约长袖,雅步饰鸣金[4]。寒机裂霜素,繁杵叩清砧[5]。哀音缘云发,断响随风沉[6]。顾影惜流月,仰盼悲横参[7]。路长魂屡徂,夜久力不任[8]。君子万里身,贱妾万里心[9]。灯前择妙匹,运思一何深[10]。裁以金剪刀,缝以素丝针。愿为合欢带,得傍君衣襟[11]。

〔1〕该诗出自《家集》,当作于正德二年归居之后。诗人用近乎叙事的笔触,描写一位思妇怀恋丈夫,为夫君寒夜赶织绢布、捣洗缝制衣服的全过程,充满情味。陈子龙用"蕙心兰质,绮罗如在"评赞该诗情思诚挚、用语真切。然该诗亦非单为思妇而作,似有更深一层用意存焉。盖诗人归居落寞,意欲复出,而以贱妾自拟,以夫君拟人君,借以表达对皇权的依恋与忠诚。这样的寓意,也是何景明当时心境的真实写照。

〔2〕凉飙:寒冷迅疾的风。闺闼(tà 榻):妇女所居内室的门。闼,内房的门。凄锦衾(qīn 亲):盖着锦被犹觉寒凉。凄,寒凉;衾,被子。

〔3〕言念:想念,挂念。言,语气助词,用以引起动作。无衣客:漂泊在外的丈夫。无衣,本为《诗·秦风》篇名。因《无衣》描写征夫的生活情景,后世常用来借指漂泊在外。芳寒侵:寒气袭人。芳寒,寒冷的美称。

〔4〕皓腕:洁白的手腕。约:环束。雅步:从容安闲地行走。鸣金:古代妇女佩带的金属饰物。此化用南朝宋谢惠连《捣衣》诗句:"簪玉出北房,鸣金步南阶。"

〔5〕寒机:寒夜的织布机。语出南朝宋鲍照《和王义兴七夕》:"寒机思孀妇,秋堂泣征客。"此指当寒赶织绢布。裂:裁剪,扯裂。霜素:白色生绢。繁杵:繁密地用杵捣衣。繁,繁密。清砧(zhēn 真):捣衣石的美称。语出唐杜甫《暝》:"半扉开烛影,欲掩见清砧。"

〔6〕缘:顺着,循着。断响:急促的捣衣声。断,短而急。句谓:捣衣女的哀叹声顺着浮云飞扬,急促的捣衣声随着疾风消沉。

〔7〕流月:流逝的月亮。此比喻年华易逝。横参:横斜的参星。此借指深夜。

〔8〕屡徂(cú殂):多次前往。力不任:力气不够用,即精疲力尽。

〔9〕君子:女子对丈夫的敬称。贱妾:女子对自己的谦称。

〔10〕择妙匹:选择好的布匹。此一语双关,妙匹也喻指夫妇匹配得好。运思:寄寓情思。

〔11〕合欢带:象征男女欢爱的丝带。

拟古诗十八首〔1〕(选五)

一

冉冉岁逾迈,念君长别离〔2〕。别离在万里,道远行不归。鹈鹕慕俦匹,鸾鸟东西飞〔3〕。思展双羽翼,奋起凌天涯〔4〕。向风长哀吟,欲举中徘徊。川途浩无轨,霜雪怆以悲〔5〕。愿因驻驰景,得觐君光仪〔6〕。

〔1〕这组诗出自《家集》,当作于正德二年归居之后。其一,写思妇怀恋远行夫君,感情炽热。其三,写佳人感叹知音不得,心事难托。其七,写诗人独居与友乖离,幽愤落寞。其八,写夫妻感怀离居之苦,缠绵悱恻。其十三,写诗人感悟人生苦短,世路多艰。整组诗思绪较为纷杂,

当非成于一时,应是一段时期复杂心境的写照。

〔2〕冉冉:时光渐渐流逝的样子。逾迈:逝去,消失。

〔3〕鹣(jiān兼)鹣:比翼鸟。《尔雅·释地》:"南方有比翼鸟焉,不比不飞,其名谓之鹣鹣。"此比喻夫妇情深。俦(chóu愁)匹:同伴,伴侣。鸾鸟:凤凰一类的神鸟。

〔4〕凌:逾越。此引申为去往。

〔5〕川途:水路与陆路。此泛指路途、道路。浩无轨:形容路途旷远荒芜。浩,水势盛大的样子。此形容水陆旷远渺茫。无轨,没有车行的轨迹。此形容人迹罕至的荒芜之地。怆(chuàng闯去声)以悲:凄凉而悲伤。

〔6〕驻驰景:日光。驻,车马停止;驰,车马疾行。此偏取驰义,形容日光运行。觐(jìn尽):会见,拜见。光仪:光彩的仪容。此为容貌之敬辞,犹尊颜。

三

名都有高楼,上入青云端。修城延曲隅,阿阁交重栏〔1〕。佳人理清曲,当户横朱弦。扬音彩霞里,令颜谁不观〔2〕。宾客会四座,丝竹哀且繁〔3〕。日中车马至,薄暮皆言还。听曲各言好,知音良独难。谁为同心人,并起乘双鸾〔4〕。

〔1〕修城:长长的城墙。曲隅:偏僻的角落。阿阁:四面有檐沟的楼阁。重栏:重叠回环的栏杆。

〔2〕扬音:飞扬的琴弦声。令颜:娇好的容貌。

〔3〕哀且繁:情调哀婉,声调繁密。

〔4〕双鸾:成双成对的鸾凤。

七

凄凄仲秋日,百卉腓以残[1]。凉风入阶树,零露摧庭兰。明月皎东壁,昆虫鸣草间[2]。孤鸿暮安适,哀音扬云端。言眷平生友,振翮起孤鶱[3]。遗我若逝波,望子如高山[4]。托忱在终始,蓄久谅逾宣[5]。寸心不可移,盘石谁谓坚[6]?

〔1〕腓(féi 肥)以残:草木枯萎凋残。腓:病害,枯萎。多指草木。《诗·小雅·四月》:"秋日凄凄,百卉具腓。"

〔2〕皎东壁:月光映照着房内的东墙。此指月亮西下,夜已深沉。

〔3〕平生友:平素的好友。振翮(hé 河):展翅高飞。翮,鸟羽的茎,借指鸟的翅膀。此比喻友人官运亨通,飞黄腾达。孤鶱(qiān 千):独自飞翔。鶱,通騫(xiān 先)。

〔4〕遗我:遗弃我。若逝波:像流逝的水波,不可挽回。

〔5〕托忱:托付真忱。此指始终信任友人。谅:料想,本以为。逾宣:此指友情更加坦诚融洽。宣,宣明、宣洽,即坦诚融洽。

〔6〕寸心:微小的心意。此谦称自己的真心诚情。盘石:磐石,即大石头。比喻稳定坚固。句谓:我真心诚意待友,可谓坚贞不移;但谁知你的友情是否贞固呢?

十

圆如天上月,光辉尚当缺。与君非一身,安能不乖别。关山日悠悠,举步难可越[1]。君如双车轮,妾心如车辙。相随万里去,绕绕何时绝。

〔1〕关山:关隘山岭。此借指路途艰险。日悠悠:日行一日,连绵不尽。

十三

人生百年内,胡为形所役[1]。登高览九原,但见松与柏[2]。徘徊故里间,念我平生戚。斗酒相存问,度阡复逾陌。上堂展殷勤,华灯永今夕。何必倾庶馐,浊酤聊与适[3]。朱颜难可常,须发会当白。遍观四海人,谁为不死客[4]。良时弗为欢,衰暮叹何益。死者长不作,生者长不息[5]。日月更相送,万古安所极[6]。素丝有苍黄,歧路多南北[7]。在家常相问,出门安可测?落木归本根,飞鸟戢羽翼[8]。客游在万里,终当还故域。

〔1〕为形所役:被形体所役使而精神不得自由。
〔2〕九原:春秋时晋国卿大夫的墓地。后世泛指墓地。
〔3〕庶馐:多种美味。浊酤(gū 姑):浊酒。此借指粗劣的酒。
〔4〕不死客:长生不死的人。此化用《韩非子·说林上》"客献不死之药"典。
〔5〕长不作:永远不需劳作。长不息:总是不得休息。此典化用《庄子·大宗师》语:"夫大块载我以形,劳我以生,佚我以老,息我以死。"
〔6〕更相送:日月交递运行。所极:尽头,终了。

〔7〕素丝:白色的生丝。苍黄:青色和黄色。此指白丝中的杂色。歧路:分叉的路。该句用白丝杂有苍黄、歧路指向多方来比喻人情多染、世路多歧。

〔8〕戢(jí集)羽翼:敛翅停飞,栖息故林。戢,收敛,止息。

望郭西诸峰有怀昔隐兼发鄙志〔1〕

游龙戢渊鳞,翔鹭振云翮〔2〕。潜姿媚幽深,遐羽忌拘迫〔3〕。顷来税尘衔,秉性嗜探历〔4〕。连山秀我里,幸兹睇昕夕〔5〕。横天岩峦迭,映日苍翠积。涉波缅洄沿,攀岑若咫尺〔6〕。流目眺远坰,写惊冀孤石〔7〕。嘉遁怀伊人,俯仰慨今昔〔8〕。霞构象丹厓,烟萝袅青壁〔9〕。倾耳谷中音,希踪云外迹〔10〕。兴性感弥深,即景无与适〔11〕。岂徒藉虚觌,终然契冥寂〔12〕。

〔1〕该诗出自《家集》,当作于正德二年归居之后。诗人探历家乡幽奇的山水美景,感发意欲归隐的深切愿望。但诗人很快发现,这种愿望最终无法达成;因为他还有世俗之想,不能与山水融为一体。故而,他从山水中所契得的,只是片刻的心灵宁静。全诗以景写情,清新飘逸,颇有远致。昔隐,古昔隐逸之士。鄙志,我的小小心愿。鄙,自称的谦辞。

〔2〕戢(jí集)渊鳞:龙敛鳞潜居深渊。渊鳞,能够潜伏很深的龙鳞。翔鹭:飞翔的白鹭。振云翮(hé河):鸟展翅高飞云端。云翮,能够凌云高飞的翅膀。

〔3〕潜姿:潜居深渊的习性。遐羽:高飞远举的习性。姿、羽分别为

63

龙和鹭的形体特征,此用以借指它们的生活习性。此二句化用谢灵运《登池上楼》:"潜虬媚幽姿,飞鸿响远音。"

〔4〕税(tuō托)尘衔:解脱了尘世的控勒。税,通脱,解脱;衔,马嚼子,控勒马口的装置。此比喻伤残人性的东西。探历:探赏涉历。此指在山水间寻幽探险。

〔5〕连山:连绵环抱的群山。睠(juàn倦)昕(xīn心)夕:早晚观赏,流连忘返。睠,同眷,回视、返顾。此引申为顾恋、流连。昕,黎明、天亮。

〔6〕缅洄沿:行舟探寻到极远处。缅,极尽;洄沿,逆流而上或顺流而下。此化用南朝宋谢灵运《过始宁墅》语:"山行穷登顿,水涉尽洄沿。"岑(cén涔):山峰,山顶。

〔7〕流目:游目,寓目。施远坰(jiōng扃):眺望远方的郊野。坰,远郊、野外。写惊(cóng丛):抒写心情。惊,心情、心绪。冀:通寄,寄托。

〔8〕嘉遁:合乎正道、得其时宜的隐退。语出《周易·遁》:"嘉遁贞吉,以正志也。"俯仰:仰观俯察,沉思默想。

〔9〕霞构:烟霞的构形。丹厓(yá牙):红褐色的山崖。烟萝:柔美摇曳的女萝。烟,柔美摇曳的样子。袤青壁:缠绕青色的崖壁。

〔10〕谷中音:空谷足音。希踪:愿意跟随。云外迹:山中隐士的踪迹。云外,云外人,即山中隐士。

〔11〕兴性:感发情兴,激发兴致。无与适:不能与山水融为一体。与适,相之相适应,即融为一体。句谓:一旦激发归隐的感想,我的兴致就更加深切;但面对幽奇的山水景致,我仍无法与之融为一体。

〔12〕虚觏(gòu够):虚拟想象的境遇。觏,遇见。此引申为境遇。契冥寂:契合内心的宁静。冥寂,静默、幽静。

立春日作二首[1]

一

蔼蔼春候至,天气和且清[2]。端居抚流化,允惬静者情[3]。浮阳起丛壑,流烟散孤城[4]。岸条发潜颖,园卉含初荣[5]。写襟旷明霁,览物纡游行[6]。目悦双飞雉,耳感孤鸣莺。形运自相代,神理谁为名[7]?往规与时逝,来虑随年并[8]。心存汉阴灌,躬敦南阳耕[9]。疏还念知止,庄论持达生[10]。自非秉昭旷,能不婴世营[11]。

[1] 这组诗出自《家集》,当作于正德二年归居之后。其一,由景入情,引用老庄"知止"、"达生"的思想,抒写对人世婴营不已的感悟,借以表达归隐学道的志愿;其二,仍由景入情,抒写自己对物候变迁的观感,因领悟物理而情惬心旷,从而激发成德乐道的意愿。全诗用语雅致,意态深邈。

[2] 蔼蔼:天气温和的样子。春候:春日的气候。和且清:和煦而清朗。

[3] 端居:平常居处。此指平日里。抚流化:随顺万物变化。抚,顺应,依循。允惬:适合。

[4] 浮阳:日光。流烟:流动的烟雾。

[5] 岸条:高出的枝条。潜颖:萌生的芽蕙。初荣:刚刚绽开的花。

〔6〕写襟:抒发胸襟。旷明霁(jì记):心情像雨后天晴般旷朗明净。纡(yū迂)游行:迂回徐缓地漫步。

〔7〕形运:万物赋形变化。神理:神秘的道理,即奥妙之道。句谓:万物赋形变化是一个自然替代的过程,其中的奥妙之道谁能说得清楚呢?

〔8〕往规:过去的谋虑。规,谋求,谋划。来虑:新生的谋虑。该句意思是说:世人总是营营碌碌,谋求不已,永无休止。

〔9〕汉阴灌:汉阴丈人抱瓮灌畦。后世用为隐退学道之典实。躬教(xué学):亲身效仿。教,通学。南阳耕:诸葛亮隐居南阳,躬自耕稼。后世用为隐居全身之典实。

〔10〕疏还念知止:疏广能明知足而止之理。疏,汉代高士疏广,事见《汉书·疏广传》;知止,知足而止,适可而止。语出《老子》四十四章:"知足不辱,知止不殆,可以长久。"庄论持达生:庄周持达生的处世态度。庄论,庄子的观点;达生,达观的人生态度,即参透人生,不受世事牵累。语出《庄子·达生》:"达生之情者,不务生之所无以为。"

〔11〕昭旷:开朗豁达。此指参透事理,了无物累。婴世营:遭受世事的干扰。

二

鸟鸣知天曙,冰泮知天和[1]。寒崖变吹律,阳渚发鸣蝦[2]。温风戒旦至,淑气应时加[3]。申眺暨昏旦,驰情赴幽遐[4]。连峰睇初景,木杪眺孤霞[5]。阴雪被高岑,暄波泻平沙[6]。辨候气有异,触物理无涯[7]。抚己寡朋与,怀侣独长嗟[8]。徒攀春岸条,未采中林华。情惬赏不遗,心旷迹自赊[9]。允矣敦夙游,不愧在涧歌[10]。

〔1〕天曙:天亮。冰泮(pàn判):冰冻融解。天和:天气和暖。

〔2〕寒崖:背阴的山崖。吹律:吹奏律管。律为阳声,传说可以使地变暖。阳渚:向阳的水洲。鸣葭:古代管乐器。葭,通箛。

〔3〕戒旦:黎明,拂晓。淑气:天候温和的气息。

〔4〕申瞩:极目远眺。申,伸展,伸张。驰情:放纵情思。幽遐:僻远深幽的地方。

〔5〕连峰:连绵不断的山峰。睇(tī梯)初景:观望旭日。睇,观望;初景,朝阳,旭日。木杪:树梢。

〔6〕阴雪:阴冷的积雪。暄波:温暖的水波。

〔7〕句谓:辨别物候就知道天气的变化,感触万物就明白事理之无穷。

〔8〕抚己:反观自我,反省自己。朋与:朋友。怀侣:怀念伴侣。

〔9〕情惬:情意闲适。惬,惬适,闲适。不遗:没有遗漏。此描写观景之细致。迹自赊:行迹自然很远。赊,距离远。

〔10〕敦:崇尚,尊重。夙游:往日的交游。在涧歌:典出《诗·卫风·考槃》:"考槃在涧,硕人之宽。"此比喻成德乐道。

除夕述哀四首[1]

一

世事相倚伏,日月更代谢[2]。百年能几时,一岁祇今夜[3]。

67

逝者岂复回,有生无不化[4]。惨恻孤灯前,悲啼数行下[5]。

〔1〕这组诗出自《家集》,当作于正德四年岁末除夕日。这一年的三四月间,何景明父母先后去世;到当年岁末除夕日,他祭奠父母亡灵,故有"去年值今夕,庭闱奉颜色。今年值今夕,空奠几筵侧"之语。其一,前三句对生死作达观想,末句陡然变得哀伤沉郁;其二,抒写与父母生死离别的凄凉悲愁之情;其三,通过今昔对比,来抒写父母弃养之后的凄恻之情;其四,借助环境渲染,进一步抒写失去亲人的孤苦之情。全诗感情深挚,语态悲咽。述哀,陈述哀情。此题常用来抒写对亲人亡灵的哀思。

〔2〕相倚伏:互为倚伏。此指祸福互相转化。语出《老子》五十八章:"祸,福之所倚;福,祸之所伏。"更代谢:此指日月交替出没。

〔3〕句谓:人即使活到百年,也是很短暂的;一年倏忽而过,就像只在今夜。

〔4〕有生:有生命者。化:死。语出《孟子·公孙丑下》:"其比化者无使土亲肤。"朱熹注:"化者,死者也。"

〔5〕惨恻:忧戚,悲痛。数行下:流泪。

二

别离今几何,墓树亦已青。徒褰素帷泣,奈此玄室扃[1]。古城积阴雪,虚牖临寒星[2]。岁暮兴慨念,愁立空屏营[3]。

〔1〕褰:撩起,揭起。素帷:白色的帷幔。玄室扃(jiōng 驹):墓室紧闭。扃,关闭。

〔2〕阴雪:阴冷的积雪。虚牖(yǒu 友):虚掩的窗户。

〔3〕慨念:感慨怀念。屏营:惶恐,徘徊。

三

去年值今夕,庭闱奉颜色〔1〕。今年值今夕,空奠几筵侧〔2〕。苍苔翳幽隧,翠柏开灵域〔3〕。顾望西山阴,风云为凄恻〔4〕。

〔1〕庭闱(wéi 围):内舍。多指父母居住处。奉颜色:侍奉父母。颜色,表情、神色。
〔2〕空奠:孤单地祭奠。空,空旷无人。
〔3〕翳:遮蔽。隧:墓道的入口处。灵域:墓地。
〔4〕西山阴:西山的北面。

四

忧人不能寐,起践中夜霜〔1〕。城筎绝仍响,室灯惨不光〔2〕。所亲半重泉,有姊各一乡〔3〕。附书与鸿鹄,岁晚路更长〔4〕。

〔1〕忧人:心情忧伤的人。此指诗人自己。中夜霜:深夜寒冷的霜。中夜,半夜。此形容夜深寒冷。
〔2〕城筎:城头悲愁的笛笛声。笛笛属军乐,声调多悲切。句谓:城头的笛笛虽已停吹,而悲声犹在作响;室内的燃灯暗惨无光,一如我凄惨的心情。
〔3〕所亲:亲人。重泉:九泉,死者的归所。各一乡:与我各在一地,即在异乡。该句极言孤单失偶之情。

〔4〕附书:捎信,寄信。鸿鹄:大雁与天鹅。此偏指大雁。古人以大雁为信使。岁晚:一年将尽的时候,即岁暮。此喻指人的暮年。该句抒写思亲无望的无奈。

游西山二首〔1〕

一

清晨命予驾,飘飖远游迈〔2〕。愿言历岖嵚,况此春华在〔3〕。林条纷可结,石秀行当采〔4〕。道逢谐俗士,谓予尔何隘〔5〕!人命未可期,河清讵能待〔6〕?纵羽思山林,潜鳞慕江海〔7〕。富贵人所欲,吾志不可改。

〔1〕这组诗出自《家集》,当作于正德二年归居之后。全诗抒写某次游西山的感想,表达不慕富贵、矢志归隐的情怀。格调高古,语言清新。

〔2〕飘飖(yáo摇):摇动,晃动。远游迈:出游到很远的地方。

〔3〕岖嵚(qū qīn 屈钦):形容山势险峻。春华:春天的花。此借指美好的春光。

〔4〕林条:树木的枝条。石秀:山石间的花草。

〔5〕谐俗士:与时俗相谐和的人,即随顺时俗的人。何隘:多么的偏狭。

〔6〕河清:河水清澈。《左传·襄公八年》:"子驷曰:'周诗有之曰:

俟河之清,人寿几何?'"讵(jù巨)能:哪能。

〔7〕纵羽:展翅飞翔的鸟。潜鳞:潜居深渊的蛟龙。

二

郁郁西山岑,遥遥山上阪。俯观清涧流,仰觑白云返〔1〕。处世亦何促,谁能遂仰偃〔2〕。夷齐归首阳,黄绮在商巘〔3〕。此道久不复,斯人苦难挽〔4〕。振衣谢尘涂,吾驾日已远〔5〕。

〔1〕仰觑(qù去):抬头看。
〔2〕何促:多么的局促。仰偃:即偃仰,随世俗应付。
〔3〕夷齐:伯夷与叔齐。首阳:首阳山。殷亡之后,伯夷、叔齐不仕周朝,隐居首阳山,终因不食周粟而饿死。(见《史记·伯夷列传》)黄绮:商山四皓之简称。秦末东园公、绮里季、夏黄公、甪里先生,为避秦乱隐居商山。四人皆八十馀岁,须眉皓白,时称商山四皓。事见《史记·留侯世家》、《汉书·张良传》。商巘(yǎn眼):商山,在今陕西商县东。
〔4〕此道:归隐之道。斯人:这个人。此指何景明自己。
〔5〕振衣:抖衣去尘。此比喻谢绝尘俗。尘涂:尘途,世俗之路。

观春雪〔1〕

腾空布柔云,荡日溢繁吹〔2〕。素雪千里来,飘扬九衢内〔3〕。积阴改玄节,新阳献青岁〔4〕。永辞寒卉寂,甘并春华媚〔5〕。缤纷散广陌,晶耀敞尘界〔6〕。既随游霰集,复与流飚会〔7〕。

临牖玩靡足,陟槛望逾迈〔8〕。参差百甍接,崒屼层台对〔9〕。佳人御棂轩,上客倚飞盖〔10〕。旖旎结华缨,离縰飘素带〔11〕。郢中有希倡,《阳阿》岂恒态〔12〕?君胡慕高卧,沉冥独无类〔13〕。

〔1〕该诗出自《家集》,当作于正德二年归居后偏晚的某个初春。诗人从一场春雪,捕获春的气息,而感到欢欣愉悦,因而将雪景写得"整雅自然"(《皇明诗选》录宋征舆评语)。诗人浮想联翩,思绪高远,最末两句由春雪联想到《阳春》、《白雪》,再联想到曲高和寡,再联想到自己归居隐处,进而反省"沉冥独无类"的孤独境况,流露了不耐寂寞、意欲复出的心迹。

〔2〕柔云:舒卷柔软的云朵。荡日:荡激着太阳。溢繁吹:从太阳里溢出盛大的风。繁吹,盛大的风。该句写景新颖别致。

〔3〕九衢(qú渠):繁华的街市。

〔4〕积阴:阴气聚集。此指寒冷的冬天。玄节:季节。古人认为季节变化受某种神秘力量的支配。玄,深奥、玄妙、神秘。新阳:新春的阳光。青岁:万物复苏生长的季节,即春天。

〔5〕永辞:永远辞别。此引申为早已厌弃。该句描写春雪的情态,意谓:这春雪早已厌弃冬花的寒寂,而甘愿与春花争妍斗艳。

〔6〕广陌:大路。晶(xiǎo晓)耀:洁白明亮的样子。尘界:尘世间,即人间。

〔7〕游霰(xiàn线):飘动的雪珠。流飑:流动的疾风。

〔8〕靡足:不知厌足。陟(zhì至)槛:登上梯槛。望逾迈:看得更加阔远。

〔9〕百甍(méng萌):众多的屋脊。崒屼(cuì wù翠兀):险峻高耸的样子。

〔10〕棂(líng灵)轩:有窗格的长廊。飞盖:高高的车篷。

〔11〕旖旎(yǐ ní倚泥):宛转柔顺的样子。离縰(xǐ洗):沾染濡湿的样子。

〔12〕郢(yǐng影)中:楚国。郢,战国时楚国的都城。希倡:罕有的歌谣。此指战国时楚国高雅的歌曲,即《阳春》、《白雪》。《阳阿》:战国时楚国俚俗的歌曲。典出《文选·宋玉〈对楚王问〉》:"其为《阳阿》、《薤露》,国中属而和者数百人;其为《阳春》、《白雪》,国中属而和者不过数十人。"恒态:永恒不变。

〔13〕高卧:安闲地躺着,即安卧。此指隐居不仕。沉冥:幽居匿迹。无类:没有朋辈或同伴,即孤单失偶。

赠梁宗烈二首〔1〕

一

珊瑚产南海,翡翠生炎洲〔2〕。丰林多异干,石璞皆良璆〔3〕。
瑰材植遐域,万宝聚岩幽〔4〕。岂无千金贾,亦有万斛舟〔5〕。
此物匪为易,惜哉不见收〔6〕。玉英匿龙渊,黄金沉浊流〔7〕。
辉莹久已闷,未蒙知己求〔8〕。徒归匠者愆,用负和氏羞〔9〕。
谨子握中璧,时哉毋暗投〔10〕。

〔1〕该组诗出自《家集》,当作于正德二年归居后偏晚。其一以珊瑚、翡翠、异干、良璆等瑰宝设喻,感叹人才隐没草野,不为识者引用;而

73

又与友人共勉,宁可隐处不用,也决不明珠暗投。其二以风云、山海、鸿鹄、轻舟设喻,感叹无缘与友人相见,而寂寞无奈,思念转深。全诗情思深切,语言渊雅,结构整严,立意高逸。梁宗烈,名景行,字宗烈,生卒年不详,与何景明友善,曾任崇明知县、寿府长史等职,后告归乡里。盖亦隐德君子,故何景明引为同调。

〔2〕南海:南方的海洋。翡翠:一种珍贵的硬玉。炎洲:神话中的南海炎热岛屿。

〔3〕丰林:丰茂的树林。异干:奇异的树木。石璞:含玉的石块。良璆(qiú求):美玉。

〔4〕遐域:偏远的地方。岩幽:山岩幽深处。

〔5〕贾:商贾。万斛(hú胡)舟:可载重物的大船。斛,量词,多用于量粮食。古代一斛为十斗,南宋末改为五斗。

〔6〕此物:指珊瑚、翡翠、异干、良璆等瑰宝,比喻奇异贤能的人才。不见收:不被人采集珍藏。

〔7〕玉英:美玉。龙渊:深渊。古人以为深渊中藏有蛟龙,故称。浊流:浑浊的河流。

〔8〕辉莹:金玉矿石的光彩。闷(bì必):掩蔽,隐藏。

〔9〕匠者愆:工匠的罪过。用负:因而蒙受。和氏羞:楚人卞和曾先后三次向楚王献璧,均因工匠不识而反遭惩处。事见《韩非子·和氏》。后世借指不被赏识反遭羞辱。

〔10〕握中璧:手中握有的美玉。比喻所怀大才。暗投:明珠暗投,比喻贤能之士得不到赏识和重用。

二

飘风顷刻至,征云万里游。与子非风云,欲遘良无由[1]。川涂限山海，音问邈中州[2]。升高望广域，极眺沧溟流[3]。浮烟隐榛树，白日蔽岑丘。飞鸿不我顾，逝鹄不我留[4]。宁无轻舟志，浩淼安可求[5]。桂树茂炎隩，芝草翻灵洲[6]。独处慕朋侣，攀赠谁为酬[7]。倘荷衷眷言，慰此平生忧[8]。

〔1〕遘(gòu够)：相遇，会面。由：缘由，机缘。句谓：你我不能像风云那样自由飘荡，想见一面却实在没有机缘。

〔2〕川涂：川途。道路，路途。限山海：被山川湖海阻隔。

〔3〕广域：广袤的大地。沧溟(míng明)：大海。

〔4〕该句写自己孤单失偶，思念友朋而徒然无望，意谓：大雁高飞，不愿回顾我一眼；天鹅飞逝，也不为我稍留片刻。鹄(hú胡)，天鹅。

〔5〕轻舟志：驾舟轻快行驶的心愿。此比喻想念友朋的急切心情。浩淼：江湖浩瀚渺茫，此比喻路途艰险，相见遥遥无期。

〔6〕炎隩(ào奥)：红色的沃壤。隩，隩壤，即沃土。灵洲：美丽的水中小岛。

〔7〕攀赠：采折桂枝和芝草以为赠品。谁为酬：为谁酬，即不知酬赠谁。

〔8〕荷(hè贺)：承蒙。衷眷言：真心话。衷眷，真心眷顾。平生忧：长时间的忧思。此指不耐寂寞、想慕朋侣的心情。

悼亡三首[1]

一

冬夜一何长，展转难及晨。念彼重泉下，杳杳隔千春[2]。中闰月皎皎,纨素委流尘[3]。驰光安可追,往者无复陈[4]。凄凄向隅泣,无乃女子仁[5]。丈夫自有志,忍哭虞伤神[6]。沉思结中抱,恨恨不能申。

〔1〕该组诗出自《京集》,当作于首次出任京职期间。弘治十七年冬,何景明夫人张氏卒于京邸。弘治十八年五月,何景明出使云南,至正德元年春还过乡里,继娶唐县王氏。正德二年归居后,其所作《家集》中有《悼往》诗云:"人生重恩义,况兹比翼乖。何能眷新欢,弃掷故所怀。"此提及继娶事,而《悼亡三首》未及,故知该组诗作于弘治十七年冬至十八年春之间。全诗语言流易,不事结构,而感情极深沉真挚,是一组直抒胸臆的佳作。

〔2〕重泉下:黄泉之下,即坟墓。千春:千年。此夸张生死离隔的时间久远。

〔3〕委:托付。流尘:飞扬的尘土。

〔4〕驰光:飞逝的时光。无复陈:不会重来,去不复返。

〔5〕女子仁:妇人之仁,即儿女情多。此化用《史记·淮阴侯列传》典:"项王见人恭敬慈爱,言语呕呕。人有疾病,涕泣分饮食;至使人有功当封爵者……忍不能予:此所谓妇人之仁也。"

〔6〕有志:有宏伟的志向。此借指有大丈夫气概。虞:担忧。

二

鸣鸡报早朝,出户履晨霜。仰视东方星,三五不成行[1]。念子当此时,灯前理衣裳。恍然失所在,零泪空滂滂[2]。

〔1〕东方星:启明星,即金星。典出《诗·谷风·大东》:"东有启明,西有长庚。"

〔2〕恍然:心神不定的样子。滂(pāng 乓)滂:水流浩大的样子。此形容泪水不停落下。

三

皎皎机中绢,拂拭明如雪。裁为双中衣,罗带纷绾结〔1〕。亲持向我前,与我言结发。岂足佩下体,聊以奉娱悦。执此百年心,叹息一朝绝。人故物自留,欲视不忍发。藏之箧笥中,馀香日以歇〔2〕。

〔1〕双中衣:此袭用汉繁钦《定情》诗语:"何以结秋悲,白娟双中衣。"中衣,贴身的衣服。绾(wǎn 晚)结:系结,打结。

〔2〕箧笥(qiè sì 窃四):藏物的竹器。歇:消失。

赠李献吉三首〔1〕

一

西方有佳士,于世寡所谐〔2〕。横风整修翰,倐忽超九逵〔3〕。天门限重关,屡扣阍者辞〔4〕。济济列仙子,冠裳竞追随。青云蔽闾阖,仰视何逶迤〔5〕。皎日匿西陆,驰光难遽回〔6〕。

世无鲁阳子,坐惜朱颜衰[7]。

〔1〕该组诗出自《京集》,当作于正德元年五月还京至二年归居期间。"天门限重关,屡扣阍者辞"、"岂无艳阳花,言子好香草"、"所以采薇士,甘饿西山岑"这些诗句隐含的背景,是刘瑾把持朝政,正直之士不得厕身,而萌生退隐自保之心。此情势正是何景明正德元年五月自滇还京后的境遇。这组诗是在特定政治环境下,诗人对李梦阳倾诉的肺腑之言。其一写朝政荒败,仕进无门,而感叹年华易逝,壮志难酬;其二写世途艰险,奸佞得势,而劝勉高洁自保,无愧上苍;其三写人心不古,知音难得,而矢志进德修学,归隐山林。全诗格调高古,颇含梗概之气。李献吉,李梦阳。参见《六子诗六首并序》第四首注〔1〕。

〔2〕西方:此指李梦阳出生地陕西庆阳,因其在中原西部,故称。佳士:品行高洁之士。寡所谐:少有谐俗之处。

〔3〕横风:横对着风飞翔。修翰:修长有力的翅膀。倏忽:形容行动急速。九逵:四通八达的道路。《三辅黄图·都城十二门》:"长安城面三门,四面十二门,皆通达九逵,以相经纬。"后多指京城的大路。

〔4〕天门:天国的门。此喻指皇宫禁地。重关:重重关卡。阍(hūn)者:即阍人,周官名,掌晨昏启闭宫门。此喻指皇帝身边的近臣。

〔5〕阊阖(chāng hé 昌河):传说中的天门。此喻指宫殿。逶迤:曲折绵延的样子。

〔6〕匿:隐藏。西陆:古代指太阳运行在西方七宿的区域,亦指秋天。驰光:飞逝的日光。遽(jù 巨):快速。

〔7〕鲁阳子:鲁阳公,战国时楚国鲁阳邑公。传说他能挥戈使太阳返回。朱颜衰:青春容颜转衰。此借指时光流逝,青春不永。

二

东风吹我衣,白日何杲杲[1]。整驾出郭门,修涂浩横潦[2]。登山采幽兰,日暮不盈抱[3]。采之欲何为,遗我平生好。岂无艳阳花,言子好香草[4]。丈夫有本性,安得不自保[5]。寸心苟弗移,可以鉴穹昊[6]。

〔1〕杲(gǎo 搞)杲:明亮的样子。
〔2〕整驾:整理车驾。此借指做好出行的准备。修涂:修途,漫长的道路。浩横潦(lào 涝):浩渺的洪涝。此喻指世途艰险。横潦,泛滥的洪涝。
〔3〕盈抱:满怀。李攀龙《又录别》诗:"对客发素书,零涕复盈抱。"
〔4〕艳阳花:光艳美丽的花草。此隐喻谐俗奔竞之士。香草:芬芳高洁的花草。此隐喻高洁静退之士。
〔5〕本性:天生的秉性。此指高洁的品性。自保:保持本性,不可移易。
〔6〕寸心:心愿。此特指保持品性高洁的心愿。鉴穹昊(qióng hào 穷浩):以苍天为鉴。此指无愧于上苍。穹昊,穹苍,即上苍。

三

烈女守闺室,忧日怀寸阴。横琴写妙曲,繁商激阳林[1]。悠悠行路子,谁为识其音[2]。人生处世间,贵在相知心。所以采薇士,甘饿西山岑[3]。

〔1〕横琴:弹琴。繁商:繁密的商音。商音为五音之一,其声悲凉哀怨。阳林:生长在山南的林木。

〔2〕行路子:行路的人,即来往的过客。

〔3〕采薇士:此指伯夷、叔齐。《史记·伯夷列传》载:周武王灭殷之后,"伯夷、叔齐耻之,义不食周粟,隐于首阳山,采薇而食之。"薇,菜名,野豌豆。西山岑:此指伯夷、叔齐隐居的首阳山。

答献吉二首〔1〕

一

郁郁双凤阙,翱翱飞云间〔2〕。我皇乘六龙,平明开九关〔3〕。下有敢死士,批鳞犯其颜〔4〕。白日运苍昊,薄暮浮云还〔5〕。一朝启光耀,忠诚良可宣〔6〕。

〔1〕该组诗出自《京集》,当作于弘治十八年。弘治皇帝仁厚爱士,当朝颇容正直之臣。李梦阳忠直敢言,声振天下。这组诗缘事而发,赞许李梦阳的精诚忠贞,也表达对弘治帝的感激。全诗情感真挚,颇含梗概。虽不免揄扬之语,但气调高昂,一去馆阁辞臣和平典雅之态度。献吉,李梦阳的字。参见《六子诗六首并序》第四首注〔1〕。

〔2〕郁郁:壮美的样子。双凤阙:飞檐做成双凤形象的宫阙。阙,古代宫门两侧的高台,台上起楼观。翱翱:展翅飞翔的样子。句谓:壮美的

双凤阙,好像要凌空飞翔。

〔3〕六龙:天子车驾的代称。古代天子的车驾为六匹马,马身长八尺称为龙。平明:天刚亮的时候,即黎明。九关:九重天门。此指宫廷的门。

〔4〕敢死士:敢于决死的正直忠谏之士。批鳞犯其颜:触击龙鳞,冒犯龙颜。此指触犯皇帝的威严。弘治十八年,李梦阳上书言寿宁侯张鹤龄罔利贼民事。张鹤龄乃弘治帝后张氏之父。

〔5〕苍昊(hào 浩):苍天。

〔6〕启光耀:拨开云雾,阳光照耀。此指皇恩浩荡,政治开明。良可宣:真正得到宣明。句谓:弘治一朝,皇恩浩荡,政治开明,臣之忠诚,得以宣明。

二

吾君古尧舜,垂衮蓬莱宫〔1〕。止辇受群善,小大必有容〔2〕。缅怀燕邹子,悲号诉苍穹〔3〕。彼苍亦何神,五月飞霜风〔4〕。至诚变金石,何惧不感通〔5〕。

〔1〕垂衮(gǔn 滚):垂衣拱手。古代指帝王不亲理事务而天下大治,即所谓无为而治。衮,古代帝王及王公穿的绘有卷龙的礼服。蓬莱宫:唐代宫殿名,在今陕西长安县东,原名大明宫,高宗时改为蓬莱宫。句谓:我皇像尧、舜一样圣明,垂衣拱手而天下大治。

〔2〕止辇(niǎn 碾):皇辇停驻。此借指帝王登朝纳谏。辇,秦汉以后专指帝王后妃所乘车。句谓:我皇登朝纳谏,能够接受所有善言;而对臣子的过错,不论大小都能宽容。

〔3〕燕邹子:游居燕国的邹衍。邹衍本齐国人,创阴阳消息、五德终

81

始之说。诉苍穹:向苍天控诉。苍穹,苍天。

〔4〕五月飞霜风:典出《文选·江淹〈诣建平王上书〉》李善注引《淮南子》:邹衍尽忠,燕惠王信谗而系囚之。邹衍仰天悲哭,正夏而天为之降霜。后世用以指冤狱。

〔5〕至诚变金石:此化用《后汉书·广陵思王荆传》语:"精诚所加,金石为开。"感通:有感于此而通于彼。

赠望之四首[1]

一

袅袅孤生杨,迢迢河水汭[2]。平生骨肉亲,婉娈相谐悦[3]。思心起欢燕,何况当乖别?浮萍寄清流,聚散有欢慼[4]。与子同枝叶,胡为忍离阔。愧匪根与株,莫能相固结。德人重行义,志士轻诀绝[5]。慎子万里躯,慰我长饥渴[6]。

〔1〕该组诗出自《京集》,当作于正德六年复任京职之后。当时孟洋离京城,涉江湘,远赴西南平叛。全诗情思深厚,语重心长,直抒胸臆,不事雕饰。既有声气相应,亦怀手足之情;既有劝勉告诫,又含深切期待。其四末句"勿谓长弃捐,终当有返期",实预感某种不祥。后孟洋在袭敌时,竟中伏而死难。望之,孟洋的字。孟洋(1483—1534),一字有涯,河南信阳人,弘治十八年进士,授行人,官至大理寺卿。孟洋是何景明姊婿,为信阳作家群成员之一,诗文创作追随何景明,有《有涯集》十

七卷。

〔2〕孤生杨:孤生无所依傍的杨树。汭(ruì 瑞):河流的弯道。

〔3〕婉娈(wǎn luán 晚峦):情感缠绵深挚的样子。谐悦:和谐愉快。

〔4〕浮萍:浮生在水面上的一种草本植物。此比喻漂泊不定的身世。欢惙(chuò 辍):欢乐与忧愁。

〔5〕德人:操守高尚的人。志士:志向远大的人。轻诀绝:轻易地诀别。诀绝,诀别、长别。

〔6〕万里躯:远离在外的身躯。长饥渴:长久而深切的思念。饥渴,如饥似渴,形容思念很深切。

二

良时不克俱,悠悠子行迈。行迈之何方?乃在万里外。泛舟涉江湘,道远阻湍濑[1]。我心思桂林,倚立增叹慨。河清岂无期,奈此日月逝。所愿芳未歇,及兹采荃蕙[2]。

〔1〕湍濑(tuān lài 团阴平赖):水浅流急处。

〔2〕芳未歇:花的芳香尚未消歇。荃蕙(quán huì 全汇):又作蕙荃,喻指贤淑的人。荃,香草名,即菖蒲;蕙,香草名,即零陵香。

三

瓜生施于葛,枝蔓自缠纠。念我同胞人,是子结发友[1]。少小钟慈育,各言常相守。出门有羽翼,忽尔离隔久。戚戚去兄弟,思我父与母。种瓜莫种棘,种棘恐伤手[2]。恩爱苟不亏,离隔复何有[3]?

[1] 同胞人:兄弟姐妹。此指何景明之姊。结发友:结发夫妻。

[2] 种瓜:种植瓜果。种棘:种植荆棘。句喻指为人处事要结善缘,不要沾惹灾祸。

[3] 句谓:如果能够永葆恩爱不衰,即便夫妇离隔又何妨呢?

四

绝裾不为忍,叱驭宁顾危[1]。念子奉明君,结义良在兹。虽怀垂堂戒,委质我所知[2]。白日岂不察,浮云蔽于斯[3]。孤葵慕太阳,倾心量不移[4]。勿谓长弃捐,终当有返期。

[1] 绝裾(jū居):断绝衣襟,表示去意坚决。典出《晋书·温峤传》:温峤受刘裕命,至江南,奉劝司马睿即位。峤欲将命,其母崔氏固止之,峤绝裾而去。叱驭:语出《汉书·王尊传》:王阳为益州刺史,行至邛崃九折阪,因道险而返。及王尊为刺史,行至其阪,叱其驭曰:"驱之!王阳为孝子,王尊为忠臣。"后世以为因公忘险、奋不顾身之典实。

[2] 垂堂戒:以垂堂为警戒。此喻指仕宦生涯之艰险。垂堂,靠近堂屋檐下,因檐瓦坠落可能伤人,比喻处危险的境地。语出《汉书·袁盎传》:"千金之子不垂堂。"委质:向君主献礼,即为国献身。语出《国语·晋语九》:"臣委质于狄之鼓,未委质于晋之鼓也。臣闻之:委质为臣,无有二心。委质而策死,古之法也。"

[3] 该句化用汉古诗《行行重行行》语:"浮云蔽白日,游子不

顾返。"

〔4〕孤葵:孤生的向日葵。量不移:料想不会改变。量,测断、料想。

过吕仲木宅同吕道夫、马君卿〔1〕

夏访吕子居,乃在北城阴〔2〕。门临古墙渠,上有高树林〔3〕。
展席流南薰,开轩睇北岑〔4〕。况谐同心友,听此和鸣禽〔5〕。
佳人出素帙,高词播名琛〔6〕。亮哉清庙瑟,凄其白头吟〔7〕。
一弹意不足,三叹有馀音。因之览玄古,寥寥伤我心〔8〕。

〔1〕该诗出自《京集》,当作于正德六年复任京职期间,抒写在京交游的感想。吕仲木,即吕柟(1479—1542),字仲木,号泾野,陕西高陵人。正德三年进士第一,授编修,累官礼部侍郎,立朝持正敢言,学宗程朱理学,著有《泾野子内篇》、《泾野诗文集》等。吕道夫,即吕经(1476—1544),字道夫,号九川,陕西宁州人。正德三年进士,授礼科给事中,累官右副都御使巡抚辽东。马君卿,即马录,字君卿,河南信阳人,生卒年不详,正德三年进士,授固安知县,居官廉明。

〔2〕北城阴:城北阴湿处。阴,阴湿之地。

〔3〕古墙渠:古老的城墙和城池。

〔4〕流南薰:沐浴在南风中。南薰,从南面刮来的风。睇(dì帝)北岑:观看北边的群山。睇,斜视,流盼。

〔5〕同心友:志同道合的朋友。和鸣禽:鸣声相应和的群鸟。和鸣,鸟鸣相应和。

〔6〕佳人:美好的人,指君子贤士。《楚辞·九章·悲回风》:"惟佳

人之永都兮,更统世而自贶。"素帙(zhì 秩):白色生绢包裹的书函。帙,书函,书册。高词:高妙的诗作。播名琛(chēn 郴):像名贵的珍宝一样可以传扬。此比喻诗写得好,将流传后世。琛,珍宝。

〔7〕亮哉:多么清亮。清庙瑟:语出《礼记·乐记》:"《清庙》之瑟,朱弦而疏越,壹倡而三叹。"此借指高雅的诗章。清庙,古代帝王的宗庙,即太庙。凄其:凄凉悲伤。白头吟:乐府曲调名,古人多用来抒写凄伤失意。典出《西京杂记》卷三:司马相如将聘茂陵人女为妾,卓文君作《白头吟》以自绝,相如乃止。

〔8〕玄古:远古。寥寥:空虚,寂静。

断绝词[1]

孔雀慕俦侣,回翔恐相失[2]。罗雉为雄雌,反复不成匹[3]。白沙搏清水,谁能作胶漆[4]?本非骨肉亲,心志安得一?牵缠无已时,断绝有终毕。

〔1〕该诗出自《京集》,作年不详,疑作于复任京职偏晚。全诗以男女恩断情绝、不可强配,喻指友朋志趣不同、乖违难合。这很可能是为李何论辩不合、反目交恶而发。情思怨怼,语调狷急,颇有深致。

〔2〕俦侣:伴侣。回翔:盘旋飞翔。

〔3〕罗雉:捕捉雉鸡。不成匹:不能匹配成对。此喻指不能强配为夫妻。

〔4〕句谓:白沙与清水相拍打,谁能使之成胶漆状呢?

赠君采效何逊作四首[1]

一

霜空雁绝响,风庭叶罢飞[2]。念尔别离日,凄然芳岁微[3]。城隅明星皙,晓闼残月辉[4]。不见携手好,宵行谁与归[5]?

〔1〕这组诗出自《京集》,当作于正德六年复任京职期间。全诗抒写友朋离别、孤独失偶以及厌倦官场、向往归隐的情怀,沉郁深挚,顿挫有致。君采,薛蕙的字。薛蕙(1489—1541),字君采,号西原,南直隶亳州(今安徽亳州)人,举正德九年进士,累官吏部考功司郎中,著有《西原遗书》《考功集》等。他尝评论李何曰:"俊逸终怜何大复,粗豪不解李空同。"时人以为知言。何逊,南朝诗人,字仲言,东海郯(今山东郯城)人,生卒年不详,有《何记室集》。其诗状物传神,情思深婉,又注重审音炼字,工偶精对,多抒写羁旅乡愁,风格独树一帜。与同时吴均体并称为何逊体。

〔2〕霜空:霜冻时节的天空。风庭:文风不动的庭院。风庭,谐音风停。叶罢飞:树叶不再飘飞了。

〔3〕芳岁微:芳草衰败的时候。微,衰微、衰败。

〔4〕闼:小门,内门。后泛指门户。

〔5〕携手好:志同道合,携手交好。宵行:夜间出行。此喻指艰难的人生旅程。

二

平生寡所谐,与子中邂逅。燕语殊未厌,弦柱促离奏[1]。目断川上云,念攒天边岫[2]。河山邈以绵,伫立阻欢觏[3]。

〔1〕燕语:宴饮叙谈。弦柱:弦和柱,琴瑟的两个构件。此借指琴瑟。促离奏:弹奏急促的离别曲。

〔2〕目断川上云:视线被川上的浮云遮断。念攒(zuān 钻)天边岫(xiù 秀):思念能穿透天边的峰峦。攒,通钻,穿孔、钻入,此引申为穿透。岫,峰峦。

〔3〕邈以绵:连绵邈远。欢觏(gòu 够):欢遇,欢会。句谓:山河连绵邈远,横亘在你我之间,阻隔欢会的路途。

三

居人日缚束,游子逝飘飖[1]。山栖怜雾夕,水泛悦霞朝[2]。违俗势靡合,遗名迹自超[3]。愧随衣冠侣,振佩青云霄[4]。

〔1〕居人:居家的人。逝飘飖(yáo 摇):像风一样飘逝。飘飖,随风摇动。

〔2〕雾夕:云雾浮动的傍晚。水泛:乘船浮行在水面上。

〔3〕违俗:违逆世俗。遗名:遗弃浮名。

〔4〕随衣冠侣:与士大夫为伴。青云霄:高空。此喻指朝廷。

四

岁晏客来归,车马一何乱[1]。新妆下机笑,白发倚门看[2]。未俟春林敷,且玩冬花灿[3]。闲居有徽音,倘付云中翰[4]。

〔1〕句谓:到了岁末的时候,羁留在外的游客终于来归,其所乘车马多么潇散凌乱。该句以下想象自己将来辞官归居的情形。

〔2〕新妆:刚化好妆。此借指在家的妻子。白发:苍白的头发。此借指年迈的父母。

〔3〕春林敷:春天草木敷荣。敷,敷荣,指草木发芽开花。

〔4〕徽音:德音。此指令闻美誉。云中翰:飞行云中的鸟。此指鸿雁传书。翰,鸟羽,常借指鸟。

江畲行[1]

树谷江上田,三年免饥饿[2]。富贵苟非道,千驷只一唾[3]。匹夫不夺志,旷士鲜无过[4]。蛾眉召谗妒,西子蒙诟涴[5]。铄金惧众口,怀璧诚贾祸[6]。蛇龙盘泥沙,鲲运海水簸[7]。子今还山中,食谷且高卧[8]。

〔1〕该诗出自《京集》,当作于正德六年复任京职期间偏晚。诗人有感于仕途险恶而向往归隐。全诗格调高古,语含悲愤。江畲(shē 赊),在江边耕种。畲,焚烧田地里的草木,用草木灰做肥料的原始耕作

方法。

〔2〕树谷:种植稻谷。

〔3〕非道:不合道义。千驷:四千匹马,形容有很多车马。语出《世说新语·言语》:"千驷之富,不足贵也。"此比喻人生富贵。句谓:如果不合道义而得富贵,即使千驷也只当一口唾沫,应该吐弃而毫不足惜。

〔4〕匹夫不夺志:虽是平民也不可强迫他放弃主张。语出《论语·子罕》:"子曰:三军可夺帅也,匹夫不可夺志也。"旷士:胸襟开阔的人。

〔5〕蛾眉:蚕蛾触须细长弯曲,因喻女子美丽的眉毛。后多指代美女。西子:春秋时期越国美女西施的别称。后泛指美女。诟浼(gòu wò 够沃):羞辱和弄脏。此指诬陷。

〔6〕铄(shuò 硕)金:熔化金属。此比喻谗言伤人。《楚辞·九章》:"故众口其铄金兮,初若是而逢殆。"王逸注:"言众口所论,万人所言,金性坚刚,尚为销铄,以喻谗言多,使君乱惑也。"怀璧:怀瑾握瑜,语出《楚辞·九章·怀沙》:"怀瑾握瑜兮,穷不知所示。"贾(gǔ 古)祸:自招祸患。

〔7〕蛇龙:蛇和龙。此偏取蛇义,喻指智能低下的人。鲲(kūn 坤)运:巨鱼运行。鲲,传说中的大鱼。典出《庄子·逍遥游》。此比喻智能高超的人。

〔8〕食谷:吃粮食。后世多借指享受俸禄。语出《韩非子·说疑》:"有莘辱之名,则不乐食谷之利。"高卧:高枕安卧,谓安闲无事。

古怨诗五章[1]

一

陨叶辞旧枝,飘尘就歧路。迟徊决绝意,言念平生故[2]。泥泥行间泥,零零蔓草露[3]。岂不畏沾污,为子无晨暮[4]。

〔1〕该组诗出自《京集》,当作于正德六年复任京职期间。而从作者慨叹势夺交离、友朋乖弃来推测,其准确作年应在正德十年之后。此时李何日相交恶,往昔交谊去不复返。全诗情思狷急怨怼,语含骨鲠悲愤。

〔2〕迟徊:迟疑、犹豫。又作迟回。平生故:老朋友。

〔3〕泥泥:露水湿重的样子。零零:露水滴落的样子。

〔4〕无晨暮:没日没夜,永不止息。

二

抗义一何明,结志誓不解[1]。对面有背弃,何言万里外?陟疆朝采荨,陟畛暮采菲[2]。所重在德音,容色安足恃[3]?

〔1〕抗义:揭举道义。抗,揭举,支撑。结志:固结心志。此指友朋订交。不解:不能分开。此指永不乖离朋友。句谓:有人揭举道义是那

么明快,与友订交又能誓不背叛。

〔2〕陟(zhì至)疆:登上田畔。陟,由低处往高处走,即登上;疆,田间界畔,此借指田地。采葑(fēng封):采摘芜菁。陟畛(zhěn诊):登上田间小路。畛,田间小路,此借指田地。采菲(fěi匪):采摘菲类。菲,古代指萝卜一类的菜。葑、菲,语出《诗·邶风·谷风》:"采葑采菲,无以下体。"葑、菲的叶均可食用,但其根有美时与恶时之别。采摘者不可因其根不良而弃其叶。后世喻指有一德可取之人。

〔3〕德音:以善言善行而获好名声。该句化用《论语·学而》"贤贤易色"语,意谓交友看重贤德品行,而不轻信巧言令色。

三

白玉虽光辉,瑕疵在其内。徒看色笑亲,讵识肝胆异〔1〕?势夺恩爱移,交离谗毁至〔2〕。弃捐岂我伤,卑薄乖情义〔3〕。

〔1〕讵(jù巨):岂,岂料。
〔2〕势夺:以势强夺。交离:交情乖离。
〔3〕卑薄:卑劣刻薄。乖:背离,违背。

四

寸心抱贞固,投一安有它〔1〕?讵知所同欢,散聚忽朝霞。昔为山上石,今为浪中沙。孰云无转移,漂荡令心嗟〔2〕。

〔1〕投一:忠诚贞一,无有二心。

〔2〕转移:变化移易。漂荡:在水上漂浮。此比喻世事多变,人情无常。

五

清晨临御沟,御沟东西流。垂杨夹广路,蹀躞行紫骝[1]。挥鞭不顾返,斗酒谁能留[2]？慨焉中道情,覆水倘可收[3]？

〔1〕蹀躞(xiè dié 泻叠):小步行走的样子。紫骝(liú 留):古代骏马名。此泛指好马。
〔2〕斗酒:一斗酒。此借指朋友以诗酒聚会。
〔3〕中道情:不能善终的交情。中道,中途。此指中途废止。覆水:倾倒出去的水。语出《后汉书·何进传》:"国家之事,亦何容易！覆水不可收,宜深思之。"此喻指不可挽回的友情。

饮 酒[1]

平生多意气,四海盛交游。列筵亘长夜,谈辩雄名流。杯酒一言合,遽将肝胆投。入门顾儿女,忸怩但怀羞[2]。齿年逮今兹,世故多所由[3]。兴言念亲戚,骨肉婴我忧[4]。寒宵寡欢惊,浊酤聊自谋[5]。明灯耀室内,盘蔬代庖羞[6]。岂必朋与宾,妻子前劝酬。语笑率真性,无嫌亦何尤。人生贵止足,吾志卑公侯[7]。数觞已复醉,颓然万情休[8]。寄言驰骛子,从今任去留[9]。

〔1〕该诗出自《京集》,当作于正德六年复任京职期间偏晚。全诗抒写在京交游、为官的感受,而作达观想:若能知足而止,就可志卑公侯;若能万情皆休,就可随任去留。情思旷达超迈,语言率真直白。

〔2〕忸怩(niǔ ní 纽泥):羞愧。怀羞:感到愧疚。

〔3〕齿年:年龄。

〔4〕亲戚:与自己有血缘或婚姻关系的人。此指妻子儿女。婴我忧:使我遭受忧患。

〔5〕欢悰(cóng 从):欢快的心情。悰,心情、心绪。浊酤(gū 姑):浊酒。酤,一夜酿成的酒,后泛指酒。自谋:自我谋划。此指寻求自我宽解之道。

〔6〕盘蔬:盘中的蔬菜。此代指粗劣的食品。庖羞:庖馐(xiū 羞),精美的食品。羞,通馐。

〔7〕止足:知足而止。卑公侯:轻视公侯。此借指不贪慕荣华富贵。

〔8〕数觞(shāng 伤):饮了几杯酒。颓然:糊涂无知的样子。万情休:各种情欲淡然若无。休,停止。此引申为淡然若无。

〔9〕驰骛子:追逐奔竞之徒。任去留:或去官,或留任,均随顺自然,不刻意追求。

游洪法寺塔园土山[1]

塔园郁森萃,土山莽回互[2]。迹陈慨往躅,心赏谐秋晤[3]。
时惟冬气交,零木爽登顾[4]。袅袅拾层级,盘盘折修步[5]。
凭危眺倒景,俯槛惊流雾[6]。空王涌庙卫,贵者留墟墓[7]。

三门上岌嶪,玉柱撑云露[8]。白日宝光垂,风昼金响度[9]。徒兴雍门哀,未暇首丘虑[10]。珠藏北邙毁,石罅南山锢[11]。怛焉伤逝心,川汜激东骛[12]。

〔1〕该诗出自《京集》,当作于正德六年复任京职期间。诗人抒写冬气交集所引发的悲慨,而这悲慨缘于仕途失意,又因仕途失意而怅然思归。末尾"珠藏北邙毁,石罅南山锢"句,引入老庄无用全身之旨,以期自宽自解;但最终仍未免"伤逝"之感。全诗情思沉郁,语态顿挫。洪法寺,明代京郊的一座寺庙。塔园,汇聚佛塔的园子。

〔2〕塔园郁森萃(cuì 脆):园子里的佛塔聚集繁密。郁,繁多的样子;森,茂密的样子;萃,聚集。莽回互:苍莽连绵,回环交错。

〔3〕躅(zhuó 浊):足迹,踪迹。此喻指行事与业迹。秋晤:适逢秋天。

〔4〕冬气:冬天的气候。此借指寒气。零木:落叶的树木。

〔5〕袅袅:摇曳不定的样子。此形容拾级登高时步态不稳。盘盘:回旋环绕的样子。折修步:阔步曲折而行。

〔6〕倒景:又作倒影。古代指天上极高处,日月反在下,光由下照上,所成影皆倒。此形容登临极高处。流雾:变幻流动的云雾。

〔7〕空王:佛教用语,对佛的尊称。庙卫:寺塔。墟墓:丘墓,坟茔。

〔8〕三门:佛家有三解脱门之说,具体指空门、无相门、无作门。寺院是持戒修道、求得解脱之地,故需由三门入。后世因以泛指寺院的大门。岌嶪(jí yè 及业):高耸险峻的样子。此指险峻的后山。玉柱:汉白玉雕成的柱子。云露:露水。句谓:寺门洞开,通往攀登后山的路;玉柱高擎,好像撑起满天露水。

〔9〕宝光:神奇的光辉。此指佛光。《楞严经》卷一:如来胸涌出宝光,其光有百千色。风昼:起风的中午时分。金响度:寺檐的风铃飘响。

〔10〕雍门哀:哀伤国事。典出《说苑·善说》:雍门子周善琴,乃鼓琴谏孟尝君,为说合纵连横、楚王秦帝之势。孟尝君悲涕曰:"先生之鼓秦,令文立若破国亡邑之人也。"后世常指为国事哀伤。首丘虑:怀恋故土。首丘,典出《礼记·檀弓上》:"礼,不忘其本。古之人有言曰:'狐死正丘首',仁也。"后世常指人不忘其本。

〔11〕珠藏:用珠宝随葬。北邙(máng忙):北邙山,在今河南洛阳东北。汉魏以来,王侯公卿多葬于此。石罅(xià下):有裂缝的石头,不堪取材,喻指无用之物。罅,裂缝、空隙。锢(gù固):封闭、封存。句谓:北邙之墓多随葬珠宝,其山因而被盗掘毁坏;南山之石有裂缝不材,其山因而被封存完好。

〔12〕怛(dá达)焉:悲伤的样子。川汜(sì四):江河之水。激东骛:向东疾速奔流。

送崔氏四首[1]

一

行车在门端,送宾集城隅[2]。辕骥难久停,振策中路衢[3]。
盘盘大行谷,往念高堂居[4]。还顾望西山,层阜蔽皇都[5]。
回飙赴迅响,飘云奔长徂[6]。昔予背乡域,眷言返田庐[7]。
驱车赴燕蓟,兹岁淹七逾[8]。何因附羽翼,翘首南翔凫[9]。

〔1〕该组诗出自《京集》。据其一云:"昔予背乡域,眷言返田庐。

驱车赴燕蓟,兹岁淹七逾。"正德六年何景明复任京职,从这一年往后推算七年,可知该组诗作于正德十二年秋冬时节。其一,写京城送别崔铣之情景;其二,写友朋离散飘零之感慨;其三,写宦途屯蹇失意之愤慨;其四,写故交反目成仇之悲哀。其四隐指何景明与李梦阳论辩不合而反目成仇事,可证李何分异在正德十二年岁末之前。全诗情真意切,感慨良多,语态沉郁。崔氏,即崔铣(1478—1541),参见《中林之棘》注〔2〕。

〔2〕门端:城门的尽头。集城隅:聚会在城角空地。城隅,城角,多指城根偏僻空旷处。

〔3〕振策:扬鞭走马。策,驱赶骡马役畜的鞭棒,引申为驾驭马匹的工具。

〔4〕盘盘:曲折环绕的样子。大行谷:远行在峡谷中。大行,远行。高堂居:高大壮丽的殿台楼阁。此借指京城。

〔5〕层阜(fù 富):高山。皇都:皇帝所居都城,即京城。

〔6〕回飙(biāo 标):回旋的风。飙,暴风。迅响:惊爆的响声。长徂(cú 殂):遥远的路途。徂,去往。

〔7〕背乡域:离乡背井。乡域,处所、居处。眷言:怀恋回顾的样子。返田庐:返回故乡。田庐,田地和房屋。此借指故乡。句谓:当年我离乡背井时,就怀想将返回故乡。

〔8〕燕蓟(jì 计):燕、蓟都是古地名,此借指京城所在地。燕,今河北北部;蓟,今北京城西南。淹七逾:刚满过七个年头。

〔9〕何因:即因何,凭借什么。附羽翼:搭乘鸟的翅膀一起飞翔。此喻指归心似飞。附,搭乘。南翔凫:往南方迁徙的野鸭。句谓:抬头望见南迁之凫,多想搭乘它的翅膀,一起回归我的故乡。

二

畴昔衣冠士,同游若云烂〔1〕。欢燕未及终,存亡在转盼〔2〕。

亡者长沉埋,存者各飘散。俯仰天地间,念之一惋叹。出门送我友,言返故乡县。登高望古疆,河卫浩以漫[3]。山川白日冥,匹马鸣相乱[4]。怆恻怀征途,令我肠中断。

〔1〕畴昔:往日,从前。衣冠士:士大夫。此指弘治朝后期与何景明交游的李梦阳、边贡等人。若云烂:灿烂得像云彩。此比喻朋辈交游的愉悦氛围。

〔2〕欢燕:欢宴。此指诗酒聚会。转盼:转眼之间。此形容历时很短。

〔3〕古疆:古老的疆土。此泛指大地。河卫:河水与卫水。卫水,源出河北灵寿县东北,向南流入滹沱河。浩以漫:即浩漫,广大深远的样子。

〔4〕冥:昏暗。鸣相乱:马匹纷乱地嘶鸣。这是用景物描写来衬托暗淡纷乱的心情。

三

结发与君友,附骥思一鸣[1]。君子扬休景,遘世垂荣名[2]。伊予守屯蹇,学宦寡所成[3]。握瑜俟知己,知己谁为明[4]?良时展嬿婉,之子复远行[5]。冲飙起闾阖,浮云翳太清[6]。层城罗宫殿,跃马振绥缨[7]。长啸歌五噫,投策出汉京[8]。慨念古人士,去之一何轻。终焉从子逝,富贵非我营。

〔1〕附骥:附骥尾,蚊蝇附在马尾巴上,可以远行千里。比喻依附先辈或名人之后而出名。语出《史记·伯夷列传》:"颜渊虽笃学,附骥尾

而行益显。"思一鸣:思量着一鸣惊人。一鸣,语出《史记·滑稽列传》:"此鸟不飞则已,一飞冲天;不鸣则已,一鸣惊人。"

〔2〕扬休景:传扬美好的德行。垂荣名:留传光荣的名声。

〔3〕伊予:你我。屯蹇(jiǎn减):《周易》的两个卦名,都含有艰难困苦之意,常指称人生挫折与不顺。学宦:学习做官的本领。

〔4〕握瑜:握瑜怀瑾,喻具有高尚的品德和卓越的才能。《楚辞·九章·怀沙》:"怀瑾握瑜兮,穷不知所示。"王逸注:"言己怀持美玉之德。"

〔5〕嬿婉(yàn wǎn宴宛):安顺美好的样子。

〔6〕冲飙:直旋而上的暴风。阊阖(chāng hé昌河):天门。此借指皇宫禁地。翳(yì易)太清:障蔽天空。太清,天空。

〔7〕层城:高城。此指京城高大的建筑。罗宫殿:罗列在宫殿四周。振绥缨(ruí yīng 蕤英):系好冠带。振,整顿、整理;绥,冠带下垂的部分;缨,冠带。

〔8〕歌五噫:唱《五噫歌》。此借指发泄不平之慨。《五噫歌》,东汉梁鸿作。该诗叹歌民生疾苦,发泄对统治者的不满。全诗五句,每句末有"噫"字,因之得名。投策:弃鞭。此借指不乘车马而弃官。汉京:借指都城北京。

四

飘飘山上葛,累累田中瓠〔1〕。苟非同根蒂,缠绵安得固。人情易反复,结交有新故。嗟哉夙昔好,乖弃在中路。明珠倘无因,按剑不我顾〔2〕。深言匪由衷,白首为所误。亮君勖恒德,永副平生慕〔3〕。

〔1〕葛:多年生草本植物,纤维可制葛布。累累:果实联串的样子。瓠(hù护):瓠瓜。

〔2〕按剑:以手抚剑欲击之势。该句典出《史记·鲁仲连邹阳列传》:"臣闻明月之珠,夜光之璧,以暗投人于道路,人无不按剑相眄者,何则? 无因而至前也。"

〔3〕勖(xù序):勉励。此引申为努力修持。恒德:恒久不变的德行。语出《周易·恒》:"恒其德,贞。"

赠君采[1]

萧散综琴书,疲疾谢回乱[2]。清云泛兰渚,白水激文澜[3]。于心怀我友,翩翩振词翰。比室谐言晤,抚景悦流玩[4]。孔公赞龙蠖,庄生明吹万[5]。理感由神诣,情赏非虚叹[6]。鄙哉辨雌霓,安知睹河汉[7]。愿投忘形契,去适无穷岸[8]。

〔1〕该诗出自《京集》,当作于正德十年至十三年任京职期间,此时李何交谊已破裂,而与薛蕙交游甚洽。该诗引入庄子道论之旨,言与君采交契,乃属优游道术,超越形骸,莫逆于心。全诗语言极为雅致,而情思又很超旷。君采,薛蕙,参见《赠君采效何逊作四首》第一首注〔1〕。

〔2〕萧散:潇洒闲适,自然不拘束。综琴书:弹琴和写字。综,整理。此兼指弹琴、写字。疲疾:疲乏、病弱,即疲病。谢回乱:谢绝俗事的纷扰。回乱,邪乱。此指俗事之纷乱。

〔3〕泛兰渚(zhǔ主):飘浮在水洲上空。兰渚,渚的美称。渚,小洲,水中的小块陆地。激文澜:激起美丽的波澜。

〔4〕比室：比邻而居。谐言晤：和谐欢洽地面谈。流玩：迁流变换的景物。

〔5〕孔公：对孔子的尊称。龙蠖（huò 获）：龙和尺蠖。龙善变化、蠖善曲伸，此比喻圣人处世委蛇善变、了无触碍。蠖，虫名，北方称步曲，南方称造桥虫。体细长，生长于树，爬行时一曲一伸。庄生：对庄子的敬称。明吹万：领悟风吹万窍、声响各异之奥妙。吹万，语出《庄子·齐物论》："夫吹万不同，而使其自已也。"

〔6〕理感：对奥妙之道的感悟。神诣：神契。诣，契合、符合。情赏：心赏。

〔7〕雌霓：即雌蜺。古人以为，虹有二环，内环色彩鲜艳为雄，名虹；外环色彩暗淡为雌，名蜺。河汉：银河。

〔8〕忘形契：精神相契合，即神交。无穷岸：没有边际的彼岸。此指精神的绝对自由。

青石崖栈[1]

侧行青石栈，谁能久延伫[2]。断板连曳云，喷泉洒飞雨[3]。
迅流西回激，峻坂东折屡[4]。陨岸互倾攲，危梁衮撑拄[5]。
饮猿骇游鳞，立马接翔羽[6]。慎尔千金躯，永念垂堂语[7]。

〔1〕该诗出自《秦集》，当作于正德十三年七月始任陕西提学副使之后。全诗借险峻的秦地山川来隐喻仕途之险恶，用语奇崛，颇含悲慨。

〔2〕青石栈：青石崖壁上的栈道。延伫（zhù 住）：长久地站立停留。

〔3〕断板：截断的石板。此形容崖壁险峻。曳云：飘摇的云。

〔4〕迅流：奔泻的河流。峻坂（bǎn 板）：险峻的山坡。

101

〔5〕隤(tuí 颓)岸:倒塌的河岸。倾欹(qī 七):倾斜。危梁:高险的梁柱。裊撑拄:柔弱地支撑着。

〔6〕该句形容山势险峻,峰高谷深:猿猴下山饮水会惊骇游鱼,骑马伫立山巅可手接飞鸟。

〔7〕千金躯:贵重的身体。垂堂:靠近堂屋檐下,恐被落瓦所伤。此比喻处在危险的境地。语:告诫的话。

寄粹夫四首[1]

一

伊昔京室娱,安知歧路戚[2]?君就河内栖,予从关西役[3]。同源异流止,抚事乖心迹[4]。终尔返轮鞅,音尘慰岑寂[5]。

〔1〕该组诗出自《秦集》,当作于正德十三年七月始任陕西提学副使之后。诗人引入魏晋玄学人生观,劝勉何瑭混然谐俗、旷达超脱、逍遥浮世、与道俱成。全诗情思高古,语言超逸。粹夫,何瑭的字。参见《六子诗六首并序》第三首注[1]。

〔2〕京室娱:在京城交游的欢乐时光。歧路戚:在岔路口离别的伤感。

〔3〕河内栖:此指何瑭归居河内。河内,古代指黄河以北地区。武陟在黄河北岸,正德末何瑭丁父忧归居。关西役:此指何景明出任陕西提学副使。关西,古代指潼关以西地区。陕西在潼关以西,故可泛称关西。

〔4〕同源:此指当初同为京官。异流止:此指后来居官异地。止,栖息、居止。抚事:追思往事。杜甫《羌村》:"萧萧北风劲,抚事煎百虑。"

〔5〕轮鞅(yāng央):车马。音尘:声音与尘埃。此借指音讯。岑寂:孤独冷清。此指孤寂的心情。

二

肥遁世久钦,苦节晚逾峻[1]。悬萝邈莫攀,翠壁迥千仞[2]。
冥心道与超,晦迹名反近[3]。将遂谐龙蠖,混然保贞顺[4]。

〔1〕肥遁:退隐。语出《周易·遁》:"上九,肥遁,无不利。"苦节:艰苦卓绝,守志不渝。逾峻:更加严厉。

〔2〕悬萝:高悬的松萝。邈:高远。迥:高耸。

〔3〕冥心:冥灭俗念,心境宁静。道与超:冥心会道而超脱俗累。晦迹:隐居匿迹。名反近:反而近名。近名,追求名誉。此指获得好名声。

〔4〕谐龙蠖(huò祸):像龙和蠖那样变化屈伸,随顺自然,与俗相谐。蠖,虫名,即尺蠖。北方称步曲,南方称造桥虫。体细长,生长于树,爬行时一屈一伸。混然:混沌蒙昧的样子。保贞顺:保持坚贞顺适的品格。

三

昔闻孙登啸,千载识其音[1]。岩崟百门上,髣髴三湖阴[2]。
鸿举已寥廓,鸾响犹空林[3]。旷哉既往古,契此征于今[4]。

103

〔1〕孙登啸:晋代隐士孙登之长啸。《晋书·阮籍传》:"籍尝于苏门山遇孙登,与商略终古及栖神导气之术,登皆不应,籍因长啸而退。至半巅,闻有声若鸾凤之音,响乎岩谷,乃登之啸也。"后世用为游逸林泉、放情山水之典实。

〔2〕岩峣(tiáo yáo 条摇):高峻、高耸。百门:多重山门。髣髴(fǎng fú 仿佛):隐约,依稀。三湖阴:大小湖泊的南岸。

〔3〕鸿举:高飞远逸。鸾响:鸾凤和鸣。

〔4〕旷哉:多么旷远啊。契:投合,领悟。征于今:于今得到证验。

四

阮公虽旷达,于道未真见〔1〕。石髓不可餐,赤文讵能辨〔2〕?服理昧情性,眩物矜神诞〔3〕。傥君示中行,遥垂大人撰〔4〕。

〔1〕阮公:阮籍,魏晋时期名士。他抗志高洁,却依违避就,郁闷而终。未真见:没有透彻的见解。

〔2〕石髓:石钟乳。古人用以服食,也可入药。赤文:红色图象。古代谶纬家用作帝王受命的祥瑞。讵:岂。

〔3〕服理:认同某种道理。昧情性:违背人的本性。眩物:被外物迷惑。矜(jīn今)神诞:崇尚神异怪诞之事。

〔4〕傥(tǎng倘):倘若,假设。中行:中道而行,即行为合乎中庸之道。语出《论语·子路》:"不得中行而与之,必也狂狷乎!"遥垂:永久流传。大人撰:此化用阮籍《大人先生传》语:"夫大人者,乃与造物同体,天下并生,逍遥浮世,与道俱成。"句谓:你若能够中道而行,就会像《大人先生传》所描绘的,逍遥浮世,与道俱成。

七言古诗

津市打鱼歌[1]

大船峨峨系江岸,鲇鲂鲅鲅收百万[2]。小船取速不取多,往来抛网如掷梭。野人无船住水浒,织竹为梁数如罟[3]。夜来水长没沙背,津市家家有鱼卖[4]。江边酒楼燕估客,割鬐砍鲙不论百[5]。楚姬玉手挥霜刀,雪花错落金盘高[6]。邻家思妇清晨起,买得兰江一双鲤[7]。筵筵红尾三尺长,操刀具案不忍伤[8]。呼童放鲤溯波去,寄我素书向郎处[9]。

[1] 该诗出自《使集》,当作于弘治十八年秋。是岁五月,孝宗敬皇帝崩,何景明奉哀诏使云南,返程顺长江而下,至湖北江陵已是秋天了。全诗展现了一幅风俗画卷。前半描写渔家乐的景象,语言鲜活,情致热烈;后半笔触突转,写一位思妇的情感生活,清新可感,细腻生动。津市,古代地名,即今湖北江陵南二十里的江津戍。后泛指渡口的集市。

[2] 峨(é 鹅)峨:高耸的样子。鲇鲂(nián fáng 年防):鲇鱼和鲂鱼。此泛指各种鱼。鲅(bō 波)鲅:鱼掉尾游动的样子。

[3] 野人:郊野之人。此特指没有渔船的渔夫。水浒(hǔ 虎):水边。梁:断水捕鱼的堰。数(cù 促)如罟(gǔ 古):(竹梁)细密如网。数,细密,稠密。《孟子·梁惠王上》:"数罟不入洿池,鱼鳖不可胜食也。"赵岐注:"数罟,密网也。"罟,鱼网的总称。

[4] 水长:江水上涨。沙背:高出水面的沙滩。句谓:晚上,江水涨没沙滩高处,这是捕鱼的好时机;渔户收获颇丰,家家都有鱼卖。

[5] 燕估客:宴请鱼贩子。估客,行商的人,此指鱼贩子。割鬐(qí

齐)斫鲙(kuài 快):切割鱼块之描状。鬐,鱼脊鳍(qí 齐);鲙,切得很细薄的鱼片。不论百:哪怕上百条鱼。此形容食用了很多鱼。不论,哪怕。

〔6〕楚姬:楚地的女子。霜刀:雪亮锋利的刀。雪花错落:刀刃的寒光像雪花一样纷乱。错落,交杂纷乱的样子。

〔7〕思妇:思念远行丈夫的妇人。兰江:江的美称。兰,常用作事物的美称,如兰舟、兰渚。一双鲤:一对成双的鲤鱼。鲤,与离谐音,隐喻夫妻别离。

〔8〕筵(xǐ 徙)筵:即葰葰,摇曳的样子。语出《玉台新咏·古乐府〈皑如山上雪〉》:"竹竿何袅袅,鱼尾何葰葰。"具:备办。案:器具名,有足的盘盂类食器。

〔9〕潎(piē 瞥)波:鱼在水波中游动的样子。素书:古人以白绢作书,后指书信。

偏桥行[1]

城头日出一丈五,偏桥长官来击鼓[2]。山南野苗聚如雨,饥向民家食生牯[3]。三尺竹箭七尺弩,朝出射人夜射虎[4]。砦中无房亦无堵,男解蛮歌女解舞[5]。千人万人为一户,杀血祈神暗乞蛊[6]。沙蒸水毒草根苦,上山下山那敢杜[7]。蠢尔苗民尔毋侮,虞庭两阶列干羽[8]。

〔1〕该诗出自《使集》,是一首歌行体,作于何景明使滇途中。全诗用白描的笔触,记述贵州少数民族区域的社会治安、民族风情、自然环境和开化程度。诗末以圣朝"干羽"来粉饰民族矛盾,似乎冲淡了批判揭

露的意味;但仍不失为一篇有深度的讽喻之作。偏桥,偏桥司,古代地名,在贵州镇远府,即今贵州施秉。

〔2〕日出一丈五:太阳升起一丈五高。此形容天刚刚亮。

〔3〕野苗:山野里的苗民。食生牯(gǔ古):抢食活的耕牛。牯,阉割过的公牛。此泛指耕牛。

〔4〕弩(nǔ努):有机械装置的弓箭。

〔5〕砦(zhài寨):用栅栏围起的营垒。堵:墙。解:能够,会。蛮歌:南方某少数民族的歌曲。

〔6〕一户:像一户人家。此指苗民男女杂居,不分家室。杀血:宰杀牲口以取血。祈神暗乞蛊:请求鬼神来暗中祸害敌方。祈神,祈求鬼神。

〔7〕杜:冲犯、触冒。语出《管子·度地》:"水之性……杜曲则捣毁。"尹知章注:"杜,犹冲也。"此取其引申义。

〔8〕蠢尔:无知蠢动的样子。语出《诗·小雅·采芑》:"蠢尔蛮荆,大帮为雠。"后多用来描状少数民族未开化。侮:侮慢,即无礼冒犯。虞庭:即虞廷,指虞舜的朝廷。此代指圣朝明廷。干羽:古代朝廷舞者所执舞具,文舞执羽,武舞执干。指文德、教化。语出《尚书·大禹谟》:"帝乃诞敷文德,舞干羽于两阶。"

盘江行〔1〕

四山壁立色如赭,盘江横流绝壁下〔2〕。惊涛赴壑奔万牛,峻坂悬空容一马〔3〕。危丛古树何阴森,寻常行客谁敢临〔4〕?猺妇清晨出深洞,虎群白昼行空林〔5〕。沉潭之西多巨石,短棹轻舟安可适〔6〕?日光射壁蛮烟黄,雨气蒸江瘴波赤〔7〕。

土人行泣向我云,此地前年曾败军[8]。守臣只知需货利,将士欲苟图功勋[9]。英雄谟策自有术,窜妇奸男何足论[10]。营中鼓角连云起,阵前临山后临水。烹龙酾酒日酣乐,传箭遗弓尚惊喜[11]。战马俱为山下尘,征夫尽向江中死[12]。遂令狐豕成其雄,屠边下砦转相攻[13]。千家万家鸡犬尽,十城五城烟火空[14]。夕阳愁向盘江道,黄蒿离离白骨槁[15]。

〔1〕该诗出自《使集》,是一首歌行体,作于何景明使滇途中。诗前半描写盘江流域居民生存环境之险恶;后半叙写当地苗民叛乱及官军平叛不力所造成的祸害,无情揭露了官军贪利图功、沉湎享乐的丑态,真实记录了边民遭受荼毒、家破人亡的惨象。全诗内容沉实、情思浓烈、语言鲜活,醒人昏昏。像这样的诗歌在《使集》中还有许多,是何景明使滇纪行的代表作品,与其时纤弱无骨的馆阁文风形成鲜明对照。盘江,流贯贵州及广西境内的一条河流,其支流分南盘江和北盘江。

〔2〕赭(zhě者):红土,引申为赤褐色。

〔3〕奔万牛:像万头牛在奔驰一样。此形容江水奔赴山壑的盛大气势。峻坂悬空:陡峭的崖壁悬空而起。容一马:只能容一匹马通过。此形容崖壁峭立,路途狭窄。

〔4〕危丛:高耸丛生。寻常行客:没有特别防护的行人。

〔5〕猺(yáo 摇)妇:瑶族妇女。猺,瑶族旧称。深洞:隐藏的洞穴。洞,古代南方少数民族居处的洞穴。后指南方少数民族部落单位。空林:广阔无边的森林。

〔6〕沉潭:幽深的水潭。短棹轻舟:小小的船只。适:去,往。

〔7〕蛮烟:含有瘴毒能致病的烟雾。蛮,瘴蛮。瘴波:含有瘴毒能致

病的水波。

〔8〕败军:打败仗。此特指官军吃败仗。

〔9〕守臣:驻守少数民族地区的官员。将士:朝廷派来平叛的将官和士兵。句谓:官军不能公忠精诚,努力平叛,而一味贪图货利和功勋。

〔10〕谟(mó 摩)策:计谋策略。窜妇奸男:窜乱奸诈的男女。此指西南少数民族地区的叛乱者。

〔11〕烹龙:烹煮龙肉。醨(lí 离)酒:斟酌美酒。醨,斟酒。烹龙醨酒,借指食肉饮酒以作乐。传箭:古代北方少数民族以传箭为号来起兵令众。此借指西南地区苗民叛乱。语出杜甫《投赠歌舒开府翰》:"青海无传箭,天山早挂弓。"遗弓:帝王死亡的婉语。此指孝宗敬皇帝驾崩事。典出《史记·封禅书》:黄帝升仙而堕乌号弓。后人化用之,而有遗弓语,如沈约《齐武帝谥议》:"慕切遗弓,哀同遏密。"句谓:官军成天食肉饮酒,贪图享乐;即使苗民叛乱、皇帝驾崩,他们也还沉迷不返。

〔12〕句谓:官军被叛民打败,战马沉埋山下,化为尘土,而士兵惨遭杀戮,抛尸江中。

〔13〕狐豕:狐狸和猪,比喻坏人、小人。此指叛民的首领。屠边:屠杀边境的叛民。下砦:攻下叛民的营垒。转相攻:官军与叛民交互攻掠,没有休止。

〔14〕该句描写征战过后的惨象,意谓:一户户人家的财物被抢光,鸡犬无存;一座座城镇的居民逃亡了,荒芜人烟。

〔15〕离离:草木繁盛浓密的样子。槁(gǎo 稿):干枯。该句还描写征战过后的惨象,意谓:哀伤的夕阳洒照着盘江边的道路,到处都是疯长的黄蒿和干枯的白骨。

黄陵庙[1]

黄陵峡中滩水多,黄陵庙下难经过[2]。峨峨巨舸牵百丈,橹折樯摧不得上[3]。江风萧飒筇鼓哀,庙门遥向枫林开。往来落帆泊江口,俎牲呪神醨神酒[4]。南船下峡疾如箭,岸草汀花看不见。巉岩乱石撑如麻,云间浊浪迷三巴[5]。千里舟中坐超忽,回首天西断心骨[6]。

〔1〕该诗出自《使集》,全诗描写黄陵峡行舟的万状惊险和浩阔气势,读罢令人心悸骨折,荡气回肠。语言新奇,极具张力。黄陵庙,又称黄牛庙。唐宣宗大中九年(855),重修扩建黄牛庙,改主祭神为禹王,并改名为黄陵庙。

〔2〕黄陵峡:即黄牛峡,又称黄牛山,在湖北宜昌西。南朝宋盛弘之《荆州记》:"宜都西陵峡中有黄牛山,江湍迂回,途经信宿,犹望见之。行者语曰:朝发黄牛,暮宿黄牛,三日三暮,黄牛如故。"滩水:流经黄牛滩的江面。黄牛滩,北魏郦道元《水经注·江水二》:"江水又东迳黄牛山,下有滩,名黄牛滩。"

〔3〕巨舸(gě 葛):大船。牵百丈:牵拉大船的纤绳很长。百丈,纤绳长度的夸张用语。

〔4〕俎牲:在俎案上陈置牲体享神。呪(zhòu 昼)神:祝告神灵,祈求保佑。醨(lí 离)神酒:斟酌酒醴以享神。句谓:过往船只落帆泊靠在黄陵滩的江岸上,大家忙着陈设牲酒向神灵祈求平安。

〔5〕巉(chán 蝉)岩:险峻的山岩。三巴:古代地名,巴郡、巴东、巴西的合称,相当今重庆市嘉陵江和綦江流域以东的大部分地区。

〔6〕超忽:快速行驶的样子。断心骨:形容极度惊惧。

大梁行[1]

朝登古城口,夕藉古城草。日落独见长河流,尘起遥观大梁道。大梁自古号名区,富贵繁华代不殊[2]。高楼歌舞三千户,夹道烟花十二衢[3]。合沓轮驺交紫陌,鸣钟暮入王侯宅[4]。红妆不让掌中人,珠履皆为门下客[5]。片言立赐万黄金,一笑还酬双白璧。带甲连营杀气寒,君王推毂将登坛[6]。弯弧自信成功易,拔剑那知报怨难[7]。已见分符连楚越,更闻飞檄救邯郸[8]。一朝运去同衰贱,意气雄豪似惊电。杨花飞入侯嬴馆,草色凄迷魏王殿[9]。万骑千乘空云屯,绮构朱甍不复存[10]。夜雨人归朱亥里,秋风客散信陵门[11]。川原百代重回首,宋寝隋宫亦何有[12]。游鹿时衔内苑花,行人尚折繁台柳[13]。繁台下接古城西,春深桃李自成蹊。朝来忽见东风起,薄暮飞花满故堤[14]。

〔1〕该诗出自《家集》,当作于何景明正德二年后归居期间。这是一首怀古思幽之诗,通过历述大梁的兴衰史,来表达时世易变而自然不改的感慨。作者特别留念信陵君礼遇隐士、不耻下交之故事,借以抒发自己生不逢时、怀才不遇的悲伤。全诗情思悲凉,语言劲直,颇得建安文学遗风。大梁,古代地名,战国时期魏国的都城,在今河南开封西北,隋唐以后通称为大梁。

〔2〕名区:名胜之地。代不殊:一代代都一样。

〔3〕夹道:道路两边。烟花:绮丽的春景。十二衢:泛指城市中众多的街道。语出张衡《西京赋》:"方轨十二,街衢相经。"

〔4〕合沓(tà 榻):纷至沓来。此指行人车马交织往来。轮驺(zōu 邹):车马骑从。紫陌:京城郊野的道路。

〔5〕掌中人:体态轻盈善舞的女子。珠履:有谋略的门客。语出《史记·春申君列传》:"春申君客三千馀人,其上客皆蹑珠履。"

〔6〕带甲:披甲的将士。连营:一座座军营相连接。推毂(gǔ古):推车前进。古代帝王任命将帅时的隆重礼遇。登坛:登上坛场。古时会盟、祭祀、帝王即位,多设坛场举行隆重仪式。

〔7〕弯弧:拉弓。杜牧《史将军》之二:"弯弧五百步,长戟八百斤。"

〔8〕分符:剖符,即分与符节的一半作为信物。连楚越:缔结两国间的联盟。楚越,楚国和越国,比喻相距遥远。飞檄(xí席):传递檄文。救邯郸:此化用魏公子信陵君窃符救赵、解邯郸之围事。

〔9〕侯嬴馆:侯嬴的馆舍。侯嬴,魏国大梁夷门监,得信陵君的礼遇,为信陵君策划窃符救赵。魏王殿:魏王安釐王的宫殿。

〔10〕空云屯:像云一样聚散无踪影。空,消散得无踪影;云屯,云聚集的样子,形容事物盛多屯聚。绮构:华美的建筑物。朱甍(méng萌):朱红色的屋顶。

〔11〕朱亥里:朱亥曾居住的地方。朱亥,市井屠夫而有勇力,为侯嬴的客人。侯嬴荐与信陵君,帮信陵君椎杀晋鄙,夺其兵权以救赵。信陵门:信陵君的门下。信陵君礼遇岩穴之士,不耻下交,故天下士多归之。

〔12〕川原:河流与原野。此泛指山川大地。宋寝隋宫:南朝宋的寝宫和隋朝的宫殿。此代指前代的宫室。

〔13〕游鹿:野外的鹿。游,流动不定。内苑花:皇庭内的花草。行人:过往的路人。繁台柳:繁台内的柳树。繁台,古代台名,在今河南开封东南禹王台公园内,相传为春秋时师旷的吹台,汉代梁孝王有所增筑,后因繁姓居其侧而得名。这一句是说:随着时代推移、世事变改,宫室台苑已非皇家所有;故而野鹿不时衔食内苑的花草,路人尚能折取繁台的柳枝。

〔14〕句谓:早上忽然看见东风吹起了,吹得花瓣漫天飘落,到薄暮时已覆满旧堤。这是说:不管时事怎样变迁,宫室如何兴废,自然法则却

依然未改。

观 涨[1]

五月十日雨如射,西山诸溪水皆下[2]。大陆朝迷牛马群,疾雷夜破蛟龙罅[3]。洪涛冥冥夕风急,白浪闪闪山水亚[4]。浮波喷沫来崔巍,巨丘欲没高岸颓[5]。咫尺莫辨天宇阔,仓卒但忧坤轴摧[6]。固知一苇不可济,虽有万弩何由回[7]。农家夜起筑堤障,妇女走观色沮丧[8]。恶少迎人争渡喧,父老携幼登城望[9]。门前只讶海势翻,井中暗觉潮声上[10]。忆昨曾为万里行,洞庭滟滪何渺冥[11]。鲸吞鳌横那可测,盘涡骇浪谁能平[12]。只今梦寐时作恶,闻此终夜令心惊[13]。旋看雨霁势亦止,沙嘴忽落千尺水[14]。杂花蒙蒙夏墙静,细草青青夕洲靡[15]。行人褰裳掇菱荇,稚子垂竿取鲂鲤[16]。眼前喜愕俱已忘,就中消息谁为此[17]。

〔1〕该诗出自《家集》,作于何景明正德二年后归居的某个夏日。大雨滂沱、山洪爆发、河水猛涨,这一罕见的自然景象震撼视听,从而激发作者的感兴。全诗从多个角度描写暴雨和洪水的气势:前五句从正面来写,有白描,也有想象,而想象尤为奇特,"破蛟龙罅"、"坤轴摧"等骇目恫心,极具张力;接下来的三句,从侧面写人群面对洪水的感受,男人、妇女、恶少和父老的表现各不相同,而都形态逼真,鲜活生动;接着用"门前只讶海势翻,井中暗觉潮声上"一句,来写作者独特的感受,进而极空灵地展开联想,将昔日涉渡洞庭湖和滟滪滩的追忆与眼前的观感交织起

来,借以隐喻仕途之险恶,却又欲言还休,颇有回味;之后三句,笔锋陡转,写雨后放晴、洪水消退的景象,花草生机勃勃,行人掇拾菱荇,稚子垂钓鲂鲤,好一派自然闲静的田园风光;但诗人并未停思住笔于此,而以"眼前喜愕俱已忘,就中消息谁为此"作结,表达超然物外、喜愕俱忘的感想,借以探悉自然之力、造化之工的玄机妙理。全诗语言新异,想象奇特,感思颖发,颇有深致。

〔2〕雨如射:雨像箭一样射来,形容雨下得急。西山:村子西边的群山。

〔3〕大陆:高而平的土山。此泛指山上。蛟龙巇(xià下):蛟龙蛰伏的洞隙。朝、夜是互文,指日夜不停地雷下雨,句谓:日夜不停地打雷下雨,大雨迷茫,看不清山上放牧的成群牛马;疾雷震撼,好像把蛟龙蛰伏的洞隙击破。

〔4〕冥冥:水波幽深渺茫的样子。夕风:晚风。山水亚:山上树木俯偃低垂。水为木之形讹,故山水应作山木。亚,通压,俯偃低垂。语出杜甫《戏题王宰画山水图歌》:"舟人渔子入浦溆,山木尽亚洪涛风。"

〔5〕崔巍:高峻的样子。此指水波喷涌得很高。颓:坍塌。

〔6〕咫(zhǐ只)尺:形容距离很近。此指能见度很低。咫,周制八寸;尺,周制十寸。仓卒(cù促):非常事变。此指突发暴雨和洪水。坤轴摧:地轴被折断。坤轴,古人想象中的地轴。

〔7〕一苇:用来浮渡的一束芦苇。此代称小船。语出《诗·卫风·河广》:"谁谓河广,一苇杭之。"万弩:千万枝弩箭。此指发射万枝弩箭来阻挡洪水。

〔8〕堤障:防洪堤。

〔9〕恶少:品行恶劣的年轻男子。争渡:争先上渡船。

〔10〕海势翻:翻江倒海,形容剧烈的动荡。暗觉:隐隐地感觉到。

〔11〕万里行:行走万里之遥。此指作者奉哀诏出使云南。滟滪

(yàn yù 艳预）：即滟滪滩，长江瞿塘峡口的险滩。渺冥：水面渺远。

〔12〕鲸吞：鲸鱼吞食。鳌横：巨龟横渡。鲸吞鳌横，指鲸鱼吞食和巨龟横渡之处，形容水势深阔凶险。盘涡：水旋流形成的深涡。骇浪：汹涌澎湃而惊心动魄的浪涛。

〔13〕只今：如今，现在。句谓：自从涉渡洞庭湖和滟滪滩以来，现在还时常要做噩梦；如今通宵听这撼天动地的洪水声，更加令我心惊肉跳啊。

〔14〕旋：不久，立刻。此引申为稍待片刻。雨霁（jì记）：雨过天晴。势：洪水的汹涌之势。沙嘴：河口附近一端连着陆地、一端突出水中的带状沙滩。

〔15〕杂花：各色花卉。蒙蒙：花草繁盛的样子。夏堧（ruán阮阳平）：夏日河边的田地。夕洲：傍晚的沙洲。靡（mǐ米）：披靡，倒下。此指沙洲上的青草被洪水冲倒。

〔16〕褰（qiān千）裳：撩起下裳。掇（duó夺）：拾取。菱荇（líng xìng灵性）：菱角和荇菜。菱，一年生水生草本植物，水上叶片呈菱形，果实壳硬有棱角，可食用；荇，多年生水生草本植物，叶呈对生圆形，嫩时可食用。

〔17〕喜：欣喜。此指雨过天晴、洪水消退后的田园景象而言。愕：惊愕。此指山洪爆发、河水猛涨时的惊怖气象而言。句谓：刚才眼前所见，或让我惊愕，或让我欣喜，但转瞬间我全都忘了；我更感兴趣的，究竟是什么力量创造了这万千景象。

听琴篇[1]

美人横琴坐我堂，酒阑为鼓三四行[2]。灯孤月明客不发，弦

117

悲调急秋夜长。吾家瑶琴久不拭,金徽玉轸无颜色[3]。感君对此如有情,一弹使我三叹息。樵歌响答山涧幽,楚歌慷慨云夜愁[4]。潇湘、猗兰稍平逸,四座但觉清商流[5]。始闻白雪停翠竹,烈飙吹我溪上屋[6]。忽然翻作广寒游,知是霓裳羽衣曲[7]。含宫移羽何春容,泠泠万壑吟风松[8]。烟岑一夕怨鸣鹤,江天何处惊蟠龙[9]。我初好音惟好此,横笛短箫徒聒耳[10]。平生颇抱钟期怀,四海难逢伯牙子[11]。今夕何夕愿不违,为君击节泪沾衣。高歌雅和人世稀,河转参横君莫归[12]。

〔1〕该诗写作背景不详。从其编入《家集》可知,当作于正德二年归居期间。全诗通过鼓琴赏音来抒发知音难遇的感慨,借以发泄缺少知己、寂寞难耐的郁闷。寓意虽未必新颖,艺术却颇能独造,用一系列形象可感的景象来描摹琴曲的音色和旋律,在视觉与听觉之间,巧妙地架接了通感的桥梁。

〔2〕美人:贤人雅士。酒阑:酒筵将近。鼓:鼓琴,弹琴。三四行:三四首乐曲。行,乐曲。

〔3〕瑶琴:用玉装饰的琴。金徽:用金属镶制的琴面音位标识。玉轸(zhěn枕):玉制的琴轸。轸,弦乐器上系弦线用以调节松紧的小柱子。无颜色:因蒙尘而无光泽。

〔4〕樵歌:樵夫唱的歌。此指琴声弹奏出的樵歌。楚歌:楚人唱的歌。此指琴声弹奏的楚声歌。慷慨:情绪激昂悲怆。

〔5〕潇湘:《潇湘水云》曲,为南宋杰出古琴演奏家郭沔创作。该曲寄托山河残缺、时势飘零的感慨。猗兰:《猗兰操》,古乐曲名,传说为孔子所作,多抒发生不逢时、怀才不遇之情。平逸:平淡闲逸。清商流:凄

清悲凉的乐曲在流动。清商,即商声,古代五音之一,其曲调多凄清悲凉。

〔6〕白雪:常用作古琴曲名,相传为春秋晋国师旷所作。此还原其本义,指自然界的白雪,反有陌生化的效果。烈飙(biāo 标):迅猛的暴风。飙,暴风,旋风。该句采用通感的手法,用视觉来描摹听觉效果,意谓:初听琴曲,那音色明净得像白雪停积在翠绿的竹叶,而音调激越得像暴风吹卷我溪上的茅屋。此以下四句用多种景象来描摹乐曲的声响。

〔7〕翻作:变奏为另一乐曲。翻,演奏。广寒游:好像在广寒宫优游。广寒,广寒宫,传说的月中仙宫。霓裳羽衣曲:唐代著名乐曲,传说为唐玄宗润色并制词。句谓:一曲刚弹完,忽然变奏为另一乐曲。这乐曲,乍听起来好像在广寒宫里优游,细听方知是《霓裳羽衣曲》。

〔8〕含宫移羽:沉浸在优美的乐曲之中。宫、羽,均为中国古典音乐的音阶。此代指古乐的全部音阶。舂(chōng 充)容:声音悠扬洪亮。泠(líng 玲)泠:形容声音清越悠扬。句谓:我沉浸在多么悠扬的乐曲中,好像听那万壑松风的清越吟唱。

〔9〕烟岑:烟雾笼罩的群山。岑,小而高的山。怨鸣鹤:鹤发出幽怨的鸣声。江天:江河上辽阔的天空。蟠(pán 盘)龙:盘伏的龙。

〔10〕此:指琴曲。横笛:七孔横吹之笛。短箫:较短的一种箫。横笛、短箫皆为乐器,此以乐器代指该乐器演奏的乐曲。聒(guō 郭)耳:声响嘈杂刺耳。

〔11〕钟期怀:寻觅知音的情怀。钟期,即钟子期,春秋时善赏音者。伯牙子:即伯牙,春秋时善鼓琴者,相传《水仙操》、《高山流水》即为伯牙所作。《吕氏春秋·本味》载,伯牙子鼓琴,钟子期善听,均能得其志。及钟子期死,伯牙子破琴绝弦,终身不复鼓琴。后以钟子期和伯牙子事比喻知音难得。

〔12〕高歌:高雅的歌唱。雅和:高雅的和唱。河转参(shēn 身)横:

银河转向,参星横斜。亦作斗转参横,表示天色将明。

孤雁篇[1]

孤雁北来来几时,穷冬无侣鸣声悲[2]。云长路渺去安极?日暮天寒飞更迟[3]。洞庭潇湘落秋水,苦竹黄芦一千里[4]。清怨时从鸣笛生,断行暮逐哀筝起[5]。尘沙关塞愁转蓬[6],随风且落江湖中。微躯幸免庖人俎,短翮长辞猎士弓[7]。君不见,陇山鹦鹉解人语,一生自恨黄金笼[8]。

[1] 该诗出自《家集》,当作于正德二年后归居期间。该诗通篇用比兴的手法,以孤雁无侣比况自己远身朝政、离群索居。前五句抒写孤雁离群独飞、孑然失偶的悲怨;后两句又作自宽自解语,以陇山鹦鹉为殷鉴,庆幸免遭"庖人"和"猎士"的祸害。全诗语言劲直,情思悲慨,格调高古。

[2] 穷冬:隆冬,深冬。

[3] 去安极:哪里是此行的终点。飞更迟:飞行得更迟缓。

[4] 洞庭潇湘:洞庭湖、潇水和湘江。此泛指南方的水系。落秋水:到了秋冬季节,江河湖泊的水位下落。此代指秋冬萧索的景象。秋,因前文有"穷冬"语,故知"秋"实指秋冬季节。苦竹黄芦:南方水边低湿地生长的植物。苦竹,竹子的一种,因笋有苦味而得名;黄芦,枯黄的芦苇。语出白居易《琵琶行》:"住近湓江地低湿,黄芦苦竹绕宅生。"此以南方风物寓写孤苦心境。一千里:形容苦竹黄芦浩莽无边,衬托一己之孤独藐小。

〔5〕清怨:孤雁凄清哀怨的鸣叫声。断行:隔断的行列。此指孤雁独飞。语出庾信《奉和赵王喜雨》:"惊鸟洒翼度,湿雁断行来。"哀筝:哀凉的筝声。"鸣笛"、"哀筝"都是人的行为,该句所谓"从鸣笛生"、"逐哀筝起",字面是写孤雁哀鸣独飞,而实际是写人的孤单悲怨。

〔6〕转蓬:随风飘转的蓬草。喻人流离转徙,四处飘零。

〔7〕庖人俎:成为厨师砧板上的肉。短翮(hé禾):短的翅膀。长辞:永远辞却,永不发生。猎士弓:成为射手弓箭下的猎物。庖人、猎士,均隐指专权乱政的刘瑾阉党。

〔8〕陇山鹦鹉:陇山的鹦鹉,典出祢衡《鹦鹉赋》。此比喻有才华的人。陇山,山名,又称陇坻,六盘山南段的别称,在甘肃天水境内。解人语:能够模仿人说话。解,会,能够。黄金笼:黄金制作的鸟笼。此比喻笼络人才的朝廷。

白雪篇[1]

玄飙作雪龙沙窟,万里吹花度南麓[2]。千门九衢堆已遍,翠崖丹壑沾应足[3]。曙辉寒素积崔巍,中天照耀琼瑶台[4]。羲和不知六龙在,仙人遥乘万鹤来[5]。依楼傍槛坠深院,轻罗白纻谁曾见[6]。已将弱舞斗回风,未遣明姿让流霰[7]。城中车马不动尘,党家金帐暖围春[8]。岂知穷巷衡门里,亦有当时高卧人[9]。

〔1〕该诗出自《家集》,当作于正德二年后归居期间。作者归居安闲,了无慕外之累;因而面对一场大雪,竟能引发无限兴味。因其安闲,

故能驰骋奇丽的想象,把雪花写得飘转灵动,将雪色写得明净透亮;而这兴味,则是人与雪的消融,是不动尘嚣的宁静,是衡门高卧的惬意。意境浑融、语言圆转,这在何景明的古体诗中颇具代表性。

〔2〕玄飙:阴暗的暴风。龙沙窟:像从沙漠深处飞出的龙。沙窟,沙子汇集的地方。此泛指沙漠深处。

〔3〕九衢(qú 渠):纵横交叉的大道,繁华的街市。翠崖丹壑:绮丽的山崖山谷。

〔4〕曙辉:朝阳的光辉。此指雪晶莹透亮。寒素:寒冷而洁净。琼瑶台:用美玉装饰的楼台。琼瑶,美玉,此喻指雪。

〔5〕羲和:传说中驾御日车的神。六龙:传说为羲和驾车的六条龙。该句描写下雪景象,想象瑰丽奇特:没有阳光,说成是羲和找不到六龙,只好不驾车出行;大雪纷飞,想成是仙人乘万只白鹤,从远方来到这里。

〔6〕轻罗:轻柔的丝织品。白纻(zhù 住):洁白的麻纺布。轻罗白纻,形容雪轻柔洁白的样子。

〔7〕弱舞:柔软的舞姿。此指雪花飘转的样子。回风:旋风。明姿:明丽的姿态。此指雪花明净的样子。流霰:飞降的雪珠。

〔8〕不动尘:不会扬起灰尘。党家:粗俗的富豪人家。金帐:嵌金色线的精美帷帐。典据宋代富豪党进雪天率家人"销金帐下,浅斟低唱,饮羊羔美酒"事。暖围春:帷帐内温暖如春。

〔9〕穷巷:冷僻破落的小巷。衡门:横木为门。此代指简陋的房屋。高卧人:隐居不仕的人。

寄李空同[1]

黄河腊月冰十丈,纵有鲤鱼那得上[2]?楚天鸿雁避霜雪,未得逢春难北向^[3]。康王城边沙草曛,梁王台上多暮云^[4]。野人岁晚谁相对,桐柏山中空忆君^[5]。

〔1〕该诗出自《家集》,当作于正德二年后归居期间。作者感叹政治环境恶劣,怀才之士无晋身之路,只好隐处桐柏山中,又不堪孤独落寞,而徒然地忆念挚友。全诗感情真挚,情意绵绵,流露出与李梦阳的深厚友谊。

〔2〕该句化用鲤鱼跳龙门典,意谓:黄河上结冰了,鲤鱼跳不上龙门。此隐喻怀才之士晋身无路。

〔3〕楚天:南方楚地的天空。此泛指南方。北向:飞向北方。该句以鸿雁尚未逢春、不得北向隐喻怀才之士生不逢时。

〔4〕康王城:周康王的都城。此指西安古城。康王,周康王姬钊。沙草曛(xūn 熏):夕阳照映着沙地的杂草。曛,夕阳的馀晖。梁王台:开封古城的楼台。梁王,战国时梁惠王。此指梁惠王故城,即今河南开封。该句以康王城、梁王台泛指中原一带。

〔5〕野人:隐处草野的士人。此为何景明自称。岁晚:年末。此指一年到头。相对:面对面叙谈。桐柏山:山名,处河南、湖北边境,在信阳西部。此暗示何景明的居处。君:指李梦阳。句谓:我这草野之人,隐居桐柏山中,一年到头无人对谈,只好徒然地忆念你。

岁晏行^[1]

旧岁已晏新岁逼,山城雪飞北风烈。徭夫河边行且哭,沙寒水冰冻伤骨。长官叫号吏驰突,府帖连催筑河卒^[2]。一年征求不少蠲,贫家卖男富卖田[3]。白金纵有非地产,一两已值千铜钱[4]。往时人家有储粟,今岁人家饭不足。饥鹤翻飞不畏人,老雅鸣噪日近屋[5]。生男长成聚比邻,生女落地思嫁人[6]。官家私家各有务,百岁岂止疗一身[7]。近闻狐兔亦征及,列网持罾遍山域[8]。野人知田不知猎,蓬矢桑弓射不得[9]。嗟吁今昔岂异情,昔时新年歌满城。明朝亦是新年到,北舍东邻闻哭声[10]。

[1] 该诗出自《家集》,当作于正德二年后归居期间。全诗写官府征求,繁多且急,民生困苦,无以卒岁。面对这样的社会景象,诗人悲愤欲绝、痛心不已;又感叹自己隐处山野,空怀蓬矢桑弓之志,却无发射之力。情思沉郁,言辞犀利,颇得讽喻之旨。时有警句,如"饥鹤翻飞不畏人,老雅鸣噪日近屋",极言民生饥苦,却借禽鸟来写;再如"野人知田不知猎,蓬矢桑弓射不得",极言心事悲慨,却很温婉蕴蓄。岁晏,一年将尽的时候。

[2] 叫号:大声呼喊。驰突:快跑猛冲的样子。府帖:军帖。唐代实行府兵制,称军帖为府帖。后世因用之。

[3] 蠲(juān娟):减免、除去。特指减免赋税。

[4] 白金:银子。亦指银合金的货币。句谓:官府征求繁多且急,致使白银稀缺,价格暴涨,民众贫困。

[5] 雅:通鸦。该句形容饥馑困顿之至。

[6] 聚比邻:聚合为比邻。比邻,北齐时户籍编制的基层组织,五家为比邻。此袭用其义。句谓:官府徭役繁重,男丁一成年就被编为比邻以服役;民家生活贫困,女丁刚生下来就急着要嫁出去以活命。

[7] 疗一身:只能解决个人温饱。此指不顾家人的死活。疗,疗饥,

即解除饥饿。此引申为解决温饱。句谓：官府与私家各有应做的事，人纵使能活百岁，哪能只忙公家的事，而不顾家人的死活呢？

〔8〕狐兔：泛指狩猎的营生。矰(zēng 增)：系有生丝绳以射飞鸟的箭。山域：山区，山里面。

〔9〕蓬矢桑弓：用蓬梗制成的箭和用桑木制成的弓。古代男子出生，以桑木作弓，蓬矢作箭，射天地四方，象征男儿应有志于四方。后比喻胸怀大志。此反其意而用之，自嘲徒有大志却无力从事。句谓：我已是隐处草野的人了，只知道力田而不会狩猎，纵然胸怀兼济天下之志，也无力挽救生民的困苦啊！

〔10〕北舍东邻：泛指作者周边的邻居。句谓：明天就到新年了，可毫无喜庆气氛，邻居为饥寒号哭。

胡生行〔1〕

近时逢人论术数，胡生相法称独步〔2〕。闭户时看神相篇，然灯夜读石室赋〔3〕。吾观此术非荒唐，异人历代各有长。我朝名家亦不少，神妙无过袁柳庄〔4〕。君学本从袁氏出，识鉴至今如画一。为客十年凡几更，阅人四海无一失〔5〕。初从燕市度生涯，一日声誉传京华〔6〕。衣冠每动公卿座，车马争迎贵戚家。自从仗剑离京域，当时朝士无相识。已往豪华不可论，只今形貌犹能忆。漂泊江湖不自伸，袖中书在半埃尘〔7〕。穷途反遭俗眼士，末路难逢好事人〔8〕。昔闻燕邸招艺匠，袁生抱术金门上〔9〕。文皇自有天子须，群臣尽是封侯相〔10〕。君臣千载当一时，雅鉴风神犹在兹。才殊未可寻常得,数偶还教际会奇[11]。古来相心不相体,眼前贫贱那能拟[12]。志士翻居草泽中,贵人多在尘埃里[13]。胡生谓我颜色奇,顾我已是云壑姿[14]。希夷不识钱若水,麻衣道士应当知[15]。

[1] 该诗出自《家集》,当作于正德二年后归居期间。诗人借相术起兴,说自己隐处草泽,急流勇退,实乃命相所定,因而心安理得。自宽自解中隐含着幽愤,因以表达对现实政治的厌恶。全诗以叙述为主,娓娓道来,语言极平淡,而情味深长。胡生,姓胡的江湖术士。

[2] 术数:用神秘的方术来推测人的气数和命运。相法:看相的方法,即相术。

[3] 神相篇:古代神妙的相书。神相,对善相术者的尊称。然灯:点燃灯。然,通燃。石室赋:石室里珍藏的赋篇。石室,古代藏图书档案处。

[4] 名家:相术高妙的人。袁柳庄:明初善相术者袁珙,号柳庄,尝相朱棣将贵为天子。

[5] 几更:数次更换主人。阅人:给人看相。

[6] 燕(yān 淹)市:指燕京,即今北京。

[7] 不自伸:不能舒展伸张。此指人活得很压抑。埃尘:尘土。此用作动词,指相书因久不翻阅而蒙上尘土。

[8] 俗眼士:浅薄势利的人。好事人:热心相助的人。

[9] 燕邸:燕王朱棣的府第。袁生:姓袁的相术士,即袁柳庄。金门:用黄金装饰的门,形容富贵人家。

[10] 文皇:明代永乐皇帝朱棣。天子须:须髯有天子相。封侯相:命相将要封侯。

[11] 数:天命,命运。偶:遇上,碰上。教(jiāo 交):使令,让。际

会:机遇,时机。奇(jī机):时机不好,不利。

〔12〕相心:观察内心。相体:观察体貌。拟:推测。

〔13〕草泽:山野隐居之所。尘埃:世俗浮华之地。

〔14〕云壑姿:隐逸之士的仪态。云壑,云气遮覆的山谷。

〔15〕希夷:宋代道士陈希夷。钱若水:宋代的一位举子,尝见陈希夷于华山,经麻衣道士看相而急流勇退。麻衣道士:宋代善看相的一位僧人。该句以宋代举人钱若水急流勇退来自勉。

归来篇〔1〕

君不见,陶公饮酒负奇气,平生下笔五千字〔2〕。不肯上书干明主,安能束带见小吏〔3〕。归来不愿千顷田,但须囊中有酒钱〔4〕。男儿委身事权贵,摧眉折腰诚可怜〔5〕。朱君雄豪气如虎,风期直与陶公伍〔6〕。青袍银带不复视,壮年弃官如弃土〔7〕。雅性好酒兼好文,眼中富贵岂足论?五花换酒召宾客,千金买书遗子孙〔8〕。人生百岁终萧索,如子从容胡不乐〔9〕。未似原生少宿储,却比苏家多负郭〔10〕。长安陌上久离群,予亦还山卧白云〔11〕。南岩桂树花自发,岁晚相看一望君〔12〕。

〔1〕该诗出自《家集》,当作于正德二年后归居期间。陶渊明辞官隐居庐山,尝作《归去来兮辞》。该诗即追慕陶渊明隐逸之志而作。作者称赞朱君与陶渊明同伍,而自己引朱君为同道,又援用原宪、苏秦故事,将古今人物对照起来,使该诗富有历史厚重感。全诗立意高古,情性

率真,语言质实,颇有讽味。

〔2〕陶公:陶渊明。奇气:非凡的志气。五千字:代指陶渊明所作诗文的字数。此隐含老聃著《老子》五千言事,意谓陶渊明诗文将传之不朽。

〔3〕干:干谒,请求。明主:贤明的君主。束带:整饰衣服,以示恭谨庄重。语出《论语·公冶长》:"赤也,束带立于朝,可使与宾客言也。"小吏:职位很低的官员。

〔4〕句谓:我辞官归居后,不愿经营良田美宅,只要有钱买酒就行。

〔5〕摧眉折腰:低眉弯腰,犹言卑躬屈膝。此化用陶渊明"不为五斗米折腰"事典及李白《梦游天姥吟留别》"安能摧眉折腰事权贵"诗意。

〔6〕朱君:对朱姓朋友的尊称,其馀不详。风期:风度品格。

〔7〕青袍银带:泛指官服。青袍,青色的袍子,尝为唐代低级服用;银带,银饰的腰带,常借指高官显宦。

〔8〕五花:马的别称。唐代人将骏马的鬃毛修剪成瓣以为饰,其分成五瓣者称"五花马",又称"五花"。此句化用李白《将进酒》:"五花马,千金裘,呼儿将出换美酒,与尔同销万古愁。"

〔9〕萧索:衰颓。此指人要衰老死亡。

〔10〕原生:原宪。孔子弟子,字子思,春秋鲁国人,隐居卫国,以蓬户褐衣蔬食为乐。后世诗文多用以指称贫士。宿储:积蓄的生活物资。苏家:苏秦家。苏秦,战国时期纵横之士,家贫,以游说赵王而致富贵。负郭:负郭田,即靠近城郊的良田。典出《史记·苏秦列传》:"且使我有洛阳负郭田二顷,吾岂能佩六国相印乎!"

〔11〕长安陌上:京城的道路上。长安,汉代首都。后世文人用以代指京城。陌,道路。卧白云:安卧在白云间。此指过隐居山林的生活。

〔12〕一望:极目眺望。

长歌行赠旺兄[1]

兄为吾祖之长孙,能将孝义持家门。耕凿不随时俗改,衣冠颇有古风存。我家东冈旧乡土,谷有田场桑有圃。诸弟喧哗逐城市,兄也萧条守环堵[2]。仆僮驯雅妻更良,男女膝下皆成行。女长适人止近里,男大为农不出乡[3]。只今汝年六十七,我翁为叔汝为侄。岁时相看如父子,登堂过庭礼不失。弟昔省兄尽兄欢,夜秉灯烛罗杯盘。兄前劝饮嫂劝餐,留我一月相盘桓。自从离兄仕都下,都城谁是悠悠者[4]。万户清晨霜满袭,九衢白昼尘随马。朱门金锁午未开,我曹不敢骑马回[5]。此时吾兄正稳卧,日高户外无人催。爱兄好静谢尘网,一卷道书常在掌[6]。托身未肯附年少,举手何曾揖官长。顷来生事日看微,种麻自织身上衣[7]。少儿从学长干蛊,我兄心中无是非[8]。君不见,人间岁月坐相迫,胡为东城复南陌[9]?兄今已作白头翁,弟亦长辞青琐客[10]。山中桂树况逢春,谷口桃花更照人。花前树下一壶酒,弟劝兄酬不畏贫[11]。

〔1〕该诗出自《家集》,当作于正德二年后归居期间。全诗先写旺兄耕读自守、闲适自然的生活景况,次写自己为官不适、被迫弃归的内心感受,后写回归田园、得享天伦的适情快意,将旺兄与作者、乡村与京城、喧哗与闲适相对照,形成鲜明的情感色彩。两句换韵,节律感强;言辞清

新,颇有意趣。旺兄,何景明的堂兄何景旺,其馀不详。

〔2〕喧哗:声音大而杂乱,代指世俗浮华。此指贪恋世俗浮华。逐城市:在城市里追逐。萧条:寂寞冷清。环堵:狭小简陋的居室。

〔3〕适人:嫁人。

〔4〕悠悠者:闲适的人。悠悠,闲适的样子。

〔5〕朱门金锁:富贵人家的门锁。朱门,红漆大门,常指富贵人家。金锁,金质的锁,亦指富贵人家。曹:辈。该句极言下层京官拜谒达官贵人的窘态:达观贵人晌午不开门,求谒者只好等在门外,而不敢骑马返回。

〔6〕尘网:世间的束缚。人在世俗间,受种种束缚,如鱼在网罟,故称之。道书:道家的著作。此盖指《老子》、《庄子》之类。

〔7〕生事:生计。日看微:日渐简单。微,细小。此指生计简单。

〔8〕长:长大成人。干蛊(gǔ古):干事,即求合于时事。此指趋炎附势。干,求。蛊,事。语出《周易·蛊》:"干父之蛊,意承考也。"

〔9〕坐:自然,无故。相迫:相逼迫。此指岁月无情地流逝。胡:怎么,怎样。东城复南陌:即东城南陌,又作南陌东城,古诗文中常指游赏之地,如刘禹锡《寄毗陵杨给事三首》:"东城南陌昔同游,坐上无人第二流。"此指游玩作乐。

〔10〕青琐客:出入禁宫、近侍皇帝的清要之臣。

〔11〕弟劝兄酬:兄弟互相劝酒、你酬我酢。此形容兄弟聚饮之欢洽。

汉将篇[1]

汉家西北烟尘起,烽火夜照西京里[2]。胡虏奔腾一万骑,关塞逶迤五千里[3]。飞符插羽募精强,连营列阵扫边疆[4]。已见将军屯细柳,更闻天子猎长杨[5]。长杨羽猎兵威振,叠鼓鸣钲闻远近[6]。龙虎遥分天上军,鱼蛇遍阅云中阵[7]。长安骢马侠少年,金鞍玉辔铁连钱[8]。共看拔剑追骄子,自许弯弓射左贤[9]。惊风昼起边沙涨,疏勒黄云迷所向[10]。饮马寒临月窟傍,驱兵夜度天山上[11]。降旗款节树戎城,卷斾回旌入帝京[12]。征人半死龙庭战,壮士俱标麟阁名[13]。麟阁功名不易得,贵臣良相徒颜色[14]。边人尽道李飞将,还汉谁言苏属国[15]。玉门关外朔云愁,燕颔书生亦白头[16]。君王自忆廉颇辈,义士羞称万户侯[17]。

〔1〕该诗出自《家集》,当作于正德二年后归居期间。全诗追述汉代诸将英勇强悍、抵御外虏、精忠报国的勋绩,以与明代将弱兵疲、无力御虏、家国难保的现实相对照,借古讽今,语含悲慨,忠贞之志,溢于言表。

〔2〕汉家:汉室,汉朝。烟尘:战场上的烽烟和扬尘。西京:西汉都城长安。

〔3〕胡虏:秦汉时称匈奴为胡虏。关塞:边关,边塞。

〔4〕飞符:急速传送的兵符。插羽:古代军书插羽毛以示迅急。精强:精悍强壮。此指精兵强将。连营:军队扎营相连。列阵:布列阵势。

〔5〕屯细柳:屯兵于细柳。细柳,细柳营,在今陕西咸阳市西南渭河北岸,西汉将军周亚夫屯军于此。《史记·绛侯世家》载,汉文帝亲自劳军,至细柳营,因无军令而不得入。后世称军营纪律严明者为细柳营。猎长杨:狩猎于长杨。长杨,长杨宫之省称。长杨宫在陕西周至县东南,宫中有垂杨数亩,为秦汉帝王游猎之所。

131

〔6〕羽猎:特指帝王出猎。因帝王出猎,有士卒负羽箭随从而得名。叠鼓:急击鼓。鸣钲(zhēng 争):敲击钲。常用作起程的信号。钲,一种古代乐器,形似钟而狭长,有柄,用铜制成,敲击发声,用以节止行军步伐。

〔7〕龙虎:龙虎旗。此代指皇帝的仪仗。天上军:天兵天将。此夸张天子军队之威武。鱼蛇:官吏的佩饰。此偏取鱼义,代指将官。鱼,鱼袋,唐代官吏所佩以盛放鱼符的袋子。云中阵:边关的阵营。云中,古郡名,在今内蒙古托克托东北。后泛指边关。

〔8〕骢(cōng 聪)马:青白色相间的马。金鞍玉辔:用金玉装饰的鞍辔。此形容侠少所骑马很华贵。铁连钱:用铁制作的连钱。连钱,马饰的一种。

〔9〕骄子:借指胡人。《汉书·匈奴传上》载,单于遣使自称"胡者,天之骄子"。左贤:左贤王,匈奴贵族的高级封号。

〔10〕惊风:猛烈强劲的风。边沙:边地的沙漠。疏勒:古代西域的一个国家,在今新疆维吾尔自治区喀什一带。黄云:黄色的云气。此指西北边地的沙尘。

〔11〕月窟:传说月亮的归宿处。此指西北边地极远处。天山:亚洲中部的大山系,横贯新疆维吾尔自治区中部。

〔12〕降(xiáng 祥)旗:表示投降的旗帜。款节:表示求降通好的旌节。戎城:军队驻扎的城镇。卷斾(pèi 配):翻卷的旌旗。回旌:回旋的旌旗。回,旋转,回旋。帝京:京城。

〔13〕龙庭战:龙庭因恐惧而摇晃。龙庭,匈奴单于祭天地鬼神之所。麟阁名:在麒麟阁上题名。麟阁,麒麟阁。麒麟阁,汉代未央宫中的一座楼阁。汉宣帝时,曾图画霍光等十一功臣像于阁上,以表扬其功绩。后世多以麒麟阁题名表示卓越功勋和最高荣誉。

〔14〕贵臣:显贵的大臣。良相:优秀的相材。徒颜色:没面子,没光

彩。徒,空,即没有;颜色,面子、光彩。

〔15〕李飞将:汉代名将李广。因作战勇猛,匈奴称之为"汉飞将军"。苏属国:苏武,曾任典属国,出使匈奴。属国,汉代官名,典属国的省称。

〔16〕玉门关:关名,为通往西域的门户,故址在今甘肃敦煌西北小盘城。朔云:北方的云气。朔,朔方,即北方。燕颔书生:亦作燕颔儒生,指有封侯之相的读书人。燕颔,形容相貌威武。东汉名将班超自幼有立功异域之志,相士说他"燕颔虎颈",有封侯之相。

〔17〕廉颇辈:像廉颇一样的良将。廉颇,战国时赵国良将,以勇气闻于诸侯。万户侯:食邑万户之侯。后泛指高爵显位。

冬雨叹三首[1]

一

季冬十日雨不绝,寒烟冻雾何凄凄。城头无由见白日,坂下只是愁黄泥[2]。乡中饿叟纳官赋,白头赤脚行中路。薄暮临河望郡城,水深岸滑何由渡。

〔1〕该诗出自《家集》,当作于正德二年后归居期间。这时宦官刘瑾乱政,国势渐衰,民生困顿,英杰失所。面对这一切,诗人又受连绵冬雨的感触,而生出极度的悲叹忧愤。情思沉郁,语势顿挫,颇得杜诗风调。

〔2〕白日:阳光。坂下:山坡下。愁黄泥:面对泥泞的黄土,愁得无

法行走。黄泥:泥泞的黄土。

二

一冬枯槁雪不集,细雨冥冥高岸湿[1]。天边鸿雁安所归,岁晚蛟龙不得蛰[2]。昨闻汝北多死亡,横尸委骨官道傍[3]。我里四邻久已出,到今不知死何乡。

〔1〕枯槁:干涸,缩水。雪不集:不下雪。集,降落。《淮南子·说山训》:"雨之集。"高诱注:"集,下也。"冥冥:迷漫的样子。语出《楚辞·九歌·山鬼》:"雷填填兮雨冥冥。"

〔2〕鸿雁:比喻灾乱流离之民。典出《诗·小雅·鸿雁》,其小序称美宣王能劳安离散之民。此反其意而用之。蛟龙:古代传说中的两种动物,深居水中,蛟能发洪水,龙能兴云雨。此比喻英雄人物。蛰(zhé哲):蛰伏。此指深居水中,有所凭借。

〔3〕汝北:汝水以北的地方。汝水,淮河上游的一条支流,发源于河南鲁山大盂山。官道:官府修筑的道路,即大路。

三

西望千峰万峰连,出门朝暮生云烟。日傍雨脚下平地,风外涛头冲远天[1]。急飙北回振林薄,白昼狐狸行近郭[2]。城下饥乌啄死人,苍鹰侧来怒相攫[3]。

〔1〕雨脚:密集落地的雨点。

〔2〕急飙:急速的旋风。林薄:交错丛生的草木。郭:外城。古代在城的外围加筑的一道城墙。

〔3〕饥乌:饥饿的乌鸦。侧来:从侧面袭击过来。攫(jué决):鸟兽以爪抓取。

怀旧吟赠阮世隆[1]

君家高楼对芳树,开宴曾留三月住。铜盘绛烛暖照春,金壶银漏寒催曙[2]。知君重义多豪游,满门宾客为我留。珊瑚不避铁如意,骅骝皆缠金络头[3]。尔时北上与君别,蔡州城外花如雪[4]。梦里犹寻汝上云,醉中却忆淮西月[5]。丈夫富贵各有因,如君立身亦不群[6]。行年四十未白发,生儿十八期青云[7]。君从秋日遥分手,我向东风一回首。山下长莘旧薜萝,楼前应长春杨柳[8]。

〔1〕该诗出自《家集》,当作于正德二年后归居期间。诗人追忆早年同阮世隆的豪游情氛,以及别后对友朋高隐生活的追慕。清代郭佚名《友竹诗纪》称该诗"气象超迈",是为知言。阮世隆,河南上蔡人,高隐不仕,曾与何景明交好。其馀情况不详。

〔2〕铜盘:铜质的盘子。此指烛台的底盘。绛烛:红色的蜡烛。金壶:铜壶的美称。此指铜质的酒壶。银漏:银饰的漏壶。漏,漏壶,古代计时的器具。

〔3〕珊瑚:用珊瑚制作的装饰品。铁如意:铁质的抓杖。《世说新语·汰侈》载,王恺以武帝所赐珊瑚树示石崇,石崇以铁如意击碎之,以

表达珊瑚树不足珍贵的看法。此极言宾客华贵,竞相夸富。骅骝(huá liú滑流):泛指骏马。金络头:用金丝编织的马笼头。

〔4〕尔时:那时。蔡州:古州名,治所在上蔡,属今河南汝南。

〔5〕汝上云:汝水上空的云彩。忆:一本作喜。此用忆,似更有意味。淮西月:淮河西边的月亮。此以云彩和月亮代指居留蔡州的阮世隆。

〔6〕有因:有因缘。不群:与众不同。

〔7〕行年:经历的岁月,即年龄。期青云:期待获得高官显爵。青云,喻指谋取高位的途径。此指高官显爵。

〔8〕长:经常,时常。搴(qiān千):拔取,采取。旧薜萝:古昔高士所服用的薜萝。薜萝,薜荔和女萝,两种野生植物,常攀缘于山野林木之上。语出《楚辞·九歌·山鬼》:"若有人兮山之阿,被薜荔兮带女萝。"后以薜萝借喻高隐之士的服饰。春杨柳:春天的杨树和柳树。

官仓行[1]

长棘周袤三丈垣,高门铁锁缄两关[2]。黄须碧衫下廒吏,白板朱书十行字[3]。帐前喧呼朝不休,剪旌分队听唱筹[4]。富家得粟堆如丘,大车槛槛服两牛[5]。乡间饿夫立墙下,稍欲近前遭吏骂[6]。

〔1〕该诗出自《家集》,当作于正德二年后归居期间。全诗采用写实的笔法,对照描写乡间饥民的困顿无助及廒吏、富家的贪残骄横。语言质直,情思幽愤,颇得杜诗沉郁顿挫之旨。

〔2〕周袤(mào冒):周围。缄(jiān肩)两关:封闭两扇门。缄,闭藏,封闭。

〔3〕厫(áo熬)吏:管理粮仓的官吏。厫,储存粮食的库房。

〔4〕朝不休:从早到晚不停歇。旌:标识。唱筹:呼报计量数目。

〔5〕丘:小土山。槛槛:车行声。语出《诗·王风·大车》:"大车槛槛。"服:驾,乘。

〔6〕饿夫:饥饿的人。句谓:乡间饥民倚立在官仓墙下,稍欲上前来乞求得食,就遭到厫吏的斥骂。

古峰画梅歌[1]

空江月堕孤山晓,直干横枝疏更好[2]。夜来梦破碧窗虚,残雪半庭寒不扫[3]。小桥水浅影初斜,野径风清香未老[4]。霜魂月魄独俜停,玉骨冰肌自枯槁[5]。溪头数点瘦花明,坞云漠漠林烟渺[6]。逋翁湖山诗思闲,寂寂柴门春醉倒[7]。山亭昼午鹤飞还,一声长笛江门悄[8]。

〔1〕该诗出自《家集》,当作于正德二年后归居期间。诗人化用林逋隐居孤山、种梅养鹤事典,并暗袭其《山园小梅》诗的闲淡意境,来演绎古峰所画《梅花图》的诗情画意,借以表达向慕隐逸生活的情怀,流露了归居后闲云野鹤般的适意。全诗境界高远,言辞雅致,堪称题画诗的佳作。

〔2〕空江月堕:月亮从浩瀚寂静的江面落下。空江,浩瀚寂静的江面。此指钱塘江。孤山晓:在拂晓熹微中孤山若隐若现。孤山,杭州西

湖东侧的一座山。该山孤峰独耸,秀丽清幽。宋代林逋曾隐居于此,喜种梅养鹤。直干横枝:树干笔直,枝条横斜。此描绘梅树的形态。该句化用林逋《山园小梅》:"疏影横斜水清浅,暗香浮动月黄昏。"

〔3〕碧窗虚:虚掩着的绿色纱窗。

〔4〕影初斜:晨曦中的梅影开始变得倾斜。野径:荒野的山间小路。香未老:梅花香气还没消退。老,人衰老或花凋谢。此引申为香气消退。该句及第一句后半化用林逋《山园小梅》诗:"疏影横斜水深浅,暗香浮动月黄昏。"

〔5〕霜魂月魄:傲霜伴月的魂魄。此比喻梅花。俜(píng 平)停:姿态美好的样子。自枯槁:独自消瘦憔悴。自,与前文独为互文,作独自解。

〔6〕瘦花明:寒瘦的梅花显得分外明丽。坞(wù 物)云:山间小盆地的云雾。坞,四面高中间低的山地,即山间小盆地。漠漠:云雾迷蒙的样子。

〔7〕逋翁:林逋老人。春醉倒:沉醉在春光里。

〔8〕山亭:孤山上的亭子,即放鹤亭。昼午:中午。鹤飞还:仙鹤飞回来了。江门:江河的出入口。此指钱塘江的出入口一带。句谓:每到中午时分,孤山鹤亭上一声笛鸣,放飞的仙鹤被唤回,江门一带寂静无声了。

古松歌〔1〕

贤隐寺傍之古松,奇绝可比徂徕峰〔2〕。问之故老迷岁月,但见皮肉屈疆苔藓裂〔3〕。高枝上掣玄冥风,回柯反扫阴崖雪〔4〕。藤翻蔓卷空林黑,集霰流烟岂终极〔5〕?斧斤相顾思盘错,梁栋谁来夸正直[6]?昔予山游驻车马,行吟屡憩兹松下[7]。松根老僧为开径,野色岩姿坐生暝[8]。叶暗秋灯梵殿深,花香晚饭斋厨静[9]。一年幽忧不到此,宁知摧折空山里[10]。龙盘虎挐终有神,白骨苍鳞半枯死[11]。沧波古岸霜气夕,硨砆犹看数千尺[12]。石上连朝走云雨,山中十月飞霹雳[13]。千灵百怪相护诃,过客居人尽怜惜[14]。君不见,泰山五大夫,零落今看在何处[15]?沧海空流使者槎,悲风暮起将军树[16]。呜呼!人生富贵竟何益,松乎松乎,吾当为尔诛茆傍青壁[17]。

〔1〕该诗出自《家集》,当作于正德二年后归居期间。全诗分三段。先写贤隐寺松之高古;次写古松遭受摧折;最后由古松不得保全引起人生富贵无益之联想,从而表达欲与古松同游的志愿。想象奇特,言语怒张,情思质朴,立意高古。

〔2〕贤隐寺:寺庙名。奇绝:奇妙非常。徂徕(cú lái 殂来)峰:山峰名,在山东泰安东南,常喻指生长栋梁之材的大山。此代指徂徕峰的古树木。该句化用《诗·鲁颂·閟宫》:"徂来之松,新甫之柏。是断是度,是寻是尺。"

〔3〕迷岁月:不知道生长了多少年月。屈疆:屈强,即倔强,强硬直傲不屈。疆,通强,简写为强。苔藓裂:松树上附生的苔藓皲裂了。

〔4〕上掣(chè彻):向上举起。玄冥风:冬天的寒风。玄冥,冬神,亦指冬季。回柯:曲折迂回的枝条。阴崖雪:背阴山崖上的积雪。

〔5〕藤翻蔓卷:攀附古松的藤蔓随风翻卷。空林:渺无人迹的树林。黑:黑暗。此指林木繁密幽深。集霰(xiàn线):坠落的雪珠。流烟:飘动的雾气。岂终极:哪里有边际。此指林木被云雾裹绕,看不到边际。

〔6〕盘错:盘根错节。该句化用《庄子·逍遥游》大樗寓言,臃肿卷曲,不夭斧斤,得全天性。意谓:人持斧斤来光顾这古松,每当见它盘根错节、不堪取材,便思量着放弃砍伐;因之,寻求梁栋之材的人,谁会夸它是正直之木呢?

〔7〕山游:游览山景。语出谢灵运《罗浮山赋》:"杖桂策以山游。"行吟:边行走边吟咏。屡憩(qì气):多次停下来休息。

〔8〕野色:山野的景色。岩姿:身姿像岩石那样枯寂宁静。生暝(míng名):天色变得昏暗。句谓:年迈的僧人斩断松根,为我开出一条小路;我枯坐着观赏山野景色,不知不觉天色转晚。

〔9〕秋灯:残灯,将燃尽的灯光。句谓:从幽深的佛殿里,露出一线残灯的光,照在古松的针叶上,显得更加的昏暗;我在寂静的斋厨里,闻着暗暗袭人的花香,悄无声息地吃着晚饭。

〔10〕幽忧:过度忧劳。空山:人迹罕至的幽深山林。

〔11〕拏(ná拿):拏攫,搏斗。白骨苍鳞:死虎的白骨和死龙的苍鳞。此比喻古松枯死的枝干。句谓:被摧折的古松露出白骨苍鳞,已有半边枯死了;但尚未枯死的另一半,犹有龙盘虎拏之神采。

〔12〕古岸:古拙傲岸。硉矹(lù wù路物):高耸突兀。

〔13〕连朝:连续多日。走云雨:云行雨施。飞霹雳:雷鸣电闪。

〔14〕千灵百怪:千万种幽灵鬼怪。护诃(hē喝阴平):呵护。

〔15〕五大夫:受封为五大夫的松树。典出《史记·秦始皇本纪》载,秦始皇封禅泰山,遭遇暴风雨,避雨一松树下;因该树护驾有功,按秦官爵封为五大夫。零落:死亡,消失。

〔16〕槎(chá茶):木筏。将军树:大树的别称。此指建功立业。典出《后汉书·冯异传》,每当诸将坐而论功,冯异常独屏树下,军中称之为"大树将军"。

〔17〕诛茆(máo茅):斩杀茅草。青壁:翠绿的崖壁。句谓:人生追逐富贵,实属徒劳无益。古松啊!古松啊!我当倚傍青崖,日夜守护着你,为你斩杀茅草。

长安大道行[1]

长安大道如弦直,车马相逢不相识。金鞭玉毂共争先,日日红尘大道边[2]。七贵门前罗将相,五侯座上列神仙[3]。五侯七贵同杯酒,万骑千夫尽奔走[4]。一言得意贱可贵,百计奉身无亦有。杯酒经过日共游,比权并势暗相谋。才见黄金结兄弟,忽看白刃起仇雠[5]。薰天灼地期长久,覆雨翻云亦随手[6]。富贵谁言福作门,骄奢终与祸为邻[7]。瑶台歌舞新更主,金谷池亭别与人[8]。豪宾贵客如风霰,鞍马当时候雷电[9]。得饱空闻鞲上鹰,附炎不见梁间燕[10]。寻常只道泰山安,顷刻宁知沧海变[11]。秋来春去互推迁,物理相寻是等闲[12]。岂知盛满衰仍至,岂识忧从乐极还。独怪梁生何感慨,拂袖长歌辞汉关[13]。

〔1〕该诗出自《家集》,当作于正德二年后归居期间。诗前半描写京城的政治生态,达官显贵盛气凌人,贪利之徒趋炎附势,而彼此又互相猜忌残害,毫无信义可言。诗人早年在京任职,即深受其害,颇感不适,因而厌薄之。但诗人的情思并未停留于此,而在诗末作达观想,感悟春秋推迁、物理相寻、盛满衰至、乐极生忧的道理,以勉励自己追步梁鸿,高隐不仕。全诗情辞悲慨,颇有风骨。

〔2〕金鞭玉毂(gǔ谷):金饰的马鞭和玉饰的轮毂。此代指极华贵的车马。毂,车轮的中心部位,周围与车辐的一端相连接,中有圆孔,用以插轴。红尘:车马扬起的飞尘。

〔3〕七贵:西汉时把持朝政的外戚七姓。五侯:同时封侯的五人。此引用汉代三次五侯并封事,泛指权贵豪门。

〔4〕同杯酒:在一起饮酒。句谓:倘若这些达官显贵在一起饮酒,那就会引得千万人马奔碌迎候。

〔5〕仇雠(chón 仇):仇敌。

〔6〕薰天灼地:比喻权贵气势炽热。覆雨翻云:比喻世事变幻莫测。参见《梁甫吟》注〔5〕。

〔7〕骄奢:骄横奢侈。该句化用《老子》祸福相倚相伏之意。

〔8〕瑶台:美玉砌成的楼台。金谷池亭:泛指极华美的庭院。金谷,古地名,在今河南洛阳西北。晋代卫尉卿石崇筑豪园于此,叫金谷园。

〔9〕句谓:当年的豪宾贵客如风飘般了无踪影,金鞍骏马像雷电一样倏忽即逝。

〔10〕鞲(gōu 沟)上鹰:喂养调教于臂鞲上的鹰。鞲,皮革制作的臂套。梁间燕:梁上的燕。燕子安居在梁上;而房屋一旦起火,燕子就会躲得远远的。此比喻见利忘义的小人。该句用鞲上鹰、梁间燕比喻趋炎附势者,一旦主子有难就会躲得远远的。

〔11〕句谓:平常没事,只道一切都像泰山安稳;一旦有事,哪料一切都会沧桑巨变。

〔12〕推迁:推移变迁。相寻:相继,连接不断。

〔13〕梁生:梁鸿,东汉高士,守贫不仕。感慨:情感愤激。拂袖:甩动衣袖,不悦离去。此借指引退、归隐。辞汉关:辞别汉代的边关。此比喻归隐不仕,不与朝政。

昔游篇〔1〕

三星烂夜河汉流,觞行瑟作中堂幽〔2〕。李君勿叹息,薛君且停讴[3]。英英孟夫子,听我当筵歌昔游[4]。昔游少年观上都,并辔骄嘶双紫骝[5]。云中十二楼,罗绮照燕州[6]。夹槐复道临仙苑,垂柳通闉对御沟[7]。平明向帝宅,半醉过王侯。游梁词赋那称数,入洛声名未足俦[8]。自言与我共联翩,塌翼宁知落九天[9]。折花别青门,挥袂渡湘川[10]。斑竹古魂垂泪雨,苍梧遥梦结愁烟[11]。南岭越江坳,东城移海郊[12]。不记流年几抛掷,五见杨柳垂青梢[13]。鸿雁散他县,鹪鹩栖故巢[14]。君从歧路悲转蓬,我在长安嗟系匏[15]。金门上书久不报,云阁题诗空自嘲[16]。以兹守蹉跎,旧客罕经过[17]。日与李薛辈,诗酒纵欢歌。春风宛转青丝鞚,夜月留连金叵罗[18]。笔翻翠虹霓,手掣生蛟鼍[19]。三千艳女罗紫宫,倾城一笑扬双蛾[20]。星分雾散去长安,岂意天垂云雨欢[21]。龙剑雄雌忽复合,朝天再睹汉衣冠[22]。帝京宫观一如昔,盘龙曲凤青云间[23]。九衢车马流如水,五侯甲第峙如山。星枢常不转,海岳自回环[24]。昔日绣衣一何贵,今看窜逐宰河关[25]。可怜旧宾友,逝者谁复还。二三壮士力搏虎,转盼埋骨黄泉湾[26]。荣华闪烁若电露,俛仰今古凋朱颜[27]。君不见,汉李广,威名万里匈奴闻[28]。弯弓贯白石,射虎生黄云[29]。一朝谢病逢醉尉,灞亭不识故将军[30]。君不见,秦范雎,折胁折齿随王稽[31]。一言夺相印,七国趋关西[32]。雄豪赵魏二公子,徒使虞卿从魏齐[33]。贵贱倾覆如旋风,王侯岂异鸟与虫[34]。鲁连独蹈沧海去,张良仍从黄石公[35]。孟夫子,总角与君戏,共许非凡伦〔36〕。万金骕骦腾天云,子今胡为在风尘〔37〕?低头觍面男子身,笑予落魄亦如此,痛饮狂歌非隐沦〔38〕。回首向嵩岳,少室高嶙峋〔39〕。寂寥紫芝曲,空负桃花春〔40〕。会须约尔同归去,为招李薛两才人。

〔1〕该诗出自《京集》,当作于正德六年复任京职期间。是时,政治环境仍很恶薄,而友朋离散漂落,人各一方。因之,作者深感孤独失意,落落寡欢。全诗借古讽今,抒写离愁别绪,感叹世事无常,并缅怀壮游时光,向慕高隐生活。情思悲慨,语态沉郁,颇有深致。

〔2〕三星:天空中明亮而相近的三颗星,有参宿三星、心宿三星、河鼓三星。语出《诗·唐风·绸缪》:"三星在天"、"三星在隅"、"三星在户"。觞行:行觞、传杯。

〔3〕李君:李梦阳,字献吉。参见《赠李献吉三首》第一首注〔1〕。薛君:薛蕙,字君采。参见《赠君采效何逊作四首》第一首注〔1〕。讴:徒歌,吟诵。

〔4〕英英:俊美而有才华。孟夫子:孟洋,字望之。参见《赠望之四首》第一首注〔1〕。昔游:《昔游篇》。昔游,少壮岁月的豪游生活。昔游题材的诗歌多抒写早岁得意、晚近失落的情怀。

〔5〕上都:古代京都的通称。此指明都北京。并辔(pèi 配):并执马缰绳。此指两马并行。骄嘶:马健壮强盛的嘶鸣声。紫骝(liú 留):古骏马名。此泛指骏马。

〔6〕十二楼:传说神仙的居处。此指高层楼阁。罗绮:丝绸衣裳。此指衣着华贵的女子。燕州:古代地名,今河北北部区域。此特指明都北京。

〔7〕夹槐:树名,槐树的一种。复道:楼阁间有上下两层的通道。仙苑:仙宫、仙境。此指华美的宫室。通阛(huán 环):四通八达的市街。御沟:流经宫苑的河道。

〔8〕游梁词赋:司马相如以辞赋游梁,为梁孝王所知,名声大振。参见《寄李郎中》注〔8〕。称数(shǔ鼠):计算。入洛声名:陆机太康末年入洛阳,以文才名重一时。参见《寄李郎中》注〔8〕。未足俦(chóu愁):不足以相伦比。

〔9〕联翩:鸟飞的样子。塌翼:垂翅。比喻失意消沉。九天:高空。

〔10〕折花:采摘花枝以赠别。青门:汉代长安城东南门。挥袂:挥袖,即挥手告别。湘川:湘江。

〔11〕斑竹古魂:湘妃竹所寄寓的湘夫人的精魂。斑竹,湘妃竹。晋张华《博物志》卷八:"舜之二妃,曰湘夫人。帝崩,二妃啼,以泪挥竹,竹尽斑。"故斑竹又称湘妃竹。苍梧遥梦:从苍梧托来的遥远的梦。此隐指帝舜在苍梧驾崩。苍梧,古地名,即今广西梧州。传说帝舜禅位于禹,死在苍梧。该句化用帝舜和湘妃事典,来抒写友朋流落湘桂一带的愁怨。

〔12〕江坳(ào奥):河道的低洼处。海郊:海边荒野之地。

〔13〕流年:如水般流逝的年华。抛掷:丢弃,弃置。此指虚度光阴。垂青梢:杨柳枝叶繁茂而低垂。此借指夏季,又以夏季代指一年四季。

〔14〕鸿雁:大雁,候鸟之一种。后世常比喻胸怀大志的人。鹪鹩(jiāo liáo交辽):一种形体偏小的鸟。《庄子·逍遥游》:"鹪鹩巢于深林,不过一枝。"后世常比喻易于满足的人。该句的意思是说,胸怀大志的人,为前程而流落他乡;易于满足的人,图安逸而栖居故所。

〔15〕歧路:岔路,离别分手处。此喻官场中险易难测的前途。转蓬:飘转的飞蓬。此指宦海浮沉,没有归宿。系匏:匏瓜因味苦而被系置不用。语出《论语·阳货》:"吾岂匏瓜也哉,焉能系而不食?"后世常比喻隐居未仕或弃置闲散。

〔16〕金门:即金明门,或金马门,为翰林院所在,学士待召之处。云阁:即云台,图画功臣名将之像以示纪功的楼阁。

〔17〕蹉跎:仕途失意,虚度光阴。旧客:故旧,即过去的朋友。

145

〔18〕青丝鞚(kòng 控):青色丝线编制的马络头。此借指坐骑。马络头。金叵(pǒ 颇上声)罗:金质的酒杯。叵罗,西域语音译,当地的一种酒器,口敞底浅。此泛指酒杯。

〔19〕翠虹霓:墨绿色的彩虹。掣(chè 撤):牵制,控制。生蛟鼍(tuó 驼):活的蛟龙和鳄鱼。该句用变形夸张的手法,以翠虹霓、掣蛟鼍来夸饰恣纵豪迈的交游情景。

〔20〕紫宫:帝王宫禁。双蛾:双眉。蛾,蛾眉。

〔21〕星分雾散:像星那样分离,像雾那样消散。此形容友朋分离散居。垂:垂示,恩赐。云雨欢:云交雨合的快乐。此比喻友朋重逢的欢乐。

〔22〕龙剑雄雌:传说中的宝剑,典出《晋书·张华传》:晋惠帝时张华见斗牛之间有紫气,乃召雷焕问之,雷言为宝剑之精上彻于天,后雷果然于丰城地下掘获宝剑龙泉、太阿。一献张华,一自佩。后张华死,剑不知所踪。雷焕子携剑过延平津,剑忽跃出堕水,使人入水寻,但见二龙蟠萦,当为二剑复合。汉衣冠:朝服。此借指京官。汉,泛指古代汉族政权的都城。

〔23〕帝京:帝国的京城。此指北京。青云间:高耸入云。青云,高空的云彩。

〔24〕星枢:星名,北斗七星第一星,又称天枢。海岳:大海和高山。此泛指山河等自然物象。回环:事物变迁,周而复始。

〔25〕绣衣:彩绣的绸服。绣衣为古代贵人所服,故常借指尊贵者。此化用绣衣直指之典,指当政的权贵。汉武帝天汉年间,民间起事者众,地方官督捕不力,朝廷便派直指使者,穿着绣衣,持斧仗节,兴兵镇压。窜逐:放逐、流放。

〔26〕搏虎:打虎。比喻有勇力或气势磅礴。黄泉湾:即黄泉,人死后埋葬的地方。

〔27〕俛(fǔ俯)仰:沉思默想。凋朱颜:使人伤心憔悴。

〔28〕李广:汉代名将,抗击匈奴,战功赫赫,却不见封侯。

〔29〕贯白石:射箭贯穿白石。典出《史记·李将军列传》:李广出猎,见草中石,以为是虎,引箭射之,竟射穿石头。后世以贯石形容武艺高强,多力善射。黄云:黄色的沙尘。

〔30〕醉尉:醉酒的亭尉。后世常借指势利小人。典出《史记·李将军列传》:汉将军李广夜行至灞陵亭,灞陵亭尉醉酒呵止之。灞亭:汉代地名,即灞陵亭。

〔31〕范雎:战国时期魏国辩士,游秦而获重用。折胁折齿:肋骨和牙齿被折毁。后世常借指遭受诬辱。典出《史记·范雎蔡泽列传》:魏国范雎随须贾使齐,以辩才获得齐王赏赐。须贾怀疑范雎泄露魏国机密。"魏相知之,大怒,使人笞击雎,折胁折齿几死。"随王稽:跟随王稽到秦国,获秦昭王重用,终为秦国丞相。王稽,战国时期秦国人,尝为秦昭王使魏,偷载范雎到秦国,后因范雎荐举,被拜为河东守。

〔32〕句谓:范雎拜见秦昭王,划远交近攻之策,为秦国攻城略地,终取代穰侯为相,使各国趋附秦国。

〔33〕赵魏二公子:赵公子平原君和魏公子信陵君。虞卿:赵国丞相。魏齐:魏国公子,尝为魏国丞相。该句简述《史记·范雎蔡泽列传》所载悲壮一幕,借指世事无常:魏齐获悉范雎为秦相,畏惧而出逃至赵国,藏匿平原君家中。赵成王迫于秦国压力,乃派兵围平原君府,欲捕获魏齐以献秦国。魏齐亡见赵相虞卿,虞卿乃与魏齐出逃,欲因信陵君以奔楚。信陵君初不敢接纳,魏齐怒而自刭死。

〔34〕倾覆:反复无常。句谓:人生富贵贫贱反复无常,其变化像旋风般迅速,即使是富贵为王侯,其命运也与鸟虫无异。

〔35〕鲁连:鲁仲连,战国时齐国人,有计谋,不慕荣利。齐王论功欲授予官位,仲连便逃到海上隐居。后世代指奇伟高蹈、不慕荣利的人。

蹈海:跳海自杀。《史记·鲁仲连邹阳列传》载,仲连为劝阻赵魏尊秦为帝,曾誓言:"彼(秦昭王)即肆然称帝,连有蹈东海而死耳!"张良:汉初谋士,辅佐刘邦夺取天下,封留侯,功成身退。黄石公:张良的老师,尝授与张良兵书。此化用《史记·留侯世家》语:"十三年孺子见我济北,谷城山下黄石即我矣。"

〔36〕总角:古时儿童束发为两结,向上分开,形状如角,故称总角。此借指孩童时期。凡伦:平凡庸常的人。

〔37〕万金骙袅(yǎo niǎo 咬鸟):极名贵的马。骙袅,古骏马名。腾天云:驾着天上的云彩腾飞。此比喻飞黄腾达,官运亨通。天云,天空的云彩。风尘:宦途,官场。

〔38〕靦(miǎn 免)面:面容羞愧。落魄:穷困失意。隐沦:沉沦,埋没。

〔39〕崧岳:嵩山,在河南登封北。少室:少室山,在河南登封西。嶙峋(lín xún 邻寻):沟壑山崖重叠幽深。

〔40〕紫芝曲:亦作紫芝歌、紫芝谣。后世泛指隐逸避世之歌。传说秦末商山四皓避乱隐居,作歌曰:"晔晔紫芝,可以疗饥⋯⋯"此即《紫芝曲》。桃花春:桃花盛开的春天。此泛指美好时光。

五马行[1]

使君五马来月氏,方瞳夹镜光离离[2]。长身峻耳高七尺,锦云窣地玉花赤[3]。杏鞯蹩镫双盘龙,文鞦翠刻金玲珑[4]。青丝游缰绾不住,铁色蹄翻锦苔地[5]。天闲沙苑贮几时,一朝分赐使君骑[6]。使君行春常露冕,缓鞚张油下山县[7]。

朱文露网动轻车,四野人家望通帆[8]。去年来时楚江秋,长鞭驰过黄鹤楼[9]。楚城骏马千万匹,解鞍坐视不敢俦[10]。今年朝天入五凤,红缨宝玦连钱重[11]。晓随鸾声撼玉珂,九陌风微尘不动[12]。天子命下巡吾州,辉光重整金络头。吁嗟吾州本狭促,连径宁当千里足[13]。行行前驾肃且闲,郡人遥望双旌竿[14]。驰道父老应开颜,区区狐豸谁敢前[15]?桑条吐叶青郁郁,满路春尘绕车毂[16]。使君不惜驱驰劳,无令暴吏登民屋。出门一送五马行,我马踟蹰皆不鸣。相逢同是他乡客,惆怅城边暮春别。山亭草色细雨时,野馆梨花寒食节[17]。夕阳微微邺城树,寒烟漠漠淮川月[18]。愿言努力策霜蹄,千金重有登台期[19]。

〔1〕该诗出自《京集》,当作于正德六年复任京职前夕。全诗通过对五马的描写,来赞美使君的煊赫气势,含蓄表达作者渴望重出的心意。情思朗健,语势明快,一扫早前萧散沉郁之情绪。

〔2〕使君:对奉君命出使者的尊称。月氏(ròu zhī 肉支):古族名,游牧于敦煌、祁连间,曾建立月氏国。方瞳:方形的瞳孔。此形容马勇武有力。夹镜:形容马双目明亮如镜。离离:明亮鲜活的样子。

〔3〕锦云:彩云。窣(sū 苏)地:下垂到地上。玉花赤:赤色的玉花骢。玉花,骏马华丽的毛色。此代指玉花骢,亦泛指骏马。

〔4〕杏韀(jiān 坚):像杏叶形状的马鞍。韀,马鞍下的垫子。此泛指马鞍。蹙镫(cù dèng 促邓):狭窄的踏脚。镫,挂在马鞍两边的踏脚。双盘龙:雕饰了一对盘旋的龙。文羁:编织花纹的马络头。翠刻:用碧玉雕琢的饰品。金玲珑:用金银制作的精巧饰品。

〔5〕游缰:马缰绳。绾(wǎn 晚):系牵盘结。铁色蹄:用铁制作的

149

马蹄。锦苔地:如锦绣铺饰的苔藓地。

〔6〕天闲:皇帝养马的地方。沙苑:古地名,在陕西大荔南,临近渭水,宜于牧畜。

〔7〕行春:官吏春日出巡。露冕:古代所戴的一种便帽。后世常比喻官员治政有方、获皇帝恩宠。典出晋陈寿《益都耆旧传》:汉明帝巡狩到南阳,嗟叹荆州刺史郭贺治政有方,特敕去其所戴露冕,赐以三公之服,使百姓见之以彰其德。缓鞚(kòng 控):驾马徐缓而行。鞚,马笼头。此指控制、驾御马匹。张油:张设油幕,即用油布帐幕临时张设殿堂。

〔8〕朱文:画车为文,即在车身上图画文饰。露网:即露网车,古代贵族所乘车毂有彩绘的车子。通幰(xiǎn 显):即通幰车,一种遍覆帷幔的车子。幰,车帷。

〔9〕楚江:古代楚国境内的江河。黄鹤楼:古代名楼,故址在今湖北武汉蛇山的黄鹤矶头。

〔10〕侪:相比,引为同类。

〔11〕五凤:五凤城,即皇城。红缨:红色的系在衣帽上的穗状物。宝玦(jué 决):古人佩带的玉器,环形,有缺口。

〔12〕鸾声:车上鸾铃的鸣声。玉珂:像玉一样洁白温润的美石,常装饰在马勒上。九陌:汉代长安城的九条大道。此泛指京城的大道。

〔13〕狭促:狭隘、偏小。迮(zé 则)径:狭窄的小路。

〔14〕旌竿:旗竿。

〔15〕驰道:供车马行使的大道。狐豕:狐狸和猪。此比喻地位卑微的人。

〔16〕桑条:桑树的枝条。郁郁:枝叶繁茂的样子。春尘:春天的扬尘。

〔17〕寒食:节日名,在清明前一日或二日。

〔18〕邺城:古都邑,在今河南安阳内。战国魏文侯、汉末曹操定都

于此。淮川：淮河。

〔19〕策霜蹄：鞭策马匹使快走。此比喻为官要努力前行。霜蹄，马蹄。语出《庄子·马蹄》："马蹄可以践霜雪。"千金：形容贵重。此就人而言，指贵体。登台：登上三公之位。此泛指充任高级官吏。汉代称尚书、御使、谒直为三台，亦称三公之位。

忆昔行[1]

我年十一十二馀，与子握手相欢娱[2]。严君视我犹视子，日向庭前问诗礼[3]。我亦视君如弟兄，夜入同衾昼同起。当时见子已不群，红颜如玉目有神。花边灿灿丹凤雏，天上矫矫石麒麟[4]。笑予是时尚垂髫，把笔从君弄文翰[5]。联翩白马控双御，出入城中谁不看？我当辞归君失欢，徘徊欲别良独难。别来有怀徒怅望，梦绕秋风沁水寒[6]。杳杳云鸿异乡县，十载长安见君面[7]。昔别未冠今已婚，回忆少年空叹羡[8]。一官碌碌经三春，二十光阴似飞电。君有长才未得施，卧龙仪凤犹栖迟[9]。男儿成名在少壮，感会风云须及时。人生聚会岂常有，但愿相知不相负。君不见，古来金石交，结发寸心期白首。

〔1〕该诗出自《京集》，当作于弘治末正德初在京任职期间。据"我年十一十二馀"、"十载长安见君面"、"一官碌碌经三春，二十光阴似飞电"等诗句的提示，何景明十一二岁当弘治六七年，自此后推十年当弘治十六七年，何景明年龄为二十一二岁，从成进士至此时已历官三年了，故

知该诗作于弘治十七年。诗人按时间顺序,首先追忆少时与汝佐同窗共读的时光,赞美汝佐颖异的资质;接着缅想别后与汝佐互相思念的情怀,表达两人深厚的友情;之后叙写在京与汝佐久别重逢的喜悦,通报自己的婚姻与历官状况,而劝勉汝佐要感会风云、及时进取;最后感叹人生聚散无常,愿与汝佐永结金石、共期白首。全诗思绪慷慨,语调激昂,少壮情怀,倾吐无遗。

〔2〕子:对李汝佐的尊称。李汝佐,李纪之子,其馀不详。李纪(1441—1515),字朝振,山西潞州人,举成化元年乡试,官临洮知府,累迁福建都转运使。弘治六年,何景明十一岁,随父之官陕西会宁驿丞,获临洮知府李纪赏识,被召置门下,延师授《春秋》,与其子汝佐同学。该句及以下两句即追忆当年同窗共读的情景。

〔3〕严君:父母之称谓。此敬称李汝佐的父亲。问诗礼:请教《诗》、《书》、礼仪。

〔4〕花边:百花丛边。灿灿:色彩鲜艳的样子。丹凤雏:丹凤的幼雏。此喻指杰出的少年。矫矫:卓然不群的样子。石麒麟:古代对幼儿的美称。

〔5〕垂髫(tiáo条):发髫下垂,古代儿童头发的样式。

〔6〕怅望:惆怅地想望。沁水:水名,发源于河北邯郸之紫金山。

〔7〕杳杳:依稀隐约的样子。云鸿:翱翔云中的鸿鹄。此比喻胸怀大志的人。

〔8〕冠:古代男子成年举行加冠礼,一般在二十岁。此泛指成年。

〔9〕卧龙:喻指尚未崭露头角的杰出人才。仪凤:凤凰的别称。此喻指杰出的人才。栖迟:漂泊失意的样子。

忆昔行并序〔1〕

予上京师之二年,汝正有湖南之行〔2〕。新政弛废,故人几何？晤语未谐，离告又即。怆然悲歌，不能自已。感念往昔，要之将来耳。

忆昔长安相会日，君方壮年我年小。只今容颜有更变，何况世事无纷扰[3]。先帝衣冠半零落，十年宾友全稀少[4]。君今始作紫薇臣，笑我金门落魄人[5]。冯唐上书亦叹老，子云识字空愁贫[6]。艳阳三月桃李耀，君非壮年我非少。花开酒熟君远行，可惜春风阻欢笑。明星迢迢车关关，遥向楚水辞燕山[7]。但看朱绂在腰下，莫使白发生颅间[8]。武昌城边江色淀，襄阳汉水尤堪羡[9]。东行何日访鲈鱼，南飞不得随鸿雁。少癖山水耽云松，两年楚上多行踪[10]。浮湘直下三千里，望岳遥瞻七十峰。知君跌宕轻驷马，顾予岂是功名者[11]？安得浮沉帝座傍，会须览眺苍梧野[12]？苍梧风烟秋色开，武昌高楼吹笛哀。帝乘白云去不返，仙人黄鹤何时来[13]？君行访古兼化俗，长揖轺轩指南极[14]。岸上游穿黑虎林，潭中坐傍鼋鼍国[15]。他时倘觅桃花源，北风为尔传消息[16]。

[1] 该诗出自《京集》，当作正德六年复任京职期间。据"予上京师之二年"、"先帝衣冠半零落，十年宾友全稀少"的提示，何景明正德六年复职，以此往后推二年，可知该诗作于正德七年。诗人首先追忆早年欢会时光，感叹如今友朋离散飘零；接着讲诉居官落魄愁贫，老大不小而少欢笑；之后想象汝正行走楚湘的情景，劝勉他行政化俗，亦鼓励他适时退隐。这是他复出心态的真实写照，表达了对时政盛衰和人生出处的洞察

与悟解。全诗情辞沉郁,语态抑扬,颇有气骨,兼含风力。

〔2〕汝正:何景明的一位僚友,姓名爵里不详。

〔3〕该句采用反衬手法,以"世事无纷扰"来反衬"容颜有更变",其实是说容颜和世事都已变改。

〔4〕先帝衣冠:先皇旧臣。衣冠,代指缙绅、士大夫。零落:花木凋谢。此比喻死亡或离散。

〔5〕紫薇臣:帝王身边的重臣。紫薇,亦作紫微,指帝王宫殿。落魄人:穷困失意的下层官僚。

〔6〕冯唐:汉代名将。他身历三朝,至汉武帝时,被举为贤良,但年过九十,不能再为官。子云:汉代辞赋家扬雄的字。空愁贫:扬雄作有《逐贫赋》。此化用该典。

〔7〕迢迢:遥远的样子。关关:车行进的声响。楚水:古楚地的江河湖泽,此代楚湘之地。燕山:燕京,即今北京。

〔8〕朱绂(fú伏):系官印的丝带。此代指官印。颅:头,头颅。

〔9〕武昌:古地名,在今湖北武汉。江色淀:蓝色的江水。此形容长江水深且清。淀,蓝靛,一种蓝色染料。此代指蓝色。襄阳:古地名,今湖北襄阳。汉水:水名,长江的一条支流,从武汉西北汇入长江。

〔10〕耽:爱好,专心于。

〔11〕跌宕:放荡不拘的样子。驷(sì四)马:显贵者所乘的驾四匹马的高车。此指显要的官位。

〔12〕浮沉:比喻人势位的升降、盛衰、得失。此偏指得意行时。会须:应当,定然。苍梧野:苍梧的山野。此隐指帝舜流落山野。句谓:谁能确保倚靠帝王总是得意行时?若然的话,帝舜哪会流落苍梧的山野。

〔13〕仙人黄鹤:传说仙人子安乘黄鹤经过黄鹤楼。该句暗袭唐崔颢《黄鹤楼》诗:"昔人已乘白云去,此地空馀黄鹤楼。黄鹤一去不复返,白云千载空悠悠。"

〔14〕 輶(yóu 由)轩:古代使者乘坐的一种轻车。南极:南方极远之地。

〔15〕 羆(pí 皮):熊的一种,俗称人熊或马熊。黿鼍(yuán tuó 元驼):大鳖和猪婆龙(扬子鳄)。

〔16〕 桃花源:即桃源洞,在今湖南桃源。此喻指避世隐居的地方。典出东晋陶渊明《桃花源记》。

田子行[1]

君不见,黄河西来北入海,千载却倒东南流[2]。淮水如丝纳九曲,桐柏山作昆仑丘[3]。我家清淮边,君家大河侧。开辟二水今合同,人生变化无南北[4]。田子之生河降神,十五手掣生麒麟[5]。二十辞家观国宾,三十谒帝为近臣[6]。赤墀青琐日月上,金马银台河汉津[7]。自矜一身遇明主,便欲登天叩天鼓[8]。天门昼关守虎豹,云师屏翳雷公怒[9]。烟气缥缈随飞龙,电光闪烁笑玉女[10]。太清星辰下罗列,欻忽闻阊生风雨[11]。丹诚不回白日照,杞国忧天独劳苦[12]。我持彤管双凤翎,浮沉帝傍近紫庭[13]。文园著书久消渴,据地酣歌常不醒[14]。长安少女花在侧,茂陵美妾空娉婷[15]。汉皇不好相如赋,方朔谁知是岁星[16]。爱君襟期特奇迈,谏垣给舍持风采[17]。平生古今开万卷,摇笔风云动五彩[18]。致君尧舜岂无术,许身稷卨终难改[19]。袖中一扎谏猎书,三岁磨灭未见采[20]。炼石何时更补天,衔沙枉自思填海[21]。君不见,楚人当时不识玉,海客无心采明月[22]。明珠暗投反按剑,白璧三献还遭刖[23]。连城高价后始定,照乘奇光有时发[24]。凤凰不及鸱鹗鸣,驽骀却笑骅骝拙[25]。君不见,长孺从来叹积薪,公孙布衣为汉臣[26]。千秋开口取卿相,董生白头甘贱贫[27]。万言不如一言重,直弦曲钩安可论[28]?贾生何能善绛灌,任安徒事卫将军[29]。我今与子俱落魄,过饮悲歌慨今昔[30]。咸阳酒客五花马,邯郸博徒千金掷[31]。古来豪侠亦可喜,可怜圣贤皆厄塞[32]。豫章干云世希用,龙泉贯斗人难识[33]。神骏翻为辕下驹,冥鸿已愧笼中翼[34]。出门与子常相忆,清淮大河见颜色[35]。

〔1〕该诗出自《京集》,当作于正德二年何景明归居之前。此时宦官刘瑾干政弄权,朝廷不容正直之士厕身,诗人抒写了这种环境下与朋辈的政治感应。从开头至"人生变化无南北",敷赞诗人与田子的旷世友情;接着至"杞国忧天独劳苦",叙写田子的少年英姿和壮志难酬;之后至"方朔谁知是岁星",抒发诗人以文学侍御之尴尬与牢落;之后至"衔沙枉自思填海",叙写田子忠直强谏之风节气概;之后至"驽骀却笑骅骝拙",借用明珠投暗诸事典,慨叹贤能之士不得赏用;之后至"任安徒事卫将军",追述汉朝官场不平事,讽切当今朝纲之混乱失序;之后"我今与子俱落魄"至末尾,抒写诗人与田子落魄幽愤的政治感应。全诗叙事兼抒情,而以抒情见长,情思悲慨,风清骨健。田子,对田汝耔的尊称。汝耔,字深甫,河南祥符人,生卒年不详,为李梦阳门人,少领乡荐,试春官不第,乃谒选为官,终兵部司务。

〔2〕该句描写黄河的走势与形态,从西而来,向北入海,在河南境

内一段向东南方流去。

〔3〕昆仑丘:昆仑山,黄河的发源地。此以桐柏山比况昆仑山,淮河发源于桐柏山。该句描写淮河的形态、走势、支流和发源地。

〔4〕开辟:开天辟地。南北:南边和北边,此泛指空间上的阻隔。句谓:从开天辟地以至今日,黄、淮二水因你我而合同,人生逢遇变化并无空间阻隔。

〔5〕河降神:黄河降示神瑞之兆。生麒麟:活麒麟。麒麟,即麒麟儿,指颖异的小孩。

〔6〕观国宾:受尊宠的新进士子。语出《周易·观》:"观国之光,利用宾于王。"观国,观察国情,此引申为从政。近臣:皇帝身边亲近之臣。该句描写田子仕途得意,青云直上。

〔7〕赤墀(chí 迟)青琐:借指富丽堂皇的宫殿。此指供职在华贵显要之地。赤墀,古代殿堂上涂饰成赤色的地面。青琐,皇宫门窗上装饰的青色连环花纹。金马:金马门,借指翰林院。银台:银台司,宋代门下省所辖官署,设在银台门内,掌管天下奏状案牍。河汉津:银河的渡口。此指政坛清要之地,易获升迁机会。津,渡口、要隘。

〔8〕自矜:自负、自夸。登天:升天。此指登上政界的显要职位。叩天鼓:扣击天鼓。此指发表政见以感动圣听。天鼓,天神所击之鼓。古人把雷声想像成云天鼓震。

〔9〕云师:云神。屏翳(yì 易):屏蔽遮挡。句谓:天门白昼关闭着,有虎豹把守、云师挡道和雷公震怒,谁也无法走近。此比喻皇帝左右奸佞挡道,贤达之士不得近前。

〔10〕该句写被拒天门外的失意落魄:像烟气那般缥缈无依,只好随着飞龙游荡;天空电光闪烁,像是遭玉女的嘲笑。

〔11〕太清:天空。欻(xū 需)忽:忽然、迅疾的样子。阊阖(chāng hé 昌河):传说中的天门。此借指天上的宫殿。生风雨:兴起风和雨。

此比喻朝廷的政治斗争。

〔12〕该句化用杞人忧国典,赞叹田子对君国的忠心:丹诚不回,与日同光;忧国忧民,自甘劳苦。

〔13〕持彤管:比喻在朝任官。彤管,汉代尚书丞、尚书郎每月所赐一双赤管大笔。后世借指在朝任官。凤翎:禽羽的美称。禽羽插在彤管上,彤管成双,故称双凤翎。浮沉:升降、盛衰、得失。此偏指埋没、沉沦。紫庭:帝王的宫庭。该句采用反讽的手法,意谓:在皇帝身边任职,却反要埋没沉沦。

〔14〕文园:文坛。此指居清简之文职。消渴:中医学上的病名,症状是口渴、善饥、尿多、消瘦。此指因居官清简而贫病交加。据地:以手按地,或席地而坐。此指酣饮的情形,即据地饮酒。该句描写居官清简、贫病交加、酒酣狂歌之沉沦状。

〔15〕花在侧:容貌如花的女子侍候在旁。茂陵:古县名,在今陕西兴平东北,以汉武帝筑茂陵而得名,又因出产美女而闻名。空:徒然。娉(pīng乒)婷:女子姿态美好。此指京官失意,意志消沉,连对美女都没兴趣。该句描写失意京官消沉颓废、沉湎美色的生活情景。

〔16〕相如赋:司马相如的赋作。此代指文人侍御之作。方朔:东方朔,汉代名臣,以滑稽善谏著称。岁星:木星。此指东方朔,典出郭宪《东方朔传》:汉武帝晚年好仙术,与东方朔狎昵。及东方朔死,大王公以星历为说,使武帝感言:"东方朔生在朕傍十八年,而不知是岁星哉!"该句是说:像司马相如、东方朔这样的贤才,已得不到明君的赏识。

〔17〕襟期:襟怀、志趣。谏垣:谏官所处官署。给舍:给事中及中书舍人的办公场所。

〔18〕开万卷:读万卷书。此形容学识渊博。摇笔风云:落笔成文,风云万千。此形容笔力雄健,意态纵横。五彩:青、黄、赤、白、黑五种颜色。此指文章富有文采。

〔19〕致君尧舜:辅弼时君,使之成为尧舜那样的明君。稷卨(xiè谢):稷和契,周族和商族的始祖。后世借指大贤大德之人。卨,古契字。

〔20〕谏猎书:西汉司马相如劝谏皇帝狩猎的奏章。后世泛指上给皇帝的奏章。

〔21〕炼石:烧炼五色石。补天:用五色石补天。传说上古时,天破地裂,女娲炼五色石以补苍天。后世以炼石补天比喻挽回不利局势。衔沙:口衔沙石。填海:用木石填海。典出《山海经·北山经》:女娃游于东海,溺而不返,化为精卫鸟,衔木石以填沧海。后世比喻为实现既定目标,坚韧不拔地奋斗到底。该句反用女娲补天和精卫填海故事,借以比喻朝政腐败,不可挽回,一切努力都属徒劳。

〔22〕不识玉:不能识别和氏璧。典出《韩非子·和氏》:楚人和氏得玉璞,先后奉献给厉王、武王。两王命玉人相之,不识为玉,而以为石,乃刖和氏左右足。及文王即位,和氏又献之。文王命玉人理其璞,方得宝玉和氏璧。此以和氏璧比喻贤良之才。海客:海上采珠为生的居民。此比喻天下士子。采明月:下海采取夜明珠。此比喻为国效力。该句全用比喻,意思是说:人君不能赏识贤良之才,天下士子就无从为国效力。

〔23〕明珠暗投反按剑:此化用《史记·鲁仲连邹阳列传》典:"臣闻明月之珠,夜光之璧,以暗投人于道路,人无不按剑相眄者。"后世比喻贤能之士得不到赏识重用。白璧三献还遭刖:此化用和氏璧典。后世以白璧三献比喻不识良才或怀才不遇。

〔24〕连城高价:极言昂贵。典出《史记·廉颇蔺相如列传》:战国时,赵惠文王得和氏璧,秦昭王愿以十五城易璧。此比喻极珍贵的人才。照乘(shèng圣):照乘珠,其光亮能照明车辆。典出《史记·田敬仲完世家》:"若寡人国小也,尚有径寸之珠照车前后各十二乘者十枚。"此比喻才华出众的人才。乘,车子。春秋时多指兵车,包括一车四马。

〔25〕凤凰:传说中的瑞鸟。此比喻贤良之才。鸱鸮(chī xiāo痴

159

消):猫头鹰。古人视之为恶鸟。此比喻贪恶之人。驽骀(tái台):劣马。此比喻才能低劣的人。骅骝(huá liú 滑流):周穆王八骏之一,后泛指骏马。此比喻杰出的人才。

〔26〕长孺:汲黯的字。汲黯,濮阳人,景帝时为太子洗马,武帝时初为谒者,后迁东海太守等职。他为人好游侠,任气节,行修洁,正直敢谏。积薪:积聚木柴。典出《汉书·汲黯传》:汲黯位列九卿时,公孙弘等为小吏。后公孙弘为丞相,汲黯怨望不平曰:"陛下用群臣如积薪耳,后来者居上。"此比喻选拔官员,后来居上。公孙:即公孙弘。公孙弘,菑川薛人,少时贫贱,年四十馀乃学《春秋》杂说,后征贤良文学,获武帝赏拔,数年至宰相封侯。该句以汲黯、公孙弘事借古讽今,感叹忠直者难迁而逢迎者骤贵。

〔27〕千秋:车千秋,汉武帝时丞相。他讼卫太子冤,一言而感悟武帝,后超拔为丞相。此借指人生富贵之速。董生:对董仲舒的尊称。董仲舒,广川人,武帝时大儒。他少治《春秋》,景帝时为博士,武帝时以贤良对策,先后相易王、胶西王,能正身以率下,以病免官归居。该句以千秋、董生事借古讽今,感叹富贵贫贱之难料。

〔28〕直弦:其直如弦。此比喻为人耿直。曲钩:其曲如钩。此比喻为人奸回。典出《南史·循吏传·郭祖深》:"直弦者沦溺沟壑,曲钩者升进重沓。"

〔29〕贾生:对贾谊的尊称。贾谊,洛阳人,少以能诗书闻名,文帝时召为博士,一岁中超迁太中大夫,天子欲任之为公卿。绛侯、灌婴等逸害之,称谊欲专权乱事。文帝乃疏远谊,出之为长沙王太傅。绛灌:绛侯周勃和太尉灌婴。任安:字少卿,尝任益州刺史,官至监北军使者。当大将军卫青权势衰,其部属多投靠霍去病,惟独任安不肯离去。及任安坐戾太子事被腰斩,却得不到卫青的援救。卫将军:卫青,字仲卿,汉武帝时为大将军,击匈奴屡建奇功。该句以贾谊、任安事借古讽今,感叹贤能被

逸和忠义无报之困厄。

〔30〕落魄：穷困失意。过饮：饮酒过量，即酣醉。

〔31〕咸阳酒客：在咸阳豪饮的人。此亦为何景明辈自况。五花马：鬃毛被剪成五瓣以为修饰的马。此借指豪迈任侠的气概。邯郸博徒：在邯郸豪赌的人。此亦为何景明辈自况。千金掷：一掷千金。形容出手豪爽，挥霍无度。该句抒写何景明辈落魄放任、纵酒赌博的情怀。

〔32〕厄塞：窘迫艰难，时运不济。

〔33〕豫章：豫樟，即枕木与樟木之并称。此比喻栋梁之材。干云：高入云霄。龙泉：古宝剑名，即龙渊。后用以泛指剑。贯斗：贯牛斗，即上通于斗、牛星宿间。形容光芒极为强烈。

〔34〕神骏：姿态雄健的马。此比喻才华出众的人。翻为：反而成了，即反为。辕下驹：车辕下不贯驾车的幼马。此比喻不被重用、任人糟蹋的贤才。冥鸿：高飞的鸿雁。此比喻高才之士或有远大理想的人。笼中翼：关在笼中的鸟。

〔35〕出门：离开家门。此指为官在外。颜色：面容。此指诗人与田子的音容笑貌。句谓：你我为官流落在外，难免经常相互忆念；每见清澈的淮水和阔大的黄河，就会想念彼此的音容笑貌。

醉歌赠子容使湖南便道归省兼讯献吉[1]

徐卿此行壮观莫与伍，东将入吴西入楚。都门帐饮慨今昔，酒酣拔剑为汝歌起舞。圣朝分封重茅土，词林礼乐超前古[2]。冠冕诸邦拱至尊，册书十道开天府[3]。匡庐峰南绕江汉，洞庭武昌半楼观[4]。寿酒花开海上堂，使舟草满湘西岸[5]。忆卿翻飞霄汉里,结交岂少青云士[6]。眼中何人最知己,十年之交吾与李[7]。李生近买阳羡田,又欲鼓柂襄江船[8]。风尘落日倘相遇,为我问讯江湖前[9]。

〔1〕该诗出自《京集》。何景明弘治十六年还京任职,始与在京文士李梦阳等交游。以此据"十年之交吾与李"顺推十年,该诗当作于正德六年复任京职时。此时,徐缙有出使湖南之命,而李梦阳在江西提学副使任上。诗前半写京门饯别徐缙,流露复任京职的快意,因而对朝廷政治有所赞美;后半感叹早年友朋离散飘零,对政治前景表示担忧,因而产生归隐的意绪。结句用"风尘落日倘相遇,为我问讯江湖前"点睛,就是这种心境的真切写照。全诗情感丰富,思致蕴蓄,语言健实,音调明快。子容,徐缙的字。徐缙,号崦西,吴县人,生卒年不详,弘治十八年进士,官至吏部左侍郎,有《徐文敏公集》。献吉:李梦阳的字,参见《六子诗六首并序》第四首注〔1〕。

〔2〕圣朝:封建时代对本朝的尊称。此指明朝。茅土:古代天子分封王侯,用代表方位的五色土筑坛,按封地所在方向取一色土,包以白茅而授之,作为受封者有国建社的象征。此代指爵位。词林:翰林院的别称。礼乐:礼仪与乐舞。此指明代的文教制度。

〔3〕冠冕:古代帝王、官员所戴的帽子。此指仕宦之家。诸邦:各个邦国。此指明朝各个藩国和行省。拱:拱卫。册书:册命之书,即封建帝王用于册立、封赠等事务的诏书。天府:土地肥沃、物产富饶的区域。

〔4〕匡庐:庐山。江汉:江水和汉水。此偏指江水。楼观:层楼、殿阁之类的高大建筑物。该句采用错位移景的手法,描写从东吴到湖南行程的景物,写得极为空灵辽阔:匡庐峰在南,江水绕其北;洞庭湖和武昌城的景色,有一半荟萃于楼观之上。

〔5〕寿酒:祝寿的酒宴。使舟:使者乘坐的船。该句与"东将入吴

西入楚"相呼应,暗示从东吴到湖南的行程。

〔6〕翻飞:鸟飞翔。此比喻官运亨通,升迁很快。霄汉:高空。此比喻政坛。青云士:位高名显的人。

〔7〕该句从徐缙的角度来看,意谓:在我眼中,谁是最知心的朋友呢?十来年的交游中,惟有何景明和李梦阳啊!

〔8〕阳羡田:阳羡的田地。此借指归隐之地。阳羡,江苏宜兴之古称,秦汉时名阳羡。鼓柁(duò 舵):摇动船舵,即泛舟。襄江:水名,汉水流经湖北襄阳的一段。阳羡、襄江借指李梦阳曾经两度欲归隐之地。

〔9〕江湖前:归隐之前的打算。江湖,古代借指隐士的居处。

相逢行赠孙从一[1]

长安风吹万杨柳,与君走马相逢久。昨朝邂逅尊酒间,二十年来一回首。我官十年前,君官十年后。眼底相看已壮龄,世间万事真翻手。忆初少小来东曹,君家兄弟同游遨[2]。尚书庭前两玉树,白日灿烂秋风高[3]。尔时见君气已豪,花颜云发青锦袍[4]。石麟在天动鳞甲,赤凤排云生羽毛[5]。只今骨格殊恒调,倾都见者嗟英妙[6]。恨不置之玉堂宾,谁令久待金门诏[7]?永嘉山水称绝奇,且与谢客同襟期[8]。花里开帘仙吏出,松间著屐山人随[9]。尚书风义古无比,如君更是尚书子[10]。尚书东山闲白云,高卧不为苍生起[11]。汉庭我亦东方生,怅望名山无限情[12]。海云浩歌起春色,送尔万里东南行。

〔1〕该诗出自《京集》。据"二十年来一回首"、"我官十年前,君官十年后"、"忆初少小来东曹"云云,可知作于正德六年复任京职时。这是一首政治抒情诗,诗人向往东山高卧,婉讽对朝政的不满。全诗分三部分:开头至"君家兄弟同游邀",叙说诗人与孙氏兄弟的交谊;之后至"如君更是尚书子",赞美孙从一兄弟的风仪、才调与襟怀;之后至结尾,表露对孙尚书归隐的向慕之情。格调高古,情辞清丽。孙从一,尚书孙交之子,尝出任永嘉令,其馀不详。

〔2〕东曹:古代选官机构,东汉负责选取二千石以下官员,唐代则为吏部的别称。此指何景明成进士后,来吏部待选官职。游邀:漫游,游历。此指文士交游。

〔3〕玉树:好子弟的美称。典出《世说新语·言语》:"(子弟)譬如芝兰玉树,欲使其生于阶庭耳。"秋风高:秋高气爽。此指人神清气爽。

〔4〕花颜:美丽如花的容貌。此形容风华正茂。云发:浓黑的头发。此形容生气勃勃。锦袍:织锦的衣袍。此形容穿着华贵。

〔5〕石麟:石麒麟。古代对幼儿的美称。赤凤:传说中的神鸟。此比喻俊美聪颖的少年。

〔6〕骨格:气质、仪态。恒调:庸常的人。英妙:年少而才华出众。从"尚书庭前两玉树"到该句,写孙从一之少年英特。

〔7〕玉堂宾:玉堂客,即翰林学士。玉堂,古代官署名。汉代侍中有玉堂署,宋以后亦称翰林院。金门:金马门,汉代的宫门名,乃学士待诏之处,故又称金门诏。该句写孙从一将官居高位。

〔8〕永嘉:地名,在今属浙江温州。该地以山水奇绝秀丽著称。谢客:南朝宋诗人谢灵运,幼名客儿。曾任永嘉太守。襟期:襟怀、志趣。该句写孙从一有山水襟怀。

〔9〕仙吏:仙界、天府的职事人员。著屐(jī击):穿着木屐。屐,木制的鞋,底有齿,便于山行。山人:隐居在山中的士人。该句写孙从一能

超凡脱俗。

〔10〕尚书:指尚书孙交。孙交(1453—1532),字志同,号九峰,湖北安陆人,成化十七年进士,授南京兵部主事,官至户部尚书,正德八年六月致仕。风义:风度仪态。

〔11〕东山:古代借指隐居或游憩之地。典出《晋书·谢安传》:谢安早年辞官隐居会稽之东山,经朝廷屡次征聘,方从东山复出,成为朝廷重臣。闲白云:玩赏白云。闲,闲玩,玩赏。

〔12〕汉庭:汉代的朝廷。古时常借称本朝,此指明朝。东方生:东方朔,汉代名臣,以滑稽善谏、大隐于朝著称。怅望:惆怅地想望。句谓:我就是当朝的东方朔啊,怅望东山,滋生绵绵无尽的归隐之情。

李大夫行〔1〕

君不见,大梁李进士,年未三十官大夫〔2〕。金钟翠釜识国器,汗血飞黄看过都〔3〕。昨来走马长安道,一日声名尽倾倒〔4〕。墨卿学士竞迎致,摇笔登坛为挥扫〔5〕。卢前王后不足论,曹刘沈谢升堂早〔6〕。我方避世金门前,君独时时问草《玄》〔7〕。金声一掷《天台赋》,凤沼常留《春草篇》〔8〕。忆年二十当弱冠,结交四海皆豪彦。文章天上借吹嘘,杯酒人中回顾盼〔9〕。十年流落失边李,词场寂寞希篇翰〔10〕。自从去岁得李薛,令我唱叹增颜色〔11〕。对坐相看两凤毛,破围实藉千军力〔12〕。安阳崔史文绝伦,意气颇与二子亲〔13〕。苏台徐卿爱才者,曲巷往往停车轮〔14〕。斯文在天未坠地,我辈努力追前人〔15〕。波颓澜倒挽一发,鲸翻鳌掷争鳞岖[16]。薛生归钓黄河岸,君亦遥维沔川缆[17]。霄汉终还五马车,江湖暂解双龙剑[18]。古来丈夫或未偶,畏途辙轲无不有[19]。李广羞过灞上亭,贾生愁醉长沙酒[20]。倘遇冯唐老见君,一言更荐云中守[21]。

〔1〕该诗出自《京集》,当作于正德六年复任京职期间。诗人首先盛赞李梦阳的气节和文名,接着追叙与李梦阳早年的交游及多年的失散,之后描述当时京城文坛的新气象,最后感叹畏途辙轲及贤人失志,而劝慰闲居的李梦阳藏用待时。全诗慷慨多气,情辞沉郁。该诗记录了弘治、正德年间李何引领的文坛实况,因而也是一篇重要的文学史料。何景明虽仍很推重李梦阳,但同时推赏薛蕙、崔铣等人。这些人在李何交恶之后,成为何景明的新知交。这实际上预示了京城文人交际的新动向。李大夫,即李梦阳,参见《六子诗六首并序》第四首注〔1〕。此时李梦阳因江西狱讼,被迫落官闲居大梁。

〔2〕大梁李进士:即李梦阳,因他寓居大梁,故称。官大夫:爵位名。此依仿汉代官制而言。《汉书·百官公卿表上》:秦汉分爵为二十级,其中官大夫为第六级。

〔3〕金钟:泛指精美的乐器。钟,铜制乐器之一种。翠釜(fǔ府):泛指精美的炊器。国器:国家的宝器,如钟鼎之类。此比喻治国的优秀人才。汗血:汗血马。古代西域骏马名,以流汗如血而得名。飞黄:传说中的飞马,又称乘黄。汗血、飞黄均为骏马,此比喻杰出的人才。过都:越过都市。比喻纵横驰骋,施展才能。

〔4〕长安道:长安城的街道。此借指明朝都城北京。倾倒:倾心折服。

〔5〕墨卿:文人的别称。学士:官名,为司文学撰述一类官员。摇笔:动笔写字作文。登坛:登上坛场。此借指才艺表演。挥扫:运笔挥

写。此指诗文书画之类。

〔6〕卢前王后:亦作王后卢前。后世常指诗文齐名。典出《旧唐书·文苑传上·杨炯》:海内称王勃、杨炯、卢照邻、骆宾王为"四杰"。杨炯闻之曰:"吾愧在卢前,耻居王后。"曹刘:曹植与刘桢的并称,两人均为建安时期著名文学家。语出刘勰《文心雕龙·比兴》:"至于扬、班之伦,曹、刘以下,图状山川,影写云物。"沈谢:南朝宋谢灵运与梁沈约的并称,两人均为著名文学家。语出杜甫《哭王彭州抡》:"新文生沈谢,异骨降松乔。"升堂早:出名得早。言下之意,曹刘沈谢只是出名得早,其文学成就未必比李梦阳高。升堂,登上厅堂。此喻指诗文出名。

〔7〕避世金门:身为朝官而逃避事务。又作避世金马。典出《史记·滑稽列传》:东方朔酒酣而歌曰:"陆沉于俗,避世金马门。"草《玄》:汉代扬雄作《太玄》。典出《汉书·扬雄传下》:"时雄方草《太玄》,有以自守,泊如也。"后世借指淡泊名利,潜心著述。

〔8〕金声一掷:掷地作金石之声。形容语言文字铿锵有力。《天台赋》:指孙兴公所作《天台赋》。《世说新语》卷上之下载:孙兴公作《天台赋》成,以示范荣期云:"卿试掷地,要作金石声。"范曰:"恐子之金石,非宫商中声。"然每至佳句,辄云:"应是我辈语。"凤沼:凤凰池。喻指超凡的圣地。此喻指文坛。《春草篇》:指谢灵运所作《登池上楼》诗,中有诗句:"池塘生春草,园柳变鸣禽。"该句以孙兴公、谢灵运所作名篇比况李梦阳的佳作。

〔9〕天上:喻指京城的文坛,即庙堂文学。吹嘘:奖掖、汲引。

〔10〕失边李:与边、李相离散。失,丢失。此引申为与某人相离散;边李,边贡和李梦阳。希篇翰:少有优秀篇章。篇翰,篇章,一般指诗文。

〔11〕李薛:李梦阳和薛蕙。参见《六子诗六首并序》第四首注〔1〕、《赠君采效何逊作四首》第一首注〔1〕。增颜色:增添光彩。颜色,面子、光彩。

〔12〕凤毛:凤凰的羽毛。比喻珍贵难得的人才。

〔13〕崔史:即崔铣。参见《中林之棘》注〔2〕。亲:亲近,相近。

〔14〕苏台:姑苏台。此指吴中。徐卿:徐祯卿(1479—1511),字昌谷,吴县人。弘治十八年进士,官至国子博士,有《迪功集》《谈艺录》。曲巷:偏僻的小巷。停车轮:停车恭候以示礼敬。典出《后汉纪》卷二十二:东汉桓帝时,淳于翼学问渊深,隐居不见长吏。度尚往候之,晨到其门,翼不即相见。度尚停车待之,至晚翼方相见。后世以为优贤表善之典实。

〔15〕斯文:礼乐教化、典章制度。此特指文学。

〔16〕波颓澜倒:波澜崩塌。此比喻诗文沉闷平淡,缺乏生气活力。波澜,比喻诗文跌宕起伏,充满生气活力。一发:一发千钧。此形容文学极其颓危。鲸翻鳌掷:像鲸翻身、鳌投海那样激起巨大波澜。此比喻诗文气势磅礴,跌宕起伏。嶙峋:形容山峰岩石突兀高耸。此比喻文坛活跃、名家辈出、群峰并峙。

〔17〕归钓:归居垂钓。此比喻隐退山泽。遥维:放长系索。此喻指放阔心胸,不加约束。沔(miǎn 免)川:水名,汉水的别称。缆:系船的绳索。

〔18〕霄汉:天空。此喻指京都附近或帝王左右,即朝政。终还五马车:终于放还五马车。此喻指卸去太守之职。五马车,汉代太守乘坐的车用五匹马驾辕,因借指太守的车驾,亦代指太守之职。暂解双龙剑:暂时解下双龙剑。此比喻退隐江湖,远离政治争斗。双龙剑,即双龙宝剑。典出《晋书·张华传》:张华见斗、牛间有紫气,派人到豫章丰城寻得宝剑二把。后二剑化为双龙,蟠紫有文。

〔19〕未偶:未遇,即怀才不遇。畏途:艰险可怕的道路。此指仕途。轗轲(kǎn kě 坎坷):困顿不得志。

〔20〕李广羞过灞上亭:典出《史记·李将军列传》:汉将军李广夜行至灞陵亭,灞陵亭尉醉酒呵止之。此借指英雄被势利小人羞辱。贾生

愁醉长沙酒:典出《史记·屈原贾生列传》:汉文帝时,贾谊被谗,贬为长沙王太傅,幽愁郁闷。此借指李梦阳为群小攻讦,被迫幽居大梁事。

〔21〕冯唐老见君:典出《史记·张释之冯唐列传》:冯唐身历三朝,至汉武帝时举为贤良,但已九十馀岁,不能再做官了。此借指生不逢时或老迈不用。一言更荐云中守:典出《史记·张释之冯唐列传》:汉文帝时镇边名将魏尚任云中太守,因报功失误而被削职。冯唐为之申冤,因令持节赦魏尚,使之复任云中太守。此借指年老而发挥作用。

哭幼女行[1]

二十生男不解爱,颇厌世间儿子态[2]。年来抱女心甚怜,却悔从前空慷慨[3]。女生一岁眉目扬,笑指兄姊罗成行。镜里娇啼映窗牖,床前学步牵衣裳。春风吹魂魂不住,来从何来去何去[4]?锦褓曾占梦月时,玉钱又哭埋香处[5]。乾坤得失安有凭,昨日乐极今哀生。常怪他人不快意,乃知我辈真钟情[6]。皇天能生亦能死,造物弄人每如此[7]。云散云凝亦偶然,花开花谢缘何事?妇人性痴还过伤,奔走叫号如病狂[8]。作诗示妻兼自解,转见人间父母肠[9]。

〔1〕该诗出自《京集》,当作于正德六年复任京职期间。诗人哀悼幼女夭折而作此诗,先倾吐对女儿的钟爱之情,再追叙女儿娇小可爱之态,之后诉说痛失幼女的悲伤之感。全诗字里行间,偶援引老庄之旨,作生死达观之想,反衬出极度悲恸。"女生一岁眉目扬,笑指兄姊罗成行。镜里娇啼映窗牖,床前学步牵衣裳"两句,写得鲜活生动,婉转多致,感人

至深。

〔2〕不解爱:不懂得父子之爱。儿子态:儿子依恋父母的情态。

〔3〕抱女:生了个女儿。心甚怜:心里非常怜爱。慷慨:性格豪爽。此引申为感情粗放不细腻。

〔4〕魂不住:没有守住魂魄,即年幼夭折。来从何来去何去:此化用老庄道论之旨,指生命从无生有,从有之无。

〔5〕锦褓:织锦的襁褓。这是对襁褓中婴儿的美称。梦月:古时迷信称梦月是生大贵子女的吉兆。玉钱:古代玉质的钱币,用来寄寓长寿吉祥之意。典出《拾遗记·晋时事》:因墀国献玉钱千缗,其形如环,环上有"天寿永吉"字样。埋香处:坟茔。

〔6〕快意:心情愉快舒适。我辈真钟情:典出《世说新语·伤逝》:王戎丧子,悲不自胜。山简往省,说:"孩抱中物,何至于此?"王戎说:"圣人忘情,最下不及情;情之所钟,正在我辈。"钟情,感情专注深沉。

〔7〕皇天:对天及天神的尊称。造物弄人:造物主捉弄人类。造物,创造万物的神灵,即造物主。

〔8〕性痴:性情痴迷。过伤:过度伤感。病狂:得了狂病。

〔9〕自解:自我宽解。父母肠:父母钟爱儿女的心肠。

桃源图歌[1]

昔我游武陵,坐石窥花源[2]。岸坼丹洞阁,风回绿萝翻[3]。崩崖奔古月,沓嶂响哀猿[4]。行车一以过,始知人境喧[5]。真阳仙令欲南往,手持新画来相访[6]。武陵山水久不睹,今晨置我高堂上。岩穴如闻鸡犬声,村墟但见桑麻长[7]。髣髣潭水滨,点缀桃花春[8]。山川似晋代,衣服犹秦人[9]。回首茫然一烟雾,寻源谁复知真处[10]?投簪福地终有期,画中先认桃花树[11]。

〔1〕该诗出自《京集》,当作于正德六年复任京职稍后。诗人采用时空错置的手法,将记忆中的武陵原始山水、《桃源图》中的山水田园以及向往归隐的桃花源交织糅合起来,创造出虚实相得、亦真亦幻的诗境。

〔2〕昔我游武陵:早年我曾游览武陵一带的山水。武陵,汉代在湘西、鄂西南少数民族地区设武陵郡,武陵之名便沿袭于此。何景明弘治十八年出使云南途经此地。花源:桃花源。

〔3〕岸坼(chè彻):河岸崩裂。此言无路上岸。丹洞闷(bì必):仙境闭塞幽深。丹洞,道观。此代指仙境。该句形容桃花源之幽闭。

〔4〕崩崖:崖壁好像要崩落。此极言崖壁险峻。崩,崩落。奔古月:月亮自古以来就奔跑在崖壁间。沓嶂:重重叠叠的山峰。该句形容桃花源之荒老。

〔5〕一以过:走过一趟。人境喧:人世间是喧闹的。

〔6〕真阳:体道、得道的别名。仙令:对县令的美称。南往:往南去。

〔7〕该句化用陶渊明《桃花源记》语:"土地平旷,屋舍俨然,有良田、美池、桑竹之属,阡陌交通,鸡犬相闻。"

〔8〕髣髴(fǎng fú仿佛):同仿佛。

〔9〕秦人:秦代的人。此指桃花源的居民。他们避居桃花源,与世隔绝,不知有汉;故虽到晋代,仍自称秦人。典出陶渊明《桃花源记》。

〔10〕一烟雾:世间一切都像烟雾般虚无缥缈。真处:桃花源真实的所在。

〔11〕投簪:丢下固定冠帽的簪子。此比喻弃官。福地:神仙居住的地方。此借指隐居之所。桃花树:进入桃花源的树木标记。

吴伟江山图歌[1]

吴伟老死不可见,人间画史空嗟羡[2]。吾观此卷江山图,飘然意象临虚无[3]。想彼濡毫拂绢素,酒酣落笔神骨露[4]。万里青天动海岳,空堂白日流云雾[5]。洲倾岸侧波岭衔,岛屿倒影翻源潭[6]。江边万舸一时发,中流飒飒开风帆[7]。崩涛涌浪势难久,渔子舟人各回首[8]。去雁遥知七泽中,落花误认桃源口[9]。烟峰苍茫貌二叟,面发衣冠颇粗丑[10]。石林沙草恣点染,舒卷沧洲在吾手[11]。忆昨弘治间,伟艺实绝伦。供奉曾逢万乘主,招邀数过诸侯门[12]。京师豪贵竞迎致,失意往往遭呵嗔[13]。由来能事负性气,轗轲贫贱终其身[14]。呜呼吴生岂复作,身后丹青转零落[15]。残山剩水片纸贵,百金购之不一得[16]。此卷流传天地间,我即见汝真颜色[17]。

〔1〕该诗出自《京集》,当作于正德六年复任京职稍后。这是一首题画诗,抒写对吴伟画品和人格的向往。诗人先想象吴伟创作《江山图》的情景,再描写《江山图》的意象、神骨和气韵,后叙写吴伟作为艺术家的性情、气节与本色。全诗形神并茂,意脉贯通,一气呵成,格调高古。吴伟,明代弘治年间活跃在京师的一位画家。

〔2〕画史:画师。嗟羡:感叹羡慕。

〔3〕飘然:高远超脱的样子。意象:意想中的景象。虚无:清虚

之境。

〔4〕濡毫:用笔蘸墨绘画。神骨:神韵风骨。

〔5〕空堂:空旷寂寞的庙堂。该句描绘画面的景观:辽阔的蓝天下海动山摇,空旷的庙堂里云雾萦绕。

〔6〕该句以波涛和倒影为基点,变换视平线来写景:波涛汹涌,浪峰相衔,洲渚与江岸好像就要倾侧;岛屿的倒影清晰地映入水底,源潭好像被翻转了。

〔7〕万舸(gě葛):万只船。此形容画面大小船只众多。飒(sà萨)飒:风行的象声词。语出《楚辞·九歌·山鬼》:"风飒飒兮木萧萧。"

〔8〕该句描写画面的动态:崩涌的浪涛来得快也落得快,渔子舟人都回望江面,等待浪峰过去好继续作业。

〔9〕七泽:相传古楚有七处沼泽。此泛指楚地诸湖泊。桃源口:桃花源的入口。该句设为徙雁和落花的视野来描景,画面极为空灵辽阔。

〔10〕粗丑:粗糙丑陋。此指放浪形骸、不加约束。该句描写画面的神态:烟雾苍茫的山峰像两位老人,他们的衣冠容貌很是粗丑,俨然一幅放浪形骸的神态。

〔11〕沧洲:滨水的地方。古时常指称隐士的居处。该句写吴伟画艺高超,恣意点染,舒卷自如。

〔12〕供奉:以某种技艺侍奉帝王。万乘:万辆兵车,古时一车四马为一乘。周制,天子地方千里,能出兵车万乘,因以指天子、帝王。招邀:邀请。

〔13〕迎致:迎请。呵嗔(chēn郴):斥责。

〔14〕负性气:依恃性情脾气。轗轲(kǎn kě坎坷):困顿不得志。

〔15〕零落:衰颓败落。

〔16〕残山剩水:残破的山河。此指画幅残卷上的破碎景物。片纸:一张小纸。此指画作的小幅残卷。

〔17〕见汝真颜色:看到了吴伟作为画家的率真本色。

画马行〔1〕

画马如画龙,纵横变化当无穷。吾观月山子,落笔窥神工〔2〕。曾向天闲貌十马,十马意态无一同〔3〕。此马传来几百年,古绢犹开沙漠风〔4〕。树里河流新过雨,簇簇草芽寒刺水。圉人双牵临水边,草色离离乱云绮〔5〕。令人疑到渥洼傍,波底风雷斗龙子〔6〕。细看不是白鼻䮼,恐是当朝狮子花〔7〕。紫燕纤离各惆怅,其馀驽劣何足夸〔8〕?忆昔爱马不惜千金货,君王勤政楼头坐〔9〕。奚奴黄衫双绣靴,厩中骑出楼前过〔10〕。红帕初笼汗血香,玉鞭轻拂桃花破〔11〕。吁嗟玩物竟何益,遗迹徒使丹青播〔12〕。只今烽火西北来,沙场未闻千里才。千里才,固有时,回头为问御者谁?君看赤骥与骐骥,挽车太行岭,心期田子方〔13〕。踟蹰驾辕顷,霜凋苜蓿汉郊冷,骨折秋风自嘶影〔14〕。君不见,古人养马如养士,一饱能酬千里志。今人养马如养豚,厩下常堆蒺藜刺〔15〕。古之良马何代无,可笑今人空按图〔16〕。

〔1〕该诗出自《京集》,当作于正德六年复任京职之后。这是一首题画诗,经由画面入思,而不囿于画面,展开丰富联想:先将月山子笔下的骏马写得神气活现,又与帝王家的玩物马对比;然后笔锋陡转,指出当今西北烽火正燃,却无千里马驰骋沙场;但诗人感触并未停留于此,进而

探寻这种现象的社会根源,盖在于帝王徒然按图索骥,糟蹋摧残千里马,使千里马无由呈其神威。全诗实为一整体隐喻,骏马喻指治国的贤才,骏马的遭遇就是人才的遭遇。在国势渐衰、人才凋敝的背景下,该诗有辛辣深切的讽刺意味。

〔2〕月山子:某画家名号。窥神工:领悟了神妙的技艺。窥,看透、觉察。此引申为领悟。

〔3〕天闲:帝王养马的地方。意态:神情姿态。

〔4〕句谓:这马画流传了几百年,绢幅虽很古老,但画面仍鲜活,好像有沙漠风吹来。

〔5〕圉(yǔ)人:养马的人。离离:草木浓密的样子。云绮:如云如绮。比喻绮丽的景观。

〔6〕渥洼:水名,在今甘肃安西境内,传说产神马之处。典出《史记·乐书》:"又尝得神马渥洼水中。"波底风雷斗龙子:神马产自渥洼水,使水底顿起风雷,像是龙王子在争斗。

〔7〕白鼻䯄(guā刮):白鼻黑嘴的黄毛马。狮子花:骏马名,又叫九花虬。唐苏鹗《杜阳杂篇》卷上:"九花虬即范阳节度李德山所贡。额高九寸,毛拳如麟,头颈鬃鬣,真虬龙也。每一嘶,则群马耸耳。以身被九花文,故号为九花虬。"

〔8〕紫燕:古代骏马名。《西京杂记》卷二:"文帝自代还,有良马九匹,皆天下之骏马也。……一名紫燕骝。"纤离:古骏马名。典出《荀子·性恶》。惆怅:失意伤感。此指因自愧不如而失意伤感。驽劣:能力低劣。此指能力低劣的马。

〔9〕千金货:千金市马。典出《战国策·燕策一》:郭隗以马作喻,劝说燕昭王招揽贤士,说古代君王悬赏千金,欲买千里马,三年后得一死马,用五百金买下马骨,于是不到一年,有人送来三匹千里马。此比喻若能真心求贤,贤士将闻风而至。

〔10〕奚奴:奴仆。语出《周礼·天官·序官》:"奚三百人。"郑玄注:"古者,从坐男女没入县官为奴,其少才知以为奚。"黄衫:黄色华贵的服装。绣靴:刺绣的马靴。

〔11〕红帕初笼:套上用红帕做的新笼头。玉鞭:饰玉的马鞭。桃花破:宝马汗血像盛开的桃花。

〔12〕玩物:供人玩赏的人或事物。此指帝王家奚奴骑的马。遗迹:遗留下来的痕迹。此指马的形迹。丹青播:被史书传载。丹青,史籍。

〔13〕赤骥:传说中的骏马名,周穆王八骏之一。骐驎(qí lín 其林):骏马名。典出汉桓宽《盐铁论·讼贤》:"骐驎之挽盐车,垂头于太行。"心期田子方:期待田子方的善遇而归心于他。典出《韩诗外传》卷八:"田子方出,见老马于道,喟然有志焉。以问于御者曰:'此何马也?'曰:'故公家畜也,罢而不为用,故出放也。'田子方曰:'少尽其力,而老去其身,仁者不为也。'束帛而赎之。穷士闻之,知所归心矣。"田子方,战国时魏国贤人,为魏文侯师,名无择。

〔14〕踟蹰(chí chú 迟除):徘徊不前的样子。顷:时候。汉郊:汉朝的郊野。此泛指郊野。自嘶影:马对着自己的身影嘶叫。此形容良马不得其用而劳苦困顿的神态。

〔15〕养马如养豚:像喂养猪那样来喂养马。蒺藜刺:蒺藜,一年生草本植物,果皮有尖刺。

〔16〕按图:按照图像寻找良马,即按图索骥。比喻拘泥成法办事。

点兵行[1]

先皇简练百万兵,十二连营镇京观[2]。团营十万更精猛,呜呼耗减今无半[3]。昨传胡入白杨城,有敕点选营中兵[4]。

军中壮丁百不一,部遣老小从征行。自从御马还内厩,私家马肥官马瘦[5]。富豪输钱脱籍伍,贫者驱之充介胄[6]。京师土木岁未已,一身百役无不受[7]。禁垣西开镇国府,内营昼夜罗金鼓[8]。四家骁健三千人,出入扈从围龙虎[9]。边头城堡谁营屯,遂使狼烽暗北门[10]。天清野旷恣剽掠,百里之内烟尘昏。肉食者谋无远虑,仓皇调发纡皇顾[11]。即今宣府大失利,杀将覆军不知数[12]。辽东兵马久已疲,朵颜反复非前时[13]。又闻迤北外连结,朝廷坐失东藩篱[14]。往时京边士,苦乐今顿异。且如私门卒,食粮日高坐。此兵昨一出,见者泪交堕。从令荷殳趋战场,身上无衣腹饥饿[15]。君不见,府中搥牛宰羊猪,穿域蹋鞠行吹竽[16]。高马肥肉留京都,可怜此兵击匈奴[17]。

〔1〕该诗出自《京集》,当作于正德六年复任京职之后。该诗真实记叙了明代土木之变后军备废弛、无力御虏的实况,揭露京城权贵一味贪图享乐、不恤边防将士饥寒之弊政。全诗情思激怨,语含讥讽,沉郁辛辣,是一篇深刻反映社会现实的力作。

〔2〕简练:演习训练。京观(guàn 惯):古代战争中,胜者为炫耀武功,收集敌人尸首,封土掩埋所堆成的高冢。此借指京城。

〔3〕团营:明自土木堡之役后,京军三大营损失殆尽。景泰中,于谦从三营中选精兵十万,分十营集中训练,称为团营。呜呼:叹词,表示悲伤。耗减:损耗减少。

〔4〕白杨城:地名,在京师昌平州西四十里长峪城南,亦曰白杨口。元置白杨千户所于此,明正德中建城,跨南北两山,下当两山之冲。

〔5〕御马:御用的马。也指帝王赏赐的马。内厩:宫中的马厩,即御

马房。

〔6〕籍伍:编入军籍,即籍戎。介胄:甲胄之士,即武士。

〔7〕土木:大兴土木造作之事。岁未已:连年不止。一身百役:一人之身而承受众多徭役。

〔8〕禁垣:皇宫的城墙。此借指皇宫。镇国府:正德八年三月,江彬设镇国府,以处宣府官军。后又移珍玩妇女于其中,引诱正德皇帝来玩乐。罗金鼓:陈设军乐。金鼓,指四金和六鼓。古代以金鼓节声乐、和军旅、正田役。

〔9〕四家:即外四家。正德朝京郊流寇起,边将江彬等请调边军入卫,乃集九边突骑家丁于京师,号曰外四家。骁健:勇猛强健之士。围龙虎:被勇猛的卫士包围着。此形容护卫森严。龙虎,龙与虎,比喻勇猛的武士。

〔10〕边头:边疆、边地。城堑(qiàn欠):护城河。此借指城池。营屯:驻军防护。狼烽:古代边防燃狼粪以报警的烽火,亦作狼烟。暗北门:狼烟笼罩北部防。北门,北部边防要地。

〔11〕肉食者:居高位、享厚禄的人。典出《左传·庄公十年》:"肉食者鄙,未能远谋。"纡皇顾:纡曲惶恐地顾盼。皇,通惶,惶恐、惶惑。

〔12〕宣府:地名,在京师宣府镇,今属河北宣化。杀将覆军:将军被杀,全军覆灭。

〔13〕辽东:辽河以东地区,今辽宁东部和南部。朵颜:明朝的外卫名,洪武二十二年四月设置,在辽东兀良哈之地,以安处归降的故元辽王。

〔14〕迤(yí移)北:向北延续。迤,延续,延伸。东藩篱:东部的军事屏障。

〔15〕从令:纵使。荷殳(shū书):古代兵器之一种。此泛指武器。

〔16〕搥(chuí垂)牛:击杀牛。穿域:穿地为营域。蹋鞠(tà jū踏

居〕:踏鞠,古代一种用于习武、健身和娱乐的踢球运动。典出《史记·卫将军骠骑列传》:"其在塞外,卒乏粮,或不能自振,而骠骑尚穿域蹋鞠。"

〔17〕句谓:京城的权贵享用高马肥肉,却驱使饥饿的士兵去打击匈奴,真令人痛心啊!

游猎篇[1]

周王八骏行万里,朝游昆仑暮沧海[2]。驱霆策电遍天地,虎骤龙驰倏烟霭[3]。犬戎造父两为佐,大人王母遥相待[4]。千金白狐来四荒,蝼蚁下国轻天王[5]。君不见,秦皇叱咤役九有,海东驱石石为走[6]。桥边孺子如妇人,博浪沙中铁椎吼[7]。又不见,武皇旌旗日络绎,射蛟浔阳江水赤[8]。五陵侠少夜相遇,探丸杀吏还惊辟[9]。天门嵯峨城九重,虎豹为卫蛟龙宫[10]。紫微钩陈翼帝座,至尊祇合安高崇[11]。脱渊之鱼出山虎,白龙鱼服何劳苦[12]？沉江距河势有然,万乘反遭匹夫侮[13]。君不见,曹家老爽诚愚蒙,平生不识司马公[14]。死生祸福在人手,宁能常作富家翁[15]。一门流血岂足惜,坐使神器归奸雄[16]。昨夜昌平人梦天,龙文赤日绕燕川[17]。城中莫辨真天子,道上传看七宝鞭[18]。腐儒为郎不扈从,愿奏相如谏猎篇[19]。

〔1〕该诗出自《京集》,当作于正德六年复任京职之后。正德皇帝

昏聩荒唐，喜好微服出巡，朝政废弛，人心惶恐。针对这一政治现实，诗人列举历代帝王荒亡出巡、遭致败灭之故事，托古讽今，忧愤时事。诗末假托"昨夜昌平人梦天"，隐指十二年八月正德皇帝微服出巡昌平事，婉讽之中，饱含辛辣。

〔2〕八骏：传说周穆王的八匹骏马。典出《穆天子传》卷一。

〔3〕驱霆策电：比喻马像雷霆闪电一样迅速驱驰。虎骤龙驰：比喻马像龙虎一样迅速奔跑。倏烟霭：像烟霭一样疾速运行。倏，疾速。

〔4〕犇（bēn 奔阴平）戎：又作奔戎，古部族名，游牧为生，其民善御。语出《后汉书·西羌传》。造父：古之善御者，因献八骏而获幸于周穆王。大人：古代北方部族首领之称谓。典出《后汉书·南匈奴传》。王母：西王母，传说居住在西方的地位崇高的女神。

〔5〕白狐：银狐。古代以为瑞物，皮毛昂贵。四荒：四方荒远之地。古代多指居处遥远的少数民族。蝼蚁下国：比喻边鄙未开化的小国。蝼蚁，蝼蛄和蚂蚁，泛指微小的生物。此喻指微贱的人民。天王：周天子，即周穆王。句谓：正德皇帝贪图异国所献方物，因遭边鄙未开化的小国轻视。

〔6〕役九有：宰制天下。九有，九州，泛指天下。海东驱石：驱石造桥以通海东。海东，海以东的地方，此指日出之地。驱石，神人助秦始皇驱石造桥。典出《艺文类聚》卷七十九引晋伏琛《三齐略记》：秦始皇作石桥，欲过海观日出处。于时，有神人驱石下海，阳城一山石尽起。

〔7〕孺子：幼儿，儿童，也可泛指少年。此指张良。博浪沙：古地名，在今河南武阳东南。张良与力士用铁锥狙击秦始皇之地。典出《史记·留侯世家》。

〔8〕络绎：连续不断。此指汉武帝巡狩的队伍浩荡连绵。射蛟浔阳：汉武帝在浔阳江射获蛟龙。典出《汉书·武帝纪》。

〔9〕五陵：长陵、安陵、阳陵、茂陵、平陵五县的合称，均在渭水北岸

今陕西咸阳市附近,为西汉五位皇帝的陵墓所在地。此借指京都。侠少:游侠少年。探丸杀吏:比喻游侠杀人报仇。典出《汉书·酷吏传·尹赏》:"长安中奸猾浸多,闾里少年群辈杀吏,受赇报仇,相与探丸为弹,得赤丸者斫武吏,得黑丸者斫文吏,白者主治丧。"惊辟(bì 必):惊动圣驾。

〔10〕天门:皇宫的门。嵯(cuó痤)峨:高峻的样子。虎豹:比喻勇猛的卫士。蛟龙宫:蛟龙伏居的宫殿。此比喻森严隐秘的皇宫。

〔11〕紫微:帝王的宫殿。钩陈:帝王后宫名。翼:遮护。秖(zhī知)合:只适合。安高崇:安居在高大宏伟的殿堂里。

〔12〕脱渊之鱼出山虎:鱼脱离水潭,虎走出山林,都因失去凭借而陷入困境。此比喻帝王离开安全居所,处于危险境地。白龙鱼服:比喻帝王微服出行,恐有不测之虞。典出《说苑·正谏》:"昔白龙下清泠之渊,化为鱼,渔者豫且射中其目。"此隐指正德皇帝不听大臣劝谏,常微服出巡大江南北。

〔13〕沉江距河:潜沉踞伏在江河里。此比喻帝王居得其所。万乘:周制,天子地方千里,能出兵车万乘。后世借指天子。句谓:人君之势,理应居得其所,就像蛟龙潜伏江河;若不然,就会遭受匹夫的侮弄。

〔14〕曹家:曹魏皇室成员。老爽:衰败惑乱。愚蒙:昏昧不明。司马公:司马昭。他继其兄司马师任魏大将军,专国政,阴谋代魏。

〔15〕在人手:在别人操控之中。富家翁:富贵之人。

〔16〕一门流血:指曹氏皇室被司马氏残害。坐使:致使。神器:代表国家政权的实物,如玉玺、宝鼎之类。此借指皇权、帝位。

〔17〕昌平:北京西北的郊县,今属北京昌平。人梦天:有人梦见天子。龙文:如龙鳞纹的东西。此指鱼鳞状的云。赤日:红日。古人以为天子所到之地,常有鱼鳞云和红日相随。此隐指十二年八月正德皇帝微服出巡昌平。燕川:京郊的河流。此泛指京郊之地。该句虚托"昌平人

梦天"，婉讽正德皇帝微服出巡。

〔18〕真天子：天子之真假。七宝鞭：用多种珍宝装饰的马鞭。典出《晋书·明帝纪》：王敦欲为乱，明帝至其营密察。王敦遣五骑追之。途中，明帝留下七宝鞭以示追者。追者因观玩七宝鞭而稽留。明帝仅而获免。此喻指皇帝幸免于难。

〔19〕腐儒：迂腐的儒士。此指何景明自己。扈（hù户）从：随从皇帝出巡。相如谏猎篇：司马相如讽谏帝王游猎的赋篇，如《子虚赋》、《上林赋》等。

明月篇并序[1]

仆读杜子七言诗歌，爱其陈事切实，布辞沉著。鄙心窃效之，以为长篇圣于子美矣[2]。既而，读汉、魏以来歌诗及唐初四子者之所为[3]，而反复之，则知汉、魏固承三百篇之后[4]，流风犹可征焉。而四子者虽工富丽，去古远甚，至其音节往往可歌。乃知子美辞固沉著，而调失流转[5]；虽成一家语，实则诗歌之变体也。夫诗本性情之发者也，其切而易见者，莫如夫妇之间。是以三百篇首乎《雎鸠》，六义首乎风[6]。而汉、魏作者，义关君臣、朋友，辞必托诸夫妇，以宣郁而达情焉。其旨远矣！由是观之，子美之诗博涉世故，出于夫妇者常少，致兼雅颂[7]，而风人之义或缺[8]，此其调反在四子之下与？暇日为此篇，意调若髣髴四子，而才质猥弱，思致庸陋，故摘词芜紊，无复统伤[9]。姑录之，以俟审声者裁割焉。

长安月,离离出海峤[10]。遥见层城隐半轮,渐看阿阁衔初照[11]。潋滟黄金波,团圆白玉盘[12]。青天流景披红蕊,白露含辉泛紫兰[13]。紫兰红蕊西风起,九衢夹道秋如水。锦幌高褰香雾浓,琐闱斜映轻霞举[14]。雾沉霞落天宇开,万户千门月明里。月明皎皎陌东西,柏寝岧峣望不迷[15]。侯家台榭光先满,戚里笙歌影乍低[16]。濯濯芙蓉生玉沼,娟娟杨柳覆金堤[17]。凤凰楼上吹箫女,蟋蟀堂中织锦妻[18]。别有深宫闭深院,年年岁岁愁相见。金屋萤流长信阶,绮栊燕入昭阳殿;赵女通宵侍御床,班姬此夕悲团扇[19]。秋来明月照金徽,榆黄沙白露逶迤[20]。征夫塞上怜行影,少妇窗前想画眉[21]。上林鸿雁书中恨,北地关山笛里悲[22]。书中笛里空相忆,几见盈亏泪沾臆。红闺貌减落春华,玉门肠断逢秋色[23]。春华秋色递如流,东家怨女上妆楼[24]。流苏帐卷初安镜,翡翠帘开自上钩[25]。河边织女期七夕,天上嫦娥奈九秋。七夕风涛还可渡,九秋霜露迥生愁[26]。九秋七夕须臾易,盛年一去真堪惜。可怜扬彩入罗帏,可怜流素凝瑶席[27]。未作当垆卖酒人,难邀隔座援琴客[28]。客心对此叹蹉跎,乌鹊南飞可奈何[29]?江头商妇移船待,湖上佳人挟瑟歌[30]。此时凭阑垂玉箸,此时灭烛敛青蛾[31]。玉箸青蛾苦缄怨,缄怨含情不能吐[32]。丽色春妍桃李蹊,迟辉晚媚菖蒲浦[33]。与君相思在二八,与君相期在三五[34]。空持夜被贴鸳鸯,空持暖玉擎鹦鹉[35]。青衫泣掩琵琶弦,银屏忍对箜篌语[36]。箜篌再弹月已微,穿廊入闵霭斜辉〔37〕。归心日远大刀折,极目天涯破镜飞〔38〕。

〔1〕此诗原编入何景明《京集》,大约作于二十一、二十二岁间,当弘治十六(1503)、十七年(1504)。弘治十六年,何景明造访李梦阳、边贡等,与之论诗文而语合,乃共倡学古。该诗词采清丽,音调流转,适合歌咏;从其序文看,明显有学古的实验意味。所以该诗一出,即引起热烈反响。清代人犹追忆其事,如郭鉴庚《读大复诗》:"一篇《明月》争千古,妙悟从天体格新。"但由于此类诗在何景明并无多作,没有形成一种创作倾向;故而喧闹一阵后,识者亦能冷静评判之。如胡应麟《诗薮》:"仲默论歌行,允为前人未发。然特专以一义,匪以尽概诸王、杨四子。四子虽工流畅,而体格弥卑,变化未睹。唐人一代皆尔,何以远过齐梁?必有李、杜二公大观。斯在仲默集中,为此体仅以《明月》、《帝京》、《昔游》三数篇,他不尽而,其意可窥。"又王士禛《论诗绝句》:"接迹风人《明月篇》,何郎妙悟本从天。王、杨、卢、骆当时体,莫逐刀圭误后贤。"

〔2〕杜子:对杜甫的尊称。子美:杜甫的字。杜甫(712—770),字子美,原籍湖北襄阳,寄居河南巩县。尝应进士举不第,肃宗朝官左拾遗,改华州司功参军,不久弃官入蜀,被表为节度参谋、检校工部员外郎。他的诗抒情写怀,讽切时事,深厚开阔,沉郁顿挫,后世称为"诗史",有《杜少陵集》二十五卷。

〔3〕唐初四子:唐代初期的四位诗人王勃(650—676)、杨炯(650—?)、卢照邻(生卒年不详)、骆宾王(约640—约684),又称"初唐四杰"。"四杰"的文学活动主要在唐高宗至武后时期,他们自觉变革文风,反对纤巧绮靡,提倡刚健骨气,对五言律诗和七言歌行之创建有很大贡献。杜甫《戏为六绝句》其二评价说:"王、杨、卢、骆当时体,轻薄为文哂未休。尔曹身与名俱灭,不废江河万古流。"

〔4〕三百篇:《诗》之别称,又称"诗三百",语出《论语·为政》:"诗

三百,一言以蔽之,曰思无邪。"《诗》被汉代尊奉为"经"之前,乃属"六艺"之一。

〔5〕沉著:着实而不轻浮。此指杜甫诗歌沉郁顿挫的风格。沉郁是指感情悲慨深厚,而顿挫是指陈辞起伏低回。流转:流畅圆转。此指"初唐四杰"诗歌音调流畅圆转,适合歌唱。对此,沈德潜《说诗晬语》卷下有解说:"何景明《明月篇》序,大意谓子美七言诗,词固沉着,而调失流转,不如唐初四子音节可歌。"

〔6〕雎(jū居)鸠:古书上记载的一种鸟。此指《诗·周南》中的诗篇《关雎》,开篇有"关关雎鸠"句。该诗为《诗》开卷第一篇,也是十五国《风》之首篇。六义:指风、赋、比、兴、雅、颂。语出《毛诗序》:"诗有六义焉:一曰风,二曰赋,三曰比,四曰兴,五曰雅,六曰颂。""风"为"六义"之首,故云"首乎风"。

〔7〕致兼雅颂:兼有《诗》之《雅》、《颂》那样高雅的情致。致,情致、情趣。雅颂,即《诗》"六义"之雅和颂。作为《诗》内容和乐曲分类的名称,雅是在朝廷演述的歌诗与乐曲,颂是在宗庙演述的歌诗与乐曲。

〔8〕风人之义:诗人的旨意。风人,诗人。

〔9〕髣髴(fǎng fú 仿佛):同"仿佛"。猥(wěi 伟)弱:卑下、低劣。摛(chī 痴)词:铺陈文辞,亦作"摛辞"。摛,铺陈。芜紊(wěn 稳):杂乱。统饬(chì 赤):系统条理。

〔10〕离离:明亮的样子。如晋卫恒《字势》:"星离离以舒光。"海峤:海边的山岭。如唐张九龄《送使广州》:"家在湘源住,君今海峤行。"

〔11〕层城:高城。如南朝宋刘义庆《世说新语·言语》:"遥望层城,丹楼如霞。"半轮:指被层城遮挡而露出半圆形的月亮。阿阁:四面都有檐霤的楼阁。如《文选·古诗〈西北有高楼〉》:"交疏结绮窗,阿阁三重阶。"初照:开始的月光。

〔12〕黄金波:形容月光映照云层,泛起金黄的波纹。白玉盘:白玉

185

做的盘子,此形容圆圆的月亮。语出李白诗《古朗月行》:"小时不识月,呼作白玉盘。"

〔13〕流景(yǐng影):月亮流动的光影。景,同影。红蕊:泛指红花。紫兰:紫色的兰花。句谓:青蓝的天幕下,月亮流动,光影披映在红色的花朵上;白露含月,辉光浮泛在紫色的兰花上。

〔14〕锦幌:织锦帷幔。高褰(qiān千):高挂起来。褰,挂起。琐闱:镌刻连环图案的宫中旁门,古代常用来指代宫廷。琐,连琐,即连环图案。如《楚辞·离骚》:"欲少留此灵琐兮,日忽忽其将暮。"王逸注:"琐,门镂也,文如连琐。"闱,古代宫室、宗庙的旁侧小门。

〔15〕陌:阡陌。陌东西,泛指广阔的田野。柏寝:泛指楼台。原为春秋时期齐国的一座楼台名,在今山东广饶县境内,见《晏子春秋·杂下五》:"景公新成柏寝之台。"岧峣(tiáo yáo条尧):高耸、高峻。如曹植《九愁赋》:"践蹊隧之危阻,登岧峣之高岑。"望不迷:指月光清朗,能见度高。

〔16〕侯家:侯门,即显贵人家。戚里:帝王之外戚聚居的地方。句谓:显贵人家台榭轩敞,优先照满月光;帝王外戚笙歌不辍,不觉月亮西移,影子突然低垂。

〔17〕濯(zhuó卓)濯:明净清朗的样子。玉沼:清澈晶莹的水塘。娟娟:姿态柔美的样子。金堤:本指坚固的堤堰,这里用作堤堰之美称。如南朝梁萧统《锦带书十二月启·无射九月》:"金堤翠柳。"此即化用其意。

〔18〕凤凰楼上吹箫女:传说萧史与弄玉吹箫引来凤凰。此化用其事,用以暗示月光凄婉动人之意象。蟋蟀堂中织锦妻:在蟋蟀嘶鸣的堂屋里,妻子孤单凄婉地织着锦缎。蟋蟀又名促织,此由促织谐音而联想织锦,往往用作凄婉的意象。楼上吹箫,是贵妇人的雅事;堂中织锦,为贫家女的营生。此两行意谓,妇人不论富贵与贫贱,都沐浴在凄婉的月

光中。

〔19〕金屋:泛指华美的房子。《汉武故事》载,汉武帝为胶东王时,尝曰:"若得阿娇作妇,当作金屋贮之。"长信阶:长信宫的台阶,泛指宫娥所居之地。长信宫是汉代太皇太后的居所,后亦泛指帝后所居之处。绮栊(qǐ lóng 起龙):雕绘华美的窗户。栊,窗户。昭阳殿:汉代宫殿名,泛指后妃所居住的宫殿。赵女:汉成帝皇后赵飞燕。赵飞燕居昭阳殿,以善舞获汉成帝宠幸,故称通宵侍御。班姬:汉成帝妃班婕妤。悲团扇:班婕妤失宠后,幽居长信宫,悲愤而作《团扇诗》,以秋扇见弃自喻,中有"团团似明月"句。

〔20〕金徽(huī 辉):用金属镶制的琴面音位标志。此借指琴。榆黄:榆树叶子转黄。逶迤(wēi yí 威夷):曲折绵延的样子。

〔21〕画眉:以黛描饰眉毛,后喻指夫妻感情融洽。语出《汉书·张敞传》所载张敞为妻画眉事。

〔22〕上林:上林苑,此泛指帝王园囿。鸿雁:大雁。《汉书·苏武传》载有大雁传书之事。后人用鸿雁指称信使或书信。北地:泛指中国北方。此特指中国西北及中原一带。关山:关隘及山岭。此特指汉乐府横吹曲辞《关山月》,文人拟作多写边塞士兵久戍不归,伤离怨别之情思。笛里悲:笛声里诉说的悲愁。《关山月》多用笛子演奏,如唐王昌龄《从军行》之一:"更吹羌笛《关山月》,无那金闺万里愁。"杜甫《洗兵马》:"三年笛里《关山月》,万国兵前草木风。""关山笛里悲"即化用其意。

〔23〕红闺:少女所居之处。此代指闺中少女。貌减:容貌衰减。玉门:指玉门关,西汉武帝时建置。在古代边塞诗中,玉门关这个意象多隐含僻远、孤怀、思乡、悲怨之情。如唐王之涣《凉州词》:"羌笛何须怨杨柳,春风不度玉门关。"肠断:形容极度悲痛。

〔24〕东家怨女:泛指年届婚配而尚未出嫁的女子。典出宋玉《登

徒子好色赋》,其序曰:"臣里之美者,莫若臣东家之子。……然此女登墙窥臣三年,至今未许也。"

〔25〕流苏帐:装有穗状饰物的帐子。此喻指天上的流云。初安镜:刚安放好的镜子。此喻指天上的明月。翡翠帘:用翡翠装饰的帘子。此喻指翡翠色的天幕。自上勾:自己挂在钩形的月亮上。勾,通钩,此喻指钩形的月亮。

〔26〕河:银河。织女:织女星,后衍化为神话人物织女。七夕:农历七月初七日的夜晚。传说天河之东有织女,乃天帝之女,善织云锦天衣。天帝爱怜之,许嫁天河西之牵牛郎。嫁后废织,天帝怒,责令织女归河东,但使一年一度于七夕夜相会。嫦娥:神话传说中的月亮女神。九秋:秋天。此指年复一年的秋天。七夕风涛:农历七月七日夜的银河风涛。九秋霜露:年复一年的秋霜秋露。

〔27〕扬彩:月亮飘扬出如彩的光华。流素:月亮散发出如练的光辉。瑶席:用蕠草编的席子,泛指华美的席面。瑶,通蕠。

〔28〕当垆(lú 炉):卖酒。垆,放酒坛的土墩。卖酒人:卖酒的女子。此特指卓文君。隔座:旁边的座位。援琴客:善弹琴的男人。此特指司马相如。诗句化用司马相如与卓文君故事。司马相如鼓琴挑动卓文君芳心,卓文君随司马相如私奔,当垆卖酒以营生。

〔29〕客心对此:以羁旅情怀来面对月亮。客,指羁客;心,指情怀;此,指月亮。蹉跎(cuō tuó 搓驼):光阴白白流逝。乌鹊南飞:喜鹊往南飞去。语出曹操《短歌行》:"月明星稀,乌鹊南飞。绕树三匝,何枝可依?"乌鹊,即喜鹊。句谓:羁旅情怀面对此月,而嗟叹失时不归;喜鹊往南飞去,怎奈难得安栖之所?

〔30〕江头商妇:羁留江上的商人之妇。典出白居易《琵琶行》。移船:漂移不定的船。此喻指商人妇随夫经商、漂泊流徙之境况。湖上佳人:泊居湖上的美女。挟瑟歌:鼓瑟歌唱,用以寄托泊居之愁怨。典出

《楚辞·远游》:"使湘灵鼓瑟兮,令海若舞冯夷。"唐代诗人陈季化用之而作《湘灵鼓瑟》:"一弹新月白,数曲暮山青。"

〔31〕玉箸(zhù住):比喻眼泪。如南朝梁简文帝《楚妃叹》:"金簪鬓下垂,玉箸衣前滴。"敛青蛾:敛眉,皱眉。青蛾,黑色的眉毛,即黛眉。

〔32〕缄(jiān尖)怨:心怀幽怨。不能吐:不能倾吐,即心怀幽怨而无处诉说。

〔33〕桃李蹊:植满桃树李树的小路。此比喻吸引众人奔赴的地方。菖蒲浦:长满菖蒲的水边陆地。菖蒲,多年生的一种水草。浦,水边陆地或河流入海的地方。

〔34〕二八:十六岁。三五:十五岁。句谓:十五岁月圆时相期见面,十六岁月圆时相思难见。

〔35〕夜被:晚上睡觉盖的被子。贴鸳鸯:贴着绣有鸳鸯的被子。暖玉:暖水玉壶。擎鹦鹉:举着雕有鹦鹉的玉壶。

〔36〕青衫泪掩琵琶弦:此化用白居易《琵琶行》"就中泣下谁最多,江州司马青衫湿"句意。银屏:镶银的屏风。箜篌语:弹拨箜篌以倾诉衷情。箜篌,古代拨弦乐器名。

〔37〕穿廊入闼(tà榻):穿过走廊,进入门户。此描绘月光在房屋里移动流转的情态。闼,小门,此泛指门户。蔼(ǎi矮)斜晖:笼罩着月亮西斜的辉光。蔼,笼罩,布满。

〔38〕大刀折:大刀折断,喻无归还之期。大刀头上有环,环与还谐音。破镜飞:残缺的月亮在飞行。月缺当还圆,喻夫妇将团圆。典出《古乐府》:"何当大刀头,破镜飞上天。"又杜甫《八月十五夜月二首》之一:"满目飞明镜,归心折大刀。"句谓:人各一方,远无归乡之期;天涯望月,想像团圆之时。

玄明宫行[1]

君不见,玄明宫中满荆棘,昔日富贵今寂寞。祠园复为中贵取,遗构空川孽臣作[2]。雄模壮丽凌朝廷,远势连衮跨城郭[3]。忆昨己巳年来事,秉权自倚薰天势[4]。朝求天子苑,暮夺功臣第。江艘海舶送花石,戚里侯门拥金币[5]。千人力尽万牛死,土木功成悲此地。碧水穿池象溟渤,黄金作宫开日月[6]。虹蜺屈曲垂三梁,蛟龙盘拏抱双阙[7]。城中甲第更崔嵬,亲戚弟兄皆阀阅[8]。橄里歌钟宾客游,排门冠剑公卿谒[9]。生前千门与万户,死时不得一丘土[10]。石家游魂泣金谷,董相然脐叹郿坞[11]。宫前守卫无呵呼,真人道士三四徒[12]。石户苍苔生铁锁,玉阶碧草摇金铺[13]。星宫昼开见行鼠,日殿夜祷闻啼狐[14]。游客潜窥翠羽帐,市子屡窃金香炉[15]。桑田须臾变沧海,桃树不复栽玄都[16]。我朝中官谁最贵,前有王振后曹氏[17]。正统以前不得闻,成化之间未有此[18]。明圣虽能断诛罚,作新未见持纲纪[19]。天下衣冠难即振,中原寇盗时复起[20]。古来祸乱非偶然,国有威灵岂常恃[21]?玄明之宫今已矣,京师土木何时止[22]?南海犹催花石纲,西山又起金银寺[23]。君不见,金书追夺铁券革,长安日日迎护敕[24]。

〔1〕该诗出自《京集》,当作于正德六年复任京官之后。诗人揭露

弘治、正德朝中官乱政的现实,批判帝王权贵大兴土木之弊政,告诫统治者不要胡作非为、劳民伤财,应该接受历来衰废败亡之教训,明白世事易改、护敕不永的道理。全诗借古讽今,直面现实,切中时弊,情思悲慨,言辞急切,讽喻辛辣。玄明宫,太监刘瑾的坟茔,正德四年皇帝赐地修造。

〔2〕祠园:祠堂与园子。中贵:朝中贵人,即朝廷高官。遗构:前代遗留下来的建筑物。空川:空旷荒凉的江面。孽臣:奸邪嬖幸之臣。

〔3〕雄模:雄伟的规模。凌:凌跨,逾越。远势:建筑物远走连绵之势。连亵:连延广大的样子。

〔4〕己巳年:即正德四年。这一年赐造玄明宫,刘瑾气焰最为嚣张。薰天势:形容权势炽盛。

〔5〕送花石:运送花石纲。此指成帮结队地运输货物。北宋崇宁四年,蔡京为博取徽宗欢心,大肆搜刮民间珍奇。当时运送花石的船队不断往来淮汴之间,号"花石纲"。拥金币:堆积金币。此形容大量聚敛财富。

〔6〕溟渤:溟海和渤海。此泛指深广的水域。开日月:像日月一样闪耀。此形容宫殿金光闪闪。

〔7〕虹蜺(ní 泥):红霓,即彩虹。三梁:古代冠名,为公侯所服用,以竹为衬里,有一梁至五梁之分。盘拏(ná 拿):形容迂曲强劲。双阙:古代宫殿、祠庙、陵墓前两边高台上的楼观。

〔8〕甲第:旧时豪门贵族的宅第。崔嵬:显赫盛大的样子。阀阅:祖先有功业的世家巨室。

〔9〕撼里:震撼乡里。此形容歌乐声喧噪。排门:推门。此形容剑客的豪气。谒(yè 夜):晋见,拜见。

〔10〕千门与万户:形容富贵人家殿宇深广、人口众多。该句极言人生富贵贫贱之变,意谓:人势位显赫时拥有深宅众口,死后连一丘泥土也得不到。

〔11〕石家:晋代卫尉卿石崇家。石崇尝筑豪园于金谷,叫金谷园。董相:董卓。董卓,字仲颖,陇西临洮人,性粗猛有谋,东汉献帝时为相国,专横跋扈,极其残暴,终至灭族。然脐:在肚脐上燃灯。典出《后汉书·董卓传》:董卓肥厚,遭斩之后,脂流于地。守尸吏燃火置于董卓脐中,光明达曙。后世比喻奸佞之徒的可悲下场。郿坞(méi wù 眉物):古代城堡名。东汉初平三年,董卓筑坞于郿,广聚珍宝粮草,号"万岁坞"。后世借指奸佞储藏财宝、享乐终老之所。郿,古县名,今陕西眉县。坞,小型城堡。

〔12〕无呵呼:没人大声呼叫。此形容豪门衰败之后不再护卫森严。三四徒:只剩下三四个人。此形容豪门衰败之后少有道士游走。

〔13〕金铺:金砖铺设的地面。该句描写豪门败落的景象:石门生苍苔,苍苔蔓延到铁锁上;玉阶长碧草,碧草摇曳在金砖上。

〔14〕星宫:地理位置很高的宫殿,即天宫。日殿:与星宫互文,亦指建在高处的宫殿。

〔15〕潜窥:好奇地偷看。翠羽帐:翠帐。市子:生意人。

〔16〕玄都:玄都观,原名通道观,在陕西长安南崇业坊。此袭用唐刘禹锡《戏赠看花诸君子》诗句:"玄都观里桃千树,尽是刘郎去后栽。"该句化用沧海桑田、玄都桃树之典实,来抒写世事易改之感慨。

〔17〕中官:宦官。王振:蔚州人,英宗时司礼太监,诱帝用重刑御臣下,以防大臣欺蔽。正统十四年,挟帝亲征瓦剌,被围困土木堡,王振为乱兵所杀。曹氏:曹吉祥,滦州人,英宗时太监,一向依附王振,正统初为监军,家多藏兵甲。景泰中事代宗,分掌京营。后与石亨勾结,帅兵迎英宗复位,升司礼太监,总督三大营。终因嗣子谋反,吉祥被磔于市。

〔18〕正统:明英宗朱祁镇年号,历时十四年,当公元1436年至1449年。成化:明宪宗朱见深年号,历时二十三年,当公元1464年至1487年。

〔19〕明圣:明达圣哲。古代常用来称美皇帝。作新:教化百姓、移风易俗。语出《尚书·康诰》:"亦惟助王,宅天命,作新民。"该句讽刺正德皇帝自称明圣、果于作新,而其实是草菅人命、变乱成法。

〔20〕衣冠:文明礼教。振:振起,振兴。句谓:天下文明礼教难以即刻振兴,而中原一带寇盗事件又不时暴发。

〔21〕威灵:神灵的威力。

〔22〕土木:大兴土木造作之事。

〔23〕南海:南海子,北京南边的一处园囿,又称南苑。西山:北京西郊群山的总称。金银寺:用金银堆积而成的寺庙。此形容修建寺庙耗费巨额钱财。

〔24〕金书:用金简刻写或金泥书写的文字。铁券:用铁制契券书写的文字。金书铁券,代帝王赐给功臣世代享有免罪特权的证件。护敕:古代帝王赐予的护身凭证。

观石鼓歌[1]

我来太学谒孔庙,下观戟门石鼓陈[2]。《之罘》《诅楚》几埋没,此石照耀垂千春[3]。苔昏藓涩读难下,虫雕鸟剥细不分[4]。古画诘曲蛟龙隐,石气惨淡烟雾氛[5]。周王功勋史籀笔,数石散落岐阳濆[6]。中兴气象岂复睹,大篆意格谁曾闻[7]?先秦文字稍近古,两汉摹拓多失真[8]。六朝以来尚靡丽,钟王往往称通神[9]。唐韩宋轼递歌叹,长篇险韵何悲辛[10]。大观之间入汴国,君王好艺崇斯文[11]。高驼巨舰远载致,金填玉嵌传相珍[12]。靖康乘舆忽播荡,保和玩物随烟尘[13]。神驱鬼守散复聚,至宝岂得空沉沦[14]。文皇北来定燕鼎,不置太庙留成均[15]。博士无烦上书请,诸生颇得亲讲询[16]。虚廊画壁安置稳,大厦长檐覆盖新[17]。不随钟鼎怨磨灭,已与琬琰争嶙峋[18]。平生博览爱古迹,世上墨本徒纷纭[19]。此虽残缺岁已久,尚觉只字轻千缗[20]。璧池日月动华衮,奎阁星斗罗贞珉[21]。呜呼孔庙在万世,此石与庙长无湮[22]。

〔1〕该诗出自《京集》,疑作于弘治末至正德初任京职期间。明代永乐朝,文帝朱棣看重石鼓文,将之陈设孔庙之前。这在何景明看来,似有古典中兴意味,恰合李何辈文学复古情结。该诗题咏周宣王时遗留下来、陈设在太学孔庙前的石鼓文,对照秦汉、六朝、唐宋的诗文法书,感叹周宣王时代的"中兴气象"、"大篆意格"不复出现,而追慕石鼓文所代表的古典风范。全诗格调高古,情辞深沉。

〔2〕太学:古代设置于京城的最高学府,即国学。孔庙:孔子庙。纪念和祭祀孔子的祠庙。下观:孔庙的下层宫观。戟(jǐ挤)门:立戟之门,后世借指显贵之家或显赫官署。

〔3〕之罘(fú扶):山名,在山东烟台市北,亦作芝罘。秦始皇曾于此山刻石。此指秦始皇所立的之罘刻石。诅楚:诅楚文。秦惠文王时刻石,内容为秦王祈求天神制克楚兵,复其边城。千春:千年。此形容石鼓流传久远。

〔4〕苔昏藓涩:形容石鼓长满苔藓,字迹漫灭。虫雕鸟剥:形容石鼓文像虫形鸟迹。虫雕,即雕虫;鸟剥,即鸟篆。

〔5〕诘(jié节)曲:曲折。石气:环绕石鼓的雾气。惨淡:暗淡。句谓:石鼓上的古画曲折,像有蛟龙隐伏;石鼓上的雾气暗淡,像是烟霭

环绕。

〔6〕周王功勋:石鼓上记录的周天子功勋。史籀:人名,周太史,造作籀文,与大篆小异。岐阳滨:岐山之南的河滨。

〔7〕中兴气象:国家转衰为盛的景象。复睹:再次看见,及重现。大篆:相传周宣王时史籀所作一种书体,又名籀书。意格:书体的意态与格调。

〔8〕先秦文字:春秋战国时期及秦代的文字。先秦,秦统一以前的历史时期。近古:接近古代书体的意格。摹拓(tà 踏):从碑刻金石上拓印的文字。

〔9〕六朝:魏晋南北朝时期。靡(mǐ 米)丽:华美艳丽。钟王:三国魏书法家钟繇和晋书法家王羲之的并称。通神:感通神灵。形容本领极大,才华非凡。

〔10〕唐韩宋轼:唐代的韩愈和宋代的苏轼。长篇:篇幅较大的诗歌。险韵:险僻难押的诗韵。悲辛:悲伤辛酸。此形容写作长篇险韵的诗歌很辛苦。

〔11〕大观:宋徽宗年号,当公元1107年至1110年。汴国:汴京,北宋的都城,即今河南开封。好艺:喜好文艺。崇斯文:崇尚此石鼓文。

〔12〕载致:运送来汴京。金填玉嵌:用金玉来镶嵌石鼓文。

〔13〕靖康:宋钦宗赵桓年号,当公元1126年。乘舆:古代特指天子和诸侯乘坐的车子。此借指国家政权。播荡:流离失所,动荡不安。保和玩物:保和殿的珍藏品。保和殿,宋代宫殿名,贮藏古玉印玺、鼎彝礼器和法书图画的地方。玩物,供人玩赏的珍藏品。

〔14〕神驱鬼守:好像被鬼神驱散又被鬼神聚守。空沉沦:徒然被埋没。

〔15〕文皇:明永乐皇帝朱棣,谥文皇帝。太庙:古代帝王的祖庙。成均:古代大学。

〔16〕博士:古代学官名。汉代置经学博士,职责是教授、课试,或奉使、议政。此指明代太学教授等职官。诸生:明清两代称已入学的生员。亲讲询:亲身赏玩石鼓文并讲习探讨之。

〔17〕虚廊画壁:宽长的画廊。画壁,绘画于廊壁上。

〔18〕钟鼎:钟、鼎之类青铜彝器。怨磨灭:因被磨损灭失而怨恨。琬琰(wǎn yǎn 晚眼):碑石之美称。琬,上端呈圆形的圭;琰,上端有尖峰的圭。嶙峋:形容石鼓、碑石突兀高耸。

〔19〕墨本:用纸墨写作的书画古迹。徒纷纭:徒然众多。此指纸墨质地的古迹虽可量多,但容易毁坏流失。纷纭,盛多的样子。

〔20〕轻千缗(mín 民):比千缗还贵重。缗,量词,古代以一千文为一缗。

〔21〕璧池:古代学宫前半月形的水池。华衮(gǔn 滚):古代王公贵族的多彩礼服。此借指皇帝及王公贵族。奎阁:收藏珍贵典籍文物的楼阁。贞珉(mín 民):石刻碑铭的美称。该句是对孔庙景观设置的描写:日月映照璧池,吸引君王贵族来光顾;星斗俯临奎阁,里面有石刻碑铭陈列。

〔22〕在万世:万年常在。长无湮:永不灭失。

子昂画马歌[1]

学士宋王孙,画马皆龙姿。曾写飞黄出天厩,尚留云影落瑶池[2]。池头马官锦靴袴,缓鞚长牵时拂顾[3]。万里精神开绢素,百年毛鬣生风雾[4]。吁嗟内乘无人识,想见奔腾过都国[5]。翠仗朱轩数往来,金羁玉勒增颜色[6]。只今天子罢南征,又闻东巡辽海城[7]。安得四马忽然生,登台一顾千金轻,天上常随八骏行[8]。

[1] 该诗出自《秦集》,当作于正德十三年七月出任陕西提学副使期间。正德皇帝荒唐无状,时常导演白龙鱼服、御驾亲征之类闹剧。诗人假托赵孟頫所画神马,婉讽内乘华美无能以及皇帝东巡辽海,表达对人君失德、国力衰退的忧患之情。子昂,赵孟頫的字。赵孟頫(1254—1322),浙江湖州人,元代著名书画家,为宋皇室裔孙,官至翰林侍讲学士。

[2] 飞黄:传说中的神马。天厩:皇家养马处。云影:云的影迹。此指神马踏落的云朵。瑶池:传说昆仑山上的天池,为西王母所居。

[3] 锦靴袴(kù 库):织锦的马靴和马裤。缓鞚(kòng 控)长牵:放松马笼头,放长马缰绳。拂顾:挥鞭回视。

[4] 精神:精力与体气。绢素:未曾染色的白绢。风雾:风云。该句描写画中天马的神气:白绢上的神马虽经百年,仍有兼行万里的力气,鬣毛间似有风云变幻。

[5] 吁嗟:哀叹,叹惜。内乘:御马。都国:国都,都城。

[6] 翠仗:翠玉装饰的仪仗。朱轩:红漆的车子。形容显贵的车乘。金羁玉勒:用金玉装饰的马络头。增颜色:增饰外表的华美。

[7] 只今:如今,现在。南征:御驾亲征江南。东巡:向东巡狩。辽海城:辽河以东的沿海城镇。此泛指辽东。

[8] 四马:画中的四匹神马。千金轻:贵重超过千金。八骏:相传为周穆王的八匹名马。八骏之名,说法不一。后亦喻皇帝的车驾。

五言律绝

平溪[1]

徙倚平溪馆,天高秋气清[2]。水萤光不定,山籁响难平[3]。夜火云间戍,寒枫江上城[4]。终宵无梦寐,高枕听滩声[5]。

〔1〕该诗出自《使集》,当作于弘治十八年五月奉哀诏使滇途中。全诗抒写寄身异域的观感,新异而凄丽。平溪,平溪卫,在贵州思州府,临靠镇阳江。

〔2〕徙倚:徘徊,逡巡。秋气清:秋天气候凄清。

〔3〕水萤:水边流动的萤火。山籁:山间的声音。鲍照《赠故人马子乔》之三:"野风振山籁,朋鸟夜惊离。"籁,古代一种竹制管乐器。

〔4〕云间戍:戍卒驻扎在云雾中。寒枫:寒夜的枫林。

〔5〕无梦寐:没有睡梦。此指睡不着。滩声:水激滩石发出的声音。

镇远三首[1](选一)

二

地僻先摇落,空亭长绿莎[2]。山川连蜀道,市井杂蛮歌[3]。旅箧衣裳少,秋程风雨多[4]。无人相问讯,尽日抚寒柯[5]。

〔1〕该诗出自《使集》,当作于弘治十八年五月奉哀诏使滇途中。异域的山川风物和风土人情,让诗人有种新异陌生感;而身在异乡,风雨兼程,无人问讯,又让诗人感到凄清孤单。全诗描写异域风物及荒蛮景象,新异而凄丽。镇远,贵州镇远府。

〔2〕摇落:凋残零落。语出《楚辞·九辩》:"悲哉秋之为气也!萧瑟兮草木摇落而变衰。"绿莎(suō 梭):绿色的莎草。此泛指绿草地。

〔3〕蜀道:蜀中的道路,亦泛指蜀地。蛮歌:南方少数民族的歌唱。此借指少数民族。句谓:此中的山水与蜀地相连,市井里杂居着少数民族。

〔4〕旅箧:旅行所携带的箱子。秋程:秋日的行程。

〔5〕寒柯:寒冬萧条的树木。语出《初学记》卷三引梁元帝《纂要》:"冬曰玄英……木曰寒木、寒柯、素木、寒条。"句谓:行程中人烟稀少,想问讯也没有人,成日里只见寒柯。

查城十五夜对月五首[1](选二)

二

天上何所有,团团白玉盘[2]。可怜秋半月,只是客中看[3]。影直朱楼午,轮高青嶂寒[4]。美人何处共,光彩隔云端。

〔1〕该诗出自《使集》,当作于弘治十八年五月奉哀诏使滇途中。从诗句"可怜秋半月,只是客中看"可知,何景明八月十五日经宿查城驿,有感而作此诗。诗人面对中秋月圆,顿感异乡身单影只,油然而生思

乡之情。情思清丽,言辞凄婉。查城,查城驿,在贵州永宁州。

〔2〕白玉盘:喻指月亮。语出李白《古朗月行》:"小时不识月,呼作白玉盘。"

〔3〕客中:在羁旅中。此隐指独在异乡,远离亲人。

〔4〕朱楼午:午夜的月亮直照亭台楼阁。朱楼,华丽的楼阁。此泛指亭台楼阁。轮:月亮。青嶂(zhàng障)寒:青山宛如屏障,透着寒意。

五

我爱秋宵永,西林待月斜。百年几圆缺?今夜倍光华。兄姊俱殊土,田庐有旧家[1]。金波如客泪,独洒向天涯[2]。

〔1〕殊土:异地。此指各在一方。旧家:故乡。

〔2〕金波:月光。语出《汉书·乐志》:"月穆穆以金波。"颜师古注:"言月之穆穆,若金之波流也。"

江门[1]

小店江门市,孤舟闻暮砧[2]。远沙含细雨,缺岸隐疏林[3]。旅宿青枫晚,人烟翠岳深[4]。渐临巴蜀道,一慰望乡心。

〔1〕该诗出自《使集》,当作于弘治十八年五月奉哀诏使滇的返程中。诗人从旅程的风物变化,觉察出渐近巴蜀之地;而巴蜀距中原未远,便油然兴起思乡之情。全诗借景抒情,自然清丽。江门,长江水上交通

的出入口。

〔2〕江门市:长江口岸的集市。暮砧:傍晚在砧上捣衣的声音。

〔3〕远沙:远处的沙滩。缺岸:残缺的江岸。句谓:远处的沙滩笼罩在濛濛细雨中,残缺的江岸隐藏在稀疏林木里。

〔4〕青枫:青翠的枫林。翠岳:苍翠的山峰。

峡中〔1〕

自昔偏安地,于今息战侵〔2〕。江穿巫峡隘,山凿鬼门深〔3〕。浊浪鱼龙黑,寒天日月阴〔4〕。夜猿啼不尽,凄断故乡心〔5〕。

〔1〕该诗出自《使集》,当作于弘治十八年五月奉哀诏使滇的返程中。诗人借景抒情,思乡之心,凄婉动人。

〔2〕偏安地:古代有些王朝因衰弱无力而偏居偷安的地方。此指巴蜀之地。

〔3〕巫峡:长江三峡之一,又称大峡。它西起重庆巫山县大溪,东至湖北巴东县官度口,因途经巫山得名。鬼门:这是夸张比喻的说法。巫峡两侧,峰高壁峭,相对而出,形如门户,水流湍急,行舟凶险,如过鬼门关,有"去者罕得生还"之说(《旧唐书·地理志》卷四)。

〔4〕鱼龙:鱼和龙。此泛指鳞介水族。

〔5〕故乡心:思念故乡的心情。句谓:夜里猿声凄厉,没有停歇;我因思乡心切,听来欲断情肠。

雨霁[1]

断雨悬深壁,馀雷振远空[2]。苍林横落日,碧涧下残虹[3]。万井波光静,千家树色同[4]。何因共朋好,归咏舞雩风[5]。

[1] 该诗出自《家集》,当作于正德二年后何景明归居期间。面对雨后乡村静谧的情景,诗人由衷地感到欢喜,而向往"风乎舞雩"的游乐人生。全诗自然起兴,情真意切,语言雅洁,颇有深致。雨霁(jì记),雨止天晴。

[2] 断雨:间歇落下的雨,即阵雨。馀雷:雷鸣之馀响,即残雷。

[3] 句谓:落日横照苍翠的树林,残虹垂跨碧绿的溪涧。

[4] 树色同:树林的颜色相同,即同一片树林。此隐指居民自然亲近。该句描绘乡村居民的静谧生活:在落日残虹映照下,井水波光幽静,居民自然亲近。

[5] 归咏舞雩(yú鱼)风:此化用《论语·先进》语:"莫春者,春服既成。冠者五、六人,童子六、七人,浴乎沂,风乎舞雩,咏而归。"后世借指游乐的人生境界。舞雩,原指古代求雨时举行的伴有乐舞的祭祀。后喻乐道遂志,不求仕进。

鸣蝉[1]

仲夏鸣蝉集,窗临碧树阴[2]。清心吾爱尔,长日自悲吟[3]。

露叶朝栖静,风林夕响沉[4]。偶通观物理,幽意坐来深[5]。

〔1〕该诗出自《家集》,当作于正德二年后何景明归居期间。诗人援引庄周《齐物论》之旨来运思助兴:于仲夏日,树荫乘凉,听蝉悲鸣,偶通万物,得观物理,幽闲之意,转而深沉。全诗情思超旷,语言隽永,意味深长。

〔2〕集:栖息,聚集。碧树阴:绿树的浓荫。

〔3〕尔:你。此代称鸣蝉。长日:漫长的白天。此指从早到晚不间断。

〔4〕栖静:安静地栖息。响沉:声音沉没。句谓:清晨,蝉安栖在带露的枝叶上;傍晚,蝉的鸣响被风林声淹没。该句化用唐代骆宾王《在狱咏蝉》诗意:"露重飞难进,风多响易沉。"

〔5〕偶通:偶尔物我感通。观物理:领悟万物微妙之道。观,观测,此引申为领悟;物理,事物的道理和规律。幽意:幽闲的情趣。

葵[1]

春后群花尽,孤葵且自芳。弱茎依井上,劲干拂檐长[2]。卫足全生理,倾心倚太阳[3]。幸因佳客至,采掇荐中堂[4]。

〔1〕该诗出自《家集》,当作于正德二年后何景明归居期间。这是一首精巧的咏物诗,化用葵卫足全生之典,来感悟人情物理,趣味深长,意在言外。

〔2〕弱茎:细弱的茎干。此描写葵的幼苗。劲干:强劲的枝干。此描写长成的葵。

〔3〕卫足:比喻自保、自卫。语出《左传·成公十七年》:"仲尼曰:'鲍庄子之不如葵,葵犹能卫其足。'"杜预注:"葵倾叶向日,以蔽其根。言鲍庄子居乱,不能危行言逊。"全生理:保全性命。倚太阳:靠近太阳。

〔4〕采掇(duó夺):采摘。荐中堂:在中堂进献上宾。中堂,正中的厅堂。古人在中堂会客以示尊敬。

中元夜月〔1〕

片月东城上,长风度早秋。光临青嶂发,影抱碧潭流〔2〕。灏气沉沙浦,馀辉恋水楼〔3〕。何人更吹笛,关塞不胜愁〔4〕。

〔1〕该诗出自《家集》,当作于正德二年后何景明归居期间。诗人借月亮起兴,发抒淡淡的哀伤。这哀伤因离群索居、怀恋旧游而起,写得凄婉动人,哀而不伤。中元,中元节,农历七月十五日。民间于此日举行祭祀亡故亲人的活动。

〔2〕青嶂:青翠的高峰。句谓:月亮倚靠着青山,发出清朗的光辉,月影环抱着碧潭,随水波一起流动。

〔3〕灏(hào浩)气:弥漫在天地间的气。此指夜晚湿凉的雾气。灏,浩大、广大。沙浦:沙洲。句谓:天快放亮了,湿凉的雾气沉落在沙洲上,月光的馀辉依恋水边楼阁。

〔4〕吹笛:此隐指伤逝、怀旧。典出向秀《思旧赋·序》:"余与嵇康、吕安居至接近,其人并有不羁之才。……余逝将西迈,经其旧庐。于时,日薄虞渊,寒冰凄然。邻人有吹笛者,发音寥亮。追思曩昔游宴之好,感音而叹,故作赋云。"关塞:边关、边塞。

获稻[1]

获稻妻孥喜,中宵尚筑场[2]。但堪供俯仰,那复问仓箱[3]?合亩黄云盛,翻匙白雪香[4]。更须催酿酒,溪上鲤鱼长[5]。

〔1〕该诗出自《家集》,当作于正德二年后何景明归居期间。全诗描写乡村获稻的喜庆场景,好一派农家乐的幸福气象。情思天成自然,语言清新俊逸。

〔2〕妻孥(nú 奴):妻子和儿女。语出《诗·小雅·常棣》:"宜尔家室,乐尔妻孥。"中宵:中夜、半夜。筑场:筑造堆放稻谷的场地。语出《诗·豳风·七月》:"九月筑场圃。"郑玄笺曰:"筑坚以为场。"

〔3〕俯仰:借指养家糊口。语出《孟子·梁惠王上》曰:"是故明君制民之产,必使仰足以事父母,俯足以蓄妻子。"仓箱:喻指年成好,获得丰收。语出《诗·小雅·甫田》:"乃求千斯仓,乃求万斯箱。"郑玄笺曰:"成王见禾谷之税,委积之多,于是求千仓以处之,万车以载之。是言年丰,收入逾前也。"

〔4〕黄云盛:比喻长熟的稻谷连成片像黄云。黄云,比喻成熟的稻麦。白雪香:比喻煮熟的米饭喷香洁白如雪。

〔5〕句谓:稻谷既已喜获丰收,就更应该赶紧来酿酒;溪中鲤鱼已经长大,正等着新酒来食用呢。

登楼二首[1]

一

眇眇凭高暮,凄凄景物闲[2]。秋阴生巨壑,云气度西山。一郡寒烟畔,千门落照间[3]。此时瞻北极,万里欲飞攀[4]。

〔1〕该诗出自《家集》,当作于正德二年后何景明归居期间。诗人秋日登高望远,见巨壑阴云、千门落照,而激发飞攀的愿望;又见河山暮色、草木班班,而引发眷恋之感想。这是何景明归居后,不甘沉沦落寞、期待复出心境的写照。情思婉转,文华凄美,颇可讽味。

〔2〕眇眇:辽阔高远的样子。凭高暮:傍晚登高,凭栏望远。凄凄:寒凉的感觉。景物闲:所见景物空阔辽远。

〔3〕寒烟畔:坐落在寒冷的烟雾旁。落照:夕阳的馀辉。

〔4〕句谓:这个时候,我眺望辽远的北方,就产生一种冲动,欲像鸟一样展翅高飞。

二

缥缈东楼上,长凭兴不悭[1]。病来疏眺望,秋至废跻攀[2]。日落河山暮,风回草树班[3]。夜残犹未倦,坐待月临关[4]。

〔1〕兴不悭(qiān 千):兴致不少,犹言兴致高。悭,不多、稀少。

〔2〕跻(jī 机)攀:攀登。

〔3〕河山暮:河流群山笼罩在暮色中。草树班:花草树木排列有序。班,分等序排列。

〔4〕该句抒写对生命的眷恋:直到夜深月残,我犹不觉疲倦,长坐待月西沉。

雨夜似清溪二首[1]

一

院静闻疏雨,林高纳远风[2]。秋声连蟋蟀,寒色上梧桐[3]。短榻孤灯里,清笳万井中[4]。天涯未归客,此夜忆江东[5]。

〔1〕该组诗出自《家集》,当作于正德二年后何景明归居期间。诗人独居索寞,在一个清秋雨夜,因思念清溪子,而设为其想,代言游子的思乡情怀。情思凄清,笔法独特,兴味悠长。似,给予,赠与。清溪,又叫清溪子,沈子高的室号。沈子高,吴中人,生卒年不详,尝构草堂于清溪之上,以为隐居之所。尝北游访何景明,为道清溪之胜。何景明为作《清溪草堂》四首等诗。

〔2〕疏雨:稀疏的小雨。远风:高远处的来风。

〔3〕句谓:蟋蟀声声鸣叫不停,这是秋天的声音啊;梧桐树的叶色转黄,寒意悄然爬上树梢。

〔4〕清笳:凄清的胡笳声。万井:千家万户。此指市井。该句写凄

凉落寞的心境,意谓:我靠在孤灯下的短榻上,听市井里凄清的笳鸣。

〔5〕江东:家乡。此指父老乡亲。语出《史记·项羽本纪》:"天之亡我,我何渡为!且籍与江东子弟八千人渡江而西,今无一人还,纵江东父兄怜而王我,我何面目见之?"

二

微雨初摇飏,风吹洒更长[1]。冥冥来石壁,飒飒近秋堂[2]。萤火流深堑,鸬鹚下浅塘[3]。吴歈当此夕,哀切兴难忘[4]。

〔1〕摇飏(yáng扬):摇扬,摇曳。
〔2〕冥冥:迷漫昏暗的样子。飒飒:风吹的声音。
〔3〕深堑:幽深的沟壕。浅塘:清浅的水塘。
〔4〕吴歈(yú娱):原指春秋时期吴国的歌谣。此泛指吴地歌谣。

夜[1]

地远柴门静,天高夜气凄。寒星临水动,夕月向沙低[2]。入室喧虫语,张灯住鸟啼[3]。自然幽意惬,不是恋深栖[4]。

〔1〕该诗出自《家集》,当作于正德二年后何景明归居期间。诗人离群索居,排除物累,伴寒星夕月,听虫语鸟啼,有一种自然清幽的情怀。全诗即抒写这种情怀,写得清淡温雅。
〔2〕寒星:闪着寒光的星辰。夕月:即将西沉的月亮。

〔3〕喧虫语:虫鸣更加喧噪。住鸟啼:使鸟停止鸣叫。
〔4〕幽意:清幽的情怀。惬(qiè妾):快心,满足。深栖:深居简出,即栖隐。

吾州[1]

辽邈吾州地,名从申伯来[2]。通淮一水下,入楚万峰开[3]。旧国无遗庙,寒城有废台。秋郊独临眺,怀古意悲哀。

〔1〕该诗出自《家集》,当作于正德二年后何景明归居期间。诗人归居故土,观览山川地势和历史文物,而兴怀古悼亡之感。情思悲慨,语势雄健。吾州,我的家乡。
〔2〕申伯:周封伯夷之后于申,称申伯。信阳在其封地范围内,故称申。
〔3〕通淮:与淮水相连通。入楚:地界嵌入楚国。

月二首[1]

一

宛宛秋山月,今宵尚未圆[2]。光生万里外,影对一樽前[3]。城静虚弓倚,楼高破镜悬[4]。草堂风露下,终夜不成眠[5]。

〔1〕该组诗出自《家集》,当作于正德二年后何景明归居期间。其一,写对月成影,诗人孤清难眠;其二,写月落江湖,诗人忧叹归宿。全诗情思婉转,言词清丽。

〔2〕宛宛:清晰真切的样子。语出刘熙《释名·释丘》:"中央下曰宛丘,有丘宛宛如偃器也。"

〔3〕万里外:万里以外的地方。此指辽远的苍穹。影对:相对成伴,即对影。语出李白《月下独酌》:"花间一壶酒,独酌无相亲。举杯邀明月,对影成三人。"该句写孤清的感受:从辽远的苍穹,月光照射下来,我以杯酒邀月,与之对影相伴。

〔4〕虚弓:未拉满的弓。破镜:残破的镜子。此均比喻未圆的月亮。

〔5〕草堂:茅草屋。

二

片月中秋近,辉光一岁无〔1〕。天清惊塞雁,夜冷落枫乌〔2〕。不寐知宵永,无言对影孤〔3〕。更深何处没,万里堕江湖〔4〕。

〔1〕片月:一片月光。一岁无:一年以来所没有。此指今宵月光极佳。

〔2〕塞雁:塞外飞来的鸿雁。鸿雁迁徙,秋季南来,春季北去;故古人常用以喻指思念乡亲。枫乌:栖息在枫树上的乌鸦。此化用张继《枫桥夜泊》诗意:"月落乌啼霜满天,江枫渔火对愁眠。"

〔3〕宵永:夜晚漫长。影孤:对着影子,越发觉得孤单。

〔4〕句谓:今夜已更深欲尽,月将隐没何处呢?应在万里外的江湖吧。

九月[1]

九月清霜下,中林蕙草寒[2]。暮霞多变态,秋色不宜看[3]。丘壑容吾拙,乾坤敢自安。古来俱涕泪,况复岁华残[4]。

〔1〕该诗出自《家集》,当作于正德二年后何景明归居期间。诗人感秋伤时,虽以容拙自安,却无法排遣心头郁闷。感情沉郁,文笔流丽。
〔2〕中林:林野。《诗·周南·兔罝》:"肃肃兔罝,施于中林。"毛传:"中林,林中。"蕙草:一种香草,又名熏草、零陵香,见宋玉《风赋》:"猎蕙草,离秦衡。"
〔3〕多变态:形态变幻多端。不宜看:犹言不忍看。
〔4〕岁华:时光、年华。

九日同马君卿、任宏器登高四首[1]

一

岁岁重阳菊,开时不在家。那知今日酒,还对故园花。野静云依树,天寒雁聚沙[2]。登临无限意,何处望京华[3]?

〔1〕该组诗出自《家集》,当作于正德二年后何景明归居期间。诗

人重阳节登高望远,感事伤怀:悲朝廷日远,壮志实在难酬;叹友朋相逢,欢聚不可多得。全诗情思沉郁,语言哀婉。马君卿,马录,参见《过吕仲木宅同吕道夫、马君卿》注〔1〕。任宏器,何景明的同乡友。何景明归居时,他常来过访。其馀不详。

〔2〕野静:宁静的郊野。雁聚沙:大雁聚落在沙洲上。

〔3〕无限意:无穷无尽的思念。京华:对京城的美称。句谓:我登高远望,感思绵绵,举目茫然,京华何在?

二

远地宜登望,秋光薄暮浓〔1〕。楼高窥万井,潭回落千峰〔2〕。花为重阳发,人怀百岁逢〔3〕。同游俱俊彦,尊酒得从容。

〔1〕远地:辽远开阔的地方。秋光:秋日的风光景致。

〔2〕万井:千家万户。潭回:潭水环绕。句谓:登临高楼,俯瞰千家万户;潭绕群山,倒影尽落水底。

〔3〕百岁逢:百年难逢一次。

三

病思逢佳节,孤怀忆远游。河山还似昔,烟树不胜秋。故国浮云去,高台日暮愁〔1〕。牛山元有恨,休讶泪长流〔2〕。

〔1〕故国:古老的都城。此借指朝廷。句谓:朝廷随浮云日渐远去,我日暮登高独自发愁。

〔2〕牛山:山名,在今山东淄博。春秋时,齐景公迫于吴国的压力,将幼女少姜嫁与吴太子波,在送嫁途中泣于牛山。此借指诗人的遗恨。

四

向夕枫林爽,行吟未拟回。明霞积水外,落日古城隈〔1〕。鼓角秋深怨,风霜岁晚催〔2〕。莫将迟暮意,孤负菊花杯〔3〕。

〔1〕积水外:水域的尽头。古城隈(wēi 威):古城的一角。隈,一隅、角落。

〔2〕鼓角:战鼓和号角。杜甫《阁夜》:"五更鼓角声悲壮,三峡星河影动摇。"

〔3〕迟暮意:感叹时光迁延,壮志难酬。迟暮,晚年。语出《楚辞·离骚》:"惟草木之零落兮,恐美人之迟暮。"菊花杯:犹言菊花酒,亦指重阳酒会。

再别清溪子〔1〕

冬馆萧条别,开樽为尔吟。岸梅催客鬓,江柳送归心〔2〕。南国浮云暮,孤城积霰阴。逢春湖雁起,休滞北来音〔3〕。

〔1〕该诗出自《家集》,当作于正德二年后何景明归居期间。诗人由今冬话别遥想来春问讯,将两重时空叠加起来,更添一层离情别绪。清溪子:沈子高。参见《雨夜似清溪二首》第一首注〔1〕。

〔2〕岸梅:岸边的梅树。江柳:江边的柳树。

〔3〕湖雁:栖息在湖泊的大雁。北来音:捎带音讯来北方。

别望之[1]

相送不得远,临水一悲歌。行云暮不止,游子意如何?楚塞风烟回,燕关雨雪多[2]。春还问消息,尺素莫蹉跎[3]。

〔1〕该诗出自《家集》,当作于正德二年后何景明归居期间。何景明与孟洋是内兄弟,又诗文唱和,情在师友之间。该诗情意深挚缠绵,而以家常话道出,真可谓别开生面。望之,孟洋的字。参见《赠望之四首》第一首注〔1〕。

〔2〕楚塞:楚国的关塞。此泛指楚地。燕关:即山海关。此泛指北方。

〔3〕尺素:小幅素色绢帛,后指书信。句谓:等到春回大地之时,你我可要互通音讯,千万不要被延误啊!

雨夜[1]

云薄高城上,孤亭郡郭西。暗中萤火度,灯下草虫啼。零落同游客,凄凉旧雨题[2]。高歌视雄剑,慷慨为谁携[3]?

〔1〕该诗出自《家集》,当作于正德二年后何景明归居期间。诗人

独居落寞,怀恋旧游,慷慨激昂,心绪茫然。

〔2〕同游客:一同交游的朋友。旧雨题:抒写不见老友的感伤。旧雨,语出杜甫《秋述》:"常时车马之客,旧,雨来;今,雨不来。"后世代称老友。

〔3〕该句写茫然若失的心绪,句谓:我目视所携宝剑,放声高歌,慷慨激昂;而这究竟是为了谁呢?

十四夜〔1〕

水际浮云起,孤城日暮阴。万山秋叶下,独坐一灯深〔2〕。白露兼葭落,西风蟋蟀吟〔3〕。关山今夜月,横笛有哀音〔4〕。

〔1〕该诗出自《家集》,当作于正德二年后何景明归居期间。日暮阴寒,秋色萧索,一灯独燃,风露凄清。诗人独居此境,有种莫名的落寞与悲哀。全诗以景写情,凄婉动人。

〔2〕秋叶下:秋天的树叶飘落。一灯深:孤灯直燃到深夜。

〔3〕兼葭(jiān jiā 尖加)落:芦苇稀疏零落。兼葭,初生还没长穗的芦苇。蟋蟀吟:蟋蟀鸣叫。

〔4〕关山:关隘山岭。此所谓关山月,一语双关:一指关山上的月亮,一指古乐曲《关山月》。《关山月》为汉乐府横吹曲名,多写边塞士兵久戍不归的哀怨情绪。横笛:七孔横吹之笛。

登坚山寺〔1〕

西峰插天起,绝顶寺门开。云里一僧住,山中无客来。落花平讲席,积草遍香台[2]。我欲闻清梵,焚香坐不回[3]。

〔1〕该诗出自《家集》,当作于正德二年后何景明归居期间。坚山寺是座偏僻破落的小寺,何景明归居闲游至此,在清梵香烛中打坐参佛,获得片刻清净,忘怀世俗烦恼。情思清寂,用语枯淡。

〔2〕讲席:宣讲佛法的席位。香台:焚烧香烛的台面。讲席、香台均借指佛殿。

〔3〕清梵:清净的梵音。此指僧尼诵经的声音。坐不回:专心打坐参佛,忘怀世俗烦恼。

怀李献吉二首[1]

一

闻君在罗网,古道正难行[2]。无使传消息,凭谁问死生。东方元太岁,李白是长庚[3]。才大翻流落,安知造物情[4]?

〔1〕该组诗出自《家集》,当作于正德二年后何景明归居期间。李梦阳忠直敢谏、不畏强暴,每每忤逆权贵而获罪愆。何景明为之忧愤不平,而作此诗劝慰李梦阳,希望他早日弃官归居,免得更遭不测。情思愤慨,语言切直。献吉,李梦阳的字,参见《六子诗六首并序》第四首注〔1〕。

〔2〕罗网:捕捉鸟兽的网。此喻指被俗务羁绊。古道:古直之道。

此指李梦阳忠直敢谏、不畏强暴之精神。

〔3〕东方:汉武帝时贤臣东方朔,以滑稽善谏著称。太岁:木星,古代天文学中用以纪年。此喻指东方朔是太岁星降生,不同凡响。李白:唐代著名诗人,以傲视帝王权贵闻名。长庚:金星,傍晚出现在西方天空。此喻指李白是长庚星降生,不同凡响。

〔4〕翻:反而。流落:漂泊外地,穷困失意。造物情:造物主的真实用意。

二

冠盖京华地,斯人独可哀〔1〕。神龙在泥淖,朱凤日摧颓〔2〕。世路无知己,乾坤孰爱才。梁园别业在,何日见归来〔3〕?

〔1〕冠盖:泛指官员的冠服和车乘。冠,礼帽;盖,车盖。

〔2〕神龙:即龙。传说龙变化莫测,故有"神龙见首不见尾"之说。此喻指李梦阳。泥淖:泥泞的洼地。此比喻不能自拔的困窘境地。朱凤:即朱雀,古代神话中的鸟名,为南方守护神。摧颓:困顿、失意。

〔3〕梁园:西汉梁孝王的东苑,亦作梁苑。此指大梁,即河南开封。李梦阳年少时随父客居大梁,尚有田园房舍存焉,便以开封为第二故乡。句谓:梁园可有你的田园房舍啊,你何时归来与我比邻而居呢?

雨后次孟望之二首[1]

一

断雨藏深浦,残云霁晚空[2]。人家乱水外,野艇夕阳中[3]。风急鸣江鹳,天高落塞鸿。沧浪浩歌起,身世羡渔翁[4]。

〔1〕该组诗出自《家集》,当作于正德二年后何景明归居期间。其一,抒写诗人居处郊野,想慕逍遥放歌、高隐出世的情怀;其二,抒写诗人独居落寞,不耐凄清寒凉、孤单失偶的心境。诗中多用断、残、乱、素、昏、孤、寒等凄冷字眼,意象寒寂,情境萧然。孟望之,孟洋。参见《赠望之四首》第一首注〔1〕。

〔2〕断雨:间歇的雨,即阵雨。霁晚空:傍晚雨后放晴,天空清朗。

〔3〕乱水:雨后涨溢的江水。野艇:漂泊荒野的小船。

〔4〕沧浪浩歌:逍遥自得而放声高歌。典出《孟子·离娄上》:"有孺子歌曰:沧浪之水清兮,可以濯我缨;沧浪之水浊兮,可以濯我足。"此歌又见《楚辞·渔父》。渔翁:渔父。典出《楚辞·渔父》。此指隐居的世外高人。

二

万里看无际,高秋接素氛[1]。沙村昏片雨,石壁断孤云[2]。

鸿雁常求侣,凫鸥不离群。寒山有落木,风起暮缤纷[3]。

〔1〕素氛:白色的云气。

〔2〕沙村:沙洲上的村落。片雨:阵雨。亦指局部地区降落的雨。断孤云:被孤云遮断。孤云,单独飘浮的云片。

〔3〕缤纷:纷乱飞舞的样子。句谓:秋山寒瑟,林木凋落,日暮风起,落叶乱舞。

客 至[1]

野外逢迎少,柴门落叶稠。人闲不扫室,客到始梳头。且为烹茶坐,还因看竹留[2]。登临如有兴,更上水边楼。

〔1〕该诗出自《家集》,当作于正德二年后何景明归居期间。诗人居处散淡,不事逢迎,偶有客来,或烹茶看竹,或临水登楼,情趣闲雅,颇有意致。这是何景明归居生活的真实写照,平实自然,了无雕饰。

〔2〕烹茶坐:一边煮茶一边坐谈。古时文人视烹茶清谈为雅事。看竹留:因贪赏竹子而被留下来。典出《世说新语·简傲》:晋王徽之爱竹,见一士大夫家有好竹,乃径到竹下观赏。主人令人闭门留坐,叙谈尽欢方散。后世用作名士不拘礼法之典实。

西郊秋兴十首[1]（选六）

一

立马西郊地,悲风惨淡生[2]。白杨落古墓,黄叶下孤城。流水年年去,浮云日日行。沧浪清若许,聊可濯吾缨[3]。

〔1〕该组诗出自《家集》,当作于正德二年后何景明归居期间。其一、其三、其四抒写闲居适意、逍遥自得的情怀;其六、其八抒写时序变迁、凄冷孤清之感想;其九抒写牢落惆怅、卓尔不群的意绪。情思超然,语含悲慨。

〔2〕立马:驻马。惨淡:悲惨凄凉。

〔3〕濯吾缨:比喻洗净世俗的污浊。参见《雨后次孟望之二首》第一首注〔4〕。

三

野屋清秋暮,寒沙易朔风[1]。岁年悲老树,歧路感孤蓬[2]。醉岂逃名士,狂非避世翁[3]。寻常门自掩,无客到山中。

〔1〕清秋暮:秋天清朗的暮色。易朔风:悲怨寒冷的北风。易,古州名,在今河北易县;朔,古州名,在今山西朔县。此以易、朔泛指北方寒凉

之地。

〔2〕岁年:年岁,年华。歧路:岔路。此比喻使人迷失本性的仕宦生涯。典出《列子·说符》:"大道以多歧亡羊,学者以多方丧生。"孤蓬:随风飘转的蓬草。此比喻漂泊无定的游子。句谓:面对枯老的树木,我悲叹年华易逝;历经仕宦的迷途,我感伤身世漂泊。

〔3〕逃名士:逃避声名的高士。逃名,语出《后汉书·逸民传·法真》:"法真名可得而闻,身难得而见;逃名而名我随,避名而名我追。"避世翁:逃避尘世的高人。避世,语出《庄子·刻意》:"此江海之士,避世之人,闲暇者之所好也。"该句反思沉醉佯狂以逃名避世的行为,意谓:沉醉哪里就成了逃名士,佯狂也不是避世翁。

四

旧家浉水上,门向钓台边[1]。近市来沽酒,中流坐放船。蒹葭开晚照,洲渚接寒天[2]。渔父如相识,长歌过我前[3]。

〔1〕浉(shī 师)水:水名,源出桐柏山支脉,向东北流入淮河。钓台:水边供人垂钓的平台。此化用东汉严子陵垂钓富春山事,典出《后汉书·逸民传·严光》。

〔2〕蒹葭(jiān jiā 兼加):初生还没长穗的芦苇。洲渚(zhǔ 主):水中的小陆地。寒天:高旷寒冷的天空。

〔3〕该句化用《楚辞·渔父》典,想慕逍遥自得的人生。

六

萧条万峰里,门巷静无哗[1]。积草惟三径,垂杨自一家[2]。

寒云抱古木,晚日媚残花。岁事看如此,能教负物华[3]?

〔1〕萧条:逍遥闲逸的样子。
〔2〕三径:代指归隐者的家园,即隐所。晋代赵歧《三辅决录·逃名》曰:"蒋翊归乡里,荆棘塞门,舍中有三径,不出,唯求仲、羊仲从之游。"自一家:自成一家。此指远离喧嚣,与世隔绝。
〔3〕岁事:一年的时序。此指时令与物候变迁。负物华:辜负美好的景物。

八

亭古枫沙落,绿溪不奈秋[1]。西风怯纤绤,细雨恋重裯[2]。双鹭寒窥井,孤鸿晚过楼[3]。白鸥还有意,相逐向吾洲。

〔1〕枫沙落:枫叶飘落。枫沙,枫叶。此泛指秋令变红的树叶。绿溪:清澈湛碧的溪水。
〔2〕纤绤(xì 细):细葛做的夏衣。重裯(chóu 愁):双层的被褥。
〔3〕窥井:透过天井往下窥看。这是拟人的写法,白鹭从天井上空飞过,不说人从天井看见白鹭,反说白鹭向天井里窥看。该句描写秋天的物候,借以烘托凄冷孤清之感。

九

严风日以发,落叶转纷纷[1]。远树斜衔照,寒山半入云。步兵常嗜酒,水部本能文[2]。怅望千秋上,斯人亦不群[3]!

〔1〕纷纷:杂乱繁多的样子。

〔2〕步兵:即阮籍。阮籍本来不乐仕宦,但听说步兵厨中有三百斛好酒,便主动要求出任步兵校尉,待酒喝完即离任而去。世人羡其纵任不羁,称之为江东步兵。水部:即杜甫。杜甫做过工部员外郎,因工部又称水部,故世人称之为水部。

〔3〕斯人:指阮籍、杜甫这些人。句谓:怅然审视过往的岁月,他们可是卓尔不群、与俗不谐的人啊!

答望之二首〔1〕

一

念汝书难达,登楼望欲迷〔2〕。天寒一雁至,日暮万行啼〔3〕。饥馑饶群盗,征求及寡妻〔4〕。江湖更摇落,何处可安栖〔5〕?

〔1〕该组诗出自《家集》,当作于正德二年后何景明归居期间。诗人思念望之,不仅情意深挚,更在思念之中,通报乡亲的困苦,表达彼此的忧念。全诗类同家书,而情深意长,讽切现实,颇有韵致。望之,孟洋。参见《赠望之四首》第一首注〔1〕。

〔2〕书:信。欲迷:眼前迷茫,难辨方向。

〔3〕万行:许多行雁阵。该句以物候描写气节变化,意谓:天刚转寒,就有一雁飞来;及至日暮,引来阵阵雁啼。

〔4〕饥馑(jǐn 谨):灾荒,庄稼收成很差或颗粒无收。寡妻:寡妇。

此泛指孤苦无靠的人们。

〔5〕摇落:凋残,零落。此指生存环境恶化。安栖:安心栖居。

二

日落荒山畔,孤城更可伤。生涯仍寂寞,世事转仓皇^[1]。百口同饥馑,千村尽虎狼^[2]。知君怜老父,南望白云长^[3]。

〔1〕寂寞:此指独居落寞。仓皇:匆忙急迫,又作仓惶。此指世事急剧变化。

〔2〕百口:众多的人口。此泛指黎民百姓。虎狼:比喻凶猛贪残的人。此指施行苛政的官吏。

〔3〕老父:年迈的父亲。此泛指父老乡亲。白云长:白云遮挡路途,遥遥不知归期。

赠韩亚卿返湖南二首[1](选一)

二

送节初临夏,回旌已逼年^[2]。驰驱千里使,经济万人传^[3]。发变江湖上,身归日月边^[4]。淮西困饥馑,侧望达尧天^[5]。

〔1〕该诗出自《家集》,当作于正德二年后何景明归居期间。诗人

忧叹时光流逝,青春易老,壮志难酬,太平无望,颇感无奈。全诗讽切时事,情辞沉郁幽愤。韩亚卿,何景明的好友。其馀不详。

〔2〕送节:送别使节。回旌:迎回旌节。逼年:靠近岁末。

〔3〕经济:经世济民。此指治国的才干。

〔4〕发变:头发变得斑白。此借指时光流逝,容颜衰老。日月边:日月下落的西边。

〔5〕淮西:淮河以西地区。尧天:尧能法天而致太平。语出《论语·泰伯》:"巍巍乎,唯天为大,唯尧则天。"后世用以称颂帝王圣德和太平盛世。

得五清先生消息尚客澧州怅然有怀作诗六首[1]

一

憔悴东都士,吾师更可嗟[2]。三年为逐客,万里未还家[3]。暮阻巴山雪,春行楚岸花。江湖无路觅,流涕望天涯。

〔1〕该组诗出自《家集》,当作于正德二年后何景明归居期间。弘治末,何景明初任京职时,师事刘瑞,与之情谊深厚。及至正德初,何景明归居信阳时,刘瑞也谢病辞官,流寓澧州,师徒各在一方,遥相思念。这组诗就在此背景下创作。其一,抒写对师尊刘瑞的思念之情;其二,宣泄为刘瑞衔谤难明的不平之愤;其三,抒发对刘瑞不幸遭遇的无奈哀伤;其四,表达与刘瑞同命运、共悲苦之感应;其五,同情刘瑞羁栖之劳顿并

赞美其归隐之高名;其六,寄托对刘瑞儒行与文章的仰慕之意。全诗情思幽怨,语言清丽。五清先生,刘瑞的号。刘瑞,字德符,四川内江人,生卒年不详。弘治九年进士,选庶吉士,授检讨,累官南京礼部右侍郎。正德初,刘瑾肆虐,瑞即谢病,贫不能还乡,依从母子李充嗣于澧州,授徒自给。澧(lǐ礼)州,地名,属湖广岳阳府,即今湖南澧县。

〔2〕东都:东边的都城,即河南洛阳。何景明为河南人,故自称东都士。吾师:对刘瑞的尊称。

〔3〕逐客:被贬谪远地的人。杜甫《梦李白》:"江南瘴疠地,逐客无消息。"

二

昔遇南来客,曾传北寄声。飘零携百口,留滞傍孤城。泽畔骚人兴,周南太史情〔1〕。天高地仍远,衔谤竟谁明〔2〕?

〔1〕泽畔骚人兴:比喻隐没草野,牢骚幽闷。此化用屈原被逐、行吟泽畔而作骚赋典。周南太史情:比喻滞留某地,毫无建树。典出《史记·太史公自序》:"天子始建汉家之封,而太史公留滞周南,不得与从事。"

〔2〕衔谤:遭受毁谤。

三

洞庭西去路,消息几回闻?地僻难逢雁,天长只见云。白苹悲楚客,斑竹怨湘君〔1〕。宋玉哀师意,空传九辩文〔2〕。

〔1〕白苹:又作白萍,鱼子的别名。楚客:此特指屈原。屈原忠而被

谤,身遭放逐,愁思不解,自沉汨罗。斑竹:一种茎上有紫褐色斑点的竹子,也叫湘妃竹。《博物志》卷八:"尧之二女,舜之二妃,曰湘夫人。帝崩,二妃啼,以涕挥竹,竹尽斑。"湘君:湘水女神。《列女传·有虞二妃》:"舜陟方死于苍梧,号曰重华。二妃死于江湘之间,俗谓之湘君。"

〔2〕宋玉:楚国大夫,据说他是屈原的学生,效屈原创作辞赋。哀师意:为老师屈原的不幸遭遇感到哀伤。九辩文:宋玉仿效屈原所创作的辞赋,即《九辩》。东汉王逸《楚辞序》称:"宋玉者,屈原弟子也,悯惜其师忠而放逐,故作《九辩》以述其志。"

四

夫子先辞国,嗟予亦罢官[1]。生涯同去住,世事各悲欢[2]。楚地江湖阔,巴山道路难。白头慈母在,雨雪更愁寒。

〔1〕辞国:辞别京城。此指被贬谪。罢官:辞官不做。
〔2〕同去住:一同去官或留任。此偏用去官义。去住,去官或留任。各悲欢:各有各的悲伤与欢乐。此偏取悲伤义。

五

迹为羁栖久,身因放逐劳。五溪淹日月,三峡尚波涛[1]。梦里摧双翼,愁边见二毛[2]。清风引归袂,名共蜀山高[3]。

〔1〕五溪:地名,指雄溪、樠溪、无溪、西溪和辰溪,旧属武陵郡管辖,今在湖南西部和贵州东部,为少数民族聚居地。三峡:长江上游瞿塘峡、巫峡和西陵峡

的合称,在重庆和湖北交境。

〔2〕摧双翼:摧折了一双翅膀。此喻指回乡梦破灭。二毛:斑白的头发。头发有黑、白二色,故称二毛。

〔3〕归袂(mèi妹):借指归隐的行装。袂,袖子。句谓:清风吹拂你归隐的行装,你的声名和蜀山一样高。

六

儒行荆人识,文章澧郡传〔1〕。夷方仍俎豆,客路半舟船〔2〕。太守迎徐稚,诸生仰郑玄〔3〕。独怜门下士,何日进彭宣〔4〕。

〔1〕荆人:楚中的人们。澧郡:澧州。

〔2〕夷方:西南少数民族居住区域。俎(zǔ祖)豆:俎和豆,古代祭祀或宴享时盛食物的两种礼器,亦泛指各种礼器。此喻指在夷方推行礼仪教化。客路:旅程。半舟船:有一半旅程在水路舟船上。

〔3〕徐稚:字孺子,东汉人。陈蕃做太守时,在郡不接待宾客,唯徐稚来时特设一榻,去则悬之。郑玄:东汉人,字康成,北海高密(今属山东)人,隐居不仕,聚徒讲学,潜心著述,遍注群经,为汉代经学集大成者。

〔4〕彭宣:汉代名臣,自子佩,淮阳夏阳人,师事张禹治《易》,举为博士,及王莽秉政专权,上书乞骸骨,愿归乡里。后世用作见险而止之典实。

喜刘朝信过饮三首[1]

一

坐惜芳菲晚,何人到野中[2]?相邀一樽酒,来对百花丛[3]。翡翠鸣春日,游丝堕碧空[4]。谁知艳阳节,烂醉与君同?

〔1〕该组诗出自《家集》,当作于正德二年后何景明归居期间。暮春三月,花木烂漫,酣歌醉饮,物我两忘。这种随顺自然、等同物我的心境,使归居的何景明获得生趣。全诗引入老庄之旨,情思超旷,语言清逸。刘朝信,何景明的朋友,尝到信阳过访何景明。其馀不详。

〔2〕坐惜:因为怜爱。芳菲晚:花草盛美,久未凋谢。野中:旷野里。

〔3〕樽:盛酒器。泛指杯盏。

〔4〕翡翠:翠鸟的别名。此鸟嘴长而直,生活在水边,以鱼虾为食,羽毛有蓝、绿、赤、棕等色。游丝:蜘蛛等布吐的飘荡在空中的丝絮。

二

西郭栖迟地,春风亦可怜[1]。落花寒食雨,高柳夕阳天[2]。岸帻行林侧,移樽坐水边[3]。啼莺如有意,数傍舞衣前。

〔1〕栖迟:游息,即休闲游玩。

〔2〕寒食:节日名,在清明前一日或二日。

〔3〕岸帻(zé责):推起头巾,露出前额。此形容衣着简率不拘,态度洒脱。

三

烟树孤城外,风花野水滨。群鸥不避客,双燕亦留人〔1〕。况值清明后,酣歌烂熳春。相看三月暮,过我勿言频。

〔1〕群鸥不避客:典出《列子·黄帝篇》:"海上之人有好沤(鸥)鸟者,每旦之海上,从沤(鸥)鸟游。沤(鸥)鸟之至者百住(数)不止。"后世作为随顺自然、物我两忘之典实。

寄任宏器〔1〕

白发三年客,沧江万里船〔2〕。相思一回首,怀抱即依然。碧草成诗梦,桃花入醉眠〔3〕。高车易倾覆,何似广文毡〔4〕?

〔1〕该诗出自《家集》,当作于正德二年后何景明归居期间。诗人劝诫友人不要贪慕高位,而要安于低位;认为官位低微闲散,可以梦成诗草,醉眠桃花,获得一己之平安快适。诗思颇富哲理,契合老庄之旨。任宏器:何景明之友,参见《九日同马君卿、任宏器登高四首》第一首注〔1〕。

〔2〕沧江:江河的流水。此比喻艰险的仕途。沧,同苍,水深而呈青绿色。

〔3〕碧草成诗梦:此用谢灵运梦见谢惠连而得"池塘生春草"句事。参见《南史·谢惠连传》。

〔4〕高车:高大的车,常为显贵者所乘。此比喻官位显赫。广文毡(zhān 瞻):比喻官位低下。广文,泛指清苦闲散的儒学教官。典出《新唐书·郑虔传》:玄宗爱郑虔才,为置广文馆,以之为博士。杜甫《醉时歌》称之为"广文先生"。毡,毡车,用毛毡为篷的车子,常为低下者所乘。

和贾西谷暮春雨后之作[1]

溪雨清明过,游云薄远空。鸥喧春水至,燕落晚泥融。麦秀千家暗,桃花昨夜风[2]。独怜艳阳日,尊酒未能同[3]。

〔1〕该诗出自《家集》,当作于正德二年后何景明归居期间。诗人用溪雨、游云、鸥喧、燕落、麦秀、桃花、艳阳等意象,将浓浓春意渲写得生动鲜活。末句写不能与友共饮的遗憾,更渲染出热爱春天的意绪。全诗运思自然而立意精巧,语言亦极为清丽。贾西谷,何景明的一位朋友,其馀不详。

〔2〕麦秀:麦子秀发而未实。千家:千家万户。此借指村落。

〔3〕尊酒:杯酒。尊,同樽,酒杯。

春望[1]

荏苒青春望,栖迟白日歌[2]。柳随愁共结,花与泪同多[3]。

异域犹戎马,吾生只薜萝[4]。萋萋春草色,依旧满山河[5]。

〔1〕该诗出自《家集》,当作于正德二年后何景明归居期间。诗人隐居乡间,犹关心边疆战事,感叹自己不能奔赴战场,建功立业。情思凄婉,颇含气概。

〔2〕荏苒(rěn rǎn忍染):时间缓缓地流逝。青春望:眼望就到春天了。栖迟:游息。此指时光迁延,无所事事。白日歌:白日放歌。此化用杜甫《闻官军收河南河北》"白日放歌须纵酒,青春作伴好还乡"诗意。

〔3〕句谓:柳条和愁绪纠结在一起,泪珠和春花一样的绚烂。

〔4〕戎马:军马、战马。此借指战争或战乱。薜萝(bì luó必罗):薜荔和女萝,两种野生植物,常攀缘于林木或屋壁之上。语出《楚辞·九歌·山鬼》:"若有人兮山之阿,被薜荔兮带女萝。"后世借指隐士的居所。该句感叹自己不能奔赴战场,建功立业。

〔5〕该句借春草抒写凄凉失意的情绪,意谓:茂盛的春草啊,依然长满山河。

春 兴[1]

二月已过半,三月来逡巡[2]。柳叶细可采,桃花开太频[3]。白马过游客,黄鹂呼醉人[4]。红颜楼上女,端坐独伤春。

〔1〕该诗出自《家集》,当作于正德二年后何景明归居期间。诗人游春,感受春意浓烈,生趣盎然。末句笔调陡转,写红颜伤春,似含某种寄托;而其所寄寓者,又在欲语还休中。

〔2〕逡(qūn困)巡:拖延,迁延。

〔3〕太频:太急切。

〔4〕醉人:陶醉在春色中的人。

寺僧留宿[1]

留宿频经夜,虚空断俗缘[2]。独吟依野衲,不寐听山泉[3]。水月人间地,香灯象外天[4]。何时谢城郭,来此共安禅[5]?

〔1〕该诗出自《家集》,当作于正德二年后何景明归居期间。参禅礼佛的诗,在何景明并无多作。诗人留宿寺庙,触境生兴,表达对尘俗的厌恶和对佛境的向往。其中"水月人间地,香灯象外天"一句,得自天然,甚为精警。

〔2〕虚空:空虚,即心地清纯,了无欲念。

〔3〕野衲:指山野中的僧徒。黄滔《过乌伤墓》:"牧童昼卧看碑路,野衲春耕祭墓田。"

〔4〕象外天:尘世之外的天地。此指佛法的境界,即虚空之境。象,物象、法象。句谓:水月之间是俗世的天地,香灯里面有佛法的境界。

〔5〕城郭:泛指城市。此借指世俗的喧嚣和烦恼。城,内城的墙;郭,外城的墙。安禅:佛教术语,指静坐入定,俗称打坐。

袁挥使别墅次朝信、惟学韵[1]

出城山水地,朋旧共斯游。吟倚将军马,来乘老氏牛[2]。桃花红映郭,柳色翠临流。寄语寻幽者,无劳此外求[3]。

〔1〕该诗出自《家集》,当作于正德二年后何景明归居期间。诗人隐遁山林,回归自然,逍遥自得。老氏牛、不外求云云,颇合老庄之旨,写的就是这种心境。全诗情思简淡洒脱,语言平易天成。袁挥使、朝信、惟学,三人均为何景明朋友,其馀不详。

〔2〕将军马:将官乘骑的马。此照应袁挥使的将官身份。老氏牛:道教中传说老聃乘骑的青牛。此比喻回归自然,逍遥自得。该句照应何景明的归隐心境。

〔3〕寻幽者:探寻幽胜的人。幽,幽胜。此指理想的栖息地。无劳:勿劳,不必劳心。无,同勿。

过先人墓示彭天章二首[1]

一

三宿孤坟下,肝肠尔独知。不禁桑梓泪,难忘蓼莪诗[2]。逝水有归处,白云无尽期[3]。九原灵爽在,相见是何时[4]?

〔1〕该组诗出自《家集》,当作于正德二年后何景明归居期间。诗人缅怀先人的养育之恩,对亡灵表达思慕之深情。全诗情思哀婉,语辞真切。彭天章,何景明的朋友,其馀不详。

〔2〕桑梓泪:代指故乡或父老乡亲。语出《诗·小雅·小弁》:"维

237

桑与梓,必恭敬止。"朱熹传曰:"桑、梓二木,树之墙下,以遗子孙给蚕食、具器用也……桑梓父母所植。"蓼莪(lù 路鹅)诗:《诗·小雅》中的篇名,表达子女追思双亲抚养之恩。后世常指对亡亲的悼念。蓼,长大的样子;莪,多年生草本植物,蒿的一种。

〔3〕逝水:指一去不返的流水。常喻流逝的光阴。

〔4〕九原:九泉、黄泉。灵爽:神灵、神明。此指祖先的魂灵。

二

少小承颜日,恩深世所稀[1]。仓皇成永诀,冥漠竟同归[2]。天地空形影,音容有是非[3]。此身如寸草,何以答春晖[4]?

〔1〕承颜:承顺尊长的颜色,即侍奉尊长。

〔2〕仓皇:匆忙、急迫。冥漠:空无所有,即道家所说的从有入无。这是对先人的诉说,句谓:匆忙中生死就成永别,你们竟然同归于空无。

〔3〕空形影:此指看不见先人身影。有是非:有赞许也有训斥。这是对先人的怀想。

〔4〕如寸草:像卑微的小草。答春晖:报答父母的养育之恩。春晖,春天的阳光,常比喻父母的养育之恩。这句化用唐代孟郊《游子吟》"谁言寸草心,报得三春晖"诗意。

登西岩寺二首[1]

一

西林禅诵地,石壁倚天开。曲磴千盘上,飞泉一道来[2]。园禽巢古殿,野鹿过香台。共坐题诗暮,山花落酒杯。

〔1〕该组诗出自《家集》,当作于正德二年后何景明归居期间。诗写西岩禅寺的清幽闲静,这是诗人宁静散淡、幽闭自保心境的写照。
〔2〕曲磴(dèng 邓):弯曲盘旋而上的台阶。

二

野寺千峰里,游人一径深。窗喧石涧水,殿落翠岩阴。花树三春暮,山川百代心[1]。天风日夕厉,难上最高岑[2]。

〔1〕三春暮:春季的第三个月,即暮春。百代心:悠久的岁月。
〔2〕天风:风行天空,即高空的风。日夕厉:此形容山风早晚都很猛烈。最高岑(cén 涔):最高的山峰。岑,小而高的山。该句写诗人意欲全身避害、远离争斗的心境。

独立[1]

鼓绝孤城掩,溪傍春事残[2]。岸霞晴映树,汀雨暮生寒[3]。风外看花尽,烟中望柳繁。静观时物变,独立思千端[4]。

〔1〕该诗出自《家集》,当作于正德二年后何景明归居期间。春色将残,晴霞暮雨,花尽柳繁,诗人独立静观,感悟物变之理。全诗旨趣深邈,意在言外。

〔2〕春事:春色,春意。

〔3〕汀(tīng 听):水之平。引申为水边平地,小洲。

〔4〕时物变:物候的变迁。时物,时节景物。思千端:感悟事物纷杂繁复之理。千端,形容事物纷杂繁复,即千端万绪。

樱桃[1]

满郡樱桃熟,筼笼处处传[2]。千枝垂更密,万颗落仍圆。细写愁难破,尝新泪泫然[3]。金盘赐朝士,犹忆拜恩年[4]。

〔1〕该诗出自《家集》,当作于正德二年后何景明归居期间。何景明归居乡里,虽然得以全身远害,但对刘瑾弄权仍感忧愤。以致尝新樱桃,尚忆念弘治朝"金盘赐朝士"的恩典。全诗触物感兴,精巧雅致。

〔2〕筼(yún 云)笼:竹子编成的盛器。

〔3〕泫(xuàn绚)然:流泪的样子。

〔4〕该句援古典入今典。汉唐旧制,每逢农历四月,天子以樱桃荐太庙,荐毕将樱桃班赐朝臣。句谓:如今看到樱桃熟了,不由想起为朝官时,皇帝赏赐金盘樱桃,朝臣叩头谢恩之事。

病马六首〔1〕

一

柴公有名马,骑出自京华〔2〕。峻耳批双竹,奇毛散五花〔3〕。老能知道路,病已困泥沙〔4〕。贵贱诚如此,长吟为尔嗟!

〔1〕该组诗出自《家集》,当作于正德二年后何景明归居期间。诗人以病马设喻,感叹人生蹉跎,贤士失路,壮志难酬。这是何景明归居心态的另一面。虽然他回归乡间,亲近自然,心境清静;但当偶有感触,仍无法抑制内心的郁愤。全诗情思沉郁,语言雅实,格调高古。

〔2〕柴公:病马的主人,疑是何景明的同僚友。其馀不详。

〔3〕峻耳:大耳朵。峻,大。批双竹:形容马耳小而尖锐。杜甫《房兵曹胡马:"竹批双耳峻,风入回蹄轻。"贾思勰《齐民要术》:"马耳欲小而尖,状如斩竹筒。"散五花:像散落的五瓣花。五花,唐代人将骏马鬃毛修剪成瓣以为饰,分成五瓣者称五花马。

〔4〕句谓:虽说老马能识途,但它变得老病虚弱,困在泥沙中走不动。

二

此马非凡马,曾酣百战场。耸身思剪拂,驰志在腾骧[1]。侧立青云回,悲鸣白日长[2]。君恩如不弃,终拟报田方[3]。

〔1〕剪拂:修整擦拭。腾骧(xiāng香):飞腾、奔腾。
〔2〕侧立青云回:马侧身站立,高大雄骏,青云绕它回旋。悲鸣白日长:马悲声嘶鸣,振天动地,白天为之延长。该句形容马高大雄骏,威风神气。
〔3〕报田方:报答田子方。田方,田子方,春秋晚期高士,知去就之分,为魏文侯师。

三

从来西域种,会是渥洼生[1]。不惜千金买,宁辞万里行。天寒思故道,岁晚滞空城。牵向闲阶下,长鸣意不平。

〔1〕渥洼生:生于渥洼。渥洼,水名,在今甘肃安西境内,传说中产神马的地方。

四

老向关山里,龙媒世不知[1]。恩深思欲断,力尽泪空垂。苜蓿辞天苑,尘沙别月氏[2]。东郊望春草,生意在何时?

〔1〕龙媒:骏马的别称。典出《汉书·礼乐志》:"天马徕龙之媒。"颜师古注引应劭曰:"天马者,乃神龙之类。今天马已来,此龙必至之效也。"

〔2〕天苑:天子的御苑。月氏:古族名,两汉时期活动于敦煌、祁连之间。句谓:骏马到了老病时,再也吃不到天苑的苜蓿草,也看不到故乡月氏的尘沙。此比喻贤士被困异地,既难获得恩宠,又不得返故乡。

五

惜尔西来远,愁看更向东。毛寒常带雪,骨瘦不禁风。惆怅台边士,凄凉塞上翁〔1〕。徒闻穆天子,八骏历层空〔2〕。

〔1〕台边士:戍守边疆的将士。塞上翁:住在边塞的老人。

〔2〕穆天子:即周穆王,名姬满,传说他曾经周游天下。八骏:周穆王的八匹骏马。层空:高空。

六

踽踽才难尽,踟蹰意若何〔1〕?沙寒苜蓿短,路晚蒺藜多。不复驰金市,犹思欸玉河〔2〕。侧身千里外,常恐岁蹉跎。

〔1〕踽踽(jú jí 局脊):困顿窘迫。踟蹰(chí chú 迟厨):徘徊不前,行走缓慢。

〔2〕驰金市:在繁华的街市上奔驰。欶(pēn喷)玉河:在清澈的河面上饮水。欶,吹气。此借指饮水。

送吕子〔1〕

京洛三年客,云霄万里违〔2〕。上书俱不报,解佩独先归〔3〕。北极临燕甸,南山绕汉畿〔4〕。相将未可料,岐路断蓬飞〔5〕。

〔1〕该诗出自《京集》,当作于正德六年何景明复任京职期间。而从诗的情思来看,似应写作在诗人离乡返京途中。吕子,吕柟,参见《过吕仲木宅同吕道夫、马君卿》注〔1〕。

〔2〕京洛三年客:在京城做客三年。此指何景明在京城任职三年。何景明弘治十五年成进士,旋即归娶,弘治十六年携夫人至京城任职,弘治十八年五月奉皇帝哀诏使云南,正德元年五月返回京城,弘治二年乞病归居,前后居留京城大约三年。云霄:高空。此喻指皇帝的居处。句谓:我在京城任职三年,只不过是个过客,始终无缘亲近皇帝。

〔3〕不报:得不到皇帝的回复。解佩:脱下官服,即辞官。佩,古代文官朝服上的饰物,常用来借指朝服。

〔4〕燕甸:燕京城郊。汉畿:皇畿。汉,汉代,后世常用汉代来代称国朝;畿,国都附近的地区。

〔5〕相将:相偕,共处。岐路:歧路。岐,同歧。断蓬飞:像断蓬一样飘飞。此比喻人生飘泊不定。句谓:我们能否相偕共处,如今实在不可预料;因为你我就像飘蓬,不知道何去何从啊。

送王判之永州[1]

日出楚帆高,秋行不觉劳[2]。衣裳南岳雾,舟楫九江涛[3]。谢傅非忘屐,王祥已佩刀[4]。云霄北万里,风便一鸿毛[5]。

〔1〕该诗出自《京集》,当作于正德六年何景明复任京职期间。这是一首送别诗,但诗人没有渲染离愁别绪,而是遥想楚地行舟的情景,烘托出人生的匆忙飘忽感,进而劝勉友人轻视功名贵显。全诗情事典实,语言雅致。王判,王判官。名字籍里不详。应是何景明的一位朋友。永州,地名,即永州府,在今湖南零陵。

〔2〕楚帆高:在楚地扬帆行舟。

〔3〕南岳:山名,五岳之一,即衡山。此泛指楚地的群山。九江:地名,在今江西九江。此指长江流经九江的一段。该句描写楚地行舟的情景,渲染匆忙飘忽之感,意谓:你的衣裳被南岳的云雾沾湿,你的舟楫拍打着九江的波涛。

〔4〕谢傅:晋谢安,卒赠太傅,故称谢太傅,亦省称谢傅。忘屐(jī机):不觉屐齿之折,形容内心喜悦之甚。典出《晋书·谢安传》:谢玄破贼,当驿报至,谢安与客围棋。谢安看报后,了无喜色,对棋如故。棋罢还内,过门槛折屐齿,因喜甚竟不觉。王祥:字休征,汉末琅邪临沂人。王祥事继母极孝,汉末遭乱,扶母携弟避地庐江,隐居三十徐年,不应州郡之命。后徐州刺史吕虔强起之,檄为别驾,委以州事,终至贵显。佩刀:佩在腰间的刀。古代男子服饰之一,佩带以示威武。此化用《晋书·王祥传》:"吕虔有佩刀,工相之,以为必登三公,可服此刀。虔谓祥曰:'苟非其人,刀或为害。卿有公辅之量,故以相与。'相固辞,强之乃受。"

后世用为人生显贵之典。该句用谢傅忘屐、王祥佩刀事典来借指人生的功名与贵显。

〔5〕风便一鸿毛:就像顺着便风吹走一根鸿毛。此比喻功名、贵显不足重。鸿毛:鸿雁的羽毛。比喻轻微不足称道的事物。

送曹瑞卿谪寻甸二首[1]

一

逐客滇南郡,云天此路长[2]。高秋行万里,落日泪千行。作赋投湘水,题书寄夜郎[3]。殊方气候异,去矣慎风霜。

〔1〕该组诗出自《京集》,当作于正德六年何景明复任京职期间。曹琥因疏救周广被谪,引起在京同官和友人的同情。何景明作此诗送别,表达忧伤劝慰之情,并遥想别后的孤苦与思念。全诗情思悲慨,格调高古,语言精巧。曹瑞卿,曹琥(1478—1517),字瑞卿,号秀山,南直隶巢县人。弘治十八年进士,授户部主事。御史周广疏劾钱宁被谪,琥疏救,贬寻甸通判。寻甸,寻甸府,在今云南寻甸回族彝族自治县。

〔2〕逐客:被朝廷贬谪的人。滇南郡:云南的某郡。云天:高空。此借指高处云天间的滇南。

〔3〕作赋投湘水:作一篇赋,投入湘水,传给远方的朋友。此隐指曹瑞卿投书寄何景明。湘水,水名,又名湘江,是湖南境内最大的河流,从西南向东北流入洞庭湖。题书寄夜郎:题写一封书信,寄给远在西南的朋友。此化用李白《闻王昌龄左迁龙标遥有此寄》"我寄愁心与明月,随

风直到夜郎西"诗句,隐指何景明修书寄曹瑞卿。夜郎,汉代我国西南地区古国名,在今贵州西北部及云南、四川部分地区。此泛指西南偏僻之地。

二

一封朝北极,万里暮南溟[1]。地远投蛮府,天高哭汉庭[2]。旅情生白发,行色傍秋星。若过湘潭上,休看杜若青[3]。

〔1〕一封朝北极:早上带着一封谪书从京城出发。北极,北方极地,此借指京城。万里暮南溟:长途跋涉万里,很晚才到达云南。南溟,南海,此指偏远的西南地区。

〔2〕该句设为曹瑞卿所想,意谓:你投身荒蛮之府,天高地远,当会悲伤痛哭,思念朝廷。汉庭,汉代的朝廷。此借指皇明朝廷。

〔3〕湘潭:地名,即今湖南湘潭。此泛指湘潭的水域。杜若青:即杜若,一种香草,多年生草本,盛产于湘潭之地。屈原以杜若作香花善草,认为可赠与美人。其《九歌·湘君》云:"采芳洲兮杜若,将以遗兮下女。"

九日夜过刘以正别士奇[1]

重阳愁独酌,深夜喜相过。万里惟秦客,三杯亦楚歌[2]。霜筇沉海月,风雁起滹沱[3]。醉别黄花去,能忘白玉珂[4]?

〔1〕该诗出自《京集》,当作于正德六年何景明复任京职期间。重阳佳节,友朋过饮,更行饯别,寒霜悲笳,月沉云海,风声雁起。面对此情此景,诗人有种凄凉悲伤之感。这种感受油然而来,又莫名其状,因而显得凄美蕴藉。刘以正,何景明在京城的同僚,来自秦地,其馀不详。士奇,何景明在京城的朋友,将赴楚地任官,其馀不详。

〔2〕秦客:从秦地来的人。此隐指刘以正来自秦地。楚歌:楚声之歌。此隐指士奇将赴楚地。

〔3〕笳:古管乐器,即胡笳,其音悲凉。沉海月:月亮沉落云海里。滹沱(hū tuó 呼驼):滹沱河,在河北西部。句谓:霜天笳鸣,月沉云海,秋风吹来,雁起滹沱。

〔4〕黄花:秋天的花,如菊花之类。此用作萧瑟凄凉的意象。白玉珂(kē 科):玉石制作的酒杯。珂,白色似玉的美石。

送顾华玉谪全州[1]

白日春城暮,孤云天际阴。君行万里外,予忆一何深?夏拟浮湘水,秋应到桂林[2]。衡阳去不远,莫使雁书沉[3]。

〔1〕该诗出自《京集》,当作于正德六年何景明复任京职期间。顾璘任开封知府时,以忤太监廖堂等,逮下锦衣狱,谪全州知州。顾璘离京赴谪所,何景明为之送别,而有此作。全诗情深意长,语言雅致。顾华玉,顾璘(1476—1545),字华玉,号东桥居士,苏州人,寓居上元。弘治九年进士,授广平知县,仕至南京礼部尚书。有《浮湘集》、《山中集》、《凭几集》、《息园诗文稿》、《国宝新编》、《近言》等著作。全州,地名,在广西桂林府。

〔2〕拟:料想。该句设想顾璘赴贬所的行程,意谓:我料想你夏天浮舟湘水上,秋天就应该到达桂林。

〔3〕衡阳:地名,在今湖南南部。雁书:书信的雅称。古人以鸿雁传书,故称雁书。该句化用衡阳雁断典。衡阳有回雁峰,传说雁至此峰不过,后世因以比喻音信隔绝。

送望之赴汶上二首[1]

一

相送一如昔,出关行复留。初看万里至,忽是五年流。老骏从东路,春鸿向北州[2]。青门数行柳,烟色暮含愁[3]。

〔1〕该组诗出自《京集》,当作于正德六年何景明复任京职期间。其一,写京城送别,情思哀婉悲愁;其二,写别后光景,情思孤苦凄迷。望之,孟洋。参见《赠望之四首》第一首注〔1〕。汶上,地名,在山东兖州府。

〔2〕老骏:老马。春鸿:春天的鸿雁。北州:北方。

〔3〕青门:汉代长安城的东南门。本来叫霸城门,因其色青而得名。烟色:云烟迷蒙的景色。

二

春郊馀雪日,河甸起风沙。送折燕中柳,行逢汶上花。宾朋半海内,弟妹各天涯。驻马临岐处,飘飘独望家[1]。

[1]临岐:又作临歧。站在歧路口。飘飘:飘泊的样子。句谓:我驻马临歧,不知何去何从,只好遥望家乡,而仍独自飘泊。

怀姊[1]

逐子东归日,輶轩惜路岐[2]。那堪骨肉泪,洒向别离时。旅病秋来减,乡书岁暮迟[3]。庭闱欣见汝,千里重予思[4]。

[1]该诗出自《京集》,当作于正德六年何景明复任京职期间。诗人怀恋别居的姐姐,骨肉之情,溢于言表,深切温厚。姊,何景明的姐姐,孟洋的夫人,是时随侍孟洋官山东汶上。
[2]逐子:被逐的臣子。此指孟洋。参见《赠望之四首》第一首注[1]。东归:从东边归来。此盼望孟洋从山东汶上归来。輶(yóu由)轩:古代使臣乘坐的一种轻车。此泛指车马。路岐:歧路。
[3]旅病:羁旅中的心病。此指思乡之情。句谓:秋天到了,指望着将要还乡,乡情因之稍减;但岁暮未见家书,乡情因而转深。
[4]庭闱(wéi围):内舍。多指父母居住处。重予思:使思念之情更加深沉。

过子容有怀献吉[1]

故友何人在?常时独尔游[2]。停杯思北海,跃马为南州〔3〕。雨助鸣蛩夕,风惊过雁秋〔4〕。有怀俱不减,携手重迟留〔5〕。

〔1〕该诗出自《京集》,当作于正德六年何景明复任京职期间。正德七年,李梦阳出任江西提学副使。据"跃马为南州"而又未及李梦阳吃狱事可知,李梦阳刚到南昌任上不久。该诗就作于此时。诗人与徐缙聚饮,因不见李梦阳,而怀想他的独游,思念之情油然。全诗情真意切,言辞古雅。子容,徐缙的字,参见《醉歌赠子容使湖南便道归省兼讯献吉》注〔1〕。献吉:李梦阳的字,参见《六子诗六首并序》第四首注〔1〕。

〔2〕常时:平常。独尔:独然,即孤独的样子。

〔3〕停杯:停止饮酒。此借指怀思的神态。语出曹丕《秋胡行》之二:"朝与佳人期,日夕殊不来。嘉肴不尝,旨酒停杯。"北海:东汉所设郡名,治所在今山东寿光东南。此化用北海樽之古典,隐含徐缙留饮何景明之今典。汉末孔融为北海相,时称孔北海。及融退居闲职,宾客日盈其门,常叹曰:"坐上客恒满,尊中酒不空,吾无忧矣。"后世以北海樽为典实,喻指主人好客。跃马:策马驰骋。南州:古代南昌之别名。此化用南州榻之古典,隐含李梦阳在南州任江西提学副使之今典。东汉陈藩做豫章太守时,不接待宾客,唯徐稚来访,特设一榻,徐一去就把榻悬挂起来。因为徐稚为豫章人,故称南州榻。

〔4〕鸣蛩(qióng 琼):即蛩鸣,蟋蟀的叫声。

〔5〕迟留:迁延留滞,不忍离去。

寄空同子卜居襄阳〔1〕

尔定襄阳宅,云山好傍谁〔2〕?草怜王粲井,花醉习家池〔3〕。

留滞悲江汉,驱驰感岁时[4]。扁舟空怅望,未有鹿门期[5]。

〔1〕该诗出自《京集》,当作于正德六年何景明复任京职期间。李梦阳在江西任上,与人相攻讦,因而被拘系。困境中,李梦阳意欲归隐,乃卜居襄阳。何景明在京闻讯,作诗遥寄同情,恨不同隐鹿门。全诗格调高古,情辞雅实。空同子,李梦阳的号,参见《六子诗六首并序》第四首注[1]。卜居,原谓占卜择定建都之地,后泛指择地居住。

〔2〕襄阳:地名,即襄阳府,在今湖北襄樊。句谓:听说你选定了襄阳的住宅,那里云山雾水确实很美,但是有谁与你做邻居呢?

〔3〕王粲井:古迹名,在襄阳县西北,上有魏侍中王粲《石井阑记》。此用为古迹名胜之典实。习家池:古迹名,亦简称习池、习家,又名高阳池,在湖北襄阳岘山南。典出《晋书·山简传》:"简镇守襄阳。诸习氏荆土豪族,有佳园池。简每出游嬉,多之池上,置酒辄醉。名之曰高阳池。"后世多指园池名胜。

〔4〕留滞:身处困境。此隐指李梦阳在江西任上吃狱事。驱驰:为王事驱使。此隐指何景明在京城任官。

〔5〕鹿门期:期许一同隐居鹿门山。鹿门,鹿门山之省称,在湖北襄阳。相传,后汉庞德公携妻子登鹿门山,采药不返。后世多指隐士之居所。

立秋日寄粹夫[1]

一叶悲天地,秋风泪万行。江河无日夜,边塞有烟霜。雁鹄思高起,龙蛇愿久藏[2]。蓬瀛何处涉?头白恨无梁[3]。

〔1〕该诗出自《京集》,当作于正德六年何景明复任京职期间。此时,政治环境仍然恶坏,何景明感到报国无路,难有作为;因之凄然伤神,而以"龙蛇愿久藏"与何瑭共勉。全诗情致幽怨,语态悲咽。粹夫,何瑭的字。参见《六子诗六首并序》第三首注〔1〕。

〔2〕龙蛇:龙和蛇。此比喻贤人处世,随顺外物,与事推移。句谓:士有鸿鹄之志,总希望高飞远举;但倘若时运不济,就应该像龙蛇一样,随顺推移,藏用待时。

〔3〕蓬瀛:蓬莱和瀛洲,皆山名,相传为仙人所居。无梁:没有津梁。梁,津梁。此喻指通往仙境的路途。

寄三子诗并序〔1〕

三子者,王、康、吕三子也。三子俱产之关中,并见而同隐〔2〕。西望兴怀,为诗寄之。

鄠杜终南曲,邠岐渭北陲〔3〕。水多龙卧处,山有凤来时〔4〕。星宿中宵动,风云万里移。沧江问灵剑,离合少人知〔5〕。

〔1〕该诗出自《京集》,当作于正德六年何景明复任京职期间。何景明有感于朋辈离散凋零,而追念王、康、吕三子,称赞他们是卧龙、来凤。末句以"沧江问灵剑,离合少人知"设喻,慨叹人才沉落,无人识拔。三子,王九思、康海、吕柟的合称。王九思,参见《六子诗六首并序》第一首注〔4〕。康海,参见《六子诗六首并序》第二首注〔1〕。吕柟,参见《过吕仲木宅同吕道夫、马君卿》注〔1〕。

〔2〕并见:一起出仕。见,见用于朝廷,即出仕。语出《周易·乾

卦》:"见龙在田。"同隐:一同归隐。

〔3〕鄠(hù户)杜:鄠县与杜陵。鄠县,汉代县名,旧治在今陕西户县北;杜陵,汉宣帝陵墓,靠近长安,为历史名胜。终南曲:终南山的偏僻处。终南,终南山的省称,为秦岭主峰之一,在陕西西安南。邠(bīn宾)岐:均为古州县名。邠,同豳,古代诸侯国名,周后稷的曾孙公刘由邰迁居于此,在今陕西彬县;岐,岐山,在今陕西岐山境内。渭北陲(chuí垂):渭水的北岸。陲,旁边、岸边。

〔4〕龙卧处:神龙卧藏之处。凤来时:凤凰来仪之时。此以龙卧、凤来比喻王、康、吕三子为非凡人物。

〔5〕沧江:江流、江水。沧,同苍,深绿色,水深的颜色。灵剑:宝剑。离合:宝剑雌雄之离合。传说宝剑有雌雄二柄,雌雄剑合则神威,雌雄剑离则神伤。此比喻贤人之聚合或离散。

得顾华玉全州书兼知望之消息[1]

地北怜为别,天南真可哀[2]。同时万里去,隔岁一书来。水阔蛟龙出,山深杜若开。相思有词赋,愁绝并登台[3]。

〔1〕该诗出自《京集》,当作于正德六年何景明复任京职期间。何景明回朝任职,政治环境继续恶化,加上亲朋离散,他感到孤独无助,不禁黯然神伤。诗人抒写的就是这种心境。顾华玉:顾璘。参见《送顾华玉谪全州》注〔1〕。望之,孟洋字。参见《赠望之四首》注〔1〕。

〔2〕地北:北方。此隐指何景明所居京城。天南:南方。此隐指顾璘、孟洋所居之西南。

〔3〕愁绝:极度愁闷。句谓:你我平日里,用词赋倾诉相思之苦;若

极度愁闷,就一同登台眺望。

得王子衡赣榆书[1]

万里一书劄,逾年传帝都[2]。窜身天地远,垂泪海云孤。柳送燕台骏,花留汉殿凫[3]。赤霄终道路,白发且江湖[4]。

〔1〕该诗出自《京集》,当作于正德六年何景明复任京职期间。此期间,王廷相巡按陕西,裁抑镇守中官廖堂,反被诬告,逮系诏狱,谪赣榆丞。"柳送燕台骏,花留汉殿凫"一句甚高古精警。王子衡,王廷相(1474—1544),字子衡,号浚川,河南仪封人。弘治十五年进士,选庶吉士,累官左都御使加兵部尚书。博学好议论,以经术著称,有《王氏家藏集》。赣榆,地名,在今江苏赣榆。

〔2〕书劄(zhá 札):书札,书信。帝都:京城,即北京。

〔3〕燕台:战国时燕昭王所筑黄金台,用以招纳天下贤士。骏:骏马。此喻指王廷相为贤才。汉殿:汉朝的宫殿。此借指皇明朝廷。凫:凫雁,即野鸭。此喻指庸才。该句用反讽的手法,表达对贤才被弃、庸才当用的不平,意谓:燕台荒废,长满杨柳,我就在这里为你送别;汉殿堂皇,花团锦簇,却留给庸才安享荣华。

〔4〕赤霄:极高的天空。此喻指皇帝所居住的京城,即朝廷。终道路:没路可走。终,尽,引申为穷尽、没有。白发:头发变白。此形容贫病交加,失意潦倒。

冬夜过饮戴时亮进士[1]

琴酒杨云宅,谈玄静夜真[2]。庭无旋马地,空有聚萤人[3]。霜雾生阴井,风灯动夕邻[4]。喧喧万车马,日出自红尘[5]。

〔1〕该诗出自《京集》,当作于正德六年何景明复任京职期间。以诗谈玄,在何景明并无多作。此诗前两句由玄思入,空灵有真味;后两句由玄返俗,平实而超然。戴时亮,戴钦(?—1524),字时亮,广西马平人,正德九年进士,官至刑部郎中,嘉靖三年以谏大礼,遭廷杖卒,有《鹿原存稿》。

〔2〕杨云:扬雄,字子云,省称扬云。杨、扬通用。因扬雄尝作《太玄》,故以扬云宅借指谈玄之地。谈玄:谈论玄理。真:契得真义。

〔3〕旋马地:能容回转马身的空间。此形容居室狭窄。空有:徒有,只有。聚萤人:勤苦力学的人。典出《晋书·车胤传》:"(车胤)家贫,不常得油,夏月则练囊盛数十萤火以照书,以夜继日焉。"后世喻指勤苦力学。

〔4〕阴井:背阴之井。风灯:有罩能防风的灯。夕邻:暮色中的邻居。

〔5〕喧喧:形容车马扰攘纷杂。红尘:车马扬起的飞尘。该句参悟玄理,意谓:人世间如此扰攘纷杂,而每天正是这样开始。

侯郎中、刘主事见过对菊[1]

菊树开初烂,轩窗坐晚晴[2]。客非先有约,花亦太多情[3]。

霜艳娟娟静,风香细细生[4]。天涯一杯酒,今夕对寒城[5]。

〔1〕该诗出自《京集》,当作于正德六年何景明复任京职期间。朋辈离散,人事无常,世态悲凉,这是何景明再居京城的深切感受,也是他此时诗作的主导倾向。此诗即为代表作,情思悲婉,语言清丽,恍若天成。侯郎中、刘主事:均为何景明在京的朋友,其馀不详。

〔2〕菊树:菊花。晚晴:傍晚天色晴朗。

〔3〕句谓:不是来客与菊花有约在先,而是菊花自作多情,待客来而适时开放。

〔4〕霜艳:霜很浓。娟娟:姿态柔美的样子。此描绘霜菊的形态。风香:微风送来菊香。

〔5〕寒城:寒夜的京城。

过君采次韵二首[1]

一

海内风尘隔,天边江汉流。昔牵春草梦,今并玉珂游[2]。神骏元千里,仙人自十洲[3]。惭随燕雀辈,白发世间愁[4]。

〔1〕该组诗出自《京集》,当作于正德六年何景明复任京职期间。主题与情调同上诗,而更添一重幽愤。君采,薛蕙的字。参见《赠君采效何逊作四首》第一首注〔1〕。

〔2〕春草梦:此用谢灵运梦谢惠连而得"池塘生春草"句事。参见《南史·谢惠连传》。并玉珂游:并辔出游。玉珂,马络头上玉制的装饰物,此借指马。

〔3〕神骏:良马。十洲:道教称大海中神仙居住的十处名山胜景,亦泛指仙境。该句形容并辔出游者超凡脱俗。

〔4〕燕雀辈:志向短小的庸常人。此指朝中不肖之徒。

二

自君来此地,谓我颇同流[1]。复往江湖去,宁忘霄汉游[2]?龙蛇蟠海曲,鸿雁向河洲[3]。从此风波隔,长安日暮愁。

〔1〕同流:同类。此指朋辈声气相应。

〔2〕江湖:江河湖海。此泛指京城以外的四方各地。霄汉:高空。此喻指京都附近或帝王左右。

〔3〕龙蛇:龙和蛇,比喻不得其行而委顺随俗的贤士。此隐指何景明自己。海曲:海隅、海湾。此喻指闲散职位。鸿雁:大雁,比喻志向远大而气度超凡的士人。此隐指薛蕙。河洲:河边的沙洲。此喻指居官外地。

九月四日刘子见过二首[1](选一)

一

入阁开尘榻,留尊对苑墙[2]。杪秋馀暑湿,高树独风霜[3]。

岁逼乡心甚,天增病骨凉[4]。自怜情兴减,不比向来狂。

〔1〕该诗出自《京集》,当作于正德六年何景明复任京职期间。正德朝后期政荒,贤能士不安于位。政治境遇如此,诗人仕进心消沉;又值暮秋时节,暑湿与风霜交侵,诗人更觉衰老寒病。此种心绪,于此泄露无遗。刘子,何景明在京城的一位朋友。其馀不详。

〔2〕尘榻:积满灰尘的卧榻。此指优礼宾客。典出《后汉书·徐稚传》,参见《过子容有怀献吉》注〔3〕。苑墙:长满草木的院墙。苑,草木茂盛的样子。

〔3〕杪(miǎo 秒)秋:暮秋,即农历九月。暑湿:暑热和湿气。

〔4〕乡心:思乡之情。

登塔二首[1]

一

古塔层城畔,秋毫万里看[2]。登高携赋客,落日眺长安[3]。天地悬相抱,江山郁自盘[4]。谁能绝顶上,不避北风寒?

〔1〕该组诗出自《京集》,当作于正德六年何景明复任京职期间。"谁能绝顶上,不避北风寒"、"去雁休回首,冥冥一羽毛"两句甚精警。

〔2〕层城:高耸的城市。秋毫:鸟兽在秋天新长出来的细毛。形容细微之物。句谓:古塔矗立在高城旁边,从上面能见远方细物。

〔3〕赋客:辞赋家。此化用《汉书·艺文志》引语:"不歌而诵谓之赋,登高能赋可以为大夫。"

〔4〕天地悬:天高悬在大地上。相抱:环抱在一起。此指天覆盖着地,地承载着天。江山:江河山岳。郁自盘:自然地纡曲盘绕。郁,纡曲的样子。

二

塔廊徐暗转,不觉此身高[1]。月牖通天汉,风檐散海涛[2]。望徐秋色远,登罢客心豪[3]。去雁休回首,冥冥一羽毛[4]。

〔1〕塔廊:塔上的回廊。徐暗转:此形容回廊光线昏暗、纡曲舒缓。

〔2〕月牖(yǒu 有):月光洒满窗户。风檐:风力摇响檐铃。该句描写月夜风声,高旷而有气势。

〔3〕望徐:视线的尽头。此指看不到边际,无限遥远。

〔4〕冥冥:高远的样子。一羽毛:像片羽般飘摇。此描写大雁远去的身影。

九日登仁寿寺后山[1]

石阁凌香岫,凭高烟雾开[2]。人疑送酒客,地即望乡台[3]。雁度桑乾去,云从碣石来[4]。鱼龙瀚海北,万古一悲哀[5]!

〔1〕该诗出自《京集》,当作于正德六年何景明复任京职期间。诗

人即景成辞,直抒胸臆,发泄自古贤士多困厄的怨愤。仁寿寺,京城的一座寺庙。

〔2〕石阁:石砌的楼阁,为寺院藏经之所。香岊:山峦的美称。

〔3〕望乡台:古人久戍不归或流落外地,往往登高或筑台以眺望故乡。

〔4〕桑乾(gān甘):水名,即古漯水,今永定河上游。碣石:山名,在河北昌黎北。碣石山馀脉的柱状石亦称碣石。该石自汉末逐渐没入海中。

〔5〕鱼龙:鱼和龙,泛指鳞介水族。此喻指身处困厄的贤士。瀚海:沙漠。句谓:自古贤士多困厄,就像鳞介困死沙漠,真是一大悲哀啊!

同张仲修再过刘子^{〔1〕}

刘家好兄弟,邻近苑西楼。数有花辰会,兼成月夜游^{〔2〕}。留徐还下榻,访戴不回舟^{〔3〕}。况接张公子,诗轻万户侯^{〔4〕}。

〔1〕该诗出自《京集》,当作于正德六年何景明复任京职期间。花辰月夜,诗酒欢会,本是在京文人寻常雅事。而在何景明看来,这更是闲散京官"自己的园地";故能写得意趣横生、气度超迈。语言也极为雅致。张仲修,张士隆(1475—1525),字仲修,号西渠,河南安阳人。弘治十八年进士,累官陕西副使,有惠政。刘子:参见《九月四日刘子见过二首》注〔1〕。

〔2〕花辰会:春天为赏花而邀集的诗酒会。花辰,春天的美好时光。

〔3〕留徐还下榻:此化用陈蕃特设榻迎接徐稚之典,参见《过子容有怀献吉》注〔3〕。访戴不回舟:此化用王子猷雪夜乘舟访戴安道典,见

《世说新语·任诞》:"王子猷居山阴,夜大雪……忽忆戴安道。时戴在剡,即便夜乘小舟就之。经宿方至,造门不前而返。人问其故,王曰:'吾本乘兴而行,兴尽而返,何必见戴。'"

〔4〕张公子:即张士隆。诗轻万户侯:以善诗而藐视达官贵人。

寺中张子言自浙来话[1]

石阁晴云抱,花宫夕漏催[2]。我游天姥梦,尔向海门回[3]。日月双龙剑,乾坤一酒杯[4]。山中问百草,早晚拆春雷[5]。

〔1〕该诗出自《京集》,当作于正德六年何景明复任京职期间。何景明再居京城,虽常为旧朋离散而感伤;但能接引像张诗这样的新人,也还是颇感快慰。诗人写的就是这种感受。"日月双龙剑,乾坤一酒杯"一句极豪迈,有胸怀宇宙、气吞山河之势。张子言,张诗(1487—1535),字子言,北平人,自号崑仑山人,本民家李氏子,为同知张君抱养,而终为张氏子。学举业于吕柟,学诗于何景明,愤弃顺天府试,浪游大江南北,状貌魁杰粗豪,人称燕山豪士。为文雄奇变怪,有《崑仑山人集》。

〔2〕花宫:佛寺之别称。夕漏催:夜晚漏壶催时,即谓夜晚时间过得快。漏,漏壶,古代的计时器。夕漏,借指夜晚。

〔3〕天姥(mǔ亩)梦:此化用李白《梦游天姥吟留别》诗意。天姥,山名,在浙江嵊州与新昌之间。海门:地名,海门卫,在浙江台州府。

〔4〕乾坤:天和地。该句形容张诗的豪迈气概。

〔5〕问百草:采集各种药草。此专指寻找仙草。春雷拆(chāi 柴阴平):春雷惊裂天地。拆,同坼,裂开,绽开。该句描写张诗漫游越中山水的豪迈情景。

菊庄[1]

吾怜陶处士,潇洒出尘埃[2]。白发秋逾短,黄花晚自开。百年常对酒,九日漫登台[3]。却顾轮蹄者,悠悠徒尔哀[4]。

[1] 该诗出自《京集》,当作于正德六年何景明复任京职期间。诗人再度入仕,不好奔竞,厌弃污浊,而向慕处士陶渊明,有归隐出尘之思。陶渊明《饮酒》其二:"采菊东篱下,悠然见南山。"该诗即化用其意,格调高古,情辞雅洁。

[2] 陶处士:陶渊明(365—427),字元亮,浔阳柴桑(今江西九江)人,厌弃官场污浊,乃退隐庐山,过闲适生活,故称陶处士。他开创了田园诗,为隐逸诗人之宗,有《陶渊明集》。尘埃:尘俗。此喻指污浊的官场。

[3] 九日:指农历九月九日重阳节。

[4] 轮蹄者:乘坐车马的人。此喻指钻营奔竞之徒。轮蹄,车轮与马蹄,常代指车马。悠悠:动荡奔忙、飘忽不定的样子。语出《孔丛子·对魏王》:"今天下悠悠,士无定处。"

初度[1]

此日吾初度,深杯且自挥[2]。眼看儿女大,身觉弟兄稀。未得浮沧海,徒然傍紫微[3]。齿年今不小,心事已多违[4]!

〔1〕该诗出自《京集》,当作于正德六年何景明复任京职期间。因岁月蹉跎,事与愿违;诗人正值壮年,却兴老来之叹,可谓感慨万千、情深意长。"眼看儿女大,身觉弟兄稀"一句颇有人情味。初度,人诞生的年与时,即生日。

〔2〕深杯:满杯。此指开怀畅饮。自挥:自斟自酌。

〔3〕浮沧海:驾舟在沧海浮沉。指避世。此化用《论语·公冶长》:"道不行,乘桴浮于海。"紫微:唐代职官名,为中书之别称。唐代开元元年,改中书省为紫微省,中书令为紫微令,中书舍人为紫微舍人。此隐指中书舍人,何景明尝任此官职。该句婉言官场失意。

〔4〕齿年:年龄。

苏子游赤壁图〔1〕

垂老黄州客,高秋赤壁船〔2〕。三分留古迹,两赋到今传〔3〕。落日寒江动,青天断岸悬。画图谁省识?千载尚风烟〔4〕。

〔1〕该诗出自《京集》,当作于正德六年何景明复任京职期间。这是一首题画诗,兼凭吊怀古,写得气韵生动,骇目恫心。苏子,对苏轼的尊称。苏轼(1037—1101),字子瞻,号东坡居士,眉山(今四川眉山)人。宋代大文学家,在诗、文、词等方面创作成就杰出,风格豪迈清旷,个性鲜明,意趣横生,有《苏东坡集》、《东坡乐府》。赤壁,山名,因汉献帝建安十三年赤壁之战(孙权与刘备联军大破曹操军队)而闻名。

〔2〕垂老:将近老年。垂,接近。语出杜甫《垂老别》:"四郊未宁静,垂老不得安。"黄州客:指苏轼。苏轼曾于宋神宗年间贬谪黄州团练副使,故称黄州客。黄州,地名,黄州府,在今湖北黄冈。赤壁船:停泊在

赤壁的船。

〔3〕三分:指三国时期魏国、吴国、蜀国三分天下。两赋:指苏轼创作的前后《赤壁赋》。

〔4〕画图谁省识:化用杜甫《咏怀古迹》其三:"画图省识春风面"语。省识,认识。风烟:硝烟弥漫。此指战火、战乱。

同敬夫游至华阳谷闻歌妙曲[1]

名邑今重过,终南第一游[2]。山中白雪倡,天上彩云流[3]。柳散秦川色,花含杜曲愁[4]。同时霄汉侣,十载卧林丘[5]。

〔1〕该诗出自《秦集》,当作于正德十三年七月后何景明任陕西提学副使期间。据"十载卧林丘",从王九思归居之正德五年往后推十年,则该诗作于正德十四年。诗人在任所得见旧友,恍若隔世,那种亦喜亦忧的感觉,真是难以描状。敬夫,王九思的字。参见《六子诗六首并序》第一首注〔4〕。华阳谷,地名,即华山南面的山谷。

〔2〕名邑:著名的城邑。此指华阳古城。终南第一游:初次游览终南山。

〔3〕白雪倡:古曲名,即《白雪歌》。此借指所闻妙曲。倡,同唱。

〔4〕秦川:地名,约包括今陕甘两省之地。自大散关以北达于岐雍,夹渭川南北岸,沃野千里,为秦之故国,故称秦川。杜曲:地名,在今陕西西安东南。唐代大姓杜氏世居于此,故名杜曲。

〔5〕霄汉侣:在京城的朋友。霄汉,高空。此喻指京城或皇帝左右。句谓:你我可是当年在京城的朋友,如今你隐卧山林已十载了。

登五丈原谒武侯庙[1]

风日高原暮,松杉古庙阴[2]。三分扶汉业,万里出师心[3]。星落营空在,云横阵已沉[4]。千秋一瞻眺,梁甫为谁吟[5]?

〔1〕该诗出自《秦集》,当作于正德十三年七月后何景明任陕西提学副使期间。诗人睹物兴情,借古讽今,发抒贤士难遇明主之失意与遗憾。格调高古,情辞渊雅。五丈原,古地名,在今陕西岐山南,斜谷口西侧,渭水南岸。相传诸葛亮六出祁山,曾在此驻军,并病卒于此。武侯庙,纪念诸葛亮(181—234)的祠庙。诸葛亮,字孔明,琅琊郡阳都(今山东沂南)人,三国时著名的政治家、军事家。武侯,诸葛亮死后谥为忠武侯,后世称之为武侯。

〔2〕高原:高地。古庙:指武侯庙。

〔3〕三分:三分天下。此指诸葛亮为刘备谋划三分天下之策。出师心:鞠躬尽瘁、忠心辅佐的诚心。出师,诸葛亮有前后《出师表》,表明自己尽心辅佐、匡复汉室的诚心。

〔4〕星落:喻指人死了。典出《三国志·诸葛亮传》注引《晋阳秋》载:"有星赤而芒角,自东北西南流,投于亮营,三投而返,往大还小。俄而亮卒。"今五丈原有河名落星湾,湾中有村名落星堡。阵:指诸葛亮所布八阵图。《三国志·诸葛亮传》载,诸葛亮"推演兵法,作八阵图"。八阵指洞当、中黄、龙腾、鸟飞、折冲、虎翼、握机、连衡等八目。相传八阵图上常有云气呵护。今四川奉节、陕西沔县等地有八阵图遗址。

〔5〕梁甫:乐府曲名《梁甫吟》。诸葛亮未仕时,常好为《梁甫吟》,吟咏二桃杀三士事,倾慕晏婴之谋略。该句感叹贤士失意,意谓:像贤士

遇明主这样的幸事,千年来只有诸葛亮逢遇上了;如今我辈即便为《梁甫吟》,又哪里去寻找英明之主呢?

登楼凤县作[1]

近讯中原使,兼登万里楼。朝廷仍北极,行在且南州[2]。峡断风云隔,江通日月流。如闻乘八骏,早晚向昆丘[3]。

〔1〕该诗出自《秦集》,当作于正德十三年七月后何景明任陕西提学副使期间。诗人从朝廷来使问讯,获悉武宗荒政南巡,乃借古讽今,忧患忠直之心跃然可鉴。凤县,地名,在陕西汉中府,即今陕西凤县。

〔2〕北极:借指北京。行在:皇帝出巡所在之地。南州:南昌。该句讽刺正德皇帝荒政南巡,意谓:朝廷仍然在北京啊,怎么行在将近南昌?

〔3〕八骏:传说周穆王的八匹骏马。后借指皇帝的车驾。昆丘:昆仑山。该句以周穆王乘八骏马、登昆仑山、会西王母之古典,来讽切正德皇帝荒政南巡之今典。

马道骤雷雨复霁[1]

万壑惊雷起,千峰鸣雨过[2]。稍看风濑减,更觉夏云多[3]。虹饮垂青涧,猿行挂碧萝[4]。山中无吏事,长啸答樵歌。

〔1〕该诗出自《秦集》,当作于正德十三年七月后何景明任陕西提

学副使期间。诗人巡视来到边城清涧县,为奇异的山川气候所吸引,而向慕隐遁山林的自在生活。末句"山中无吏事,长啸答樵歌"颇有放浪之风神。马道,车马通行的大道。

〔2〕惊雷:响雷。鸣雨:大雨,暴雨。

〔3〕风濑(lài 赖):风籁,即风声。濑,同籁。

〔4〕虹饮:传说彩虹能吸饮。语出《汉书·燕刺王刘旦传》:"是时天雨,虹下属宫中饮井水,井水竭。"青涧:地名,在今陕西青涧境内。司马光《涑水记闻》卷九:青涧城中无井,凿地百五十尺,始遇石而不及泉。种世衡令工凿石,凡过石数重,水乃大发,乃诏名其城曰青涧。碧萝:女萝,一种绿色的寄生攀援植物。

说经台[1]

西海何年去?南山万古存[2]。风云留福地,星斗上天门。有欲谁观妙,无为自觉尊[3]。青牛不复返,空诵五千言[4]。

〔1〕该诗出自《秦集》,当作于正德十三年七月后何景明任陕西提学副使期间。诗人游历说经台,契得老子无为妙道,而生隐遁终南山之意。情辞高古,意味深永。说经台,传说老子与关令尹喜传经处,在盩厔(今陕西周至)东二十里终南山,有洞可容数百人。

〔2〕西海:传说中西方的神海。南山:终南山。

〔3〕观妙:观照妙道。此化用《老子》一章:"常无,欲观其妙;常有,欲观其徼。"此言有欲观妙,乃反其意而用之,盖为与下句偶对而设。无为:顺应自然,排除人为。自觉尊:自然而然显得尊贵。典出《庄子·在宥》:"无为而遵者,天道也;有为而累者,人道也。"

〔4〕青牛:传说中神仙道士的坐骑。此为老子的代称。典出《列仙传》:"老子西游,关令尹喜望见有紫气浮关,而老子果乘青牛而过也。"五千言:代称老子《道德经》。典出《史记·老子韩非列传》:"老子乃著书上下篇,言道德之意五千馀言而去,莫知其所终。"

益门〔1〕

益门通汉沔,栈阁上云霄〔2〕。蜀道从兹始,秦川望已遥〔3〕。生风邻虎穴,回日过龙标〔4〕。眇眇征途子,云山谁见招〔5〕?

〔1〕该诗出自《秦集》,当作于正德十三年七月后何景明任陕西提学副使期间。诗人巡视到益门镇,目睹蜀道艰难,亲历环境偏险,突然有孤臣孽子之感,而惟恐永无招回之日。全诗触目生思,情辞怨怼。益门,益门镇,靠近二里关和大散关,是从陕入川的第一站,在今陕西宝鸡西南。

〔2〕汉沔(miǎn勉):汉中府沔县地带。沔,沔县,即今陕西勉县。栈阁:栈道。李贤《后汉书·隗器传》注:"栈阁者,山路悬险,栈木为阁道。"

〔3〕蜀道:通往蜀地的道路,多为栈道,以难行著称。秦川:地名,约包括今陕甘两省之地。详见《同敬夫游至华阳谷闻歌妙曲》注〔4〕。

〔4〕虎穴:老虎伏居的洞穴。此比喻险恶的山林环境。回日:西落的太阳。龙标:地名,即今湖南黔阳,因境内有龙标山而得名。标,立木为表记,其最高处叫标。此指山的最高峰。古神话称,羲和驾着六龙所拉的车子,载着太阳在天空运行,行至龙标山,为高峻所阻,而回车西下。故有传说,太阳行至龙标山开始西下。李白《蜀道难》:"上有六龙回日

之高标。"此与前文"蜀道从兹始"相照应。该句描绘益门镇地理环境之偏鄙与险恶。

〔5〕眇眇:孤单无依的样子。征途子:行役在外的臣子。此指何景明自己。云山:远离尘世的地方,多指隐士的居所。

昭烈庙〔1〕

漂泊依刘计,间关入蜀身〔2〕。中原无社稷,乱世有君臣〔3〕。峡路元通楚,岷江不向秦〔4〕。空山一祠宇,寂寞翠华春〔5〕。

〔1〕该诗出自《秦集》,当作于正德十三年七月后何景明任陕西提学副使期间。这是一首咏史诗,以当年昭烈帝的伟业来与当前昭烈庙之孤清相对照,构思措意极为精巧。昭烈庙,三国时期蜀国先主刘备谥昭烈皇帝,故其祠庙称昭烈庙。

〔2〕依刘计:刘备遭逢汉末乱世,兵败无依,乃投靠荆州刘表。间关:几经周折,即辗转。入蜀:进入蜀地。

〔3〕该句写刘备君臣开创蜀国的规制,意谓:中原汉朝的社稷虽已荡然无存,但乱世崛起的蜀国犹有君臣之礼。

〔4〕峡路:长江三峡。这是连接楚蜀的水上通道。岷江:长江上游的支流,流经四川中部。该句描写蜀国山川地理之形胜,意谓:蜀地原有三峡与楚地连通,又有岷江往南流入长江,而北边有秦岭以为天然屏障。

〔5〕祠宇:祠堂与庙宇,即指昭烈庙。翠华春:绿叶和鲜花点染的春天。该句化用杜甫《咏怀古迹五首》其四:"翠华想像空山里,玉殿虚无野寺中。"该句以眼前昭烈庙之孤清与当年昭烈帝的伟业相对照,来渲染一种历史沧桑和人事无常感。

上李石楼方伯[1]

三晋多人杰,吾师出固然[2]。素汾经太岳,紫塞入幽燕[3]。世业端居里,名邦倚舜田[4]。由来天运复,谁谓地灵偏[5]?郭相惭先达,王通俟后贤[6]。明经超第一,射策对三千[7]。感会逢昌纪,登庸起少年[8]。剑锋寒照雪,辞藻丽生烟。博物张华让,才多子建怜[9]。八叉迎客赋,只字使人传[10]。岂独文章贵,还应器识全[11]。雄谈飞玉露,浩气豁金天[12]。亮节唐元振,英风鲁仲连[13]。青云仍自致,黄鹄任孤骞[14]。簪笔星辰上,持书日月前[15]。触邪称獬豸,特立惮鹰鹯[16]。东观临晨入,西台薄暮旋[17]。朝回焚疏草,吏散阅陈编[18]。百采班行整,群公礼数虔[19]。一年巡洛表,两命下秦川[20]。斧钺威关陇,舟船达涧瀍[21]。石林风淅沥,霜仗月婵娟[22]。边徼胡宵遁,茅茨犬夜眠[23]。激扬宏宪度,旌别布威权[24]。制作人文涣,经行草木鲜[25]。阐幽辉往哲,访古遍遗阡[26]。汲黯还辞汉,张骞又使边[27]。台端堪秉节,湖上且移旃[28]。城接三江树,波通七泽莲[29]。蛮夷恩已洽,州郡役多蠲[30]。纠察元无隐,梦齮肯自便[31]?驻车仁雨渥,登座法星悬[32]。远臬驰誉久,当途荐疏联[33]。碧梧看凤跱,乔木待莺迁[34]。分陕推公奭,封侯得傅玄[35]。开藩临宋苑,张幕傍河壖[36]。位重心逾下,名

271

高守益坚。薇花当省署,棠萼满郊廛[37]。声价隆方镇,光芒动斗躔[38]。明堂求画栋,清庙想朱弦[39]。寇准真时望,王公劝早宣[40]。麒麟功不朽,金石颂应镌[41]。愚本蓬蒿质,那堪侍几筵[42]。垂髫蒙引拔,抚志荷陶甄[43]。附骥怀深愿,登龙感夙缘[44]。未除原宪病,空负乐生愆[45]。旧业心常在,修途步转邅[46]。鸾鸣犹待律,鱼得敢忘筌[47]?草野瞻飞盖,云逵望著鞭[48]。临风歌此曲,慷慨不成篇[49]。

〔1〕该诗出自《家集》,当作于正德二年后何景明归居期间。诗人感念座师李瀚的知遇之恩,并赞颂他的道德、文章与政事。这其中或难免夸饰,却勾勒出那时士大夫的理想人格。因而,间接提供了当代的精神史料,是为该诗的另一重要价值。全诗典实绵密,立意高古,情辞真质,颇有风骨。李石楼,李瀚(1453—1533),字叔渊,号石楼,山西沁水人,成化十七年进士,授乐亭知县,历官河南布政使,官至南京户部尚书,有《石楼集》等。方伯,殷周时代一方诸侯之长。后世泛称地方长官。此指李瀚所任河南布政使之职。

〔2〕三晋:山西之别称。战国时期赵、韩、魏三分晋国,其地约当山西和河南中北部、河北中南部。后世多指山西辖地。吾师:此指李瀚,为何景明座师,故称。弘治十年,李瀚试河南汝宁府诸生,以何景明为奇才,而亲赴信阳赏拔之。

〔3〕素汾:汾水的雅称。汾水源出山西宁武管涔山,至河津西入黄河。太岳:古山名,即霍山,在山西霍县东南。紫塞:北方边塞。晋崔豹《古今注·都邑》:"秦筑长城,土色皆紫,汉塞亦然,故称紫塞焉。"幽燕(yān烟):今河北北部及辽宁一带的古称。其地唐以前属幽州,战国时属燕国,故称。

〔4〕世业:先人的事业与功德。端居里:端直以为乡里的准则。端,正直不偏斜弯曲,此引申为端直以为准则;居里,居住的乡里。名邦:闻名遐迩的地区,即名邑。此指沁水县。舜田:古地名,在山西阳城西。传说舜耕田于此,风俗敦厚,耕者让畔。沁水与阳城临近,故称名邦倚舜田。该句渲染李瀚世居之地人情端直、风俗敦厚。

〔5〕天运复:天命循环,去而复返。天运,自然的气数,即天命。地灵:土地山川的灵秀之气。偏:偏袒,不公正。

〔6〕郭相:即郭子仪。郭子仪,陕西华州人。他平定安史之乱,功勋卓著,被唐肃宗进位中书令,后世尊称之为郭相。王通(584—618):隋代大儒。字仲淹,陕西绛州龙门人,尝任蜀郡司户书佐,后弃官归居,以讲学著书为业。

〔7〕明经:汉代考试取士的方法之一,凡通晓经术者取为明经科。此法沿用至隋唐,至宋代始废。射策:汉代考试取士的方法之一。《汉书·萧望之传》颜师古注:"射策者,谓为难问疑义,书之于策,量其大小,署为甲乙之科,列而不置,不使彰显。有欲射者,随其所取得而释之,以知优劣。"该句借用汉代考试取士之旧制,来赞扬李瀚参加科考成绩优异。

〔8〕感会:感应会合,即逢遇。昌纪:昌年,即太平盛世。登庸:登用,举用。语出《尚书·尧典》:"畴咨若时登庸。"后世指选拔任用官员,亦指科举考试中选。

〔9〕博物:博学多识。张华(232—300):字茂先,晋代范阳方城人,官至司空。强记默识,博学多闻,当时推为第一。著有《博物志》。子建:曹植(192—232)的字。曹植是曹操第三子,少善诗文,明敏多才。

〔10〕八叉:比喻才思敏捷。叉,两手相拱为叉。八叉,即叉八次。典出宋孙光宪《北梦琐言》卷四:唐温庭筠工于小赋,每入试,押官韵作赋,凡八叉手而八韵成。时号"温八叉"。只字:片言只字。此形容一字

273

千金,十分珍贵。

〔11〕器识全:既器局轩朗,又见识超群。

〔12〕雄谈:谈辩雄健。飞玉露:比喻清言妙语沁人心脾。玉露,秋露,亦喻指美酒。豁(huò货)金天:秋日天气晴朗。此比喻使人神清气爽。金天,秋天。该句化用杜甫《赠虞十五司马》诗句:"爽气金天豁,清谈玉露繁。"

〔13〕唐元振:唐代名臣郭震,字元振,魏州贵乡人,以字显。武后至睿宗时,他在西北御边,功显节完。事见新旧《唐书·郭震传》。鲁仲连:战国时齐国高士。他不肯做官,然有计谋,周游列国,排解纷难,兼有隐士、侠客和政治家特点。后世多借指奇伟高蹈、不慕荣利的高人。

〔14〕青云:青云直上。此喻指官位升迁。自致:竭尽自己的心力。此指自我奋斗,无所依傍。黄鹄(hè鹤):鸟名,即黄鹤。此比喻高才贤士。语出《楚辞·卜居》:"宁与黄鹄比翼乎?将与鸡鹜争食乎?"孤骞(qiān千):独自飞翔。此比喻超众出群。

〔15〕簪笔:古代帝王近臣、书吏及士大夫的装束,插笔于冠,以备书写。星辰:道教术语,指头发。日月:道教术语,指眼睛。均参见《云笈七签》卷十七引《太上老君内观经》:"眼为日月,发为星辰,眉为华盖,头为昆仑。"

〔16〕触邪:辨触奸邪。獬豸(xiè zhì 谢志):传说中的异兽,能辨别曲直,用角顶触奸邪不正者。特立:独立、挺立。此指志行高洁,不随波逐流。鹰鹯(zhān沾):鹰与鹯。比喻凶残的人。鹯,一种猛禽。

〔17〕东观:东汉洛阳南宫内观名,明帝尝诏班固等修撰《汉纪》于此,后世因指国史修撰之所。此借指群臣早朝候旨之处。西台:官署名,御史台的通称。亦为中书省或刑部的别称。旋:回来,归来。

〔18〕疏草:奏章的草稿。为防止泄密,奏章定稿后,草稿要烧掉,故称焚疏草。吏散:公务之暇,即闲暇。陈编:古迹、古书。

〔19〕百采:百彩。此借指百官。采,通彩,指彩服。古代官服用不同的彩纹装饰,以区分百官。群公:诸有名位者。此指朝中重臣。礼数虔:对人恭敬有礼。礼数,古代按名位而分的礼仪等级制度。此泛指礼节。

〔20〕洛表:洛河的外边,常借指河南。此泛指李瀚所巡按的河南辖地。表,外边、外面。两命:两次受皇帝诏命。秦川:地名,约包括今陕甘两省之地。此泛指李瀚所巡按的陕甘一带。该句以下至"旌别布威权",均赞述李瀚巡按河南、陕甘之功德。

〔21〕斧钺:斧和钺两种兵器。后世泛指行使刑罚和杀戮之威权。关陇:关中和甘肃东部一带地区。涧瀍(chán 缠):二水名,均流经洛阳,注入洛水。后世代指洛阳。

〔22〕石林:山石与林木,即山林。风淅沥:风雨声淅淅沥沥。霜仗:闪耀着寒光的仪仗。月婵娟:月色明媚。该句描写李瀚尽心国事,穿行山林,风雨无阻,触冒霜寒,披星戴月。

〔23〕边徼:边境。茅茨:茅屋。此指平民里巷。犬夜眠:狗可以通宵安睡。此形容平民生活安宁,不受侵扰,故狗不需警戒,可以通宵安睡。句谓:李瀚巡按陕甘之地,声威达至西北边境,房寇闻风连夜逃遁,边地居民安宁度日。

〔24〕宏宪度:恢弘国家的法律与制度。布威权:施布皇帝的恩威与权势。

〔25〕制作:著述,创作。此指礼乐典章制度等方面的创制。人文涣:使礼乐教化发扬光大。涣,通焕,光明、灿烂。经行:所到之处。草木鲜:使花草树木更加鲜泽。该举赞扬李瀚创制典章制度、推行礼乐教化等方面的功德。

〔26〕阐幽:阐发幽微之理。遗阡:坟墓、墓葬。此代指古代文物遗址。

〔27〕汲(jí及)黯(？—前112)：字长孺，濮阳人。西汉名臣。武帝时召为九卿，敢于面折廷争。武帝外虽敬重，内颇不悦，乃出为淮阳太守。辞汉：辞别汉廷，即指出任淮阳太守事。张骞(？—前114)：汉中成固人。西汉著名外交家。武帝建元二年，他以郎应募出使月支，经匈奴，被拘留十多年，后逃回。武帝元鼎二年，他又以中郎将出使乌孙，分遣副使出使大宛、康居、月支、大夏等国。从此，西北诸国始通于汉。该句借用汲黯、张骞史事来赞扬李瀚的功绩。

〔28〕台端：即台杂，唐宋时期主持御使台中杂务的侍御使，地位在一般侍御使之上。见《通典·职官六》："侍御使之职有四，……台内之事悉主之，号为台端。"此指李瀚执掌御使台。秉节：持符节出使。湖上：江湖之上。此指李瀚出巡在外。移旃(zhān沾)：乘坐毡篷车出行。旃，毡篷车。该句描述李瀚从御使台出任巡按地方之职事。

〔29〕三江、七泽：互文，泛指江河湖泽。此借指民间或社区，即政治教化所及之地。树、莲：互文，泛指江河湖泽的风物。此借指政俗与民情。

〔30〕洽：周遍，广博。蠲(juān捐)：除去，减免。句谓：您使偏远蛮夷感受皇恩浩荡，又帮贫困地区减免赋税徭役。

〔31〕元：向来，从来。无隐：无法隐瞒或掩饰，完全显露出来。棼(fén坟)嚣：纷乱嚣张。此指悖乱不法之徒。自便：按自己的方便行事。此引申为任意妄行。

〔32〕驻车：停车。仁雨渥(wò沃)：行政仁爱，像雨露普施，泽惠众生。渥，沾润、泽润。此引申为泽惠。法星悬：执法严明，像罚星悬照，镜鉴奸回。法星，荧惑星的别名。《文选·刘孝标〈辨命论〉》李善注引《广雅》："荧惑谓之罚星，或谓之执法。"

〔33〕远臬(niè聂)：巡按边远地区。臬，法律、法规。此指执掌司法之职。当途：官居要职、执掌大权的人。

〔34〕碧梧看凤跱(zhì 至):此化用唐韩愈《殿中少监马君墓志》语:"退见少傅,翠竹碧梧,鸾鹄停跱,能守其业者也。"碧梧,绿色的梧桐树,比喻美好的才德或英俊的仪态;凤跱,凤凰栖息。跱,同峙,立止之意。乔木待莺迁:此化用《诗·小雅·伐木》诗意:"伐木丁丁,鸟鸣嘤嘤。出自幽谷,迁于乔木。"自唐代以来,常以嘤鸣出谷之鸟为黄莺,故乔木莺迁借用为科举登第或官位升迁之颂词。

〔35〕分陕:此代指封建时期官僚出任地方官。相传周初,周公旦、召公奭分陕而治,周公治陕以东,召公治陕以西。陕,今陕西陕县。公奭(shì 是):召公,姓姬名奭,故称。傅玄(217—278):字休奕,晋代北地泥阳人,少孤贫,博学善属文,解钟律,尝官御史中丞,卒后追封清泉侯,著有《傅子》。该句借公奭与傅玄的功业来赞誉李瀚的政绩。

〔36〕开藩:原指封建时代王侯在封地上建国。此借指高级官员到外省主持政务。宋苑:宋国的林苑。宋,周代诸侯国名,为微子启的封国,在今河南商丘。张幕:张设帷幕。此借指办理公务。河壖(ruán 软阳平):河边的田地。

〔37〕薇花当省署:此化用官署名薇省而成辞。唐开元元年改称中书省为紫微省,简称微垣。元代称行中书省为薇垣。明代洪武九年改元代行中书省为承宣布政司,亦沿称薇省或薇垣。棠萼(è 厄):棠树花。此喻指惠政,又称棠树政。典出《史记·燕召公世家》:"召公巡行乡邑,有棠树,决狱政事其下,自侯伯至庶人各得其所,无失职者。召公卒,而民人思召公之政,怀棠树不敢伐,哥(歌)咏之,作《甘棠》之诗。"郊廛(chán 缠):郊野与市廛。廛,民居、市宅。

〔38〕方镇:掌握兵权、镇守一方的军事长官。斗躔(chán 缠):北斗星。躔,日月星辰运行的轨迹。

〔39〕明堂:古代帝王宣明政教的地方。凡朝会、祭祀、庆赏、选士、养老、教学等大典都在此举行。画栋:有彩绘装饰的栋梁。此指将勋臣

图画在梁柱上。清庙:《清庙》,本为《诗·周颂》中的篇名。此借指古代帝王祭祀祖先的乐章。想:与响谐音。此一语双关,"想"对上联"求",响契朱弦声。朱弦:用熟丝制作的琴弦。亦泛指琴瑟类弦乐器。

〔40〕寇准(961—1023):字平仲,华州下邽(guī 圭)人。北宋政治家。景德元年,契丹军队入侵,寇准时任宰相,力主抗战,反对南迁,促使真宗往澶州督战,与辽订立澶渊之盟。有《寇忠愍公诗集》三卷传世。王公:王侯公卿大人。此指朝廷重臣。劝早宣:进劝皇帝尽快制书提拔重用。宣,宣授,即用皇帝制书的形式委命官职。此指提拔重用。

〔41〕麒麟:传说中的异兽,常借喻杰出的人物。此指麒麟阁,为汉代未央宫中的阁名。宣帝时,曾图画霍光等十一功臣于阁上,以表扬其卓越的功绩。后世以画像于麒麟阁作为最高勋荣。金石:金指钟鼎之属,石指碑碣之属。古人常于金石器物上镂刻文字以颂功。镌(juān 捐):镂刻。此指镂金刻石以记功。

〔42〕蓬蒿质:疏野的素质。此为自谦之词。蓬蒿,蓬草与蒿草,亦泛指草莽。此比喻生性疏野、未经开化的人。侍几筵:侍奉在教席旁。此指师事、从学。几筵,几席,常借指教席。该句以下至末尾,均叙写自己感遇蒙恩之情思。

〔43〕垂髫(tiáo 条):儿童、童年。髫,儿童垂下的头发。引拔:引荐提拔。抚志:怀抱志向。抚,握持、怀抱。陶甄:烧制陶器。此比喻陶冶教化,造就人才。

〔44〕附骥:即附骥尾。蚊蝇附在马尾巴上,可以远行千里。此比喻依附先辈或名人而成名。登龙:即登龙门。此比喻得到有名望者的接引而提高身价。夙缘:前生的因缘。

〔45〕原宪病:即原宪贫,为文士清贫之典实。原宪,春秋时期鲁国人,字子思,师事仲尼,为清贫高寒之士。典出《庄子·让王》:"原宪居鲁,环堵之室,茨以生草;蓬户不完,桑以为枢;而瓮牖二室,褐以为塞;上

漏下湿,眶坐而弦。……子贡曰:'嘻!先生何病?'原宪应之曰:'宪闻之,无财谓之贫,学而不能行谓之病。今宪,贫也,非病也。'"空负:枉负,辜负。乐生愆(qiān 千):因居贫犹乐而遭亲人责怪。乐生,居贫犹乐。此化用《论语·雍也》语:"子曰:'贤哉,回也!一箪食,一瓢饮,在陋巷,人不堪其忧,回也不改其乐。'"愆,罪责、责怪。句谓:我未免原宪之清贫,却能居贫犹乐;因而辜负了亲人对荣利的责求。

〔46〕旧业:士人的常规志业,即学优则仕,报效君国。步转邅(zhān 瞻):步履变得艰难。此指困顿不得志。邅,难行不进的样子。句谓:我心常存报效君国之志,但仕途修远艰难,实在困顿难行。

〔47〕鸾鸣:弹琴的一种指法。明陈继儒《珍珠船》卷一:"侧转指曰鸾鸣。"此泛指弹琴。待律:必须用律吕来校正。待,必须;律,律吕,古代校正乐律的器具。忘筌(quán 全):忘记了捕鱼的筌。比喻目的达到后就忘记原来的凭借。语出《庄子·外物》:"荃(筌)者,所以在鱼,得鱼而忘荃(筌)。"筌,捕鱼器,竹制,有逆向钩刺。该句是说:我成才须待您的扶持,但绝对不敢忘恩负义。

〔48〕飞盖:飞驰的车。此借指达官贵人。云逵:登上云天的道路。此比喻仕宦之途。著鞭:鞭策激励。

〔49〕慷慨不成篇:因情绪激昂,而文不连属,终难以成篇。慷慨,情绪激昂的样子。

雨后溪园即事〔1〕

偃息春朝宴,轻阴散野园〔2〕。山云行翠壁,溪雨度河源。鹭浴晴相倚,凫飞暖自喧〔3〕。疏杨映远岸,细草入平原。开径徒怀侣,临流且避喧〔4〕。豹终随雾隐,龙岂怨泥蟠〔5〕。鸿鹄皆千里,鸡豚自一村[6]。幽栖何限意,难与世人论[7]。

〔1〕该诗出自《家集》,当作于正德二年后何景明归居期间。全诗分前后两部分,前四句描写春朝雨后的溪园风景,写得清新闲逸,生趣盎然;后四句抒发诗人归居的避世情怀,虽写得超然自适,然犹含幽闷。情辞渊雅,意出言表。溪园,溪谷与田园。

〔2〕偃息:睡卧止息。宴:通晏,时间晚。轻阴:淡薄的云。野园:山野与田园。

〔3〕相倚:相互依栖。凫(fú 浮):野鸭。自喧:自在鸣叫。

〔4〕该句抒写隐逸高洁之情怀。开径,喻指隐退乡园。典出陶渊明《归去来兮辞》:"三径就荒,松菊犹存。"《文选》李善注引《三辅决录》称,汉蒋诩隐居时,于舍前竹下开三条小路,只与求仲、羊仲两人往来。后世以三径作为隐士居所之称。临流,指临流洗耳,喻指排除俗事烦扰。语出孟浩然《白云先生王迥见访》:"闻道鹤书征,临流还洗耳。"传说尧想让天下给许由,许由不受,以为尧的话污耳,乃去水边洗耳,然后逃往箕山,农耕而食。

〔5〕豹终随雾隐:此化用豹隐之典实。刘向《列女传·陶答子妻》:"妾闻南山有玄豹,雾雨七日而不下食者,何也?欲以泽其毛而成文章也,故藏而远害。"后世因以比喻洁身自好,隐居不仕。泥蟠:蟠屈在泥污之中。后世比喻贤士处在困厄之中。

〔6〕鸡豚:鸡和猪。此为自谦之词,比喻不好高骛远而自适其性者。句谓:凡有鸿鹄之志者,皆怀千里之想;而我宁愿做鸡豚,只求村居之安。

〔7〕幽栖:隐居。

子衡在狱感怀二十韵[1]

朋俦日乖骞,念汝涕如渍[2]。贾谊生非晚,邹阳志不群[3]。

书从梁狱上,哭向汉庭闻[4]。天地虞罗密,江湖钓饵芬[5]。路豺那可问,屋鼠竟难熏[6]。已惧苍蝇点,真成贝锦文[7]。神龙在污潬,鸷鸟失青云[8]。日月盆还覆,熏莸器不分[9]。斗间谁辨剑,野外枉怀芹[10]。谈虎嗟何及,亡猿祸已云[11]。高才元脱略,众口但纷纭[12]。木直防先伐,兰芳忌自焚[13]。昼台幽白日,冬井下霜氛。晓榻明星皙,阴墙白草曛[14]。连骖虚缱绻,尺牍阻殷勤[15]。石父遭齐相,钟仪滞楚军[16]。受书贤不死,演易圣犹勤[17]。缧绁终非罪,文章固有勋[18]。燕臣霜霰烈,庶女震雷殷[19]。伫见天王圣,金鸡早赦君[20]。

〔1〕该诗出自《京集》,当作于正德六年何景明复任京职期间。王廷相巡按陕西期间,裁抑镇守中官廖堂,反被诬告逮系诏狱。这让何景明伤痛不已,乃愤激而成此诗。全诗分两部分:前分从开头至"兰芳忌自焚",痛斥权奸当路、众口纷纭,伤叹贤士困厄、正道难申,愤恨之情溢于言表;后分从"昼台幽白日"至末尾,想像子衡系狱的景况,表达自己的忧念之情,并赞扬子衡的气节文章,为之鸣冤,盼望赦还。格调古直,梗概多气。子衡,王廷相的字。参见《得王子衡赣榆书》注〔1〕。

〔2〕朋俦:朋辈。乖蹇(jiǎn 减):不顺遂,不走运。如濆(pēn 喷):像大水一样涌溢。

〔3〕贾谊(前201—前169),洛阳人,少能通诸家书,汉文帝召为博士,迁太中大夫。数上疏陈政事,言时弊,为大臣所忌,出为长沙王太傅,又迁梁怀王太傅,年三十三卒。世称贾太傅,又称贾生。生非晚:出生的没有晚一点,即指生不逢时。邹阳:西汉名臣,临淄人,以文辩知名,初从吴王濞,谏止濞起兵,不听遂去,投梁孝王,后以谗下狱,上书陈冤屈,获

释为上客。志不群：志识不合群俗。

〔4〕梁狱：代指冤狱。邹阳受诬陷系狱，自狱中上书梁孝王，辩白冤情，最终获释。汉庭：借指朝廷。

〔5〕虞罗：原指掌管山泽的虞人所张设的罗网，泛指渔猎者设置的网罗，此比喻人世的机险。虞，虞人，古掌山泽苑囿之官。钓饵：引诱鱼上钩的食物。此比喻诱人的名利之类。

〔6〕路豺：守在路中间的豺狼。此比喻当道的权奸。屋鼠：藏在屋子里的老鼠。此比喻受庇护的小人。语出《汉书·中山靖王刘胜传》："臣闻社鼷不灌，屋鼠不熏。何则？所托者然也。"

〔7〕苍蝇点：苍蝇停息留下的污点。此比喻小人所进谗言。贝锦文：织锦上像贝壳一样美丽的纹理。此比喻诬陷他人、罗织罪名的谗言。语出《诗·小雅·巷伯》："萋兮斐兮，成是贝锦。"朱熹集传："言因萋斐之形，而文致之以成贝锦，以比谗人者因人小过而饰成大罪也。"该句写奸佞之徒谗言陷害之可怕。

〔8〕神龙：龙。相传龙变化莫测，故称神龙。此比喻贤能之士。污淖(nào 闹)：污泥。此比喻困厄之境地。鸷(zhì 志)鸟：猛禽，如鹰鹯之类。此比喻忠贞之士。青云：高空的云，亦借指高空。此比喻施政的环境。

〔9〕盆还覆：比喻沉冤仍莫白。薰莸(yóu 犹)：香草和臭草。此比喻人之善恶、贤愚、好坏。薰，同蕙，香草名，一名蕙草；莸，臭草名，似细芦，蔓生水边，有恶臭。器不分：薰莸同器而藏，没有区分开来。此反"薰莸不同器"意而用之，语出《孔子家语·致思》："回闻薰莸不同器而藏，尧桀不共国而治，以其类异也。"

〔10〕斗间：斗、牛二星宿之间。古人以为斗、牛间有紫气，是宝剑之精气上彻所致。见《晋书·张华传》。辨剑：辨认宝剑。枉怀芹：徒然怀有献芹之好意。此化用《列子·杨朱》典："昔人有美戎菽、甘枲茎芹萍

子者,对乡豪称之。乡豪取而尝之,蜇于口,惨于腹,众哂而怨之。其人大惭。"后世以献芹谦言自己的赠品菲薄或建议浅陋。

〔11〕谈虎嗟何及:此化用谈虎色变典,比喻权奸迫害贤良,使人惊惧后怕。典出《二程遗书》卷二上:"真知与常知异。常见一田夫,曾被虎伤,有人说虎伤人,众莫不惊,独田夫色动异于众。若虎能伤人,虽三尺童子莫不知之,然未尝真知。真知须田夫乃是。"亡猿祸已云:此化用亡猿祸木典,比喻权奸损人害己,祸国殃民。典出《渊鉴类函》卷四三二引《汀州志》:"唐大历中,有猴数百集古田杉林中,里人欲伐木杀之。中一老猴忽跃去近邻一家,纵火焚屋。里人惧,亟走救火,于是群猴脱去。"

〔12〕脱略:轻慢不拘。众口:众人的言论。此指群小进谗言。纷纭:纷杂混乱的样子。此指混淆是非,颠倒黑白。

〔13〕自焚:自招焚烧。该句暗袭庄子无用是为大用之旨,意谓:直木须防先遭砍伐,芳兰最忌自招焚烧。

〔14〕晓榻:早上醒来。榻,卧榻。明星皙:启明星正亮着。阴墙:背阴的墙脚。白草:干枯呈白色的草。曛(xūn 熏):夕阳的馀晖。此形容色泽暗淡。该句及前一句想像王廷相狱中阴冷凄伤的生活情景。

〔15〕连骖:并驱驾车的两匹马。此喻指何景明与王廷相。虚:徒然没用。缱绻(qiǎn quǎn 浅犬):感情缠绵深厚的样子。殷懃(qín 勤):恳切之情。懃,同勤。

〔16〕石父:越石父,春秋时齐国贤人。典出《晏子春秋·杂上二四》:越石父在缧绁之中,齐相晏婴解左骖赎之,归而久未延见。越石父以为辱己,要求与之绝交。晏婴谢过,延之为上客。齐相:此指晏婴。钟仪:春秋时期楚国人,曾为郑国所获,被献于晋国。他不背先人之职,自称伶人无二事,不忘风土之旧,鼓琴喜好操楚音;因而被晋国君臣视为君子。事见《左传·成公九年》。后世以为拘囚异乡、怀土思归之典实。该句借越石父、钟仪事比况王廷相的气节操守。

〔17〕受书贤不死：指司马迁忍受宫刑之辱，发愤著作《史记》之事。演易圣犹勤：指周文王困拘羑里，发愤推演《易》六十四卦之事。该句借司马迁、周文王发愤著书事赞扬王廷相的名山事业。

〔18〕缧绁(léi xiè 雷泻)：捆绑犯人的绳索。此引申为牢狱。有勋：有勋劳，有功绩。

〔19〕燕臣霜霰烈：此化用邹衍蒙冤典，见《初学记》卷二引《淮南子》："邹衍事燕惠王，尽忠。左右谮之，王系之。仰天大哭，夏五月，天为之下霜。"庶女震雷殷：此化用庶女叫天典，见《淮南子·览冥训》："庶女叫天，雷电下击，景公台陨。"高诱注："庶贱之女，齐之寡妇，无子不嫁，事姑甚谨。姑无男有女，女利母财，令母嫁妇，妇益不肯。女杀母以诬寡妇，妇不能自明，冤结叫天，天为作雷电下击，景公之台陨坏。"该句借邹衍、庶女事来为王廷相被系狱鸣冤。

〔20〕伫见：期盼。天王圣：皇帝变得圣明。金鸡：传说为太山之灵，古代视为瑞物，声教昌明则出现。此喻指朝政清正廉明。

友竹[1]

买园惟种竹，身与竹为俦。一径白云里，千竿清吹幽。江亭朝对雨，水榭早迎秋。翠袖天寒倚，朱弦日暮愁[2]。风因故人至，月为此君留。逸驾今谁并？前身是子猷[3]。人多嫌寂寞，吾独慕清修。苦节长如此，虚心不外求[4]。琴樽忘老病，几席共绸缪。岁晚根逾固，霜繁花益稠。山空鹧鸪怨，海阔凤凰忧[5]。高志宁须待，深栖且自谋[6]。何因孤兴发，吹笛上君楼[7]。

〔1〕该诗出自《京集》,当作于正德六年何景明复任京职期间。诗人虽拥京都繁华,但逢朋辈飘散,难免孤独落寞。为遣愁怀,诗人买园种竹,以竹为友。此竹清幽可喜,已通人性。它曾被佳人所倚,获子猷钟爱,为湘妃泪洒,让贤士忧愁……古往今来,竹子被赋予了种种意义;而在诗人看来,竹园是深栖之所,是自谋之境。全诗构思精巧,立意高古,用典圆融,语言雅洁。

〔2〕翠袖:青绿色的衣袖。泛指女子的装束,亦代指女子。日暮:傍晚。该句化用杜甫《佳人》诗意:"天寒翠袖薄,日暮倚修竹。"

〔3〕逸驾:高超地驾御事物。此比喻品质才性超群。子猷:王徽之的字。王徽之生性爱竹,尝说:"何可一日无此君。"

〔4〕苦节:坚守节操,矢志不渝。语出《汉书·苏武传》:"以武苦节老臣。"此一语双关,一指竹节,一指节操。虚心:中心虚空。此指竹子中空,亦双关虚空容纳万物之意。

〔5〕鹧鸪怨:湘妃泪洒斑竹之幽怨。鹧鸪,即鹧鸪斑,此指斑竹。斑竹也叫湘妃竹,晋张华《博物志》卷八:"舜之二妃,曰湘夫人。帝崩,二妃啼,以泪挥竹,竹尽斑。"此化用杜甫《奉先刘少府新画山水障歌》诗意:"不见湘妃鼓瑟时,至今斑竹临江活。"凤凰忧:凤凰遭受饥寒之忧。此化用杜甫《述古》之三诗意:"凤凰从东来,何意复高飞?竹花不结实,念子忍朝饥。"后世用凤凰忧比喻贤者蒙受苦难。

〔6〕高志:高蹈之志。深栖:深居简出,即隐居。自谋:自我谋划。此引申为自由自在,没有牵累。

〔7〕孤兴:孤独无伴时的心绪。

八哥〔1〕

窗前八哥鸟,学语太轻狂〔2〕。何须似鹦鹉,自遣羽毛伤〔3〕?

285

〔1〕该诗出自《家集》,当作于正德二年后何景明归居期间。这是一首咏物诗。诗人援引庄子无用即大用的论旨,哀叹八哥鸟学语招害之事,借以反思自己仕宦生涯之坎坷,表达将欲韬光养晦、全身远害之心意。

〔2〕轻狂:轻浮狂妄。此指八哥鸟好炫耀,不知有所收敛。

〔3〕自遭:使自己,即自遭。羽毛:鸟羽。此指八哥鸟。

独立〔1〕

独立对秋阴,冥冥望河渚〔2〕。只见沙上烟,不见烟中雨。

〔1〕该诗出自《家集》,当作于正德初何景明归居期间。诗人独立苍茫,看秋水渺茫、烟雨迷蒙。但他又似乎什么也没看见,所见只是自己冥漠的心境。这心境与烟雨交融一体,而进入神与物游、物我双遣的境地。

〔2〕秋阴:秋水。语出张衡《东京赋》:"阴池幽流。"薛综注:"水称阴。"冥冥:渺茫的样子。

白雪曲十首〔1〕(选二)

三

暗逐梁尘起,潜随烛影流〔2〕。似怜歌舞处,故故入高楼〔3〕。

〔1〕该组诗出自《家集》,当作于正德二年后何景明归居期间。这组诗多描绘眼前雪景,又暗袭古典意象,两相交糅,清新浑厚。其三,袭用《白雪曲》之名目,寄寓高雅出尘之思;其五,描写梅花傲雪斗奇绝,突显梅花的高洁不凡。

〔2〕暗:不知不觉。梁尘:语出《太平御览》卷五七二引刘向《别录》:"汉兴以来,善歌者鲁人虞公,发声清哀,盖动梁尘。"后世用作歌声动听之典实。潜:暗中,悄悄。烛影:灯烛的光亮。该句前半比喻嘹亮动听的歌声,后半描写悄悄飘落的雪花。

〔3〕故故:屡屡,常常。该句化用古琴曲《白雪》之名目,寄寓高雅出尘之思。

五

梅花开雪中,相看斗奇绝〔1〕。常教雪似花,莫遣花成雪〔2〕。

〔1〕奇绝:奇妙非常。
〔2〕常教:寻常看待。莫遣:莫让,不使。该句以梅花与白雪互喻,来突显梅花的高洁,意谓:但愿雪花像梅花一样永远高洁,而不让梅花像雪花一样融化消失。

空屋见桃花〔1〕

山桃空屋里,转徙未还家〔2〕。独有春风到,犹开满院花。

〔1〕该组诗出自《家集》,当作于正德二年后何景明归居期间。诗人见空屋桃花开,而感叹人事无常,花开有主。这多少有点无奈,有点哀伤,而也更显超旷。诗情凄美,哲思并茂。

〔2〕转徙:辗转迁移。此指空屋的主人漂流在外。

七言律绝

武昌闻边报[1]

传闻虏骑近长安,北伐朝廷已遣官。路绕居庸烽火暗,城高山海戍楼寒[2]。一时边将当关少,六月王师出塞难[3]。先帝恩深能养士,请缨谁为系楼兰[4]?

〔1〕该诗出自《使集》,当作于弘治十八年五月奉哀诏使滇途中。诗人五月离京,六月行至武昌,得闻西北边警。值此国丧与边患交至,又将帅暗弱,恐无力御虏,诗人深表忧虑。末句追念先帝养士之恩,借以讽喻新君正德皇帝。

〔2〕居庸:居庸关,旧称军都关、蓟门关。掌控军都山隘道中枢,为长城重要关口之一。山海:山海关,古称临渝关。为河北临渝县的东门,是长城的起点。

〔3〕当关:把守关口。六月:指弘治十八年六月。五月孝宗皇帝驾崩,至此才经一个月。此隐指国丧与边患交至。

〔4〕先帝:指孝宗皇帝。请缨:自告奋勇请求杀敌。典出《汉书·终军传》:"南越与汉和亲,乃遣军使南越。……军自请:'愿受长缨,必羁南越王而致之阙下。'"系楼兰:用长缨捆系楼兰王。《汉书·傅介子传》:汉昭帝元凤四年,遣傅介子斩楼兰王,另立新王,更名鄯善。傅介子以立功封侯。此借指杀敌立功。楼兰,古西域国名,在今新疆维吾尔族自治区若羌县境,罗布泊西,处汉代通往西域的南道上。

岳阳[1]

楚水滇池万里游,使车重喜过巴丘[2]。千家树色浮山郭,七月涛声入郡楼。寺里池亭多旧主,城中冠盖半同游[3]。明朝又下章华路,江月湖烟绾别愁[4]。

[1] 该诗出自《使集》,当作于弘治十八年五月奉哀诏使滇途中。据"使车重喜过巴丘"、"七月涛声入郡楼"可知,诗人是次年七月(即正德元年)返程时,重经岳阳而作此诗。诗人将岳阳的风物美景交织在浑阔厚重的时空里,因而有一种空灵浑厚之美。

[2] 楚水:泛指楚地的江河湖泽。滇池:又称昆明湖,在云南省昆明市西南。巴丘:山名,亦称巴陵,在湖南岳阳县西南,滨洞庭湖。《元和郡县图志》卷二七:"昔羿屠巴蛇于洞庭,其骨若陵,故曰巴陵。"

[3] 多旧主:多属原主人所建置。旧主:原来的主人。冠盖:官员的冠服和车乘。此借指官员。

[4] 章华路:去往章华台的路。此借指游览楚中名胜古迹。章华,章华台,在湖北监利西北,为楚灵王所建。江月湖烟绾(wǎn 晚)别愁:风物美景盘结着离愁别绪,即谓流连美景,依依惜别。江月湖烟,长江月色和洞庭湖烟,泛指岳阳的风物美景;绾,盘绕成结。

华容吊楚宫[1]

别馆离宫纷绮罗,细腰争待楚王过[2]。章华日晚春游尽,云梦天寒夜猎多[3]。废殿有基人不到,荒台无主鸟空歌[4]。西江烟月长如旧,只有繁华逐逝波[5]。

〔1〕该诗出自《使集》,当作于奉哀诏使滇返程途经华容时,当正德元年七月。诗人行经华容古城,凭吊楚宫废址,怀古伤今,慨叹江月不变,而繁华易逝,有一种沉重的历史兴亡感。全诗构思精巧,立意高古,兴味隽永,迥出言表。华容,地名,为楚王离宫所在地,在洞庭湖北岸,即今湖南华容。

〔2〕别馆离宫:正宫之外供帝王出巡时居住的宫室,亦作离宫别馆。语出司马相如《上林赋》:"于是乎离宫别馆,弥山跨谷。"纷绮罗:形容宫女众多。绮罗,华贵的丝绸,代指服饰华美的宫女。细腰:纤细的腰身,代指宫中美女。语出《墨子·兼爱中》:"昔者,楚灵王好细腰,故灵王之臣皆以一饭为节。"该句遥想当年行宫里奢靡畸变的生活情景。

〔3〕章华:章华台。参见《岳阳》注〔4〕。云梦:古泽名。汉魏之前所指云梦范围并不很大,晋以后其范围才被越说越广,把整个洞庭湖包含在内。该句遥想当年楚王春游和羽猎的情景。

〔4〕句谓:殿基废弃犹存,再没有人来光顾;台阁荒芜无主,只有鸟儿空自鸣叫。

〔5〕西江:长江的别名。古人常称长江中下游为西江。逝波:流逝的长江水。

秦人洞二首[1]

一

桃川道士来相送,指点仙踪玉观西[2]。云锁洞门何处问,花开溪路几人迷。石桥自发新秋草,丹灶长封旧日泥[3]。落日山中不胜思,松阴竹色冷凄凄。

〔1〕该组诗出自《使集》,当作于奉哀诏使滇返程途经桃源时,当正德元年七月。据"洞前即是南征路,来往年华客鬓新"的提示,诗人是在赴滇返程中,顺道游览幽奇山水。当他探寻到秦人洞,不仅惊叹洞中的自然山水,更向往秦人的清净生活。全诗情思超逸,笔调清新。秦人洞,秦人避乱所居山洞,即秦洞。因在桃源(今湖南桃源),又称桃源洞。秦人,秦时避乱移居桃源洞的人。

〔2〕桃川:地名,即桃源,在今湖南桃源。仙踪:仙人的踪迹。玉观:宫阙的美称。此指道观。

〔3〕新秋草:秋天新长出的草。此隐指秦人洞的物候与外界不同。丹灶:炼丹的炉灶。该句是说,秦人洞的物候与外界不同,时间也是凝定不变的。

二

闻说秦人此避秦,碧桃零落旧时春[1]。家移洞里难知姓,水到人间易问津[2]。山色溪声自今古,石床硐户空埃尘[3]。洞前即是南征路,来往年华客鬓新[4]。

〔1〕避秦:躲避秦时之乱。语出陶渊明《桃花源记》:"自云先世避秦时乱,率妻子邑人,来此绝境,不复出焉。"后世多借指避世隐居。碧桃:桃树的一种。其花重瓣,不结实,供观赏和药用。一名千叶桃。旧时春:还是早前春天的景象。

〔2〕问津:寻访或探求。此借指沾染尘浊,不再清净。该句使用反衬的手法,意谓:秦人洞人烟稀少,老死不相往来,难知各家姓氏;而外界却不这样,即使洞中水源清净,一到俗世就沾染尘浊。

〔3〕石床:供人坐卧的石制用具。硐(jiàn 建)户:山谷中的住屋,常指隐士的居所。空埃尘:满是灰尘。此隐指人迹罕至。空,只有,引申为尽是、满是。该句描绘秦人洞山水未经人为破坏,亘古以来保持天然状态。

〔4〕南征路:往南去的道路。此指来北往的通途。客鬓新:过客的鬓发是新的,即谓尽是陌生的过客。

月潭寺二首[1](选一)

二

绿萝阴下到蒲团,茗叶松花进晚飧[2]。近水云霞晴亦雨,傍岩楼阁昼常寒。旅怀寥落逢秋半,僧话淹留坐夜阑[3]。惆怅尘踪又南去,朝来钟磬隔烟峦[4]。

〔1〕该诗出自《使集》,当作于弘治十八年五月奉哀诏使滇途中。据"惆怅尘踪又南去"的提示,诗人是在赶赴云南途中,顺道过访月潭寺的。诗人爱恋山寺清净淡泊的生活意趣和湿润阴凉的自然环境,隐然萌生不愿返归红尘的心愿。全诗寓目辄书,造语平易;而妙思逸兴,回味无尽。

〔2〕蒲团:用蒲草编成的圆形垫子。多为僧人坐禅或跪拜时用。茗叶松花:此代指清淡薄味的食物。茗叶,细嫩的茶芽;松花,松花酒,即用松花酿的薄酒。晚飡(cān 餐):晚饭。飡,同餐,饭食。

〔3〕秋半:秋天已过半,即谓深秋。僧话:与寺僧话谈。夜阑:夜残,夜将尽。

〔4〕尘踪:踪迹。钟磬(qìng 庆):钟和磬,为佛教法器。此指寺庙的钟磬声。烟峦:云雾缠绕的山峦。

白帝城[1]

峡口风悲猿夜号,孤舟灯火宿烟皋[2]。草深废井人家少,水落寒山雉堞高[3]。自古金汤难恃险,当时版筑岂知劳[4]?永安亦在荒城里,玉殿凄凉空野蒿[5]。

〔1〕该诗出自《使集》,当作于弘治十八年五月奉哀诏使滇返程途中。这是一首吊古伤今诗,写得哀婉凄切,沉郁多思。白帝城,古城名,故址在今重庆市奉节县东瞿塘峡口。

〔2〕烟皋:烟雾笼罩的水边高地。皋,岸,水边地。

〔3〕雉堞(dié蝶):城上短墙。此泛指城墙。雉,古代计算城墙面积的单位,长三丈、高一丈为一雉;堞,城上呈齿形的矮墙,也称女墙。

〔4〕金汤:金城汤池之省称,为金属建造的城墙,沸水流淌的护城河。此形容城池险固。版筑:版土墙。用两版相夹,填泥其中,以杵捣实成墙。后泛指土木营造之事。版,筑土墙用的夹板。

〔5〕永安:永安宫,三国时刘备所建,故址在今重庆市奉节县城内。玉殿:宫殿的美称。亦指永安宫的殿阁楼台等设施。凄凉:寂寞冷落。空:只有。此引申为长满。

归州〔1〕

暮云天际见高城,行尽千峰峡渐平〔2〕。古郡山头万家住,客舟江上一灯明。竹枝惯听巴人曲,鸟道才通楚国程〔3〕。未卜东归何日到?片帆斜月对离情〔4〕。

〔1〕该诗出自《使集》,当作于弘治十八年五月奉哀诏使滇返程途中。诗人行至归州,泊舟江上,听巴人俗曲,见片帆斜月,忽感孤身在外,满怀离情别绪。归州,古地名,即今湖北秭归。

〔2〕该句描绘归州的城貌与地势,意谓:暮云从天边慢慢升起,笼罩高处的归州城池;我行舟至此千峰尽头,峡谷才逐渐变得平阔。

〔3〕竹枝:曲调名,本为巴渝一带民歌,又称巴渝辞。后世文人拟作,多抒写羁旅离思别绪。巴人曲:巴东民歌。巴人,古巴州人,居住巴东一带。鸟道:仅飞鸟能通行的山道。此形容山道险绝。楚国程:通往楚国的道路。

〔4〕离情：离别的情绪。此指远离亲友的孤独感。

郢中[1]

荆门南下接平畴，萧索风烟似晚秋[2]。衰草茫茫楚宫废，荒城寂寂汉江流[3]。人亡异代空遗宅，岁暮他乡独倚楼。最是阳春音调古，至今歌罢少人酬[4]。

〔1〕该诗出自《使集》，当作于弘治十八年五月奉哀诏使滇返程途中。诗人借楚地风物怀古伤今，也感叹自己流落他乡，孤身一人难遇知音。郢（yǐng 颖）中，郢都。此借指古楚地。语出宋玉《对楚王问》："客有歌于郢中者。"
〔2〕荆门：山名，在今湖北宜都西北，据长江南岸，和虎牙山隔江相对，形势险峻。南下：长江水道过荆门山后往南走。此指向南行舟。平畴：平坦的田野。陶渊明《癸卯岁始春怀古田舍》："平畴交远风，良苗亦怀新。"
〔3〕寂寂：冷落萧索的样子。汉江：汉水和长江。
〔4〕阳春：即《阳春曲》，战国时期高雅的歌曲名。宋玉《对楚王问》："其为《阳阿》、《薤露》，国中属而和者数百人；其为《阳春》、《白雪》，国中属而和者不过数十人而已。"酬：酬唱，唱和。该句化用曲高和寡之事典。

病后[1]

病后频惊节序过，不将风景怨蹉跎[2]。秋来门巷依枫橘，岁晚衣裳恋芰荷〔3〕。洛下闲居辞宦早,茂陵消渴著书多〔4〕。凤凰池上三年客,腰袅空鸣白玉珂〔5〕。

〔1〕该诗出自《家集》,当作于正德二年后何景明归居期间。诗人病后伤时,抚今追昔,孤清落寞,心境凄凉。全诗情思沉郁,用语幽婉。
〔2〕频惊:多次惊心。蹉跎:错过节序。此指虚度光阴。
〔3〕门巷:门庭里巷。此指诗人的居所。枫橘:枫树和橘树。秋天枫叶变红,橘子成熟,常借指秋天的风物。芰(jì 记)荷:菱叶与荷叶。语出《楚辞·离骚》:"制芰荷以为衣兮,集芙蓉以为裳。"此借指隐居者的服饰。
〔4〕洛下闲居:白居易罢杭州刺史,归居洛阳,有《初到洛阳闲游》诗:"汉庭重少身宜退,洛下闲居迹可逃。"此即化用其意。洛下,洛阳的别称。茂陵消渴著书多:此化用《史记·司马相如列传》事典:"相如既病免,家居茂陵。……时时著书。"后世用为病归著书之典实。消渴,病名,见载《史记·司马相如列传》:"相如口吃而善著书,常有消渴疾。"近人以为糖尿病。该句以白居易、司马相如归隐著书事自况。
〔5〕凤凰池:禁苑中的池沼。此借指朝廷。腰袅(niǎo 袅):古骏马名。《广雅·释兽》:"飞兔、腰袅,古之骏马。"白玉珂:色白似玉的马勒,以贝饰之,振动有声。该句比喻在朝为官多年而无所建树。

秋兴八首〔1〕(选二)

一

高楼一上思堪哀,水尽山空雁独回。万里关河迷北望,无边风雨入秋来。故人尺素年年隔,薄暮清砧处处催[2]。徒有寒樽对花发,病怀愁绝共谁开[3]。

〔1〕该组诗出自《家集》,当作于正德二年后何景明归居期间。全诗共八首,主要抒写归居乡园的落寞感受和对早前仕宦生活的怀想。此所选,其一抒发归居的寂寞忧伤情怀,其五追忆使滇的往返经历与感想,均情辞沉郁幽婉。

〔2〕尺素:泛指书信。素,生绢。古人用长一尺左右的绢帛写信,故称尺素。清砧(zhēn 真):捣衣发出的清脆的声音。砧,捣衣石。

〔3〕寒樽:清凉的酒。此暗示冷落与寂寞。愁绝:极度忧伤。

五

汉水东驰入楚来,长沙秋望洞庭开。江清楼阁中流见,日落帆樯万里回。去国尚思王粲赋,逢时空惜贾生才[1]。湘南两度曾游地,惆怅烟花暮转哀[2]。

〔1〕王粲赋:王粲所作《登楼赋》。此借指去国怀思之感。王粲(177—217),三国魏山阳高平人,字仲宣,为"建安七子"之一。贾生才:贾谊的旷世才华。此借指怀才不遇。贾谊(前201—前169),汉代洛阳人,因才高被谗,出为长沙太傅,终生郁闷而卒。

〔2〕湘南两度曾游地:此指诗人弘治十八年五月奉哀诏使滇,往返两次行经湘中,顺道游览山水名胜。湘南,湖南、湘中。烟花:雾霭中的花。此泛指绮丽的风景。暮转哀:如今变得让人伤心。暮,时间靠后,即如今。

十二夜月[1]

待月东林月未圆,水边楼阁半轮偏。谁家玉笛休空怨,此夜清樽益可怜[2]。即向乾坤生羽翰,更看江海净风烟[3]。停杯席上遥相问,却愧当年李谪仙[4]。

〔1〕该诗出自《家集》,当作于正德二年后何景明归居期间。诗人月夜独酌,不耐凄清,触物有感,即兴而发。一二句写待月,三句写赏月,四句写问月,时刻不同而感受随变,写得意境清旷、情致婉转。

〔2〕玉笛:玉制的笛子。此指美妙的笛声。语出李白《春夜洛城闻笛》:"谁家玉笛暗飞声,散入春风满洛城。"清樽:酒的美称,即美酒。

〔3〕羽翰:羽翅,翅膀。净风烟:荡尽风云烟雾。该句形象地描绘月光朗照、空明澄净的景致。

〔4〕停杯:放下酒杯。此指不忍独自饮酒。李谪仙:李白。孟棨《本事诗·高逸》:"李太白初自蜀至京师,舍于逆旅。贺临知章闻其名,首访之。既奇其姿,复请所为文。出《蜀道难》以示之。读未竟,称叹者数四,号为'谪仙'。"谪仙,谪居世间的仙人,常用以称誉才行高迈的人。

酬高新甫[1]

连篇落落见才华,未报琼瑶只自夸[2]。灵运诗成应梦草,江淹笔在更生花[3]。行吟出郭愁仍破,病起逢春思益嘉[4]。

不惜清词三百首,品题常到野人家[5]。

〔1〕该诗出自《家集》,当作于正德二年后何景明归居期间。何景明归居期间,与高新甫交契,乃作为此诗,盛赞其才情文思。高新甫,隐居信阳的田园诗人,何景明归居时结交的朋友。其馀不详。

〔2〕落落:高超,卓越。此指诗文写得高妙,不同凡响。未报琼瑶:未获别人的赞誉。琼瑶,美玉。此比喻美好的诗文。自夸:自我欣赏。

〔3〕灵运:谢灵运(385—433),南朝宋阳夏人,开创中国山水文学。灵运诗成应梦草:此用《南史·谢惠连传》之谢灵运梦见谢惠连而得诗句"池塘生春草"事典。梦草,比喻创制佳作。江淹笔在更生花:此合用江淹和李白事典。《南史·江淹传》:"淹少以文章显,晚节才思微退。……又尝宿于冶亭,梦一丈夫自称郭璞,谓淹曰:'吾有笔在卿处多年,可以见还。'淹乃探怀中得五色笔,一以授之。尔后为诗绝无美句,时人谓之才尽。"又《开元天宝遗事·梦笔头生花》:"李太白少时,梦所用之笔,头上生花,后天才赡逸,名闻天下。"江淹(444—505),字文通,南朝梁济阳考城人。生花,比喻才情横溢、文思丰富。该句以梦成春草、梦笔生花盛赞高新甫的才情文思。

〔4〕仍:于是,乃。

〔5〕清词:清新美丽的词句。野人家:村野的居民。句谓:不惜笔墨创作无数清词丽句,来描写村野居民的天然生活。

九日不见菊次刘朝信韵[1]

一秋风物已凄凉,九日无花只断肠。徒把清尊留客醉,不教繁朵向人黄[2]。鸣弦急管休相聒,舞蝶游蜂莫自狂[3]。独坐孤城正愁寂,更堪落木下斜阳。

〔1〕该诗出自《家集》,当作于正德二年后何景明归居期间。诗人归居独处乡园,拟重阳日把酒赏菊,无奈菊花又不盛开,更添一层凄苦落寞,幽闷情怀难以排遣,惟有一醉方休而已。全诗触物起兴,心随物迁,言辞流易,情调婉转。刘朝信,何景明的朋友。参见《喜刘朝信过饮三首》注〔1〕。

〔2〕清尊:清樽。参见《十二夜月》注〔2〕。繁朵:盛开的花朵。

〔3〕相聒(guō 锅):声音嘈杂,争相喧扰。自狂:任意放纵。

生子[1]

两岁归来生两雏,故园夫妇亦相娱。卢家自爱添丁好,徐氏谁言二子殊[2]。未论图书能继业,且教门户有悬弧[3]。劬劳正念吾亲在,更遣悲欢此日俱[4]。

〔1〕该诗出自《家集》,当作于正德二年后何景明归居期间。正德四年四月,何景明父母先后亡故。据"两岁归来生两雏"、"劬劳正念吾亲在,更遣悲欢此日俱"可知,该诗准确作年在正德四年四月稍后。喜得子嗣,感念双亲,此乃人之常情;诗人将之写得深挚动人。全诗情致婉转,而造语极为平易。

〔2〕卢家自爱添丁好:指生男孩,后继有人,香火可传。此化用卢仝生子,取名添丁事典。韩愈《寄卢仝》诗:"去年生儿名添丁,意令与国充耘耔。"后卢仝受牵连死于甘露事变,其子添丁为躲避灭门之祸,逃到山西洪桐县,生息繁衍,传生十五代。徐氏谁言二子殊:指所生子资质颖异

卓越。典出《十国春秋》卷二十八：徐铉、徐锴兄弟忠贞辩博，时人称为"二徐"。殊，卓越、颖异。

〔3〕继业：继承家业。悬弧：古代风俗尚武，家中生男，则于门左挂弓一张。后因借称生男。典出《礼记·内则》："子生，男子设弧于门左。"该句及上句是说：我何家生子，只期待有子嗣传续香火；并不指望儿子颖异卓越，靠读书来继承家业。

〔4〕劬(qú渠)劳：劳累，劳苦。句谓：此时，我怀想起过世的父母，他们辛勤劳苦一生，却不能等到生孙之日，这真使我悲欢交集啊。

无题[1]

艳舞娇歌出绛纱，黄金不惜教琵琶[2]。鸳鸯本是双栖鸟，菡萏元开并蒂花[3]。紫玉岂忘韩重侣，绿珠宁负季伦家[4]？多情自古还多恨，肠断春风巷柳斜。

〔1〕该诗出自《家集》，当作于正德二年后何景明归居期间。诗人咏叹一位多才艺、重情义而遭遇曲折的女子，至于这位女子的身世如何，全然不作交待，因而留有想象空间，让人悬念不已。情致婉转，辞彩雅丽。

〔2〕绛纱：红色的纱帐。此喻指名师之门。

〔3〕双栖鸟：双栖双飞的鸟。比喻恩爱夫妻。菡萏(hàn dàn汉但)：荷花。并蒂花：两花共一蒂。比喻男女好合。

〔4〕紫玉岂忘韩重侣：此用晋干宝《搜神记》典：春秋时，吴王夫差小女紫玉，年十八，悦童子韩重，欲嫁而为父所阻，气结而死。韩重游学归，吊紫玉墓。紫玉现形，并赠韩重明珠。后世借指女子多情。绿珠：晋

石崇所宠歌妓,善吹笛。后石崇败没,绿珠跳楼自杀。后世以为女子遭遇曲折、忠贞不屈之典实。季伦:石崇的字。石崇,晋代人,以豪富奢侈著称。

感春[1]

羸病江湖春意生,清沙迟日眺孤城[2]。缘堤堙柳叶相暗,隔屋山桃花独明。万里江天双起雁,谁家园树乱鸣莺?风光物色元非恶,触目经心偏苦情[3]。

[1] 该诗出自《家集》,当作于正德二年后何景明归居期间。诗人久居乡园,不耐落寞,心境悲苦,即便春日和煦、柳暗花明、雁起莺鸣,也难以激发他的欢趣。全诗意态凄婉,情辞沉郁。

[2] 羸(léi 雷)病:瘦弱疲惫的样子。江湖:隐士的居处。此借指所居处的乡园。清沙:清新明丽的沙地。迟日:春天的阳光。语出《诗·豳风·七月》:"春日迟迟。"后世以迟日指春日。

[3] 风光物色:田园风光、山川物色。此泛指自然景物。触目经心:触目所见而萦烦于心。苦情:悲苦的情调。

怀西涯先生[1]

六省尚书第一班,两朝元老领千官[2]。空教外国闻裴度,未见东山起谢安[3]。归去朝廷公望重,老来湖海路行难[4]。

305

兵戈此日交驰檄,将帅何时议筑坛[5]?

〔1〕该诗出自《家集》,当作于正德二年后何景明归居期间。正德初年,宦官刘瑾用事,李东阳潜移默御,保全善类,因遭气节之士非议。至正德五年秋,刘瑾阉党伏诛,李东阳不自安,乃上书辞官。何景明闻讯而作此诗,劝留恩师李东阳,盖谓公望所在、兵戈方急,此时不当效裴度、谢安之事。全诗格调高古,颇含气骨。西涯先生,李东阳的号。李东阳(1447—1516),字宾之,茶陵人。天顺八年进士,授编修,累进文渊阁大学士,预机务,受顾命,辅翼武宗。立朝五十年,清节不渝,以吏部尚书兼华盖殿大学士致仕。

〔2〕六省尚书第一班:此指李东阳尝任吏部尚书,在六部尚书中名望最重。两朝元老领千官:此指李东阳历任弘治、正德两朝内阁辅臣,是为朝廷众官的领袖人物。

〔3〕裴度(765—839):字中立,唐代闻喜人,宪宗朝论功封晋国公,文宗时为东都留守,建绿野堂别墅,以示无用世之意。谢安(320—385):字安石,晋代阳夏人。少有重名,初为佐著作郎,因病辞官,隐居东山。屡诏不仕,时人因言:"安石不肯出,将如苍生何!"年逾四十,出为桓温司马,官至司徒等职,晋室赖以转危为安。该句以裴度、谢安事迹比况李东阳,盛赞其德行与才干。

〔4〕公望:公众中的声望。湖海:喻指隐士的居所。路行难:喻指人生道路很艰难。

〔5〕驰檄(xí席):用快马传递檄书。檄,古代官方文书,用竹简制作,长尺二寸,用作征召、晓谕、申讨等。此泛指战时文书。筑坛:修建台坛以拜将出兵。

春兴[1]

东风回首即残春,日日清江愁白蘋[2]。北去云霄无道路,西来天地有烟尘[3]。身经贵贱知交态,事到安危忆古人[4]。却喜故园桃李树,花开又见一回新。

〔1〕该诗出自《家集》,当作于正德二年后何景明归居期间。诗人蛰居乡园,重出无门,又感世态炎凉,人情多变,因而心绪幽闷灰冷;好在桃李花开,年年依旧,新鲜可喜。全诗触物起兴,援笔直书,写的就是这种心境。

〔2〕残春:春将尽之时。白蘋:水中浮草。语出鲍照《送别王宣城》:"既逢青春献,复值白蘋生。"句谓时光流逝,年华易老。

〔3〕北去云霄:喻指回朝任官。北去,京城在信阳北边,故云。云霄,高远的云天,此喻指朝廷。西来天地:喻指归居乡园。西来,信阳在京城西边,故云。烟尘:烟雾灰尘。此喻指世俗生活。

〔4〕交态:世态人情。语出《史记·汲郑列传》:"一死一生,乃知交情;一贫一富,乃知交态。"忆古人:想起古训。

杨花[1]

三月杨花袅袅白,忧人泪点暗中抛[2]。漫天扑地有何意?

惹草粘沙多似毛。忽趁狂风翻自远,更遮落日强相高[3]。红尘满眼青楼暮,搅乱春愁为尔劳[4]。

〔1〕该诗出自《家集》,当作于正德二年后何景明归居期间。这是一首咏物诗。杨花作为一种喻象,所指不甚明了,或似忧人抛洒泪滴,或似轻狂之徒逞强,或似青楼女子伤春,其实什么也不是,只是诗人纷乱烦闷的思绪。情思空灵飞动,语言含蓄朦胧。

〔2〕袅袅:飘逸柔美的样子。暗中:悄悄地。句谓:阳春三月,洁白柔美的杨花在空中飘舞,像是忧伤的人儿悄悄抛洒泪滴。

〔3〕句谓:忽然,杨花乘着狂风翻飞得老远,遮蔽低矮的落日自逞高强。

〔4〕红尘:飞扬的尘土。喻指繁华热闹。青楼:妓院。春愁:春日的愁绪,即伤春。劳:劳心、伤神。

寄胡宗器悼内[1]

玉箫不听凤凰鸣,银汉愁看织女星[2]。永夜机中悲蟋蟀,十年窗下拾流萤[3]。白头司马空多恨,清泪安仁更苦形[4]。见说生儿是奇器,他年应慰九泉灵[5]。

〔1〕该诗出自《家集》,当作于正德二年后何景明归居期间。这是一首悼亡诗,写得情真意切,渊雅深婉。"永夜机中悲蟋蟀,十年窗下拾流萤"一句甚精警。胡宗器,何景明的朋友。其馀不详。

〔2〕玉箫不听凤凰鸣:玉箫没吹起,凤凰不来鸣。比喻夫妻生死离

别。此化用萧史与弄玉事:春秋秦穆公时,有萧史者,善吹箫,能致白鹄孔雀。穆公女弄玉好之,公遂以妻之。萧史教弄玉作凤鸣,居数十年,吹似凤声,凤凰来止其屋。夫妇遂随凤凰飞去。后世以为夫妻恩爱之典实。银汉愁看织女星:牵牛星隔着银河伤心地遥看织女星。此隐喻诗人思念亡妻。银汉,银河;织女星,星座名,在银河西,与河东牵牛星遥遥相对。

〔3〕永夜:漫漫长夜。拾流萤:拾萤读书。典出《晋书·车胤传》:晋车胤少时家贫,点不起灯,夏天夜里捉许多萤火虫,放在囊里,利用萤光读书。该句回想早年妻子织布伴夫君夜读的恩爱情景,真挚深切,凄婉动人。

〔4〕白头司马:此化用司马相如与卓文君事典,《西京杂记》卷三:"司马相如将聘茂陵人女为妾,卓文君作《白头吟》以自绝,相如乃止。"安仁:潘岳的字。潘岳,晋代荥阳中牟人,工诗赋。其妻早亡,作《悼亡诗》三首,最为著名。苦形:因思念过度而形容憔悴。该句以司马相如、潘岳事自况,表达对亡妻的情深恩重。

〔5〕见说:告诉、告知。奇器:奇伟之才。九泉灵:地下的亡灵。九泉,人死后的葬处,即黄泉。

谷日〔1〕

翠壑烟开风满林,岸云沙雪暝阴阴〔2〕。城边瓜地谋生计,溪上青山独往心〔3〕。野客开樽闲共语,田夫负耒亦相寻〔4〕。茅堂春事年年异,不废莺花此日吟〔5〕。

〔1〕该诗出自《家集》,当作于正德二年后何景明归居期间。诗人

归居乡园,虽感孤寂落寞;但逢莺花春事,也能拥有好心情。故将诗写得轻快鲜活,洋溢春的气息。谷日,吉日,良辰。

〔2〕翠壑:草木翠绿的山谷。岸云:溪谷两岸的云雾。沙雪:沙地洁白如雪。暝(míng 明)阴阴:阴暗的样子。

〔3〕独往心:归隐山林之意。此指隐逸潇洒的心情。

〔4〕耒(lěi 垒):古代一种可以脚踏的木制翻土农具。

〔5〕春事:春耕之事。年年异:每一年都新鲜不一样。莺花:莺啼花开。泛指春日景色。

闻河南寇[1]

檄书近报河南寇,楚塞梁关转战空[2]。岂有兵车能远救?即愁道路阻难通。江淮城堑西南险,嵩洛山川天地中[3]。今日至尊忧不细,几时诸将捷音同[4]。

〔1〕该诗出自《京集》,当作于正德六年何景明复任京职期间。正德初,河南一带寇匪猖獗,诗人闻讯顿生忧患,而作诗纪闻,并有所讽谏。第三、四句,虽将匪患的罪责系于将帅暗弱,实也对正德皇帝表达了忧念和婉讽。

〔2〕檄书:战时文书。参见《怀西涯先生》注〔5〕。楚塞梁关:梁楚之间的关塞。此指河南与湖广交境处的战略要地。

〔3〕城堑:城池。西南:西南部。此指河南在江淮之间的地区。嵩洛山川:嵩山和洛水,两者都靠近洛阳。此以洛阳代指河南。天地中:国朝的中心区域。此指皇权能够控制的地区。句谓:江淮之间的城池堪称险固,河南又是皇权能控制地区。言下之意,寇匪猖獗的罪责在于将帅

暗弱、无力御寇。

〔4〕至尊:皇帝。捷音同:都有胜利的捷报。该句暗袭今典,正德六年三月,朝廷命马中锡等提督军务,讨河南等地匪寇。

送张元德侍御巡畿内〔1〕

汉京楼殿郁云虹,淮海文章御史骢〔2〕。三辅自来多寇盗,五陵今日更豪雄〔3〕。埋轮亦在都亭下,揽辔仍行甸服中〔4〕。滹水太行烟雾里,独看高隼击霜空〔5〕。

〔1〕该诗出自《京集》,当作于正德六年何景明复任京职期间。诗人盛赞张元德的文章、事功与气节,表达对正直忠谏之士的期待,并对寇盗猖獗、富豪争雄的社会政治环境有所揭露。全诗情辞高古,颇含风骨。张元德,何景明在京的僚友。其馀不详。畿内,古称王都及其周围千里以内的地区,此称京城管辖的地区。

〔2〕汉京:汉代的京城。此借指国朝都城北京。郁:高耸丛集的样子。云虹:云霓。此借指高空。淮海文章:形容渊博高大的文才。淮海,北宋著名文学家秦观有《淮海集》,时人称之为淮海先生。御史骢(cōng聪):御史所乘的马。骢,青白杂毛的马。后世特指御史所乘的马,或借指御史。

〔3〕三辅:京畿之地。此沿用汉代旧制而得名。西汉治理京畿地区,分置三个职官。景帝时设置左右内史及都尉;武帝太初元年,改右内史为京兆尹,治长安以东;改左内史为左冯翊,治长陵以北;改都尉为右扶风,治渭城以西。此即所谓三辅。五陵:汉代皇帝每立陵墓,就把四方富豪和外戚迁至附近居住,最著名的是五陵:长陵、安陵、阳陵、茂陵、平

311

陵。此借指富豪与权贵聚居之地。

〔4〕埋轮:埋车轮于地以示驻车坚守。典出《后汉书·张纲传》:东汉顺帝时,大将军梁冀专权,朝政腐败。汉安元年,选派张纲等人巡视全国,张纲独埋其车轮于洛阳都亭,曰:"豺狼当路,安问狐狸!"遂上书弹劾梁冀,京都为之震动。后用为不畏权贵,直言正谏之典实。都亭:都邑中的传舍。秦法,十里一亭,设置在郡县治所。揽辔:挽住马缰。典出《史记·袁盎晁错列传》:"文帝从霸陵上,欲西驰下峻阪。袁盎骑,并车揽辔。上曰:'将军怯邪?'盎曰:'臣闻……圣主不乘危而徼幸。今陛下骋六骓,驰下峻山,如有马惊车败,陛下纵自轻,奈高庙、太后何?'上乃止。"后用为谏止君王履险之典实。甸服:古代在王畿外围,每五百里为一区划,按距离远近分为五服:侯服、甸服、绥服、要服、荒服。此泛指都城郊外的地方。

〔5〕滹(hū 呼)水:水名,即滹沱。该水出山西繁峙县东泰戏山,穿太行山,东流河北平原,至天津,会北运河入海。太行:太行山,绵延山西、河北、河南三省。又名五行山。高隼(sǔn 损):高飞的鹰隼。此比喻英杰人物。霜空:秋冬的晴空。此借喻凌厉的政治环境。

晚过君采次韵[1]

朔云卧对寒城菊,燕月留沽晚市醪[2]。向客蘼芜南国远,背人鸿雁北风高[3]。杜陵愁极惟双泪,潘岳情多已二毛[4]。同病相怜不同去,莫将江海问西曹[5]。

〔1〕该诗出自《京集》,当作于正德六年何景明复任京职期间。政治环境恶薄,友朋离散飘零,诗人备感孤独,愁苦叹老,而作此诗,以泄忧闷。情思沉郁,语言悲苦。君采,薛蕙的字。参见《赠君采效何逊作四

首》注〔1〕。

〔2〕朔云:北方的云。朔,北方。寒城:寒冬的京城。燕月:燕地上空的月亮。燕,河北的别称。晚市醪(láo 劳):将卖完的残酒。晚市,将散的集市;醪,汁渣混合的酒,即浊酒。

〔3〕向客:迎客。蘼(mí 迷)芜:香草名,又名江蓠。背人:避人。该句隐指友朋离散在南北各地。

〔4〕杜陵:古地名,在今陕西西安市东南。汉宣帝筑陵墓于此,改名杜陵。唐代杜甫居此,自称杜陵布衣。后世用作杜甫的别名。愁极:极度愁苦。潘岳:晋代诗赋名家。参见《寄胡宗器悼内》注〔4〕。情多:多情。此指为情所恼。二毛:头发斑白。后世用作叹老。

〔5〕江海:江河湖海。此喻指隐士的居所或泛指四方各地,隐含友朋流落在京城之外。西曹:刑部的别称。此泛指朝廷,隐含诗人和君采留在朝廷任职。

得献吉江西书〔1〕

近得浔阳江上书,遥思李白更愁予〔2〕。天边魑魅窥人过,日暮鼋鼍傍客居〔3〕。鼓柁襄江应未得,买田阳羡定何如〔4〕?他年淮水能相访,桐柏山中共结庐〔5〕。

〔1〕该诗出自《京集》,当作于正德六年何景明复任京职期间。正德七年,李梦阳在江西提学副使任上,与人相评而被系吃狱。何景明闻讯即设法营救,并作此诗遥寄同情。诗人深切痛恨权奸当路、群小横行的政治现实,表达欲与李梦阳偕隐桐柏山的意愿。全诗结体工整,用语精警,风力通透,气骨雄健。献吉,李梦阳的字,参见《六子诗六首并序》第四首注〔1〕。

〔2〕浔阳江:江名,长江流经江西九江北的一段。此隐指李梦阳在江西任官。李白:唐代著名诗人,字太白。此借指李梦阳。

〔3〕天边:天空与地平线交会的远处。此喻指皇帝左右,即朝廷。魑魅(chī mèi 痴昧):山泽中能害人的鬼怪。此喻指残害好人的奸佞之徒。鼋鼍(yuán tuó 元驼):大鳖和猪婆龙。此喻指凶恶顽劣之徒。

〔4〕鼓柁(duò 舵):摇动船舵,即泛舟。此指优游山水。襄江:水名,亦称襄河、襄水。汉水在湖北襄阳境内的一段。买田阳羡:借指辞官归隐。典出苏轼《菩萨蛮》:"买田阳羡吾将老,从来只为溪山好。"阳羡,古地名,秦汉时属会稽郡,故城在今江苏宜兴南。该句探问李梦阳辞官后将卜居何处,借以表达共同归隐的志向。

〔5〕淮水:古四渎之一,今称淮河。源出河南桐柏山。桐柏山:山名,在今河南桐县西南,为淮水源头之所出。他年:将来、以后。共结庐:居住在一起。结庐,构筑房舍。该句表达欲与李梦阳偕隐的意向。

无题回文[1]

弦中曲怨不同调,早见相如病骨销[2]。眠独夜乌啼渺渺,梦多春草碧迢迢[3]。烟生暗阁鸾沉镜,月落空楼凤罢箫[4]。年往恨花飘水逝,传书有雁一停桡[5]。

〔1〕该诗出自《京集》,当作于正德六年何景明复任京职期间。其所谓无题,只是一种愁闷凄伤情绪的宣泄,而无明确的情感指向。回文诗,在何景明并无多作;而此偶一尝试,即成佳作。该诗不论顺读还是倒读,情境大体相近,而均富有意味。倒过来读,即为:"桡停一雁有书传,逝水飘花恨往年。箫罢凤楼空落月,镜沉鸾阁暗生烟。迢迢碧草春多

梦,渺渺啼乌夜独眠。销骨病如相见早,调同不怨曲中弦。"原来顺读所用司马相如、箫史与弄玉事典消解了;而转生出凤楼、鸾阁等语词,平实之中更添典雅。

〔2〕不同调:音调不相同,即谓声音杂乱、不合乐律。相如:司马相如,西汉著名辞赋家。病骨销:多病消瘦的身躯行将销毁。销,毁灭、去除。司马相如有消渴病,参见《病后》注〔4〕。此以司马相如自况。

〔3〕眠独夜乌啼渺渺:此化用张继《枫桥夜泊》句"月落乌啼霜满天,江枫渔火对愁眠"诗意。渺渺,啼声悠远的样子。梦多春草碧迢迢:此化用谢灵运梦中得佳句"池塘生春草"事典。参见《酬高新甫》注〔3〕。碧迢迢,春草碧绿、一望无垠。

〔4〕鸾沉镜:鸾镜昏暗无光。鸾镜,饰有鸾鸟图案的妆镜;沉,色泽深暗。凤罢箫:凤箫不再吹响。凤箫,又叫凤凰箫,即排箫。此化用箫史与弄玉事典,参见《寄胡宗器悼内》注〔2〕。

〔5〕传书:传递书信。一停桡(ráo饶):停栖在小船上。桡,船桨,借指小船。

鲥鱼[1]

五月鲥鱼已至燕,荔枝卢橘未应先[2]。赐鲜遍及中珰第,荐熟谁开寝庙筵[3]。白日风尘驰驿骑,炎天冰雪胡江船[4]。银鳞细骨堪怜汝,玉箸金盘敢望传[5]?

〔1〕该诗出自《京集》,当作于正德六年何景明复任京职期间。正德皇帝亲近宦官而疏远朝臣,诗人借分赐鲥鱼之事讽喻之,以小见大,生动切实。全诗气格高古,笔力犀利。鲥(shí时)鱼,鱼名,海鱼之一种,体

侧扁,背部黑绿色,腹部银白色,眼周围银白色带金光,生活在太平洋,五六月间入淡水河流产卵。

〔2〕荔枝:果树名。产于广东、广西等地,树高五六丈,四季常绿,果实大如鸡子,壳红肉白核黑。此指荔枝树的果实。卢橘(jú桔):果名,一名金橘。生时青绿色,熟则金黄色,可入药。

〔3〕中珰(dāng裆)第:太监的府第。此指太监这一阶层。中珰,太监。寝庙筵:宗庙的享宴。寝庙,古代宗庙中寝和庙的合称,一般前曰庙,后曰寝;筵,垫底的竹席。

〔4〕驰驿骑:快马奔驰。驿骑,驿马。冰雪胡江船:用冰雪覆盖船舱使食物保鲜。胡,同糊(hū呼),涂抹。此引申为覆盖。

〔5〕银鳞细骨:银色的鳞片和细软的骨翅。此代指鲥鱼。玉箸(zhù住)金盘:用金盘盛鲥鱼,用玉箸食鲥鱼。玉箸,用玉制作的筷子。箸,同箸。传:传送,传递。此指分赐传送鲥鱼给朝廷近臣。该句是说:鲥鱼固然味美好吃,分赐却没朝臣的份。言下之意,皇帝亲近宦官而疏远朝臣。

答刘子纬雨后之作次韵[1]

万里秋风张翰鱼,扁舟常忆楚江渔[2]。穷愁阮籍犹耽酒,老病虞卿只著书[3]。风昼海蒸云自起,水天沙霁日微舒[4]。刘郎数月稀相见,喜送新诗慰索居[5]。

〔1〕该诗出自《京集》,当作于正德六年何景明复任京职期间。刘文焕此时在外任职,尝作《雨后》诗寄赠,使索居的何景明感到欣喜。何景明作诗赠答,讲诉自己在朝中的境遇,唯纵酒谈玄,穷愁著书,并有归隐之志。刘子纬,刘文焕(1482—1528),字德征,又字子纬,号兰村,定州

卫人。正德三年进士,授兵部主事,升郎中,历知东昌、夔州府,卒于官。

〔2〕万里秋风张翰鱼:此化用张翰典。《晋书·张翰传》:张翰,字季鹰,吴郡人,有清才,善属文,而纵任不拘。辟为大司马东曹掾。天下祸难未已,张翰欲全身而退,因见秋风起,思吴中菰菜、莼羹、鲈鱼脍,乃命驾而归。后世以张翰鱼为辞官退隐之典实。楚江渔:楚江上的渔夫,典出《楚辞·渔父》。此借指隐者。楚江,楚境内的江河。

〔3〕阮籍:三国时魏国名士,尉氏人,字嗣宗。博览群书,尤好老庄,纵酒谈玄,不评论时事,不臧否人物。耽酒:嗜酒。老病虞卿只著书:此化用虞卿著《虞氏春秋》典。虞卿为战国游说之士,因进说赵王,为赵上卿,受相印,故称虞卿。他穷愁著书,上采春秋,下观近世,以刺讥国家得失,世传为《虞氏春秋》。

〔4〕海蒸:海水蒸发,水汽升腾。沙霁:沙滩上空雨后放晴。微舒:阳光熹微柔和的样子。

〔5〕刘郎:对刘文焕的雅称。新诗:刚刚创作的诗。索居:孤独地居处一方。

二月见梅〔1〕

二月寒梅开满枝,素心宁与艳阳期〔2〕。攀桃映李千花妒,弄日含风一树垂〔3〕。不向天涯伤岁暮,岂缘江北见春迟〔4〕?巡檐一笑聊相慰,斗色争妍非尔时〔5〕。

〔1〕该诗出自《京集》,当作于正德六年何景明复任京职期间。这是一首咏物诗。诗人以梅花自喻,谓自己本是素心人,无意于攀桃映李,也不嫌岁暮春迟,更不肯斗色争妍,而只愿巡檐一笑,落得个随遇而安。全诗

情辞俊逸,意态高雅。

〔2〕素心:纯洁的心地。此喻指心灵纯洁、世情淡泊。

〔3〕攀桃映李:追攀桃花之艳丽,掩映李花之雅素。此泛指与百花争妍斗艳。弄日含风:撩拨太阳,被风吹拂。该句形象生动地描写梅花的神态。

〔4〕天涯:天边,指极远的地方。此泛指南方各地。江北:长江以北。此泛指北方。该句隐含梅的花期长,从去冬一直开到今春。

〔5〕巡檐一笑:此化用杜甫《舍弟观赴蓝田取妻子到江陵喜寄》之二:"巡檐索共梅花笑,冷蕊疏枝半不禁"诗意。巡檐,来往于檐前。

怀寄边子[1]

汝从元岁侍今皇,谁念先朝老奉常[2]?一出云霄空怅望,十年岐路各苍茫[3]。春天缥缈金茎露,昼日氤氲紫殿香[4]。独有扬雄尚陪从,白头抽笔赋长杨[5]。

〔1〕该诗出自《京集》,当作于正德六年何景明复任京职期间。"一出云霄空怅望"隐指正德元年刘瑾擅权时,边贡出守卫辉;以此据"十年岐路各苍茫"顺推,可知该诗作于正德十年。早年友朋流落外地,不被朝廷招回;自己虽任京职,却居官冗散,不得其用。居处如此景况,怎不孤寂惆怅?诗人抒写的就是这种心境。边子,对边贡的尊称。参见《六子诗六首并序》第五首注〔1〕。

〔2〕元岁:元年。古称帝王即位的第一年为元年。此指正德元年。先朝:前一朝。此指弘治朝。奉常:秦代九卿之一,掌管宗庙礼仪。汉景帝时更名为太常,见《汉书·百官公卿表》。边贡曾官太常博士及太常

丞,故称之。

〔3〕云霄:高空。此喻指朝廷。岐路:小路、岔路。此引申为走在小路上,喻指在外任官。正德元年刘瑾擅权,边贡出为卫辉知府,以后历任荆州知府、陕西提学副使、河南提学副使,在外任官十年,故有"十年岐路"之说。岐,同歧。

〔4〕缥缈:云雾渺茫的样子。金茎露:承露盘中的露水。汉武帝在建章宫造承露台,上有铜仙人舒掌捧铜盘玉杯,以承云表之露。传说将此露和玉屑吞服,可得仙道。氤氲(yīn yūn 因晕阴平):香气浓烈的样子。紫殿香:紫殿中升起香烟。紫殿,汉武帝所建宫殿名,雕文刻镂,以玉饰之。该句描写皇宫的生活景象,隐指何景明供职皇帝近旁。

〔5〕扬雄:字子云,西汉蜀郡人,著名辞赋家。此以扬雄自况。长杨:《长杨赋》,扬雄所作,寄寓讽喻之义。长杨,即长杨宫,汉代行宫名。该句以扬雄自况,谓居官冗散,不得其用,只能舞文弄墨。

望雪[1]

中原日见黄尘生,上国空悬白雪情[2]。当昼风云垂忽散,久晴江海冻难成。农人隔岁犹须虑,寇贼今冬尚未平[3]。安得时和人更乐,普天无盗劝春耕。

〔1〕该诗出自《京集》,当作于正德六年何景明复任京职期间。据《明史》卷十六载,正德六年直隶、河南、山东一带寇匪猖獗。这年三月朝廷派张伟为总兵官讨贼,经年未平;故于次年二月又派彭泽等提督军务讨贼。面对暖冬无雪,寇贼未平,诗人关心民瘼,忧念国患,希望时和治平,人民安居乐业。全诗缘事而发,讽喻深切。

319

〔2〕黄尘生：黄色的沙尘飞扬。上国：京师、京城。白雪情：欲雪的气象。

〔3〕隔岁：隔一年，即来年。该句抒写中原民众的忧苦之情，意谓：农民面对暖冬无雪，忧念来岁收成不好；又见寇贼经冬未平，惟恐连年遭受匪患。

寄康子〔1〕

十年朋辈飘零尽，海内兵戈战斗馀〔2〕。花剧秦川谁见汝？雁稀燕北渺愁予〔3〕。碧山拟著潜夫论，丹壁应藏太史书〔4〕。自笑此身今更出，风尘空望白云居〔5〕。

〔1〕该诗出自《京集》，当作于正德六年何景明复任京职期间。诗前两句写友朋离散飘零、天各一方，抒发孤独愁闷的心情；后两句写对康海著述事业的期待，而对己再度出仕、不得退隐自嘲。这种情绪是诗人复出又思归心态的真实写照。盖政治环境恶薄，朝中少有善类，诗人居官闲散，难以有所作为，而萌生退隐之意。全诗情辞惨淡，意态悲慨。康子，对康海的尊称。康海，参见《六子诗六首并序》第二首注〔1〕。

〔2〕十年朋辈：多年的朋友。战斗馀：兵戈相斗尚未终止。

〔3〕花剧：花木繁茂。剧，繁多，繁茂。雁稀：鸿雁稀少。喻指难得互通音讯。该句是说：你在秦川，我在京城，音讯难通，孤独愁闷。

〔4〕碧山：青山。潜夫论：书名，东汉王符所著。王符，字节信，安定临泾人（今甘肃镇原），东汉后期思想家。他耿直忤俗，郁郁不得志，乃隐居著书，评论时政得失，反对迷信。因不欲显名，而自命潜夫。丹壁：崖壁书丹。太史书：即《史记》，原名《太史公书》，西汉司马迁所著。该

句隐含藏书名山、名山事业之典。

〔5〕出:出仕。此指正德六年复任京职。风尘:尘世。此喻指官场。白云居:仙佛的居所。此借指隐居之地。

石矶〔1〕

石矶无伴满苍苔,秋杜春兰晚自开〔2〕。江日烟波双鸟去,楚天风雨一舟来。钓鳌独有沧溟兴,梦鹤谁知赤壁才〔3〕？芳草归人不愁思,水云山郭见章台〔4〕。

〔1〕该诗出自《京集》,当作于正德六年何景明复任京职期间。诗人借石矶起兴,先写周边风物,再写一己思绪。而此思绪又很纷乱,大抵谓居处京都,空怀抱负,知音者少,既已阅尽浮华,不如早点归隐。石矶(jī机),水边突出的岩石。

〔2〕无伴:突兀的样子。秋杜:秋天的杜衡。该句将不同时令的秋杜与春兰拼合一起,造成时空交错的感觉,用以暗示心绪之纷乱。

〔3〕钓鳌:比喻抱负远大或举止豪迈。典出《列子·汤问》:渤海之东有五山,天帝恐其流于西极,乃命十五鳌举首载之。龙伯之国有大人,钓其六鳌,于是岱舆、员峤二山流于北极,沉于海。沧溟兴:像大海那样充沛的兴致。梦鹤:比喻襟怀超旷。典出《后赤壁赋》:苏轼游赤壁将归,有孤鹤横江掠过,当晚梦见一道士,羽衣翩仙来过访。赤壁才:像苏轼那样超迈的才情。赤壁,指苏轼《前后赤壁赋》,此借指苏轼。

〔4〕芳草归人:归居草野的人。水云山郭:水云深处的山村。此借指隐士僻静的居所。水云,多指云水相接之景。章台:战国时秦宫中的台名。此借指京都的浮华。该句写阅尽浮华而生退隐之心,意谓:若能

归去隐处草野,我便不会这般愁闷;我将在僻静的山村,遥观京都的浮华。

登楼观阁时王令明叔邀张用昭、段德光、王敬夫、康德涵四子同游二首[1]

一

百丈丹梯俯翠岑,千年坛殿肃阴阴[2]。风吹陆海黄尘暗,云去函关紫气沉[3]。春花况属弦歌邑,胜地还成翰墨林[4]。香山洛社俱寥落,文采流传直到今[5]。

〔1〕该组诗出自《秦集》,当作于正德十三年七月后何景明任陕西提学副使期间。诗人来秦地任职,得与旧友重逢。他们同登楼观阁,如在京都冠剑豪游,那种豪迈的气概,丝毫不减当年。更有一层,秦地虽偏处一隅,难得皇恩的惠顾;但其地文采流传,斯文未坠,是失意文人优游涵咏、隐居避世的理想场所。这也让诗人欣羡不已。全诗所写正是这种感想,情辞沉郁,颇有气骨。楼观阁,陕西某处一座古老的楼阁。王令明叔,王明叔,陕西某处的县令,名号、爵里均不详。张用昭、段德光,名号、爵里均不详。王敬夫,王九思。参见《六子诗六首并序》第一首注〔4〕。康德涵,康海。参见《六子诗六首并序》第二首注〔1〕。

〔2〕丹梯:朱色崖壁上开凿的阶梯。此指沿着丹梯往上攀登。翠岑:青翠的山。肃阴阴:庄严肃穆的样子。

〔3〕陆海:物产富饶之地。此特指秦地。《汉书·地理志下》:"(秦地)有鄠杜竹林,南山檀柘,号称陆海,为九州膏腴。"颜师古注:"言其地高陆而饶物产,如海之无所不出,故云陆海。"黄尘暗:沙尘使天昏地暗。云去亟关紫气沉:陕西在函谷关以西,地处偏僻,望不见帝王祥瑞之气。亟关,险要的关塞,此指函谷关;紫气,紫色的云气,此指帝王祥瑞之气。该句描写诗人的居处环境,原来物产富饶的秦地,被沙尘弄得天昏地暗,连皇恩也难以惠顾之。

〔4〕弦歌邑:盛行诗书礼义的城邑。典出《论语·阳货》:子游任武城邑宰,以弦歌教化民众。孔子对之表示赞赏。翰墨林:笔墨之林,比喻文章汇集之处。

〔5〕香山:在河南洛阳龙门山之东。唐白居易于此构建石楼,自号香山居士,又与山僧如满结香火社。洛社:宋欧阳修和梅尧臣等在洛阳时组织的诗社。香山、洛社借指历来秦地的文人结社。寥落:衰落,衰败。文采:指华美的诗文,也兼指文学声名。

二

峻阁含风落照孤,凭高千里视平芜〔1〕。凤笙锦曲春缥缈,瑶草金光昼有无〔2〕。采药几时寻碧海,种桃无复问玄都〔3〕。五陵冠剑豪游地,犹是长安旧酒徒〔4〕。

〔1〕峻阁:高峭矗立的楼阁。平芜:杂草繁茂的原野。

〔2〕凤笙锦曲:用笙吹奏的美妙乐曲。凤笙,笙的美称,亦指笙曲。缥缈:声音清越悠扬。有无:若有若无。

〔3〕采药:采集药草。此喻指求仙修道或隐居避世。碧海:传说中的海名。《海内十洲记》:"扶桑在东海之东岸,岸直,陆行登岸一万里,

东复有碧海。……水既不咸苦,正作碧色,甘香味美。"种桃无复问玄都:此化用唐刘禹锡《戏赠看花诸君子》诗句:"玄都观里桃千树,尽是刘郎去后栽。"种桃,种植桃树,此喻指隐居避世;玄都,传说中的神仙居处,见《海内十洲记·玄洲》:"上有大玄都,仙伯真公所治。"

〔4〕五陵:参见《送张元德侍御巡畿内》注〔3〕。此泛指陕西长安一带。旧酒徒:往日诗酒交游之朋友。此特指弘治末在京城诗酒交游的康海、王九思、何景明等人。

辋川[1]

飞泉万壑通蓝水,仄径千峰入辋川[2]。野老岂知旌节到,世人空作画图传[3]。鼋鼍岸坼深无地,鸡犬林开忽有天[4]。即此买山堪避俗,桃源何必访神仙[5]。

〔1〕该诗出自《秦集》,当作于正德十三年七月后何景明任陕西提学副使期间。诗人出行到辋川,爱恋幽奇的山水,而有买山归隐之思。全诗情与境偕,兴至意会,语言清奇,笔力雄健。辋(wǎng 网)川,水名,即辋谷水,诸水汇合如车辋环凑,故以此得名。在陕西蓝田南,源出秦岭北麓,北流至县南入灞水。

〔2〕蓝水:水名,也称蓝溪,即灞水,源出陕西商州西北秦岭,西北流入蓝田县界。仄径:狭窄的小路。

〔3〕野老:村野老人。旌节:古代使者所持的节,以为凭信。此指官员车驾出行。画图:指《辋川图》,为唐诗人王维所绘,画辋川别业二十胜景。

〔4〕鼋鼍(yuán tuó 元驼)岸坼(chè 撤):大地龟裂,沟谷纵横。岸

坼,从高处裂开。鸡犬:鸡犬之声相闻,借指有人家居住。林开:山林深处的开阔地。

〔5〕避俗:逃避世俗的烦嚣。桃源:桃花源,古代指隐士或神仙的居所。

华州作柬桑汝公^{〔1〕}

秋城雨色静微尘,过陕山河望转新。天上岳莲开二华,云中关树引三秦^{〔2〕}。追游少小还今日,浪迹乾坤任此身^{〔3〕}。乘兴欲攀仙掌去,未知登览共何人^{〔4〕}?

〔1〕该诗出自《秦集》,当作于正德十三年七月后何景明任陕西提学副使期间。诗人出巡来到华州,观览华山奇峰,而兴起浪迹乾坤、羽化登仙之遐想。全诗神清气爽,情思超迈,语言奇丽,颇有骨力。华州,地名,在今陕西华县。桑汝公,名号、爵里不详。

〔2〕岳莲:像莲花状的山岳。二华:太华山和少华山的合称。云中关树:关中的林木在云雾中。此化用谢朓《宣城出新林浦向板桥》:"天际识归舟,云中辨江树。"引三秦:绵延在三秦之地。引,延伸、延续,此引申为绵延不断;三秦,泛指关中陕西一带。秦亡之后,项羽三分关中,以封雍、塞、翟三王,合称三秦。

〔3〕追游少小:追随少年游览胜景。浪迹:到处漫游,行踪不定。

〔4〕仙掌:华山仙人掌峰的省称。传说古人于此羽化登仙。

东林书院[1]

东林精舍接东城,出谷先歌伐木声[2]。气象久瞻程伯子,抠趋今见鲁诸生[3]。芝兰入室香俱化,桃李开门树总成[4]。河渭滔滔同向海,济川舟楫几时行[5]?

〔1〕该诗出自《秦集》,当作于正德十三年七月后何景明任陕西提学副使期间。诗人提学陕西各地,巡行至东林书院,观师生礼仪气象,而期待作兴人才。全诗写的就是这种感想,意态典雅,辞气平和。东林书院,陕西的一座书院,坐落某城区东边,其馀不详。

〔2〕东林精舍:即东林书院。精舍,学舍、书斋。伐木声:比喻表达深厚友情的歌声。伐木,《诗·小雅》中的篇名,其文曰:"伐木丁丁,鸟鸣嘤嘤……嘤其鸣矣,求其友声。"后世用为表达友朋深情厚谊之典。

〔3〕气象:气度、气韵。程伯子:程颢,字伯淳,河南洛阳人,北宋著名理学家,世称明道先生。此借指东林书院的老师。抠(kōu 扣阴平)趋:提起衣服行走。此为古人趋迎的动作,表示行礼恭谨。语出《礼记·曲礼上》:"抠衣趋隅,必慎唯诺。"鲁诸生:孔子的弟子。孔子晚年居鲁教授生徒,众弟子执礼甚恭谨。诸生,众弟子。此借指东林书院的学生。

〔4〕芝兰:芷和兰,皆为香草。比喻优秀子弟。典出《晋书·谢安传》:谢安尝戒子侄曰:"子弟亦何豫人事,而正欲使其佳?"谢玄答曰:"譬如芝兰玉树,欲使其生于庭阶耳。"桃李:桃树和李树。比喻所教的门生。语出《韩诗外传》卷七:"夫春树桃李,夏得阴其下,秋得食其实。"

〔5〕河渭:河水和渭水的并称。济川:渡河。此比喻培养造就人才。

寄李郎中[1]

星晨画省凤凰池，同接金门白玉墀[2]。庭树昼闲寨碧幕，苑花春好并金羁[3]。西京车马谁言乐？东汉衣冠忽已悲[4]。万里艰难归故土，两乡迢递限云逵[5]。青冥垂趟人皆惜，白日批鳞世所知[6]。天上神仙元有谪，古来贤圣本多危[7]。陆机入洛名逾盛，司马游梁赋益奇[8]。海内竞传《高士传》，朝廷谁诉《党人碑》[9]。齐堂雷震冤臣出，魏阙天高狱吏欺[10]。千古死灰安国泪，万年灾异广川辞[11]。虞罗亦放冥飞鸟，卜猎何烦后载罴[12]？得失竟须知塞马，荣华终不易涂龟[13]。嗟予謇拙惭君匹，念汝风流实我师[14]。索处自应思故旧，生涯今已笑支离[15]。遨游昔忝登龙会，弩下深怀附骥思[16]。贡禹王阳同出处，钟期伯子是交期[17]。河阳云树情俱苦，渭曲烟花愿岂迟[18]？回首西山多寇盗，扁舟南国有旌旗[19]。腐儒潦倒愁沟壑，游子飘零枉岁时[20]。路阻时危难会面，不禁涕泪望君垂[21]！

〔1〕该诗出自《家集》，当作于正德二年后何景明归居期间。诗人归居乡园，孤寂落寞，而追忆与李梦阳交契的好光景，感佩李梦阳的气节文章，又悲叹时世艰危，不堪时用，各自飘零，难得会面，只好垂泪流涕，遥寄思念而已。全诗气格高古，情辞沉郁，音声顿挫，颇有风力。李郎中，李梦阳。参见《六子诗六首并序》第四首注〔1〕。

〔2〕星晨:星星尚未隐没的早晨,即清晨。此借指早朝。画省:指尚书省。汉代尚书省以胡粉涂壁,紫素界之,画古烈士像,故别称画省、粉省、粉署。凤凰池:亦称凤池,禁苑中的池沼。魏晋南北朝时设中书省于禁苑,掌管机要,接近皇帝,故称中书省为凤凰池。金门:金马门的省称。金马门是汉代宫门,乃学士待召之处,因门傍有铜马而得名。白玉墀(chí 迟):宫殿前铺砌白玉石的台阶。此借指朝堂。该句描写皇宫禁苑及官署,隐指早年在朝任清要之职。

〔3〕搴(qiān 千)碧幕:张设绿色的帷幕。此形容树木枝叶繁茂。并金羁:并驾而驱。此借指一同出游。此以上两句追忆早年在京城任职和交游的美好时光。

〔4〕西京车马:借指京中名流。西京,汉代都城长安,此借指北京。东汉衣冠:借指朝中名士。该句以下至"荣华终不易涂龟",抒写李梦阳的文章气节与政治遭遇,对他深表敬佩和劝慰。

〔5〕迢递:路途遥远。云迳:比喻相距很远。

〔6〕青冥:青幽高远的天空。语出《楚辞·九章·悲回风》:"据青冥而摅虹兮,遂儵忽而扪天。"垂翅(chì 翅):鸟翅下垂不能高飞,即垂翼。翅,同翼。比喻人受挫折,止息不前。语出《周易·明夷》:"明夷于飞,垂其翼。"白日:白昼、白天。此指公开、公然。批鳞:批逆鳞。传说龙喉下有逆鳞径尺,有触之必怒而杀人。常喻弱者触怒强者或臣下触犯君主等。

〔7〕谪:贬谪。此借指贬官。多危:屡逢艰危。

〔8〕陆机入洛:《太平御览》卷五百八十七:陆机入洛后,欲为《三都赋》,闻左思作之,乃抚掌而笑,云:"须其成,当以覆酒瓮。"及左思赋出,陆机愧不如。后世以为竞技文场之典实。陆机,字士衡,西晋吴郡人。吴灭后,他闭门读书十年,太康末年入洛阳,以文才名重一时。司马游梁:《史记·司马相如列传》:司马相如以赀为郎,侍孝景帝不得志,乃见

说梁孝王,因病免而客游梁。后世以为仕途失志之典实。该句以陆机、相如比况李梦阳遭贬谪后文学声名愈隆。

〔9〕高士传:书名,三国魏嵇康撰,已佚。又西晋皇甫谧撰,三卷,载古代高隐之士七十二人。此谓李梦阳可与古高隐之士并称。党人碑:刻有忠直之臣名单的碑文。宋哲宗元祐元年,司马光为相,尽废神宗熙宁、元丰间王安石新法,恢复旧制。绍圣元年,章惇为相,复熙丰之制,斥司马光为奸党,贬逐出朝。徽宗崇宁元年,蔡京为相,尽复绍圣之法,并立碑端礼门,书司马光等三百零九人罪状。此谓李梦阳可与古忠直之臣同列。

〔10〕齐堂雷震冤臣出:此隐指李梦阳弘治十八年上书触讳事。他指斥寿宁侯罔利贼民,被诬陷谤讪母后,因而获罪被拘系,后遇皇恩赦免。齐堂,齐景公的朝堂,此借指明朝廷;雷震,雷电轰击,比喻帝王暴怒。典出李白《古风》其三十七:"庶女号苍天,震风击齐堂。"典出《淮南子·览冥训》:"庶女叫天,雷电下击,景公台陨,支体伤折,海水大出。"魏阙:古代宫门外两边高耸的楼观。楼观下常为悬布法令的场所。此借指朝廷。天高:像天那样高高在上。此喻指皇权不能威慑的地方。

〔11〕千古死灰安国泪:此借指遭受耻辱。典出《史记·韩长孺列传》:"狱吏田甲辱安国,安国曰:'死灰独不复然乎?'"万年灾异广川辞:此隐指汉儒董仲舒著《春秋繁露》,言天人感应,说灾异示警,告诫帝王不可逆天,因以约束皇权膨胀。广川,汉代地名。董仲舒是广川人,此用以代指其人。

〔12〕虞罗:原指掌山泽之虞人所张设的网罗,后泛指渔猎者设置的网罗。此喻指权奸残害忠良之士。冥飞鸟:高飞的鸟。此比喻退隐的人。卜猎:预料狩猎的收获。此喻指正直之臣弹劾权奸。罴(pí 皮):熊的一种,俗称人熊或马熊。此喻指朝中奸佞之徒。

〔13〕塞马:此化用塞翁失马,安知祸福之典,比喻世事多变,得失无

329

常,吉凶莫测。知塞马,即谓超然于得失祸福之外。典出《淮南子·人间训》。涂龟:喻指隐居。典出《庄子·秋水》:楚威王欲用庄子,庄子以龟设喻,拒绝了楚使者的要求,表示宁愿曳尾于污泥之中,不愿死为留骨而富贵。

〔14〕蹇拙:艰难困拙,很不顺利。亦指文词拙劣,很不通畅。风流:洒脱放逸,杰出不凡。亦指文学作品超逸佳妙。该句表达对李梦阳敬佩之意,谓其气节文章堪为师表。

〔15〕索处:离群索居。支离:憔悴,衰疲。

〔16〕遨游:游乐,嬉游。此指诗酒交游。登龙会:比喻得到有名望者的接待和援引而提高身价。此指弘治末年何景明与李梦阳等人的诗文唱和活动。驽下:才能低下。此为自谦之辞。附骥思:依托先辈或名人以成名的动机。附骥,蚊蝇附在马尾上以行远。典出《史记·伯夷列传》:"颜渊虽笃学,附骥尾而行益显。"

〔17〕贡禹王阳:此借指李梦阳与何景明志同道合,取舍一致。贡禹(前123—前44),字少翁,汉代琅玡人,以明经洁行,征为博士;王阳(?—前48),王吉,字子阳,省称王阳,汉代琅玡虞人。禹与阳两人相知为友,取舍相同,世称"王阳在位,贡禹弹冠"。钟期伯子:参见《听琴篇》注〔11〕。此借指李梦阳与何景明志趣相同、最为知音。

〔18〕河阳:春秋时晋地名,汉代始置县,属河内郡,历代沿置,至明代始废。云树:云和树,常喻朋友阔别远隔。白居易《早春西湖闲游怅然兴怀寄微之》:"云树分三驿,烟波限一津。"渭曲:古地名,在今陕西大荔东南。

〔19〕西山:北京西郊群山的总称。此泛指京城以西地区。扁(biān 编)舟:编列众舟为大船。南国:南方的总称。旌旗:旗帜的总称。此借指征战之事。该句是说:西部和南方寇盗猖獗,常有征战之事。

〔20〕腐儒:迂腐不切时用的读书人。此为何景明自况。沟壑:山

沟。此借指困厄之境。枉岁时:虚度时光。

〔21〕句谓:道路阻阂,时世艰危,难得见你一面,我不禁垂泪流涕,遥望你的方位。

秋日杂兴十五首[1]（选五）

一

寒螀啼断槿园空,万树凋伤八月中[2]。只有南山苍桂在,一株花发向秋风[3]。

〔1〕该组诗出自《家集》,当作于正德二年后何景明归居期间。诗人归栖乡园,离群索居,备感落寞,又值清秋,更添一重凄凉哀婉的意绪。全诗抒写的就是这种莫名烦乱的思绪。

〔2〕寒螀(jiāng 江):寒蝉。槿(jǐn 锦)园:木槿园。

〔3〕苍桂:古老的桂花树。苍,苍老、古老。

二

雨花风叶总堪怜,海燕江鸿各渺然。莫向高楼空怅望,暮蝉多在夕阳边。

三

野亭千橘未全黄,青柿红梨俱待霜。南邻老翁种橡栗,已见儿童收满床。

四

紫蔓青藤各一丛,野人篱落管西风。郊扉远绝谁能到,秋日虫鸣豆叶中[1]。

〔1〕 郊扉(fēi 飞):郊外的居所。扉,门扇、屋舍。远绝:偏远的处所。

十一

柏林枫岸迥宣看,杨柳芙蓉不耐寒[1]。最爱高楼好明月,莫教长笛倚阑干[2]。

〔1〕 迥宣:开阔遥远的样子。
〔2〕 倚阑干:斜靠着栏杆。此暗示意态纵横交错、思绪纷杂散乱。阑干,栏杆。

过先墓[1]

愁摧断柳柳还稀,泪洒残花花更飞。一寸未忘游子线,万年难觅老莱衣[2]。

〔1〕该诗出自《家集》,当作于正德二年后何景明归居期间。全诗情辞深切,语态哀婉。

〔2〕游子线:比喻父母慈爱儿女。此化用孟郊《游子吟》诗句:"慈母手中线,游子身上衣。"老莱衣:比喻儿女孝养父母。典出《艺文类聚》卷二十:"老莱子孝养二亲,行年七十,婴儿自娱,著五色采衣。"

吾郡古要害地也,闲居兴怀追咏古迹作诗八首[1](选一)

三

南山西岭自天来,翠壁丹崖映日开。不见当时卧龙者,只今惟有钓鱼台[2]。

〔1〕该组诗出自《家集》,当作于正德二年后何景明归居期间。全诗共有八首,皆题咏名胜古迹,借古典以证今典;而其三最契诗人隐居乡

园本事。诗人不以卧龙自许,而自嘲做个隐者,其弦外之音,有些许幽愤。吾郡,何景明故郡河南信阳。

〔2〕卧龙者:比喻蛰伏而尚未崭露头角的杰出人材。此指明朝开国皇帝朱元璋。钓鱼台:河南信阳的一处古迹,在浉河区董家河乡的五道河北岸,传说朱元璋小时候垂钓于此,当地人称之为钓鱼台。

雨中看花七首[1](选二)

三

昨朝日照花尽开,今朝雨多花可哀。由来落花无根蒂,随风吹去又吹来[2]。

〔1〕该组诗出自《家集》,当作于正德二年后何景明归居期间。全诗借花信来描绘人情世态,咏物写意,颇富哲理。
〔2〕根蒂:植物的根及瓜果把儿。比喻事物的根基或基础。

七

牡丹虽迟是花王,芍药留之殿春光[1]。好花元待后时发,秾李妖桃空自狂[2]。

〔1〕殿春光:使暮春添光彩。殿,居后而出众。

〔2〕好花:指牡丹、芍药等名贵的花。此喻指正直贤能之士。后时:失时偏晚。秾(nóng 农)李妖桃:华美的李花和妖艳的桃花。此喻指哗众取宠的人。

宝鸡县〔1〕

鸡鸣山下古陈仓,板屋千家清渭傍〔2〕。曲岸迢遥凌秀麦,流渠宛转入垂杨〔3〕。

〔1〕该诗出自《秦集》,当作于正德十三年七月后何景明任陕西提学副使期间。诗人巡行所至,在鸡鸣山下,见陈仓板屋、秀麦垂杨,觉新异可喜,而作此诗,表达对当地风物的喜爱之情。

〔2〕鸡鸣山:山名,在陕西宝鸡境内。陈仓:古地名,在陕西宝鸡。该地因刘邦明修栈道、暗渡陈仓而闻名。板屋:用木板搭建的房屋。清渭:清澈的渭水。

〔3〕迢遥:修长绵延。宛转:蜿蜒曲折。